KB263364

아베 미츠이에阿部充家와 조선

구마모토·국민신문·경성일보 시대

심원섭(沈元燮, Shim, Won-sup) 1957년생. 연세대학교 국문과 및 동대학원 졸업. 도쿄외국어대학 수학.『원본 이육사전집』(집문당, 1986),『일본근대사상사』(鶴見俊介, 문학과지성사, 1991),『사진판 윤동주 자필시고전집』(공편, 민음사, 1999),『김사량 평전』(安宇植, 문학과지성사, 2000),『김종한 전집』(공편, 綠蔭書房, 2006),『일본 유학생 문인들의 대정・소화 체험』(소명출판, 2009),『사랑하는 대륙이여―시인 김용제 연구』(大村益夫, 소명출판, 2016) 등 저・역서 외에 한일 대역 에세이집『감춰둔 이야기』(NHK出版, 2011)가 있다. 와세다대학 국제교양학부・문학부 객원교수, 인하대 연구교수를 거쳐 현재 독쿄[獨協]대학 국제교양학부 특임교수.

아베 미츠이에阿部充家와 조선―구마모토・국민신문・경성일보 시대

초판인쇄 2017년 1월 15일 **초판발행** 2017년 1월 25일

지은이 심원섭 **펴낸이** 박성모 **펴낸곳** 소명출판 **출판등록** 제13-522호

주소 서울시 서초구 서초중앙로6길 15, 1층

전화 02-585-7840 **팩스** 02-585-7848 **전자우편** somyungbooks@daum.net **홈페이지** www.somyong.co.kr

값 25,000원 ⓒ 심원섭, 2017

ISBN 979-11-5905-141-8 93800

이 저서는 2011년 정부(교육부)의 재원으로 한국연구재단의 지원을 받아 수행된 연구임
(NRF-2011-812-A00142)

아베가 태어난 구마모토시 야마자키쵸〔山崎町〕 일대(2008년 촬영)

1886년 아베가 학생부장으로 일했던 구마모토의 오에의숙〔大江義塾〕(2008년 촬영)

1906년 국민신문사 간부진. 앞줄 가운데가 도쿠토미 소호, 오른쪽 끝이 아베(德富蘇峰記念館 협약 제공)

1906년 국민신문사 간부시절
(화보 2쪽, 확대사진)(德富蘇峰記念館 협약제공)

1912년 국민신문사 편집국에서, 왼쪽 아베, 가운데 도쿠토미 소호, 오른쪽 아래 앉은 이
도쿠토미의 부친 가즈타카(德富記念館 소장)

아베 부임 당시의 경성일보사 사옥

경성일보사 주최 경학원강사 초대회. 앞줄 중앙 한복차림의 아베(『매일신보』, 1914.10.1)

1910년대 초 경성, 사진 맨 위 가운데 −경성일보사, 가운데 오른쪽 끝-철도호텔, 가운데-조선은행

만년의 아베(『無佛存稿』에서)

임종시 아베의 자택이 있던 산겐야쵸〔三軒家町〕, 현재의 모토아자부〔元麻布〕 일대(2009년 촬영)

가마쿠라 동경사(東慶寺)의 아베 묘(2016년 촬영)

아베 미츠이에阿部充家와 조선

구마모토·국민신문·경성일보 시대

Abe-Mitsuie and Choseon
: The Kumamoto, KokuminShimbun, KeijoNippo periods

심원섭

소명출판

일러두기

1. 인용문 중 판독 불능 부분은 모두 '○○'로 표기했다.
2. 일본인명, 지명, 역사적 사건, 단체명 등은 일본식 발음대로 쓰기를 원칙으로 하고 한자를 병기하였으나, 한국인에게 친숙하거나 알기 쉬운 어휘들은 한국식 발음으로 표기하고 한자를 병기했다. 경우에 따라서는 한국식 발음과 일본식 발음을 이어서 표기하였다. 예『국민신문[國民新聞]』, 서남전쟁[西南戰爭], 신풍련[神風連], 오에의숙[大江義塾]

아베 미츠이에에게 관심을 갖게 된 것은 25, 6년쯤 전의 일이다. 우리 세대의 경전이었던 김윤식 교수의 『이광수 연구』, 이광수가 쓴 아름다운 추모문 「무불옹의 추억」이 그 시발이었다. 이광수라는 프리즘을 통과한 아베는, 피지배자의 고통을 이해하는 반제국주의자, 휴머니스트, 청빈한 수행자, 이렇게 매력과 후광으로 가득 찬 인물로 내게 상상되었다.

이후 전설의 연구서, 강동진 교수의 『일제의 한국침략 정책사』를 만났고 나카무라 겐타로의 『조선생활 50년』을 만났다. 우연히 불교 공부 흉내도 시작했다. 일본에서 교편도 잡아 보았다. 아베의 전기를 구성할 만한 자료들이 조금씩 모였다. 서남전쟁터이자 그의 성장지인 구마모토, 가고시마 일대를 돌아다녔다. 아베의 만년이 담긴 도쿄의 아자부와 시바공원 일대 사찰들 사이 골목길을 헤맸다. 아베를 뒤따라 다니는 유일한 한국인일지도 모른다는, 이것이 당시의 허영이었다. 그와 관련된 에피소드를 조금씩 발표해 가던 무렵 연구계획서를 한국연구재단에 제출했다. 문학 연구는 폐업했다. 대단한 만용이었다.

그간 조금씩 겸손해졌다. 아베 관련 육필 서간들을 직접 읽는 역사 전공자들을 발견했다. 출판을 앞두고 사이토 마코토 참모 시대, 중앙조선협회 이사 시대를 다룬 원고는 포기하고 경성일보 사장 시대까지만 보강하여 출판하기로 했다. 옳은 결정이었다고 본다.

아베에 대한 생각은 그간 적지 않게 변했다. 아베의 주변을 이루고 있던 일본의 선승들과 무사도에는 매우 실망했다. 타락의 극을 달리던 근대 일본 불교를 해바라기처럼 선망하던 조선 승려들의 마음은 아직도 신기하게 생각된다. 그래도 아베의 인간적 매력에 대한 추억은 많이 남아 있다. 아베는 보기 드문 성실성을 가지고 조선을 대한 제국주의자의 한 명이며, 그 성실성의 끝 지점에 '조선과 일본의 사이'를 지향하는 면모가 스며있다, 이것이 나의 잠정적인 결론이다. 아베는 드문 유형의 근대 일본인 목록 속에 들어갈 자격이 있다고 나는 생각한다.

지연된 연구를 기다려 준 한국연구재단 관계자 여러분, 연세대 근대한국학연구소의 김영민 교수, 한수영 교수께 말로 할 수 없는 폐를 끼쳤다. 와세다대의 오무라 마스오 명예교수, 오랜 벗 광운대의 김광렬 교수, 니이가타현립대의 하타노 세츠코 교수, 리츠메이칸대학의 이건제 교수, 한국근대문학관의 함태영 학예연구사, 센슈대학의 사토 아츠시 교수, 도쿄대의 류충희 연구원에게 자료와 해석 등과 관련하여 많은 신세를 졌다. 독쿄대학의 우스이 요시코 교수로부터는 매번 아름다운 영문제목을 받고 있다. 머리 숙여 감사드린다.

2017년 1월 겨울비 속 사이타마에서

저자

제1장

구마모토[熊本] 시대의
가미야마 미츠이에[神山充家]

1. 구마모토, 가미야마 미츠이에[神山充家]

아베 미츠이에는 1862년 구마모토 성하 죠카마치[城下町]의 중간 무사 계급 거리인 야마자키쵸[山崎町]에서 출생,[1] 편모 슬하에서 성장했다. 구성(舊姓)은 가미야마[神山]. 가문 대대로 검도 사범을 지냈다는 설도 있다.[2] 백부가 구마모토의 명사 아사이 신쿠로[淺井新九郎]였고, 친척 중에 가마타 스이세키[鎌田醉石](1842~1488, 후일 사가현 지사)가 있었다. 유소년기에는 히고[肥後]번의 번사 출신 이케베 기치쥬로[池邊吉十郎]의 사숙[私塾]에서 배웠다.

그가 태어나 청소년기와 청년기 일부를 보낸 구마모토는 근대 일본사의 격동을 대표하는 공간이었다. 그는 15세 때인 1876년 이곳에서 구마모토의 보수 사족이 일으킨 '신풍련(神風連)의 난'을, 16세 때인

---

1   야마자키쵸[山崎町]의 위치와 역사에 관해서는 「城下町みてある記 7」, 『市政だより くまもと』, 2005년 11월호 및 熊本地名研究會, 『城下町と地名』, 1990, 39쪽 참조.
2   이 설은 일본 측 기록에서는 발견된 바가 없다. 이광수가 그의 회고담 속에서 언급한 것이 시초가 아닌가 싶다. 회고담은 李光洙, 「無佛翁の憶出 (一)」, 『京城日報』, 1939.3.11 참조.

1877년에는 그의 주거지 야마사키쵸 일대를 잿더미로 만든 근대 일본 최후의 내전 '서남전쟁(西南戰争)'을 경험하게 된다. 히고 번사 출신인 그의 스승 이케베 기치쥬로는 구마모토군 참전군 중 최대 규모 부대인 구마모토대의 대장으로 사이고 다카모리[西鄕隆盛]군에 합류·참전했다가 처형되었다.

아베는 이후 상경하여 잠시 영어를 배우던 중, 한 살 연하의 도쿠토미 소호[德富蘇峰]를 만난다. 이후 규슈의 자유민권운동에 관여하는 한편 공립학교 교사 생활을 하다가, 소호가 설립한 자유민권계 사숙인 오에의숙[大江義塾]에 들어가 교사 생활을 한다. 도쿠토미 소호가 상경하여 민우사(民友社)를 설립한 이후에는 사원으로서의 삶을 시작한다. 후일의 국민신문사로 확장·발전하는 민우사와의 인연이, 평생 조선과 삶을 같이하게 된 그의 운명의 향방을 결정하는 계기가 된다.

유소년기와 청년기 전반의 아베의 모든 것이 깃들어 있는 구마모토는 한일 근대사에서 한국과 인연이 매우 깊은 일본의 지역이다. 현재까지도 구마모토현의 상징으로서 현민 사이에 인기가 높은 히고번(구마모토현의 전신)의 번주 가토 기요마사[加藤淸正]는 고니시 유키나가[小西行長]와 더불어 도요토미 히데요시[豊臣秀吉]의 수하 무장으로서 임진왜란시 조선 침략의 선봉장으로 섰던 인물이다. 일본의 3대 명성으로 불리며 서남전쟁 공방전에서 그 군사적 가치를 입증한 구마모토성을 축성한 인물로도 명성이 높으며, 조카마치[城下町]의 정비와 농토의 개척, 토목, 치수 사업을 통해 구마모토번을 대번(大藩)의 위치에 올려놓은 인물이다.[3]

---

3   松本壽三朗 외, 『熊本縣の歷史』, 山川出版社, 2012, 5장 1절 및 2절 참조.

가토 기요마사의 2대(代)가 모반 혐의로 유배당하여 대가 끊긴 뒤, 후임 번주로 부임한 것이 호소카와 다다토시[細川忠利]다. 문무에 출중하고 검술 이론과 연마에도 관심이 깊었던 그는, 전설적인 검술가 미야모토 무사시[宮本武藏]를 식객으로 초빙하여 만년을 구마모토성의 동편 외곽에 있는 치바[千葉]성에서 기거하게 했다. 수묵화, 다도 전문가, 선 수행자로도 알려져 있는 미야모토 무사시는 병법 및 검술서『오륜서(五輪書)』를 남기고 갔다. 살육의 현장에서 탄생한 이기기 위한 검술, '합리주의적'인 검법 이론서로 알려진『오륜서』에는 이런 구절이 있다.

> 병법의 도에서는, 비록 전투 중이라도 마음이 평상시와 달라서는 안 된다. 평상시도 전투시도 조금도 차이없이, 정신을 넓게 곧바로, 공연히 긴장하지도 방심하지도 말고 한쪽으로 기울지도 말아야 하며, 마음을 고요히 움직여서는 그 움직임이 한 순간도 멈추지 않도록 주의를 기울여야 한다.[4]

검술의 근원은 마음법으로 환원해서 설명할 수 있다. 전투 중에도 마음은 고도의 균형 상태를 유지해야 하는데, 그 고요함을 수반한 움직임은 일단 시작된 뒤에는 지속적으로 흐르는 과정을 유지해야 한다. 그 결과가 생명을 살상하는 행위로 연결되는 검술 행위를 수행과정으로 치환하여 보는 이런 설명은 마지막 장에서 이렇게 요약된다.

> 空에는 善만 있고 惡이 없다. 智도 有요, 利도 有요, 道도 有이나 心만이 空이다.[5]

4　宮本武藏, 神子侃 역, 「火の卷」,『宮本武藏 五輪書』, 德間書店, 2001, 76~77쪽.

5　宮本武藏, 「空の卷」,『宮本武藏 五輪書』, 222쪽. 원문은 "空有善無惡, 智は有也, 利は有也, 道は有也, 心は空也." 이 구는 후대에 삽입된 것이라는 설도 있다. 번역자 가미코 다다시[神子侃]는

무사시는 공(空)이 선(善)이라고 규정한다. 세간의 이상적 가치들, 즉 지(智), 리(利)[理], 도(道)는 모두 유(有)의 세계이나 심(心)은 공이라 규정한다. 선(善)마저도 상대적인 유(有)의 세계로 보는 불법의 세계와 논리 전개 방식이 다른 점이 눈에 띄나, 검의 세계를 선(禪)의 세계와 병치시키는 일본 무사도 문화 전통의 일단은 충분히 엿볼 수 있다.

아베 미츠이에가 구마모토에서 청년 교사로 일할 때에는 학생들의 검도 지도에 열심이었으며, 후일 국민신문사에 근무할 때에는 신문사를 습격한 군중을 검으로 제압하여 일본 언론계에 이름을 남긴 바도 있다. 지인의 사찰에서 수행승을 지도한 일화도 널리 알려져 있으며 선 관련 전문서를 출판했는가 하면 조선불교의 이해와 지원에 힘을 기울인 일화도 잘 알려져 있다.[6]

아베의 일생 속에는 이렇게 무인과 수행자를 결합해 놓은 듯한 이미지가 일부 포함되어 있다. 근대 일본의 운명을 결정한 청일전쟁의 현장에서 종군기자로 활약한 경력,[7] 경성일보 감독 도쿠토미 소호, 사이토 마코토[齋藤實]의 참모로 일했던 면모, 직업적 언론인이면서도 자기 이름으로 된 문장의 발표에는 인색했던 과필가로서의 면모, 언변이나 문장보다 실천과 인간적 교분을 중시했던 면모, 청렴한 일상 가운데 대부분의 재산을 조선청년 지원 등 보시행에 바쳤던 수행자로서의 면모들도 있다. 이런 면모들은, 비록 명치시대에 날조된 것이긴

"공이라는 마음에는 선만 있고 악은 없다. 병법의 지혜, 도리, 정신을 잘 익힐 때 처음으로 일체의 잡념을 버린 공의 마음에 도달할 수 있다"고 주해했다.

6 이상은 德富蘇峰, 「國士の風格ある老記者, 阿部無佛翁」, 『無佛翁偲び草』, 中央朝鮮協會, 1936.3, 3쪽 및 심원섭, 「아베 미츠이에의 조선불교 관련 활동에 대하여」, 『한일민족문제연구』 21호, 2011.12, 266~267쪽 참조.

7 『國民新聞』, 1894.9.16 및 이후 일자 참조.

하나 '일본 무사도'에서 중시되어 온 이상적인 사무라이 상과 겹쳐지는 부분이 많다.[8] 검과 선과 보시행자라는 단어는 그의 인생을 해명하는 용어로 쓰기에 큰 무리가 없는 것 같다.

그의 스승 샤크소엔은 임제종 원각사·건장사의 관장으로, 근대 일본 불교를 대표하는 선승의 하나이자, 불교를 아시아 최초로 전 세계 종교계에 홍보하는 역할을 수행했다. 그는 바람직한 선 수행 세계의 예로 가마쿠라 무사계급의 선을 거론하기를 즐겼다.[9] 아베와 더불어 샤크소엔 그룹의 일원이었으며, 일본 선을 세계에 알리는 데 공헌한 스즈키 다이세츠는 일본 무사도와 선의 관계를 논리화하는 데 앞장선 대표적인 불교학자의 하나였다.[10] 이것이 우연일까.

아베는 유능한 무장이자 행정가였던 가토 기요마사가 현민의 존경을 받아온 이곳, 일본 최고의 검술가 및 이론가, 무사도 문화의 선구자인 미야모토 무사시가 만년에 정착하여 저술과 수행 활동을 한 곳 구마모토에서 태어나 성장하였다. 그의 젊은 스승 이케베 기치주로가 그러했듯 소년기의 그는 이곳에서 구학문과 무술을 연마하는 시기를 보냈다. 그리고 자신의 성장지에서 벌어진 근대 일본의 최후 내전 서남전쟁을 목격했다. 이 전쟁에는 그의 스승도 참전하여 목을 바쳤다.

---

8 브라이언 다이젠 빅토리아, 정혁현 역, 『전쟁과 선』, 인간사랑, 2009, 191~200쪽.
9 釋宗演, 「力の妙用」, 『京城日報』, 1917.2.18.
10 브라이언 다이젠 빅토리아, 『전쟁과 선』, 191~200쪽.

2. 서남전쟁(西南戰爭)과 스승 이케베 기치쥬로[池辺吉十郎]

　구마모토번은 일본의 근대화 노정에 뒤늦게 승차한 번 중의 하나
다. 명치유신 전후 해체의 운명을 맞고 있던 봉건 사족계급의 저항이
가장 오래 지속되었던 공간 중의 하나였기 때문이다. 아베의 소년기
스승 이케베 기치쥬로[池辺吉十郎] 역시도 이런 근대 구마모토의 역사
의 추이를 상징적으로 보여주는 인물 중의 하나다.

　막부 말기의 히고[肥後]번은, 훈고학적 주자학을 위주로 하는 보수
좌막파이며 번의 지원을 받고 있었던 학교당, 도리의 실천과 사치 배
제, 특권상인 배척 등 정치 경제 개혁에 적극적이어서 현민의 지지를
받고 있었던 실학당(実学党), 국학을 중시하는 존황양이(尊皇攘夷)파인
근왕당(勤王党), 이 세 정파 사이의 대립이 되풀이되는 가운데, 명치유
신에의 동참이 지연되고 있었다. 명치유신 3년 뒤인 1870년 호소카
와 모리히사[細川護久]가 번 지사(知事)로 취임하여 실학당 정권을 지원
하기 시작한 후 히고번의 명치유신이 시작되었다. 실학당은 사치 배
제와 농촌 진흥, 특권상인 배척 등등 개혁정책을 펴 현민의 폭넓은 지
지를 받으나[11] 1873년 신정부의 압력으로 실권을 상실한 이후 명치
신정부의 중앙집권화가 진행되게 된다.

---

[11]　구마모토번은 1870년(명치 2년) 호소카와 모리히사[細川護久]의 번주 취임 이후, 요코이
　　쇼난[横井湘南] 학파 소속의 실학당이 번정을 맡게 되면서부터 유신의 길에 들어섰다. 번주
　　일가의 생활 간소화, 봉건 유물인 구마모토성의 파괴, 잡세 면제, 번청 기구의 축소, 번에의
　　상원(번주및 번청 관리들로 구성), 하원(인구 비례에 의한 투표 선출) 설치 등이 계획되었
　　으나 그 중 일부가 실천되었다. 이 번정 계획을 구마모토에서는 유신이라 부르고 있다.
　　圭室諦成, 『西南戰爭』, 至文堂, 1965, 153쪽.

정부 주도하의 근대화가 진행되던 이 시기는 판적봉환(判籍奉還)(1869), 폐번치현(廢藩置縣)(1871), 폐도령(廢刀令)(1876) 등 사족계급의 권력과 경제적 기반이 소멸됨에 따른 사족계급의 저항, 그리고 소작인에게 치명타를 가한 지조개정(地租改正) 및 징병제 실시로 인한 민란이 다발하던 시기였다. 호죠[北條]현에서의 징병제 반대 민란(1873), 이바라키[茨城]현, 와카야마[和歌山]현 등에서의 지조개정 반대민란(1876) 등 농민 민란, 정한론 패배 이후 낙향해 있던 고토 신페이(後藤新平)가 주도한 '사가[佐賀]의 난'(1874)을 시발로 연발한 '아키즈키[秋月]의 난'(1876), '하기(萩)의 난'(1876) 등의 사족 반란이 그 예다.

당시 구마모토의 세 정파 중, 경신당(敬神堂)으로 이름을 바꾼 근왕당 조직 신풍련(神風連)은 1876년 폐도령 발포 및 리더의 신탁 내용을 계기로 궐기하여 구마모토성에 주둔 중인 정부군과 관청 및 요직의 장들을 습격하는, 이른바 '신풍련의 난'을 일으킨다. 170명 중 130명 가까이가 전사·할복·처형되는 것으로 반란은 마무리되나, 이 움직임은 이듬해인 1877년, 일본 근대사 최대 최후의 사족 반란, 즉 가고시마의 사이고 다카모리[西鄉隆盛]군에 구마모토 사족들이 가세하여 일어난 서남전쟁으로 이어진다.[12]

아베의 출생지인 야마자키쵸를 포함한 구마모토 중심지가 정부군의 방화로 잿더미가 된 이 전쟁에, 아베의 스승 이케베 키치쥬로도 보수당인 학교당의 사족들을 규합하여 병력 1,300여 명의 구마모토대[熊本隊]를 결성하고 대장으로서 사이고 군에 합류한다. 그러나 개전 직후

---

12 이상 구마모토번의 근대화 과정에 관한 설명은 堤克彦, 『よくわかる熊本の歴史2』, 熊本出版文化會館, 1999.5, 2, 3장 및 平野敏也·後藤敬一編, 『図說熊本縣の歷史』, 河出書房新書, 1997.11, 近現代편 참조.

총상을 입고 연이은 패주 끝에 낙오하였다가, 사이고 군이 농성 중인 가고시마를 배회하다가 체포되어 나가사키의 임시재판소에서 재판을 받고 참수되었다. 구마모토 향토사는 그의 생애를 이렇게 전한다.

천보 9년 1월 11일 구마모토 교마치[京町] 출생. 유년기에 창술 놀이 중 우측 눈 실명, 성년이 되어서는 육척 장신을 뽐냄. 16세 때 부친을 따라 우라가[浦賀] 경비로 근무. 이즈음 호소카와번의 학교인 시습관[時習館]에서 수재로 이름을 날리다. 명치유신 동란시에는 교토의 어소(御所) 수비를 맡고 고쿠라[小倉] 전투에 참가, 번의 공무합체론(公務合體論)을 신봉, 철저한 보수적 입장에 서 있었다. 명치 신정부가 들어서서 번의 실권이 실학당으로 넘어가자, 정치를 등지고 낙향, 농업에 종사하며 사숙(현재의 요코지마[横嶋]소학교)을 운영했다.

학문, 무예가 뛰어나고 인간 면에서도 성실, 서남전쟁 시 대장으로 추대된 것도 무리가 아니었다. 전란 직전인 명치 10년 1월에 그는 삿사 도모후사(佐佐友房 : 세이세이코済々黌 설립자 24세)와 함께 가고시마[鹿児島]에 가 (…중략…) 밀약을 맺었다 (…중략…) 전쟁 중 이케베의 면모는 그리 화려한 것이었다고는 하기 어렵다. 소년기부터 연마한 검술과 창술, 포술, 마술도 스나이들 소총과 암스트롱 포에는 당해내지 못했던 것 같다. 데라다[寺田] 전투에서 총상을 입은 후, 다와라[田原], 기치[吉次] 격전 시 전선에 나가 병사들을 독려했으나 결국 패배. 구마모토대는 사츠군과 더불어 (…중략…) 마미하라[馬見原], 시이바[椎葉]를 거쳐 히토요시[人吉]로 후퇴, 도성인 미야사키[宮崎]까지 몰렸다. 6월 말 열병에 걸린 이케베는 병중의 몸으로 8월 2일 사도하라[佐土原] 전투를 지휘했으나 참패. 부대는 흩어지고 홀로 적중에 남는다.

사이고가 가고시마로 갔다는 풍문을 전해 듣고 잠행하여 시로야마[城山]까지 가나, 관군의 엄중한 포위로 잠입 불가능. 와중에 시로야마가 함락되고 난은 종언을 고했다. 이즈음 가고시마 근교 민가에 있던 이케베는 할복을 꾀하나, 전우가 만류. 사이고의 생사를 확인하려 배회하다가 관군의 포로가 됨. 나가사키 재판을 거쳐 명치 10년 10월 26일 참수형에 처해졌다. 향년 39세 11개월.[13]

장신에 문무를 겸비한 인물로 현민 사이에 명망이 높던 이케베는 구마모토의 보수파인 학교당의 리더로서 경사(經史)학 중심의 구학문과 무예, 군사 방면의 관리로서의 길을 걸었던 봉건 무사 계급의 인물이었다. 그러나 무사 계급의 해체에 따라 정치 경제적 기반이 소멸되고, 전제 정부에 대한 비판 역시도 탄압 아래 놓이면서 그 자신도 생계를 도모하고 사설 교육을 통해 좌절된 뜻을 펴는 '낮은' 삶을 선택해야 했다.

원래 구마모토의 사족들은 가고시마번에 라이벌 의식을 갖고 있었으며 사상적으로도 가고시마와 거리가 있었다.[14] 2월 가고시마에서 사이고 군이 봉기하여 구마모토 사족에게 참전을 요청했을 때, 구마모토의 사족들이 일제히 협력한 것은 아니었다. 그리하여 일부가 중립을 지키는 가운데, 보수파인 학교당 출신은 전제정부 타도, 자유민권파 억압, 서양 횡포의 일소라는 명분 아래 참전했다. 자유민권파인

---

13 森川讓, 「熊本百年の人物誌 3, 熊本隊の大隊長, 池辺吉十郎」, 『熊本日日新聞』, 1968.1.7.
14 森川讓, 「明治と熊本6, 西南戰爭」, 『熊本日日新聞』, 1967.11.1.

협동대(協同隊)는 사이고의 보수주의나 학교당과 체질적으로 상통하는 바가 없었음에도 명치 전제정부 타도라는 공통 목표의 실현을 노리고 사이고군에 합류했다.[15] 학교당의 리더 중의 하나였던 이케베는 신풍련의 난이 일어났을 때에도 거리를 유지했었으나, 사이고가 봉기하자 그는 도쿄 무혈입성의 영웅 사이고가 천하를 제패했을 경우 얻게 될 새 입지를 저울질한 후 사이고 군에의 합류를 택했다.[16]

1877년 2월 가고시마를 출발한 사츠마 사족군 13,000명, 징모병 10,000명, 개전 후 참전한 구마모토 사족군 2,500명 등 총 30,000여 명으로 구성된 사츠마군은, 그러나 구식 무기와 전술로 무장한 군대였다. 우천시에는 작동이 불가능한 구식 소총과 야포로, 예상과 달리 완강하게 버티는 정부군과 맞섰다. 구마모토성 포위 전술 자체가 무리한 전략이었다.[17] 새 징병제를 통해 선발된 농민군인 정부군은 가시거리 확보를 위해 성 주변의 부락을 소각하는 등 응전 태세를 갖추고 있었고, 고성능의 신식 소총과 야포를 갖고 있었다. 사이고군은 구마모토로 진군해 온 정부 지원군과의 일부 전투에서 전과를 올리기도 했으나 결국 다와라에서 패배했다.

이 다와라 전투에 참전한 정부군 중에 후일 조선 초대 총독으로 부임한 젊은 시절의 데라우치 마사다케도 있었다. 사이고군은 정부 지원군의 구마모토 도착과 더불어 포위망을 풀고 철수를 시작하여 이후 규슈 남부 지역을 전전하던 끝에 패잔병 수백 명이 사이고의 근거지

---

15 山下郁夫, 『硏究 西南の役』, 三一書房, 1977.5, 7장 및 圭室諦成, 『西南戰爭』, 至文堂, 1966, 142~143쪽.

16 森川讓, 「明治と熊本6, 西南戰爭」, 같은 곳.

17 圭室諦成, 『西南戰爭』, 134~135, 137쪽.

인 가고시마의 야마시로에서 9월 옥쇄의 길을 택한다.[18] 사이고가 실현해줄 것 같았던 '신세계' 질서에 편승하여 좌절된 정치적 꿈을 복구하려 했던 구마모토 사족들의 계산은 이렇게 해서 역사의 반동으로 일본 근대사에 기록되게 된다.

거주지인 야마자키쵸에서 올려다 보이는 구마모토성, 잿더미가 된 시가지를 사이에 둔 정부군과 반란군의 포격전과 육박전이 50일이나 계속되었던 그곳에서 아베는 15세와 16세를 보냈다. 전쟁 전까지 그가 받은 교육은 구마모토번의 학교인 시습관(時習館)의 교육 전통을 이어받은 학교, 이케베 기치쥬로의 사숙 요코지마[橫嶋] 사숙(私塾)이었다. 그 사숙은 소학교령의 발포에 따라 지역 유지의 기부로 건립된 소학교 요코지마 촌립학교[橫島村立學校]의 2층을 증축하여 1872년 10월 개교한 사숙이었다. 현재 요코지마 소학교의 전신인 이 사숙에서 이케베는 아동과 청년 계층 지도에 힘을 기울였다.[19] 이케베의 기록에 남아 있는 당시의 「사학 개설 청원서」에는 자신의 이력이 이렇게 기록되어 있다.

히고[肥後] 구마모토 사람, 대대로 호소카와 씨를 모셨음. 9세 때 시습관(時習館) 입학, 19세부터 청아제료(菁莪齊寮)에 들어가 25세까지 17년간 경사학(經史學) 연구, 동년 집안을 물려받아 녹(錄) 200석 받음. 26세부터 번방(藩方) 구미와키[組脇], 가쿠토[步頭], 교토 루수이[留守居], 군다이[郡代], 엔부쵸[演武場] 메츠케[目付] 역임, 32세 구마모토번 소참사(少參

事) 배임, 33세 면관, 35세 때 주거를 요코지마[橫島]촌으로 옮겨 농업에 종사, 집안을 이어 받은 후 11년간 학문에 전념.[20]

그의 마지막 직력은 연무장(演武場) 메츠케[目付]와 구마모토번 소참사(少參事)다. 연무장은 당시 오에[大江]촌에 자리하고 있었던 번병의 훈련소다. 훈련소장격에 해당하는 메츠케로 취임한 그에게 맡겨진 임무는 군비(軍備) 조사, 개선책의 제시, 전술 훈련 등이었다. 이곳에서 그는 특히 자신의 전문이었던 신식 포술의 보급과 훈련, 포탄 제조 등에 종사했으며 근대전 전술에 대한 선견들을 다수 제시한 것으로 알려져 있다. 연무장에서의 활약을 인정받아 그가 마지막으로 취임한 관직이 소참사, '국방부 차관'에 해당하는 고위직이었다. 그러나 그는 취임 후 1년도 채 지나지 않은 1870년 신정부의 번정(藩政) 개혁으로 동료들과 더불어 퇴임을 맞이하게 된다.[21]

호소카와 번의 번사였던 그의 가계와 이케베의 직무의 특징은 군사 방면으로 집약된다. 천황 거처 경비대 근무에서 시작하여 번의 국방 업무의 고위직에 오른 점, 근대전의 전술과 무기 등에 관련된 연구와 실천 경력들이 이 점을 입증해 준다. 그가 신풍련의 난 발발시 관련 혐의를 받게 된 점, 서남전쟁에 1,300명이나 되는 학교당 부대의 대장으로서 참전하게 된 근거를 확인할 수 있다. 이러한 무인으로서의 경력에 그는 경사학 연구 17년이었다는 인문학 수학 경력도 개인적으로 덧붙였다.

---

20 위의 책, 62쪽.
21 위의 책, 58쪽.

명치 신정부의 정책으로 인해 33세 때 경제적 기반과 신분적 특권을 모두 잃고 새로운 삶의 방식을 모색해야 했던 명치 초기 사족의 한 명이 바로 아베의 소년기 스승이었다. 그가 퇴직 이후 구마모토 서쪽 다마나[玉名]에서 농업에 종사하는 한편 개설한 것이 요코지마 사숙이었다. 요코지마 사숙은 몇 명 안 되는 숙생(塾生)으로 출발했으나 점차 명성이 퍼지면서 인근 구마모토의 온고당(溫故堂)에서 교육을 받던 학생들 중에도 먼 거리를 마다하고 찾아와 입학한 학생들이 다수 있었다. 그 학생 명단 중에 가미야마 미츠이에가 끼어 있었다.[22] 1874년, 아베 13세 때의 일이다.

소년기 아베의 정신과 몸을 이해하기 위해서는 당시 요코지마 사숙의 교육 내용의 파악이 필수적이다. 현존 자료 중에는 이를 구체적으로 전하는 자료가 『池辺吉十郎伝』밖에 없다.

숙에서는 漢籍을 위주로 하여 사서, 특히 논어, 맹자를 정독했다. 교수법은 대개 이전의 지슈칸[時習館] 류를 따른 강독법 위주였고, 숙생은 예습을 하고 질문 시간에 의문나는 곳을 물었다. 사서 외에는 서경, 7서, 그 중 손자, 오자 류, 또 문장궤범, 당송팔가문, 通鑑綱目 등을 사용하였고, 어린 숙생들에게는 日本外史, 十八史略, 그리고 資治通鑑을 권하는 한편 日本政記, 國史纂論 등도 읽혔다. 資治通鑑 같은 경우는 윤독을 하고 난해한 곳을 질문하는 방식이었고, 특히 백문을 사용한 당본은 주로 학력이 높은 숙생들에게

22　下田一喜編, 앞의 책, 64쪽. 입학한 동기생 중에 후일 구마모토시 시장이 된 가라시마 이타루[辛島格]가 있었다. 현재 구마모토시의 중심가를 이루고 있는 가라시마쵸[辛島町] 일대는, 잿더미화된 서남전쟁 터에 건설되었던 야마자키 연병장이 오에촌[大江村]으로 이전한 뒤 새로 건설된 상가 지역이다. 가라시마쵸라는 명칭은 그의 업적을 기린 것이다. 谷川憲介, 「熊本百年の人物誌 75, 都市計畫の先覺 辛島格」, 『熊本日日新聞』, 1969.3.25 참조.

만 가르쳤다. 선생의 자제인 吉太郎는 제일 어렸는데 아무 어려움 없이 이들을 독파하여 다른 학생들을 놀라게 하였다 한다. 한적 중 史記는 특히 장려하였는데, 정독을 권해 "사기를 충분히 읽어 주까지 읽을 수 있게 되면, 다른 책은 쉽게 읽을 수 있게 된다"고 제자들을 지도하였고, 또한 논어, 맹자는 朱熹 集註를 기초로 四書鈔說, 四書大全, 四書正解 등을 사용하는 경우가 많았다. 평소 선생은 훈독[素讀]을 중시하셨는데, 대의(大義)를 통하기 이전에, 단어나 한 두 구를 세심하게 자해하시는가 하면, 훈독 시에는 항상 속독의 문제점을 교정하시면서, 가능한 한 부드러운 어조로 시를 낭송하는 듯한 속도로 읽는 것이 좋다고 말씀하시곤 했다. 지금까지는 학문은 화한(和漢)으로 충분하다, 화한(和漢) 학문만으로도 만사 해결이라고 생각해 왔지만, 금후에는 서양을 더해 화한양(和漢洋)의 대세에 통할 필요가 있다고 하시면서, 여지지략(與地誌略) 혹은 만국역사(萬國歷史) 등을 번역서로 가르치곤 하셨다.

선생은 손자를 애독하셨는데 '각국에 병법이 많지만 병학 중에 손자를 능가할 것이 없다'고 하시고, 손자 책 한 권을 소책자로 베껴 품고 다니셨다. 사숙에서도 손자의 경우는 특별히 주의 깊게 강독하셨다. (…중략…) 경우에는 '주해는 무엇 무엇을 보라'고, 서명을 제시하시면서 각자의 연구심을 장려하셨는데, 과거 시습관 시대에는, 선생이 직접 동향당인 적미구련의 장년 자제를 모아, 손자 강의를 들려주신 적도 있다고 한다. 또 선생은 항상 문천상(文天祥)을 칭찬하시면서, 때로 사람들에게 말하시길 '문천상만큼 진실한 학자는 없다, 중국 일류의 학자일 것이다'라시며 깊이 숭배하셨다. 더욱이는 '일은 제갈공명에게 배워야 마땅하고 인물은 문천상이 되어야 하며, 굴원 같은 이는 취하지 않는 것이 좋다, 국가에 봉사하려는 자는 제갈공명 같아야 한다'고 말씀하시곤 했다 (…중략…)

체육법으로는 검술, 수영, 토끼 사냥 등이 특별히 장려되었다. 검술 수업은 숙의 마당에 있는 잣밤나무[椎木] 그늘을 도장으로 삼았고, 여름철 다카세가와[高瀨川]가 범람할 때 대수영 대회를 연 적도 있다. 어떨 때는 3일 연속 토끼 사냥을 강행하는 등 심신 단련에 힘을 기울였고, 선생의 낚시를 따라가 통발 물고기 잡이를 즐긴 적도 있다. 갖고 간 술로 숙생들과 사냥한 짐승을 나눠 먹은 적도 있다. 효심이 두터운 선생은 사냥감을 갖고 귀가하여 어머님께 조리해 올리는 것이 큰 즐거움이었다고 한다. 선생은 농업 외에 부업으로 근처 데라다촌[寺田村]에 차밭을 일궈 제차업(製茶業)도 하셨는데, 매년 4, 5개월경은 찻잎 수확시 숙생들도 총출동해서 거들곤 했다. 이렇게 학문 외에 다양한 체육 장려에도 힘을 기울여, 지 덕 체 3육育을 지향하셨다. 실천궁행 윤리, 수신을 주로 훈도하시고, 경학은 특별히 주의를 기울이셨는데, 경학이 안 되면 아무것도 할 수 없다, 항상 시세에 뒤떨어지지 않는 학문이어야 한다고 자제를 훈계하셨다. 이렇게 선생은 농업에 종사하시는 한편 수많은 인재를 양성하시면서 국가에 유용한 재목으로 키우시려 노력하셨다.

선생이 요코지마로 주거를 옮기신 후 찾아오는 지사들이 사방에서 끊이지 않았다. 선생은 흔쾌히 이들을 맞으시어 천하국가를 논하시고 때로 손수 담그신 탁주를 심야까지 기울이시면서, 흉중을 털어놓고 의견을 교환하셨다. "濁酒粗肴勿辭醉, 悠然其笑見浮雲" 등의 시가 그때의 회고담으로 남아 있다. 가끔 그 자리에 숙생을 불러 술을 따르게 하셨다는 이야기도 있다.

이렇게 요코지마숙은 명성이 퍼지면서 많은 인사들이 몰려 왔다. 한때 숙사가 협소하다는 말이 나올 정도였는데, 명치 9년(1876) 경신당의 난이 일어난 뒤 선생이 혐의를 입게 되자 구마모토 쪽에서 온 이들이 퇴숙·귀향하는 경우도 있었고, 남아 면학을 계속하는 지역 학생들도 있었다.[23]

주자 집주의 경서와 역사서가 교과서로 되어 있고 강독과 암기를 중시하는 전통적 한학 교육이 주를 이루었음이 확인된다. 전인적 인격 도야를 중시하는 전통적 인문 교육 가운데 충효를 중시하고 심신의 도야를 아우르는 중세 교육의 면모를 찾아볼 수 있다. 한편으로 무인 출신의 스승답게 병법 교육과 검술, 체육 교육에 힘을 기울인 점도 주목된다. 후일 한시를 즐기고 조선 유자들과의 대화를 즐긴 아베의 면모, 청년교사 시절 아동들에게 검술과 체육을 힘써 지도한 아베의 면모들은 모두 이 시기에 그 기초가 마련된 것이었음에 틀림이 없다.

규슈 지역의 사족들이 대거 참여한 서남전쟁에서의 패배, 잿더미가 된 야마사키쵸, 구마모토의 신망 두터운 유지였으나 불명예스러운 처형과 더불어 '역적'이 되고만 스승, 이 풍경들은 아베에게 중세적 가치관과의 결별을 강요하는 계기가 되었을 것이 틀림 없다. 이케베는 처형 직전, 유언을 권하는 입회인에게 이렇게 밝혔다 한다.

이젠 아무 할 말이 없다. 지금부터는 그대들 청년의 시대다. 열심히 하라.[24]

전후 구마모토는 새로 진주한 정부군에 의한 시가지 개발, 정부 주도 개혁이 속속 이뤄지는 가운데, 전쟁 중 중립을 지켰던 인물들과 출

---

23 下田一喜編, 『研究 西南の役』, 65~68쪽.
24 森川讓, 「明治と熊本 6 西南戰爭」, 앞의 신문, 같은 날짜.

옥자들을 중심으로 자유민권운동과 국수주의 세력으로의 정치적 재편이 이뤄지고 있었다. 아베는 그의 스승이 걸었던 보수당 행보와는 방향이 다른 길을 선택했다. 그는 도쿄 유학을 거쳐 고향에서 직장생활을 시작하는 한편 규슈의 자유민권운동에 관여하고 있었다. 그러던 아베는 그의 인생 전체의 향방을 결정짓는 중요한 인물과 합류하게 된다. 명치기 일본의 자유민권운동의 리더 중의 하나였으며 청일전쟁 이후에는 일본을 대표하는 국수주의자, 대륙팽창주의자로 변신하게 되는 도쿠토미 소호가 그다.

3. 도쿠토미 소호[德富蘇峰]와의 만남

전쟁 전 구마모토에는 이미 자유민권운동의 움직임이 상당히 진행된 상태였다. 후일 구마모토 사족대인 협동대(協同隊)를 이끌고 서남전쟁에 참전했다가 전사한 미야자키 하치로[宮崎八郎](1851~1877)가 대표적 인물이다. 근왕당 출신이었다가 나카에 조민[中江兆民]의 민약론[民約論]의 영향으로 사상 전향을 한 그는 1875년(명치 3년) 구마모토현 최초의 중학교인 우에키학교[植木學校]를 설립하고 이곳에서 루소와 몽테스키외 등의 사상을 가르친다.

교육결사이자 사상결사였던 우에키학교는 구마모토와 인근에서 강연회와 토론회를 개최하면서 민권운동의 중심지로서의 역할을 수행했다. 특히 도쿄와 구마모토현에서 시작된 지방민회 설치 움직임과 관련하여 적극적 역할을 수행하였다. 1876년 현의 탄압으로 폐교를 당하나 서남전쟁 후 출옥한 이들이 합류한 뒤 1878년 애국사를 거쳐 상애회(相愛會)를 조직하여 활동을 지속하다가, 1881년 10월 기관지『동비신보(東肥新報)』에 입헌군주제, 삼권분립, 일원제 국회, 의원내각제 등 민주적 헌법초안으로 평가받는 「상애사원 사의(私擬) 헌법안」을 발표하기에 이른다.[25]

한편 이케베 기치쥬로와 함께 학교당의 일원으로 서남전쟁에 참전했던 삿사 도모후사[佐々友房](1854~1906)는 출옥 후 1879년 동심학사(同心學舍, 현 熊本県立 済々黌高等学校)를 설립한다. 이 동심학사는 1881년부터 교육과정 속에 한국어와 중국어 과정을 추가한다. 이 학교에서 후일 조선과 중국 침략의 첨병이 된 인물들이 다수 배출되었다.[26] 삿사는 이후 황실을 중심으로 한 국권확장주의를 제창하는 자명회(紫溟會)를 설립하는데, 이를 계기로 구마모토의 정파는 국권주의・주권재군(在君)을 주창하는 보수 세력의 결집조직인 자명회, 주권재민・자유주의를 내세우는 상애사, 군민공치(共治)・개진주의를 주창하는 실학파로 재편되었다가, 이윽고 민권계 결사가 결집된 규슈개진당(1882), 입헌자유당(1890)과 자명회를 중심으로 보수 세력이 총결집한 국권당(1888), 즉 진보와 보수 양편으로 명료한 대립구조를 이루게 된다.[27] 이 대립구조는, 1882년 정부의 집회조례 개정에 의해 민권파 정당들이 해산되거

---

25 平野敏也, 工藤敬一 編, 『図說 熊本縣の歷史』, 河出書房新社, 1997, 174~175쪽.

26 佐佐博雄, 「熊本國權黨と朝鮮における新聞事業」, 『國士館大學文學部人文學紀要』9호, 1977.1, 22~23쪽.

27 平野敏也, 工藤敬一 編, 『図說 熊本縣の歷史』, 174~176쪽.

나 자명회에 흡수되면서 붕괴되어, 구마모토의 자유민권운동은 몰락의
길을 걷게 된다.[28] 서남전쟁 이후 아베가 소년기 후반과 청년기 초반을
보낸 구마모토의 정세는 위와 같았다.

　서남전쟁 직후 아베는 스승 이케베가(家)와 교류를 지속하고 있었다.
기치쥬로의 장남 기치타로[吉太郎]가, 아베의 친척이자 부친의 친구였
던 가마타 가게스케[鎌田景弼](1842~1488)에 의탁을 하고 있었기 때문
이다. 전쟁 후 3년째를 맞는 1880년, 아베는 도쿄로 상경, 후쿠자와 유
키치와 어깨를 나란히 하던 당대의 계몽사상가 나카무라 마사나오[中村
正直](1832~1891)가 운영하던 일본의 3대 명숙의 하나 동인사(同人社)에
입학,[29] 영어를 수개월 공부하는데, 당시 기치타로도 가마타 가게스케
[鎌田景弼]의 지원으로 상경, 동인사에 입학하여 공부를 한다. 이 기치타
로가 후일『도쿄아사히신문』주필을 지냈으며 나츠메 소세키를 초빙한
에피소드로 잘 알려져 있는 이케베 산잔(1864~1912)이다.[30]

28　堤克彦,『よくわかる熊本の歴史(3)』, 熊本出版文化會館, 2004, 168~169쪽.

29　나카무라 마사나오[中村正直](1832~1891) : 에도 출신. 막부 유관(儒官) 역임. 유학생 감
　　독으로 영국 체험, 靜岡學問所 교수 역임. 1870.11월 새뮤얼 스마일즈의『Self Help』를『西
　　國立志篇』으로 번역 출판, 100만 부 이상 판매. 福澤諭吉의『학문의 권장』과 비견되는 베스
　　트셀러가 됐다. 존 스튜어트 밀의『On Liberty』번역본인『自由之理』(현재『自由論』)는 '최
　　대 다수의 최대 행복'이라는 공리주의를 주장, 개인 인격의 존엄과 개성과 자유의 중요성을
　　역설했다. 1873년 동인사(同人社) 설립, 후쿠자와 유키치, 가토 히로유키 등과 설립한 메이
　　로쿠샤[明六社]의 성원으로서 계몽사상 보급에 공헌했다.
　　http://ja.wikipedia.org/wiki/%E4%B8%AD%E6%9D%91%E6%AD%A3%E7%9B%B
　　4, 2014.5.10 접속.

30　이케베 산잔(1864~1912)은 1884년 게이오의숙[慶應義塾]을 중퇴하고 사가현령(佐賀縣
　　令)이 된 가마타 가게스케[鎌田景弼]의 권유로 사가현 학무과(學務課)에서 근무. 1889년
　　조약개정 반대운동을 폈으며 오사카의 經世評論에 입사하여 도카이산시[東海散士]와 함께
　　주필로 근무. 1891년 재 상경 후 일본신문사 객원기자, 1893년 호소카와 모리시게[細川護
　　茂]를 수행하여 프랑스 유학, 유럽 5개국 방문, 필명 철곤륜(鐵崑崙)으로 발표한「巴里通信」
　　이 평판을 얻었다. 1896년 귀국. 오사카아사히신문[大阪朝日新聞社] 주필로 입사, 1897년
　　도쿄아사히신문 주필이 되었다. 1907년 나츠메 소세키를 취직시킨 에피소드로 유명하며
　　동 신문의 황금시대를 구축한 인물로 평가받고 있다. 伊豆富人,「熊本百年の人物誌38,文勳第一

동인사 재학 중 아베는 구마모토 출신이 모이는 재경친목회(在京親睦會)의 간사 역할을 맡고 있었다. 바로 여기서 그는, 3년간 다니던 동지사를 퇴학당하고 상경하여 도쿄에 머물고 있던 한 살 연하의 도쿠토미 소호를 만나 친교를 시작한다.[31] 당시 도쿠토미는 서남전쟁 직후 전국에 불고 있었던 자유민권운동 재흥운동의 결과로 구마모토에 탄생한 상애사(相愛社)(1878.5 결성)에 가입(1879.10)한 상태였다. 당시 상애사는, "국민 권리의 신장을 꾀하며, 재정을 심의하는 국회는 나라의 자주, 자립의 뜻을 분명히 하고 국가의식을 유지하는 근본이므로 국회 개설이 필요하"다는 강령 아래 활동하고 있었다.[32]

도쿄에서의 수학을 마친 아베는 귀향하여 가고시마현 미야노죠[宮之城]에 있는 공립 에이신[盈進]학교(현재의 薩摩町立 盈進小学校)에서 교사로 근무하면서 호쿠사츠[北薩] 지역의 규슈개진당[九州改進黨](1882 결성)의 정치활동에 관여하고 있었다. 규슈개진당의 가고시마 지부 리더가 하세바 스미타카[長谷場 純孝](1814~1854)였는데, 사이고 다카모리의 친우이기도 했던 그는 아베의 지인이자 도쿠토미 소호의 친우이기도 했다.[33] 당시 규슈개진당의 결성 사정 및 행동강령은 다음과 같았다.

규슈 각지의 민권 결사의 연합과 새로운 정당 결성 조건이 일제히 정비되기에 이르렀다. 공의정당 결성으로부터 1개월 여 후인 명치 15년(1882) 3월 12일, 규슈 각지에 산재하여 독자적으로 활동하고 있던 각 정사(政社)가

人者 池邊吉太郎」, 『熊本日日新聞』, 1969.2.12.

31 德富猪一郎, 『蘇峰自伝』, 中央公論社, 1935, 134쪽.

32 森田誠一·花立三郎·猪飼隆明, 『熊本縣の百年』(新訂版), 山川出版社, 1987, 66~67쪽.

33 花立三朗, 『大江義塾』, ペリカン社, 1962, 236~237쪽.

처음으로 연합하여 하나의 정당을 결성했다. 이것이 규슈개진당[九州改進党]이다.

규슈개진당은 공의(公議) 정당을 목표로 결성, 창립대회도 구마모토에서 개최했다. (…중략…) 강령은 다음과 같다.

제1조: 우리는 자유를 신장하고 권리를 확장함을 주의로 삼는다
제2조: 우리는 사회를 개량하고 행복을 증진함을 목적으로 한다.
제3조: 우리는 입헌정부를 확립함을 의무로 한다.
제4조: 우리는 널리 주의 목적을 같이하는 자와 일치단결해야 한다.

(…중략…) 기초위원의 한 명으로 자유당 간사 하야시 마사아키[林正明]가 참가하고 있었던 데에서도 분명히 알 수 있듯이, 규슈개진당은 자유당계의 정당으로서 설립되었다.

규슈개진당의 본부는 우선 나가사키에 설치되었다. 각 현에는 지방부가 설치되었는데 가고시마에서는 四月農事社, 自治社, 公同社가 합동하여 규슈개진당 가고시마부를, 사가도 개진회(改進会)를 개조하여 肥前部, 唐津部를 설치했다.[34]

아베는 이 시기 입헌정부 설립을 목표로 하는 정치사상의 소유자로 변화해가고 있었음을 짐작할 수 있다. 스승 이케베가 지향하고 있었던 구세계와 결별하는 사상적 수순을 그는 밟아가고 있었다고 할 수 있을 것이다. 이런 인연과 더불어 도쿠토미와 왕래를 지속하던 아베

---

34 森田誠一, 花立三郎, 猪飼隆明, 『熊本縣の百年』, 74~75쪽.

는, 도쿠토미가 규슈개진당 설립 1주일 뒤인 1882년 3월 19일, 구마모토 소재 부친의 주택에 자유민권계 사설학교를 설립하자, 미야노조의 청년 10명을 입학시키는 등 적극적인 지원활동을 지속한다.

결국 아베는 공립학교인 에이신학교 교사직을 버리고, 오에의숙 즉 민권운동 사숙의 교사로서의 길을 선택한다. 민권운동에 대한 청년기 아베의 열정, 아베와 도쿠토미와의 의기 투합의 도를 엿볼 수 있다. 아베 나이 23세 때의 일이었다.[35]

4. 에이신소학교[盈進小學校]와 오에의숙[大江義塾]시대

당시 구마모토에는 두 개의 사숙이 같은 1882년에 설립되어 규슈 정치계의 구도 경쟁을 대변하고 있었다. 하나는 도쿠토미 소호가 1882년 다쿠마군[琢磨郡] 오에촌[大江村]의 자택 내에 설립한 오에의숙[大江義塾], 또 하나는 자명회를 설립한 삿사 도모후사[佐佐友房]가 이를 동심학사(同心學舍)로 개칭한 후 1882년 성 남쪽 죠카마치에 설립한 세이세이코[済々黌](현재 熊本県立 済々黌高等学校)였다. 전자는 영국풍의 자유주의 사상 교육에, 후자는 독일 국권주의 사상의 교육에 주력했다. 두 사숙은 구마모토의 양대 정파, 즉 자유민권파와 국권파의 대결구도가 교육 방면에서 재현된 것이기도 했다. 완고한 기질의 구마모토 현민의 감각으

---

35 花立三朗, 『大江義塾』, 같은 곳.

로 보자면 서양풍의 전자가 이단자적인 존재였다. 결국 이 경쟁 구도는 구마모토에서의 자유민권운동의 쇠퇴, 국권주의 세력의 확산과 더불어 1886년 오에의숙의 폐교로 귀결되게 된다.

도쿠토미 소호는 귀향 후 약간의 거리를 두면서도 구마모토 민권결사인 상애사의 회원이 되어 있었다. 지역청년 대상의 강의활동을 하는 한편,[36] 상애사의 일원으로 규슈 지역을 돌며 연설 및 출판 활동을 전개하고 있었다. 그는 규슈개진당의 결성, 즉 규슈의 민권세력의 대동단결이 완성된 후 1주일만인 1882년 3월 19일 오에의숙을 개교했다.[37] 오에의숙의 설립목적과 교수법의 요략은 다음과 같았다.

"본 숙의 목적은 청년 자제의 지덕의 발육을 도모하기 위하여 和漢洋書를 통해 보통학과를 겸학(兼學)시켜 전문과 단계에 이르도록 함을 목적으로 함"이라 되어 있고 교수법의 요략에는

1. 교수 방법은 경사(經史) 및 역서류(譯書類)는 서책을 통해서만 배우게 하고 원서 번역 강의 혹은 구수(口授)하고 경우에 따라 이를 서취(書取)하게 한다. 단 원서를 감당할 능력이 있는 자는 원서 교수법을 즉시 겸용한다.

1. 산과(算科)는 필산(筆算)을 주로 하고 주산을 이미 시작한 자는 (…중략…) 심화 학습을 요한다.

1. 작문은 기사, 논설서 등 여러 서체를 묶어 순서에 맞춰 이를 철(綴)하게 한다.

1. 이학은 역서(譯書)로 배우게 한다. [38]

---

36 德富蘇峰, 『蘇峰自傳』, 日本図書センター, 1997, 100~122쪽.
37 森田誠一・花立三郎・猪飼隆明, 『熊本縣の百年』, 76쪽.
38 熊本縣教育會編, 『熊本縣教育史』 上卷, 熊本縣教育會, 1931, 706쪽.

도쿠토미가 밝힌 설립 목표는 "하나의 주의를 갖고 천하에 독립하여 역행(力行)하고 그러한 인사들을 양성하는 데 있다. 그 주의는 (…중략…) 태서자유주의"라는 데에 있었다. 교육 방침은 "자유주의 학교"로서 "제도나 운영을 완전히 자유롭게 하여 생도의 자치에 맡기고, 하나의 교사(校舍) 속에 하나의 민주국을 건설하는" 데 있었다. '자유주의' 토대 위에 선 민주국의 정치적 실현을 고대하던 소호가 오에의숙이라는 소(小)천지에 '민주국'을 실현하여 자유민권운동의 한 실천 예를 제시해보려 한 것이다.

이런 방침은 교육 내용 속에도 반영되고 있었다. 학과과정은 역사, 수신, 산술, 지리, 물리, 화학, 동물, 식물, 문학(예과), 정치경제, 법률, 수신, 논리, 역사, 문학, 산술(본과) 등 현립중학교를 모방한 내용으로 구성되어 있었으나, 교과서 속에는 민권사숙으로서의 독자성이 약동하고 있었다. 『논어』·『맹자』·『대학』·『중용』·『일본외사』·『전국책』 등의 한적(漢籍) 외에 밀의 『대의정체론』, 배저트(Walter Bagehot, 1826~1877)의 『영국헌법론』, 스펜서의 『제도학』·『도덕의 원리』·『교육론』, 기조(Gui Guizot, 1787~1874)의 『구주문명사』, 맥컬레이의 『영국사』·『영국헌법사평론』, 스마일즈의 『서국입지론』·『서양품행론』 등 근대 유럽의 민주주의 관계 서적이 다수를 점하고 있었다. 소호가 직접 강의한 내용 중에는 미국혁명사, 영국혁명사, 프랑스 혁명사가 있었다. 소호는 서적과 역사를 통하여 자유, 평등, 근면, 협력, 강곡(剛穀)이라는 근대적 도덕을, 그리고 정치 사회적 혁명의 필요성을 역설했다.

그의 교육은 그의 정신적 스승 요시다 쇼인[吉田松陰]의 방법과 같이 과외수업을 항시 실시하고 체험 학습을 철저히 하는 데에도 특색이 있었다. 월 1회 연설회와 토론회가 열렸다. 주권론의 예를 들자면, 오에의숙의 주권이 교장에게 있느냐, 학생에게 있느냐 하는 식이었다. 그리고 월 2회의 독서회, 텍스트로는『서양품행론』외에 요시다 쇼인의『유실문고(幽室文稿)』등이 널리 사용되었다. 소풍, 토끼 사냥, 격검 시합, 담력 단련회, 시회, 체육 훈련이 적극적으로 행해졌다. 그리고 달마다 교체하는 간사 두 명이 운영하는 학생 자치조직이 잡지『오에의숙 잡지』를 발행하여 정보 교환 및 문필의 여마를 기했다. 구마모토 시골 외곽에 자유 자치를 표방하는 작은 '민주국'이 움직이고 있었던 것이다.

소호는 정치 일선에서는 손을 뺐으나, 각지의 민권운동가들과의 제휴를 지속하고 있었다. 후쿠오카현의 민권가 오오노코지[大野鴻志], 오바타 도쿠지로[小幡篤次郎], 고치현의 미야치 시게하루[宮地茂春] 등, 그리고 멀리 후쿠시마현의 가네코 츠네고로[兼子常五郎]나 도쿄의 히사마츠 요시노리[久松義典] 등이 연이어 오에의숙을 방문했다. 또 소호는 1884, 1885년 2회에 걸쳐 숙생을 데리고 가고시마의 민권운동가를 방문했고, 1884년에는 고치[高知]까지 숙생 십여 명을 데리고 가서 고치의 운동가들과 교류했다. 민권사숙 오에의숙의 명성은 인근에 퍼져 있었다.

당시 한학에 의존하고 있었던 구마모토의 사숙학교 속에서, 서구 자유주의를 표방하는 오에의숙은 특이한 존재였다. 특히 보수 세력 자명회의 교육기관인 세세이코와의 대립은 현저했다. 정부의 지원을 받는 세세이코는 규모 면에서 오에의숙을 압도하고 있었는 데다가, 천황중심주의, 국가 중추의 육성 등을 교육목표로 내걸고 오에의숙과 정면으로 대립하고 있었다. 구마모토의 대세는 물론 자명회＝세세이

코를 지지하는 토양이어서, 결국 오에의숙은 "반역을 가르치는 곳"으로 낙인찍히게 된다.[39]

오에의숙의 규모는 1882년 개교 당시는 학생 105명, 1883년에는 70명, 폐교 전 해인 1884년에는 70명으로 되어 있다.[40] 개교시 학생 수가 유독 많았던 데에는 아베가 미야노죠에서 뽑아 보낸 청년 10여 명의 힘이 물론 컸다. 이윽고 아베는 24세 되던 해 공립학교 교사직을 버리고, 구마모토에서 보수 국수주의와 맞서고 있던 자유민권 교육의 장 오에의숙 교사직을 선택한다. 1885년 1월부터 4월 사이의 일이었다.[41]

다음 자료는 오에의숙의 한 졸업생이 당시를 회고한 내용이다. 오에의숙 내에서의 아베의 면모가 구체적으로 기록되어 있다.

영어 쪽은 蘇峰 선생이, 수학 기타는 人見一太郎 선생과 戶波易治 선생님 등이 가르치고 계셨는데, 그밖에 阿部充家 선생, 草野文平 선생 등도 협조하고 계셨습니다. 그리고 阿部充家 선생님 이 분은 지금으로 친다면 사감 같은 역할이셨는데, 잔소리는 안 하시지만, 擊劍 같은 것만은 굉장히 맹렬하게 하셨습니다. 또 야외운동이라 할 토끼 사냥 같은 것은 아주 자주 했습니다. 그리고 당시 德富蘇峰 선생의 교수법은, 서적으로 가르치는 것은 물론이나, 구절에 매이지 않고 의미를 부연해서 강화(講話)풍으로 가실 때도 많아서 생도들이 굉장한 흥미롭고 유쾌한 학창생활을 보냈습니다. 또 淇水 선생은 노선생으로 불리

---

39 이상 오에의숙의 설립 및 운영 내용은 森田誠一, 花立三郎, 猪飼隆明의 『熊本縣の百年』, 76~79쪽 참조. 한편 당시 오에의숙의 수업 내용은 도쿠토미가 도시샤 수학 시절 교원 라네이트에게 받은 강의 내용을 정리한 노트에 기반한 것이었다는 설도 있다. ビンシン, 杉原志啓 譯, 『評傳 德富蘇峰』, 岩波書店, 2000, 10~11쪽.

40 熊本縣教育會編, 『熊本縣教育史』上卷, 708쪽.

41 花立三朗, 『大江義塾』, 237쪽.

고 있었습니다만, 옛날 풍의 학자로 일자일구 정성스럽게 강독하셔서서 생도들도 무릎을 꿇고 들을 수밖에 없었습니다. 교과서 같은 것은 물론 요즘 학교처럼 전문가가 만든 체계적인 것은 없었고, 선생님의 기분에 따라 그때그때 바뀌었습니다. 영어는 영국물과 미국물이 상당히 환영을 받았던 것 같고, 영국의 청교도와 크롬웰, 고부덴, 브라이트의 자유사상을 고취하였고 미국 혁명사 같은 것은 선생님 스스로가 부분 부분 번역, (…중략…) 자유의 종소리가 은은히 울려 퍼지듯 생도에게 읽게 해서 모두 깊은 인상을 받았던 것 같습니다. 英學 쪽은, 학파 면에서 분명한 체계는 없었습니다만 사상은 자유주의적 경향을 띠었고 경제학풍에도 역시 만체스터 학파가 환영받고 있었습니다. 한적은 보통 경제 외에 사학물을 많이 사용하고 계셨습니다. 또 문학 쪽은 (…중략…) 靖獻遺言이나 近古史談, 幽室文藁 등도 익히 읽었습니다. 文章道를 위해서는 단순히 고적만이 아니라, 今文體도 읽었습니다. 특히 당시 文豪인 福地☐痴居士의 동경일일신문의 사설 등을 베껴서 읽었습니다. 그 "紀尾井坂의 변"이라 題한 大久保公 暗殺 弔文 등은, 일대의 명문으로서 지금도 기억하고 있을 정도입니다. 당시의 문장도로는 소봉선생 풍 외에 ○痴풍의 기맥도 상당히 남아있었던 것 같습니다. 이런 식이어서, 전체를 지금 돌이켜 보면 어떤 식의 교육방침이냐, 전문가의 이론도 있을 수 있겠습니다만, 교육 기술은 갖춰져 있지 않은 시대이니까, 당시의 교육은 완전히 선생님의 기분과 취향에서 퍼져나온 교육이었다고 생각합니다. 즉 선생님의 취미 그것이 교과서의 일부 혹은 교수 방침으로 변해가는 것입니다. 실제 大江義塾 시대의 교육은 일방적인 지식 주입 교육이 아니라, 선생님의 이상적 인격 도야를 목적으로 한 것이었다고 믿습니다. 특히 요시다 쇼인 선생의 인물 됨됨이를 칭양하시면서 생도들이 지향해야 할 목표로 지속적으로 제시하시던 것으로 보아서는, 현대적으로 팔양해야 할 필수 인물을 양성하는 것이 그 목적이었던 것처럼 생각됩니다. 이것이 겨우 5, 6년 여, 선생님의 상경과 더불어 문을 닫고 말았습니다. 정말 애석한 일이라 생각합니다. 그 정신주의의 학풍이 점차 사라지고 있는 것은 뭐니 뭐니해도 애석한 일입니다. 당시 교육의 일단을 말씀드린다면, 요즘 학교에서는 상상도 할 수 없습니다만, 담력을 키운다고 심야에 혼자 금봉산(金峰山)에 오르고 묘지에 간다든가, 또 앞 사람이 갖고 온 깃발을 뒷사람이 바꿔 갖고 오게 하거나 겨울에도 얇게 입고 불기를 멀리하는 등등이었습니다. 소풍 같은 것은 밤에 원거리를 행군하는 것이었고 식사 같은 것도 걸으면서 했지요. 하루 십리나 십오륙리 걷는 것은 보통이었습니다. 물론 생도의 생리 상태 등을 다소 무시하는 폐단이 있었습니다만, 이를 통해 强毅不屈의 정신이 함양된 것은 의심의 여지가 없습니다. 종래의 동양 도덕에 서양 신도덕을 가미하는 것이 신시대의 국민양성에 필요하다고 하여 당시 발행된 나카무라 마사나오[中村正直] 선생의 번역서인 영국 스마일즈 씨의 "서양품행론"과 "서국입지(西國立志)편" 등을 윤리 교과서로 읽었습니다.[42] (강조는 인용자)

아베가 강의와 관련된 인상을 전혀 남기지 못한 점, 그의 교내 역할이 학생부장이나 사감 같은 역할로 인식되고 있었던 점, 그의 주된 기여가 '육체적'인 데 있던 점, 즉 숙생의 체력이나 정신력 연마 방면에 적극적이었으며, 특히 검술 연마와 사냥에 열심이었던 점들이 확인된다. 인용문 후반에 등장하는 군대식의 체력 및 담력 훈련도 이 '학생부장' 아베가 주도했을 가능성이 높다.

---

[42]　熊本縣敎育會, 『熊本縣敎育史』 上卷, 711～712쪽.

이상의 세계는 아베에게 전혀 낯선 세계가 아니다. 아베가 스승 이케베 기치주로의 사숙에서 체험한 교육 내용과 방식 그대로이기 때문이다. 이것은 당시의 아베에게는 역시 문적인 것보다 무(武)적인 것이 승했다는 것을 입증하는 하나의 예가 될 수 있을지도 모른다. 아베는 물론 후일 대언론인으로서의 길을 걷게 되긴 하나, 기사 집필에는 인색한 대신 현장 인터뷰나 고위 인사와의 인연 축적 등의 '발로 뛰는' 면에서 두각을 나타낸 기자, 뒤에서 일을 진행하는 '그늘 속의 거물'이라는 이미지가 다량 축적되어 있다. 역시 그의 능력의 본질은, 지적인 담론 작업이나 유창한 언변 능력과는 다른데, 즉 실천적이고 실무적인 데에 그 기반이 있었던 것이 아닐까. 그의 당시 면모를 이렇게 정리한 기록도 있다.

가미야마는 학과의 교사가 아니라, 오늘날의 용어를 빌면 숙생 생활지도 책임자였던 것 같다.

그리고 숙 경영과 관련하여서는 쇼이치로의 상담역이 아니었던가 생각된다. 후일 가미야마가 민우사, 국민신문사 경영을 맡은 것을 생각하면, 오에의숙 시대도 경영과 관련하여 중요한 역할을 하고 있었던 것으로 상상이 가능하다. 가미야마는 1886년 이이치로를 도와 오에의숙 교원의 중심에 서 있었던 것이다.[43]

이 기록을 더하면, 오에의숙에서의 아베의 이미지는 사감에 학생부장 그리고 학교의 경영 실무를 총괄하는 '행정실장' 이미지로 모아진

---

43 花立三朗, 『大江義塾』, 237~238쪽.

다. 후일 도쿠토미 소호가 국민신문을 운영하면서 그를 불러 요직을 맡긴 이유, 이어 그를 '조선판『국민신문』'인『경성일보』의 총책임을 맡긴 이유의 일부도 이해가 되는 것이 아닐까. 한편 소호가 주도한 오에의숙의 교육 내용 속에서는 후일 '팽창주의자로'로서의 그의 모습을 예측할 수 있는 단서 역시도 함축되어 있다. 요시다 쇼인[吉田松陰](1830~1859)에 대한 그의 열광적인 경도가 그 예다.

요시다 쇼인은, 미일수호통상조약 문제로 위기를 맞고 있었던 막부 정권의 과잉 방어책인 안세이대옥[安政大獄](1859)으로 희생당한 막말 지사다. 서양에 대한 막부 체제하 일본의 굴욕을 목도한 그는 탈번을 하고 망명을 기도하는 등 막부 시스템의 금기를 간단히 어겼을 뿐 아니라, 독자적으로 군비 증강 및 존왕양이 사상을 전파하고 토막(土幕) 계획에도 참가했다. 대외 정책면에서는 오키나와 복속, 조선의 조공 국화, 만주, 타이완, 필리핀의 정복 및 식민지 경영을 주장했다. 명치기 사설 숙의 모범이 된 '쇼카촌숙[松下村塾]'을 창설하여, 훗날 메이지 시대를 풍미한 삿초동맹의 주역 기도 다카요시(1833~1877), 막부 타도의 선봉 다카스기 신사쿠(1839~1867), 군부 최고의 실력자 야마가타 아리토모(1838~1922), 기타 이토 히로부미(1839~1867), 명성황후 암살의 배후 이노우에 가오루(1839~1867) 등을 키웠다. 죽음을 불사한 그의 의지적인 생애가 명치기 청년들을 매료시켰음은 물론 청일전쟁기부터 본격화되는 근대 일본의 대외 팽창정책의 근간으로 작동되었음은 물론이다.[44]

도쿠토미가 오에의숙을 설립한 동기는, 부친의 정치활동 및 그의 스

---

44 小西四郎,『日本の歴史19 開國と攘夷』, 中央公論社, 1966, 144~150쪽.

승 요코이 쇼낭[橫井小楠](1809~1869)가에 대한 경제적 지원, 구마모토의 실학당 지원, 소호 및 동생의 유학비 등으로 기운 가세를 회복하기 위한 데에도 있었다.[45] 그러나 명치 지사들의 정신적 스승 요시다 쇼인이 설립했던 쇼카촌숙은 오에의숙의 설립과 운영 시에도 결정적인 모델로서 기능을 했다.[46] 무엇보다도 청일전쟁 전후의 도쿠토미의 삶은 요시다 쇼인의 대 아시아 정책을 충실하게 실천하는 길이었기도 했다.

당시 도쿠토미는 명치 신정부의 전제 정치에 대항하는 민권 사상가로서의 진보적인 면모를 갖고 있었던 반면, 이렇게 천황을 정점으로 하는 명치 시스템의 해외 확장주의, 즉 아시아 침략주의에로 나아갈 가능성을 일찍부터 잉태하고 있었다고 할 수 있을 것이다. 다음은 당시 숙을 경험한 학생의 입장에서 도쿠토미의 인생 스타일을 엿보아낸 귀중한 언급 내용이다.

당시 大江義塾의 강령이라는 것도 간단한 것이었다고 생각합니다. 교사 정면에 걸려 있었던 큰 현액에, 호조가 쓴 "經國"이라는 게 있었습니다. 그 구만 보아도 당시 우리 소호 선생이 학인(學人)의 길로 가기보다도 천하국가를 어떻게 해 보시겠다는 생각을 품고 있었던 것이 아닌가 생각합니다. 생도들에게도 역시 천하를 위해, 천하 때문에, 식으로 시종 말씀하시던 것이 떠오릅니다. 그런 풍이었으니, 그 "경국"이라는 것은 당시 오에의숙 정신의 완벽한 상징이지 않았는가 지금 와서 생각됩니다.[47]

---

45 ビン・シン, 『評傳 德富蘇峰』, 7쪽(쇼카촌숙의 교육 내용에 대한 구체적 내용은 海原徹 『吉田松蔭と松下村塾』, ミネルブア書房, 1999, 3~5장 참조).
46 海原徹, 『吉田松蔭と松下村塾』, 9쪽.
47 熊本縣敎育會, 『熊本縣敎育史』 上卷, 713쪽.

　　민권운동가 도쿠토미 소호의 속에 잉태되어 있었던 욕망의 핵심을 잘 보아낸 대목이 아닐까. 당시 도쿠토미는 오에의숙을 경영하는 와중에도 단신으로 도쿄에 드나들고 있었다. 시골 민권사숙 경영자라는 신분임에도 불구하고 후쿠자와 유키치 등 당대의 정계 언론계 거물들을 독대하면서 인맥 구축에 힘을 쏟고 있었다.[48] 언론을 통한 '천하 경영'자가 되고픈 야심을 갖고 있었던 도쿠토미 소호, 그는 자가판 저서『신일본의 청년』(1885)에 대한 평단의 호평, 그리고『장래의 일본』(1886)의 대성공으로 자신의 "뜻을 천하에 펼칠" 기회가[49] 도래했다고 판단, 솔가하여 도쿄행을 택한다. 이듬해 자신의 출판사인 민우사(民友社)를 설립(1887)하고 잡지『국민지우(國民之友)』출간(1887)도 시작한다. 참모들의 충원을 위해서 자신의 오에의숙 인맥들도 속속 불러들인다. 오에의숙의 관리책임자 아베도 도쿠토미 소호가 불러 올렸다. 시골의 자유민권 사설학교의 사감·학생부장에서 대 도쿄의 언론인에로의 아베의 변신은 이렇게 시작되었다.

48　ビン・シン,『評傳 德富蘇峰』, 14쪽.
49　熊本縣敎育會,『熊本縣敎育史』上卷, 714쪽.

제2장

국민신문(國民新聞) 시대의
아베 미츠이에

1. 『장래(將來)의 일본』, 1886 – 소호가 그린 낙관적 세계사

아베는 도쿠토미처럼 세계사와 민족사를 아우르는 거대 담론에 도
전하는 유형의 인간이 전혀 아니었다. 그는 기자라는 직함을 갖고 있
었음에도 불구하고 자신의 이름으로 된 문장을 공개하는 작업은 최소
화하는 스타일의 인간이었다. 이 시기 아베의 내심을 논리적으로 정
리해내는 작업이 쉽지 않은 것은 이 때문이다. 그러나 그와 가장 관계
가 깊었던 인물이 도쿠토미 소호라면, 도쿠토미의 사상의 골자들을
요약해 두는 것도 아베의 내면을 살피는 데 하나의 방편이 될 수 있을
것이다.

도쿠토미 소호를 시골 구마모토의 열혈 민권파 청년으로부터 '전국적
명사'로 발돋움하게 한 직접적 동기는, 오에의숙 경영 당시 그가 출간하
여 전국적인 호응을 얻은 두 권의 저서 『신일본의 청년』(1885), 『장래의
일본』(1886)이었다. 특히 그의 출세작으로 불리는 『장래의 일본』(1886)
의 주 내용을 살펴본다.

『장래의 일본』은 세계사의 대세, 현대 일본 순으로 논의가 진행되는데, 우선 세계사가 '군사형 사회'에서 '산업형 사회'에로 필연적으로 진화한다는 스펜서의 『사회학 원리』에 기대어, 국제 정세가 '① 힘의 세계에서 평화세계로 ② 무비(武備)에서 생산주의로 ③ 귀족사회에서 평민사회로' 진화한다고 주장했다.

19세기 유럽 제국은 전례 없는 무비주의 단계에 도달했으며, 이것이 사회 전체에 지배적 영향을 미치고 있다. 전형적 사례가 비스마르크의 게르만제국과 러시아다. 유럽의 무비주의로 인도와 베트남은 식민지가 되었고, 미래의 일본도 매우 위험하나, 다행히 19세기 세계의 지배적 추세인 '생산주의'가 점차 무비주의를 대체하는 중이다. 유럽의 힘의 세계는 실은 부의 세계에 기반을 두고 있기 때문이다. 무비가 생산주의로 진보하는 것은 필연적인 진화과정의 일부다. 소호의 이론은, 생산사회는 전쟁 없이 상업적으로 경쟁하면서도 상호 생존이 가능하다는 스펜서의 견해, 그리고 자유무역과 자유방임이 세계 평화를 달성하는 데 중요하다고 한 맨체스터 학파의 이론에 기반을 두고 있었다. 소호는 자신에게 유익하고 타인에게 손해가 되는 전쟁주의와 달리, 무역주의에서는 상품의 평화적 교환을 통해 평등하게 이익을 얻을 수 있다, 즉 무역에서는 일국의 국가적 이해가 타국의 이해관계와 상반되지 않는다고 생각했다.

한편 귀족이 아닌 평민이 역사의 중심을 차지하게 되는 상황, 즉 '평민주의'라는 것은 생산사회 발전의 자연스러운 귀결이다. 무비형 사회는 강압적인 주종관계와 불평등, 인위적인 부의 배분, 명령에 기반한 권위사회인데 반해, 경제법칙에 기반을 둔 생산사회는 부가 자연적으로 분배되며, 노력의 양에 따라 수입이 결정되고, 권위가 계약에 의해 결정되는 사회다. 소호는 이어 "무와 병에 의거해야 나라를 지킬 수 있다"는 일본의 자유주의자를 비판하고, 국가의 목적은 인민의 이익을 보호하는 데 있다고 주장했다.

명치유신은 본질적으로는 '무사의 개혁'이긴 했지만, 과거와 달리 승자인 무사가 자신의 전통적 특권을 포기하는 세계 속으로 과감히 돌입한 것이기도 했다, 즉 명치유신은 봉건적, 무비단계로부터 평민적, 생산적 역사단계에로의 전환을 보여주는 일대 개혁이었다.

막부가 만든 무비사회는 민중의 생활수준 향상을 위한 부의 축적이 불가능한 사회였다. 비생산적 사회였던 도쿠가와 사회의 무비주의는 서구 국가의 진화 예처럼 민주화 단계에로의 진화를 위한 필수적인 진화단계였다. 그러나 명치 중기 사회는 신구 세력이 격렬하게 충돌 중이므로 일본에는 제2의 혁명이 필요하다. 신일본의 지도자로서 독립, 자존, 자치의 자질을 구비한 유일의 계급인 '시골 신사' 및 '중등계급'이 그 담당자다. 그리고 책의 말미에는 이런 구절도 있다. "우리는 우리 황실의 존영과 안녕이 유지되기를 바란다."[1]

영국 사회이론가들의 낙관적 진화론에 기대 무비사회를 비판하고, 생산사회에 기반을 둔, 인권의 존중과 평등이 실현되는 사회를 꿈꾼 소호, 당시의 번벌정부와 민권론자들도 갖고 있었던 국권주의와 군비 확장주의를 비판한 것이 소호였다. 그러나 세계사는 그가 예견한, 호혜적인 경제 경쟁으로 충만한 생산사회 그리고 민주 사회로가 아니라 광적인 무비주의 경쟁과 일방통행적인 생산사회 확장의 길, 즉 제국

1　ビン・シン, 『評傳 德富蘇峰』, 20~30쪽.

주의에로 달려갔다. "사족 중심의 자유민권운동과 귀족적인 서구화주의를 부정하고, 유신 후의 신국가 건설은 서구 문명의 특색인 평민에 의해 실현된다고 주장하여 명치 청년들의 지지를 얻었"던 소호 역시도[2] 10년이 지나지 않아 무비주의, 생산주의의 확장을 선도하는 제국주의의 '오피니언 리더'로 변모한다. 그 귀결이 『대일본팽창론(大日本膨張論)』(1894)이다. 한편 『장래의 일본』에서 그가 사용한 '평민주의'라는 용어는 '민주주의(데모크라시)'라는 개념을 회피하기 위한 방편, 천황의 '존영'과 '국가 장래의 대경륜'을 달성하기 위한 수단에 불과했다는 지적도 있다.[3]

'영국제 낙관적 역사관의 명치기 일본 번안판', 이렇게 『장래의 일본』을 요약해 볼 수 있을까. 자비 출판 저서 몇 권으로 '시골 신사'에서 일약 일본의 스타 정론가로 상승한 도쿠토미 소호, 자신의 출판사와 잡지사를 즉시 만들어내는 소호를 오에의숙에 모여 들었던 '구마모토 민권파 신사'들이 어떻게 바라보았을까. 공립학교 교사직을 버리고, 소호의 주택에 딸린 사설학교 사감이라는 인생길을 택한 아베의 결단은, 불과 3년 뒤에 더 큰 결과로 다가왔다. 근대 일본의 영광과 비극을 선도한 대표적인 언론 리더의 인생을 평생 보좌하는 길이 그를 기다리고 있었다. 이후 아베는 자신이 선택한 구마모토 출신 영웅과의 동행 길에 진력한다. 아베와 조선과의 인연은 그 외중에 찾아오게 된다.

---

2   堤克彦, 앞의 책, 215쪽.
3   ビン・シン, 앞의 책, 29쪽.

 아베 미츠이에와 조선—구마모토 · 국민신문 · 경성일보 시대

2. 구마모토신문 편집장 시대의 아베

아베가 상경하여 소호와 합류한 1887년은 시골 민권파 청년에 불과했던 아베가 일본의 중앙 정치사에 처음으로 그 이름을 드러낸 해이기도 했다. 도쿄의 1887년은, 1889년 개설 예정인 제국의회에 입성시킬 정당의 결성을 위한 민권파의 재결합 재조직화 운동이 활성화되고 있던 시기로 구마모토를 비롯한 각 지역에도 이 운동이 파급되고 있었다. 이는 당시 외상 이노우에 가오루[井上馨]가 주도하고 있던 조약개정 내용의 폭로와 맞물려, 8월을 전후하여 민권파들이 정부의 실정 책임을 묻는 '3대사건 건백운동'의 전국적 전개로 이어지고 있었다.

한편 1885년 5월 해산 후 구마모토에 '친목회' 본부를 두고 민권파의 단결을 유지하고 있었던 규슈개진당도 1887년 7월, 구마모토에서 친목회를 개최하게 되는데 아베도 이 집회에 참석하고 상경한다. 정치적 위기에 몰려 있던 정부는 민권파 탄압을 위해 12월 25일 보안조례를 발하여 12월 26일부터 사흘간에 걸쳐 570여 명의 민권파 활동가들을 황거 밖 12km 밖으로 추방하는 조치를 내린다. 이 활동가 명단 속에 아베가 포함되어 있었다.[4]

이렇게 민권파의 행동대원 명단 속에 이름을 올린 아베는 구마모토로 귀향한 후 구마모토의 정치 동향에 대해 도쿠토미와 지속적인 연락을 나누는 한편[5] 도쿠토미의 지시로 자파 세력의 확대를 꾀하는 작

---

4 이상 森田誠一·花立三郎·猪飼隆明, 『熊本縣の百年』, 山川出版社, 1987, 95쪽.

업에 착수한다. 그가 1989년 1월 민우사원 수 명을 데리고 구마모토에서 발행되던 『구마모토신문』의 편집 책임자가 된 것도 그 작업의 일환이었다.[6] 이것이 아베가 처음으로 '독립'적인 포스트를 갖고 신문 경영에 임하게 된 계기였다. 자세한 경위는 다음과 같다.

구마모토현의 전신인 시라카와[白川]현의 『시라카와신문』이 현의 명칭 변경과 더불어 이름을 바꾼 것이 『구마모토신문』이다. 민권파 신문이었던 『구마모토신문』은 서남전쟁기에 부수가 증가한 적이 있지만 전후의 장기 휴간, 명치 신정부의 언론 탄압정책, 구마모토 국권파의 득세와 더불어 발행 부수가 떨어져 1885년경부터 1889년까지 500부 발행에 머물러 있는 상태였다. 구마모토신문사의 사주 미즈시마 히로노[水島貫之]가 민우사의 아베에게 편집을 위탁한 데에는 이런 이유가 있었다. 도쿠토미 소호와의 긴밀한 협조 체제 하에 편집 작업에 임한 아베는 점차 신문 부수를 늘려가 1889년 770부, 1890년 1,159부,

---

5 德富蘇峰, 「阿部へ政治動向關連書簡」 2월 13일, 19일, 3월 22일, 23일, 4월 2일, 21일, 5월 5일, 29일, 6월 29일, 9월 15일, 10월 3일, 8일, 14일, 『德富蘇峰記念館 民友社關係資料集』, 410~423쪽.

6 동 11월 21일, 도쿠토미와 구마모토신문사주 미즈시마와가 맺은 계약 내용은 다음과 같았다. "구마모토신문 발행소 활판사 사주 水島貫之 총리 伊喜見文는 구마모토신문 편집을 민우사원 阿部充家에게 위탁하기로 쌍방 사이에 아래와 같이 약정한다. / 제1조 구마모토신문 편집을 민우사원 아베 미츠이에에게 위탁하므로 아베는 구마모토신문 발기 초의 이념을 잃지 않도록 노력해야 한다. / 제2조 구마모토신문 편집을 아베에게 위탁한 후 구마모토신문 지상의 기사(紀事)에 활판사, 사주 및 총리는 간섭하지 않으나 활판사의 영업 등에 영향을 미치는 사항이 있을 때는 신문의 기사(紀事)에 대해 활판사 사주 총리로부터 간화협의(懇話協議)를 해야 한다. / 제3조 편집을 위탁한 후 활판사는 1개월 금 오십원을 매월 말까지 피위탁인에게 지급함을 의무로 하며 피위탁인 阿部는 이 금액을 갖고 편집국원에 대한 소정의 급료 통신비 등에 충당한다. / 단 이 비용은 현금 1일 발매고 600매를 표준으로 하고 하루 발매고 200매가 증가할 때마다 쌍방 협의하에 그 금액을 늘려야 한다. / 또한 비상사태로 탐사비가 필요할 경우에는 이를 활판사가 보조해야 한다. / 4조 이 정약은 다음 명치 22년 1월초 간의 편집부터 시행하고 만일 이 정약을 해제하려 할 시는 쌍 右 정약의 증거로서 쌍방 기명하여 조인한다." 水野公壽, 『明治期熊本の新聞』, 熊本近代史研究會, 1993.9, 24~25쪽.

1891년 1,734부로 늘려갔다. 그러다가 1891년 아베는 민우사에의 전보요금 지불 연체로 인해 구마모토신문사를 퇴사하고[7] 민우사로 복귀하게 된다.

1889년 1월 4일자『구마모토신문』에는「명치 22년을 축하하며 아울러 본지의 주지를 밝힘」이라는 사설이 1면 전면에 실렸다. 편집책임자로 갓 부임한 아베가 신문의 운영과 관련된 첫 포부를 밝힌 사설이어서 당시 아베의 사상의 일단을 엿볼 수 있다.

우선 아베는 이 사설의 첫 머리에서, 신문에는 정부 어용지에 해당하는 "기관신문"과 이와 달리 독자적인 정론 활동을 펴는 "독립신문"이 있는데『구마모토신문』은 "공정한 사회비평"을 행하는 후자에 속함을 강조한 후 이 신문이 주 독자로 삼는 계층에 대해 언급한다.

우리 구마모토신문은 정치적인 신문으로서 또한 사회적 신문으로서, 사회 인민 특히 농상공인민의 충정한 붕우가 되기를 바란다. 우리는 결코 상등 사회의 붕우 되기를 거부하지 아니하며, 또 하등 인민의 붕우되기를 꺼리지 아니하나, 우리 사회의 중등 민족이라 칭해 마땅한 인민은, 현재 완전히 이 농상공 인민 중에 자리하고 있다. 그러므로 이 중등민족이야말로 실로 우리 국가의 기초, 원기(元氣)라고 믿는 바다. 대저 중등민족, 즉 지식 있고 직업 있고 항산(恒産)있는 중등민족이 한 명이라도 증가하는 것은 나라의 부강을 증가시키는 소이로서, 이 민족과 국가의 소장(消長)에 직결되어 있다. 현재의 사족계급은 미래에 소멸될 것이며, 귀족 세력은 날로 쇠퇴하고 있는 바, 소리 없이 두각을 저간에 드러내려 하는 것은 바로 이 중등민족

---

7   水野公壽, 위의 책, 24~26쪽.

이 아니겠는가. 우리가 금후 우리 사회의 주인으로서, 우리 국가의 원기로서, 더불어 정치의 개량을 논하고, 더불어 식산의 진흥을 논하고 더불어 자치 독립의 방책을 논하고 더불어 풍속의 교정을 논하고 더불어 문학, 기예, 교육의 진보를 논하면서 이 농상공 인민을 빼놓을 수 있겠는가. 그러므로 우리는 사회인민 특히 농상공 인민의 붕우되기를 기하니, 생각컨대 독자는 필히 우리 구마모토신문을 통해 천하대세의 일반(一斑)을 파악할 수 있노라고 믿는다.

사족계급, 귀족계급은 쇠퇴하는 계급이라는 것, '지식'과 '직업'과 '항산'을 갖춘 '중등민족'(계급)이 역사의 주인이 되어갈 것이라는 점을 밝힌 후, 『구마모토신문』은 이 중등민족을 위한 신문으로서 기능을 중시한다는 점을 제시하고 있다. 도쿠토미 소호의 평민주의의 핵심 원리, 국민신문 운영의 핵심 원리가 이곳에도 드러나 있음을 알 수 있다. 이어 아베는 『구마모토신문』이 전국 문제에 관심을 가지면서도 지역 신문으로서의 기능에도 충실하겠다는 점을 밝힌 후 이렇게 쓰고 있다.

그러나 우리 구마모토신문이 지향하는 주의는 (…중략…) 저 국수론(國粹論)도 저 귀족주의도 아니다. 평화적이며 질서적이며 진보적인 평민주의다. 상언하자면 정치든 상업이든 문학이든 식산이든 (…중략…) 그 정부의 시설과 인민의 호상(好尙)을 가리지 않고 모든 사회 소수인의 행복을 목적으로 하는 形狀을 拔하고, 이 사회다수인의 행복을 목적으로 하는 형상으로 진보시키려 한다. 또한 그 진보의 정도는 구래의 질서 파괴와 사회의 평화

착란이 없기를 기하며, 이 척도로서 천하의 장단(長短)과 만물의 경중을 판단할 수 있으며, 이 평민주의로서 사회사업물의 정부 이해를 판단할 수 있으며 우리는 항상 헌법 제정이 하루라도 앞당겨지기를 바라며 참정권이 한층 확충되기를 바라며 자치제도를 찬성하고 간섭교육을 배격하고 자유무역을 주장하고 자립자동(自立自動)의 흥업(興業)을 진기(振起)하려 함을 도와 특은편사(特恩偏私) 없기를 지원하고, 보통교육의 보급을 기망하고, 통속 평이한 문학의 발달을 기망하고, 風敎가 비천하지 않기를 논하고, 연극 가무의 개량을 주장하고, 남녀 교제를 설하고, 가정의 개량을 논하고, 사교의 일신一新을 설하려 한다. 이 모두 순정 명백한 평민주의에 다름 아니다.[8]

'국수주의'를 배격한다고 분명히 밝히고 있다. 구마모토 시절, 삿사 도모후사의 국권주의, 즉 '국수주의'파와 대결해 온 민권파의 입장이 선명하게 개진되어 있다. 한편 귀족주의도 배격하고 있는데 이는 역사의 주인 계급을 평민계급으로 보고 있는 도쿠토미 소호의 평민주의의 입장을 재강조하고 있는 대목이다. 뒤이어 헌법 제정, 참정권 확대, 자치제, 자유 교육의 시행, 자유무역, 기업 활동의 자유, 공평한 정치, 보통 교육의 보급, 통속 평이한 중등계급의 문학, 연극 가무의 개량, 남녀의 자유 교제, 사회 윤리의 확립 등, 자유민권파의 정치적 과제들을 제시함과 더불어 근대 자본주의 사회가 구비해 가야 할 문화적 이상들을 망라하여 제시하고 있다. 건강한 평민계급이 역사의 주역이 되어 건설해 가는 국민국가의 이상을 제시한 이 사설을 통해서 아베가 도쿠토미 소호의 노선을 충실하게 이행하는 사상적 면모를 갖고 있었음을 확인

---

8 「명치22년을 축하하며 아울러 본지의 주지를 밝힘」, 『熊本新聞』, 명치 22(1889)년 1월 4일.

해 볼 수 있다 하겠다.

아베는 구마모토신문 경영자로서의 활약과 더불어, 도쿠토미를 대신하여 구마모토 내 민권운동의 중요한 축을 담당하는 역할을 수행하게 된다. 삿사 도모후사가 이끄는 자명회 세력에 대항하기 위해 1887년 3월 설립된 제2의 오에의숙인 구마모토영어학회를 지원하는 역할, 상층 농민계급을 중심으로 한 지역 유력 계층, 즉 '중등민족'을 대거 포섭하는 역할, 규슈지역 청년 운동을 지도하는 역할 등이 그것이었다. 이를 통해 아베는 구마모토의 민권 운동 리더로서는 물론 규슈 지역 전체에까지 그의 지명도를 높여 가고 있었다.[9]

3. 아베에의 두 번째 탄압과 『국민신문』의 방향 전환

아베가 구마모토신문 경영을 접고 민우사로 복귀했던 1891년은 도쿠토미 소호가 평민주의를 모토로 창간한 『국민신문(國民新聞)』이 운영 2년째를 맞고 있던 시대였다. 다음해인 1892년은 제2회 중의원 선거에서 마쓰카타 내각이 대대적으로 선거간섭을 행하여 사망자, 부상자가 속출했고, 특히 구마모토에서는 마쓰다이라 마사나오[松平正直] 지사의 지휘 아래 대탄압이 행해져 많은 사상자가 나왔던 해였다. 이

---

9   이형식, 「메이지・다이쇼 초기 아베 미쓰이에의 궤적」, 『일본역사연구』 42집, 2015.12, 131~137쪽.

구마모토의 선거에서는 규슈개진당 설립자로서 규슈민권파 리더의 한 명인 다케토미 도키토시[武富時甫](1832~1893)가 관권선거에 의해 낙선한 바 있었다. 이 과정에서 1892년 12월 21일 아베는 경시총감 소노다 야스가타[園田安賢]로부터 예계령(豫戒令) 처분 대상이 되었음을 통고받는다. 이를 전한 『국민신문』 기사를 인용하면 다음과 같다.

예계명령서

아베 미츠이에

명치 25년 칙령 제11호 예계령 제1조, 제3에 저촉되는 것으로 인정되므로 동령 제2조에 의거하여 아래 명령을 내림.

1. 어떠한 이유가 있건 재물을 강청하고 부당한 요구를 하고 강제로 면회를 요구하고 협박을 하는 서면을 사용하고 권고서를 보내거나, 어떠한 방법을 쓰건, 폭위(暴威)를 보이고 타인의 진퇴 의견을 변경시키려 하고 기타 타인의 의무 행위를 방해하거나 방해하려는 소행을 해서는 아니 됨을 명한다.

2. 명령 기간 중 현 주거 변경시는 전거 전일 24시간 이내에 이 사실을 주거지 관할 경찰서에 제출하고 전거 후 24시간 이내에 그 사실을 신 거주 관할 경찰서에 제출해야 함.

제1의 명령을 위반한 자는 1개월 이상 4개월 이하의 중금고에 처하고 그곳의 범법관리나 공리의 직무에 대할 때는 1等을 추가함.

제2의 명령을 위반한 자는 2원 이상 20원 이하의 벌금에 처한다.

—명치 25년 12월 21일 경시총감 소노다 야스가타[10]

---

10 「社員阿部充家さん」, 『國民新聞』, 1892.12.22.

예계령이란 1월 28일, 선거를 앞두고 민당파의 활동을 탄압하기 위해 정부가 급조해낸 조례였다. 아베의 혐의 내용은 특정인에 대한 강제 면회, 폭력적 언동, 특정 의사의 강요·협박 등이었다. 아베에 대한 예계령 처분은 국민신문사의 강력한 반발을 샀고[11] 나중 의회에서도 문제시될 정도로[12] 사회적 반향이 컸다. 아베의 혐의 내용에 대한 기사도 인용한다.

예계령(豫戒令) 집행 이유—아베 미츠이에[阿部充家]에 대한

본사원 아베 미츠이에 씨가 소노다[園田] 경시총감의 명석하신 판단 덕으로 예계령을 받은 것과 관련하여 長谷場純孝씨 등으로부터 재질문을 제출한 것이 의회 휴회 전날이었는데, 이에 대해 東通社는 이렇게 보도했다. "예계령 집행을 명받은 아베 미츠이에 씨가 처분을 받은 이유를 물으니, 동인同人은 과격위험한 언행으로 명치 20년 보안조례에 의해 1년 간 퇴거를 명받은 후, 작년 제3기 제국의회

개회 이래, 다케토미 도키토시[武富時敏], 이노우에 게이지로[井上敬次郎] 등 수명과 함께 원외(院外) 민당(民黨) 즉 세인이 말하는 바 야키구미[躍起組]라는 것을 만들어, 장사(壯士) 모모 등을 사주하였고 마쓰이[松井]남작이 야마다 다케토시[山田武甫] 씨와 경쟁한 것은 구마모토현 지사의 종용에 의한 것이라 추측하고, 지사의 상경을 기다려 숙소를 찾아 격담을 나눴을 뿐 아니라, 마쓰이 남작을 공갈 협박하여 금전을 요구한 등의 사실이 있기 때문이다."[13]

---

11 「阿部充家事件」, 『國民新聞』, 12.23; 「豫戒令 施行에 對한 政府의 答辯(阿部充家事件)」, 12.24; 「豫戒令에 對한 재질문(阿部充家事件)」, 12.25.
12 이형식, 앞의 글, 139쪽.
13 「豫戒令 執行의 理由—阿部充家에 對하는」, 『國民新聞』, 1893.1.8.

문맥을 보건대, 마쓰다이라[松平] 구마모토현 지사가 관권 개입을 통해 남작 마쓰이를 야마다 다케토시[山田武甫]와 경쟁시켰으며 아베 일행은 지사와 당선자 마쓰이를 찾아가 이를 격렬한 항의를 한 것으로 읽혀진다. 이미 보안조례 처분을 한 번 받은 바 있는 아베가 당시 적극적 전개되던 선거 간섭 행위에 항의하다가 다시 탄압 대상이 된 것으로 읽어 무리가 없을 것이다.

명치 신정부와 두 번씩이나 악연을 짓게 된 아베는 후일 히비야 소동 당시의 신문사 습격사건 활약과 더불어 '행동하는 언론인'으로서의 이미지를 당시 일본 언론계에 각인시키고 있었다. 후일 사이토 마코토의 참모, 중앙조선협회의 이사로 활동하면서 조선인 지원 사업을 위해 발 벗고 뛰던 그가 총독부 경찰당국으로부터 '주의자'로 낙인찍히고 있었던, 후일의 아베의 인생사와 이 청년기 시대 경력들은 겹쳐지는 데가 많다.

이렇게 국민신문사의 핵심 사원인 아베가 전제정부의 탄압을 받는 가운데에도, '정당 당파로부터 독립한 독립신문을 표방한 신문',[14] '역사의 대세로서 근대국가를 이끌어갈 운명을 가진 중등계급을 대상'으로 한 국민신문을 운영해 가던 도쿠토미는 운영상의 한계를 맛보고 있었다. 명치정부의 집요한 사상적 탄압, 도쿠토미가 기대했던 중등계급의 반동화, 시대풍조의 변화 등이 그 이유로서, 『국민신문』은 판매 부수의 감소와 더불어 쇠퇴 기미를 노정하고 있었고 도쿠토미 소호는 돌파구를 찾아야 하는 상황 속에 놓여져 있었다.[15]

---

14 和田守, 『近代日本と德富蘇峰』お茶の水書房, 1990, 150쪽.

15 有山輝雄, 『德富蘇峰と國民新聞』, 吉川弘文館, 1992, 14~39쪽 참조.

그 돌파구의 한 방책으로서 도쿠토미는 거리를 두고 있던 정당 당파에 접근해 가게 된다. 개진당의 오쿠마[大隈], 번벌 세력인 마츠가타[松方], 귀족원 세력과 협력관계를 맺어가게 되는데, 결국 청일전쟁과 삼국간섭을 계기로 그는 국민신문의 경영난을 타개함과 동시에 대륙 팽창주의자로서의 길에 접어들게 되는 것이다.[16]

4. 김옥균과의 체맹설과 종군기자 시절 아베의 조선관

아베와 조선과의 관련 사항을 보여주는 가장 이른 시기의 기록은 그와 김옥균·박영효와의 체맹설이다. 혹카이도 시대를 거친 후 유배 조치가 풀려 도쿄에 거주하고 있었던 김옥균, 박영효를 아베가 직접 찾아가 '체맹'을 나눴다는 기록이 그것이다.

명치 24년, 조선의 지사인 金, 朴 제씨가 도쿄 망명 중이던 시기, 옹은 양 씨를 찾아 깊이 체맹(締盟)한 바 있었다. 일한 병합 후 경성일보를 주재하기에 이르러 옹의 숙지(宿志)는 여기서 처음으로 뜻을 이루게 되었다. 재임 중 조선인의 계발 사업을 위해 전력을 다했는데, 사임 후에는 반생을 전부 이 사업에 바쳐 쉬임없이 조선을 왕래하였다. 노년, 청년 사이에 교유를 주선함과 동시에 동서 분주하여 일선(日鮮) 간 유지들의 마음을 움직여, 대정

---

16 和田守, 앞의 책, 150쪽.

15년 1월 드디어 중앙조선협회의 창립을 보기에 이르렀다.[17]

명치 24년이라면 1891년, 아베가 구마모토신문 시대를 접고 상경하여 국민신문사에 막 합류했던 때의 이야기다. 그러므로 시기상으로는 그가 김옥균을 찾아가 만났을 가능성은 있다. 홋카이도 유배가 풀려 도쿄에 거주하고 있던 시기, 김옥균은 정계 거물급 인사들을 비롯한 실업인, 민당파 인사, 무명 인사들과의 만남까지 마다하지 않았다고 알려져 있기 때문이다. 그에 대한 지지자 확보의 일환이었다.[18] 그러나 양자 사이의 만남이 '체맹' 수준이었는가는 신뢰하기 어려운 구석이 있다.

우선 아베와 김옥균 박영효 간의 이 '체맹' 사실을 구체적으로 보여주는 자료가 현존하지 않는다. 아베 역시도 이 중요한 사실에 대해 언급한 적이 없다. 단서라고까지는 할 수 없지만, 이 시기 국민신문과 김옥균과의 관계를 알려주는 기사가 있긴 하다. 명치 24년(1891)이 아닌 명치 23년(1890) 4월 15~16일과 11월 27일 『국민신문』에 두 개의 인터뷰 기사가 실린 적이 있는데, 아베의 '체맹' 시기에 보다 가까운 후자에는 이런 기사가 실려 있다.

자유 얻은 김옥균씨.
어제 某가 김옥균(岩田周作씨)를 방문, 사에 돌아와 전한 바에 의하면, 오늘 아침 김옥균씨를 만나,

---

17 本山彦一, 앞의 글, 12쪽 참조.
18 琴秉洞, 『金玉均と日本』, 綠蔭書房, 1991, 609쪽.

선생이 근래 지우知友와 왕래 빈번하고 특히 이소야마 세베에이[磯山淸兵衛] 씨 등을 만나 장차 귀화하여 입헌자유당에 들어가려 한다. 보시라, 자유신문이 이렇게 보도했다, 감히 묻노니 이를 믿어도 되는가 하니, 말하길,

아니다. 그건 억측이다. 특히 이소야마 씨는 일면식도 없다. 나도 원래 일본을 위해 진력하려 하는 자이나 정당가입 같은 것은 전혀 생각이 없다.

그런가? 그렇다면 귀화 건은 믿어도 되는가? 말하길,

예를 들어 내가 귀화를 하려 한다 해도 일본 정부는 이를 허락지 않을 것이다. 나는 현재 혐의를 받고 있는 중이기 때문이다. 내가 여러 사람을 만나거나 그 비밀을 캐내 누설하지 않을까 하는 혐의. 그렇지만 나는 일본을 위해 노력하려는 자다. 그것이 참인지 거짓인지는 말하지 않으련다. 그래도 아는 이는 알 것이다.[19]

김옥균에게 쏟아져 있던 당시 언론의 관심도를 엿볼 수 있는 자료다. 그의 거취를 둘러싼 세간의 관심과 적절한 거리를 두며 신중히 대처하고 있는 김옥균의 모습을 확인할 수 있다. 그가 이런 자세를 취하고 있던 데에는 이유가 있다.

김옥균이 도쿄 생활을 하던 무렵 일본 정치계를 둘러싼 주요 이슈는 조약 개정 문제 및 대청 및 대러 정책 문제, 그리고 육해군의 대량 확장 문제 등이었다. 특히 군비 확장 문제는 조선 침탈과 관련된 일본의 정책이 구체화되어 가는 중요한 과정을 보여주고 있었다. 조선 침략 정책을 명료히 한 야마가타[山縣]의 연설이 행해진 제1의회(1890)에서 5회 의회에 이르는 이 기간 동안, 김옥균은 조선의 운명이 걸려 있는 의

회의 동향에 신경을 집중하는 한편 각계각층의 지도자들이나 민당 제파 인물들과의 만남을 거듭하고 있었다.[20] 금병동은 당시의 김옥균과 그를 찾은 일본인과의 관계에 대해 이렇게 말하고 있다.

그러나 그의 주변에 모이는 인물들은, 일부는 그의 주장을 인정하고 그를 도와 조선의 독립·개혁을 꾀하려는 자도 없지는 않았지만, 대부분은 조선에의 침략적 야망을 품고 있는 패들이었다. 김옥균의 비극의 일단이 여기에 있다.[21]

막말, 명치 초년 이래 이른바 단순한 무력적 정한론이 정치계에 등장한 뒤, 김옥균은 탈아적 조선 침략 및 중국 침략의 동향을 피부로 느꼈으며, 이 문제의 해결을 위해 이전 후쿠자와의 '아시아 연대론'이나 흥아회=아세아협회의 '동방합종'론의 연대적 측면에 집중하고, 서구 열강의 침략에 대항하는 아시아의 합종·연대를 소리 높여 부르짖은 것이 그의 자세였던 것 같다. 즉 김옥균은 후쿠자와의 구설(舊說)인 연대적 측면과 흥아회 관계자의 연대론적 대의명분론을 역이용하여, 그들의 조선침략 기도를 막아보려 했던 것이 아닐까. 그런 의미에서 김옥균의 삼화주의(三和主義)는, 후쿠자와 등의 탈아(조선침략)에 대한 명확한 반대의사의 표현이었던 것이 아닐까 생각된다.[22]

조선 침략을 지연시키는 일종의 방파제 역할을 하고 있던[23] 그를 찾

---

20 琴秉洞, 『金玉均と 日本』, 608~610쪽.
21 위의 책, 658쪽.
22 琴秉洞, 위의 책, 665쪽.

는 일본인을 김옥균은 마다하지 않았지만, 그들과 김옥균 사이에 메울 수 없는 커다란 강이 존재하고 있었을 가능성을 윗글은 전하고 있다.

아베는 그를 찾는 일본인 중 어떤 유형의 인물이었던 것일까. '체맹' 내용과는 관련이 없는 듯하나, 후일 아베는 김옥균·박영효에 대해 단 한 번 요약적으로 언급한 적이 있다. 김옥균 암살 후, 청일전쟁 종군기자로 조선에 체류하던 시절『국민신문』에 발표한 현지 보고 내용이 그것이다. 이 글은 조선정치계의 흐름에 대한 아베의 판단 내용, 그리고 조선을 대하는 전반적 시각도 요약적으로 드러나 있어, 당시 아베의 조선관을 살피는 데 있어 매우 중요한 자료라고 생각된다.

청국이 조선에 대해 강력한 지배력을 갖고 있다는 것은 새삼 소생이 거론할 필요도 없다. 조선국은 지금까지 제도문물을 비롯하여 청국의 책력까지도 존봉하는, 청국의 순연한 번속국이었다는 것은 두말할 필요도 없는 사실이며, 그 비굴한 사대심이 인민의 뇌리에 깊이 박혀, 청국이라면 모든 것이 위대하다고 믿고 청국 인민을 칭할 때도 대국 사람이라는 존칭을 쓸 정도로 상하 일반이 청국에 외복한 사실은 경성의 서쪽 교외 영은문이라는 거대 기념비만 보더라도 알 수 있는 바다.

조선에 대한 청국의 지배력이 이렇게 막대함에도 불구하고, 청국이 조선 정계에서 원하는 바를 관철하려 하면서도 그것이 여의치 않아 이홍장, 원세개의 노심초사가 많았다는 사실은 기왕의 청,한 사정에 밝은 이들의 의견 일치하는 바다.

아국과 조선과의 관계가 어떠했는가를 돌아본다면, 신공(神功)황후, 도

---

23 위의 책, 659쪽.

요토미 공의 옛 역사는 차치하고라도 과거 십수년간 조선정부 및 인민이 일종의 시의심(猜疑心)과 경멸심을 갖고 아국인을 대해 왔다는 것은 기왕의 사실에서 충분히 입증되는 바다. 청국인을 부를 때는 대국 사람이라 존칭하다가도 우리 국민을 부를 때는 왜적 두 글자로 부르는 것만 보아도 양 국민에 대한 조선국의 의식을 엿볼 수 있다.

청국은 충분한 세력을 갖고 있으면서도 거둔 것이 없는데, 우리 일본은 역사적으로는 복수의 대상이며 교제상으로는 시의의 대상, 개개인의 측면에서도 시종 경멸의 염을 갖고 있는 이 인민을 향해, 그 역사, 인심, 구관(舊慣)에 반하는 개혁·신사업을 펴려 하니, 그 앞길이 매우 험난하리라는 것은 누구나 이해하고 있는 바일 것이다.

아국이 금일 조선에서 행하려는 사업은 천지의 상경(常經), 우내(宇內)의 대세로서 일본 일개국의 야심을 구차하게 충족하려는 바 아니요, 사리사욕으로 행하는 바도 아니었으므로, 불리한 위치에서 온갖 장애를 극복하면서 드디어 오늘에 이르게 된 것이라 생각한다. 더하여 **일찍이 조선국의 참된 개화당이라 불러 마땅한 박영효, 김옥균 제사諸士, 국민의 눈에서 안개를 걷어내려 투신하고 일신을 돌아보지 않는 용분 의기는 완고비굴한 조선인민을 개발하는 데 다대한 효과가 있었을 것이다.**

우리가 조선에서 행하려는 사업이 조선의 역사에 반反하고 인심에 반하고 구舊습관에 반하므로 곤란하기 그지없는 사업임을 이해하고 청국이 조선에 행한 바를 거울로 삼아 우리 외교의 국면에 주의 경계하지 않는다면 지금까지 우리나라가 조선을 위해 진력해 온 박애 협의俠義의 정신도 하루아침에 수포로 돌아갈 수 있다는 점을 말씀드리는 바다.[24] (강조는 인용자)

---

24   阿部充家, 「朝鮮政治上の瞥見(10.4)」, 『國民新聞』, 1894.10.13.

이 보고문이 국민신문에 보내진 10월 6일은, 7월의 아산 해전과 육전, 9월의 황해 해전과 평양전에서 일본군이 승리를 거둬 조선에서의 일본군의 승리가 확정되어 가던 시점이었다. 또한 경복궁을 점령한 일본이 김홍집을 수반으로 한 제1차 갑오내각을 출범시켰고, 김홍집 내각은 군국기무처를 통해 왕권을 축소하고 정부행정 조직을 정비하는 일련의 개혁 정책을 추진하는 가운데, 대원군과 고종과 중전 민비, 개화파의 동향이 복잡하게 얽혀 있던 상황이었다.[25]

이런 상황 속에서 아베는 우선 조선에 대한 청국의 우월적 지배권, 조선의 사대주의적 면모를, 일반적 지식임을 전제로 소개하고 있다. 뒤에 그가 제시한 것은, 청국이 막강한 지배권을 갖고 있었음에도 조선의 내정을 결정적으로 지배하는 데에는 실패했다는 점이다. 이 지적이 전쟁의 패배로 조선 지배권 상실이 결정화되어가고 있던 당시 청국의 상황을 지적한 것인지, 그 이전 러·일·미의 정치적 각축 속에서 지배권이 이미 약화되어 있던 청국의 면모를 지적한 것인지는 불분명하다. 어쨌든 아베는 청국의 조선 지배권 상실에서 배울 점을 취하자는 논점을 제시한 후, 일본이 조선에서 시행하려는 '개혁 사업'이 일본의 야심과 사리사욕, 즉 국가적 이해관계의 충족에 목적이 있는 것이 아니라 조선 인민의 계발이라는 박애 정신에 입각한 순수한 동기에 있다고 밝히고 있다. 그리고 이러한 일본의 '선의'에도 불구하고 조선인이 일본에 대해 품어 온 역사적 저항감, 중국 사대주의에 기인한 일본에 대한 전통적 멸시관 등을 장래 개혁 사업시 극복해야 할 요인으로 제시하고 있다.

---

25 김윤희, 『이완용평전』, 한겨레출판, 2011, 62쪽.

아베의 조선 정세 판단과 일본의 역할론 속에는, 이듬해 삼국간섭 이후로 도쿠토미가 경도하게 되는 노골적인 대륙팽창주의는 등장하지 않고 있다. 그의 논리는 일단 '선의'에 입각하여 조선을 개혁의 길로 인도한다는 입장을 취하고 있는 것으로 보인다. 아베의 이러한 입장은 실은 1894년 김옥균 암살 및 조선관련 기사가 폭발적으로 늘어나던 국민신문의 사정, 특히 그중에서도 '조선 독립'을 테마로 한 기사들의 언장선 위에 있다는[26] 점을 지적해 두고 싶다. 일부 내용을 인용한다.

현재 조선은 세계에서 보기에는 하나의 독립 자주 국가다. 세계 제 국가보다 앞서 조선의 독립을 인정한 우리나라는 조선의 독립국으로서의 지위를 더욱 견고히 하고 그 지위를 위협하는 세력을 배제하는 데 힘을 쏟아야 한다. 또한 조선의 독립은 동양의 평화를 위해 조선의 진보를 위해 그리고 일본의 이익을 위해 확보해야 한다.[27]

조선을 자주국으로 인식해 온 것이 우리나라다. 조선의 쇄국을 열고 문명의 광휘를 주사(注射)한 것이 우리나라다. 개인에게 교의(交誼)가 있다면 국가에는 우의(友誼)가 있는 법, 개인에게 의협심이 있다면 국가에도 의협심 있는 법. 우리의 병력으로 조선의 독립을 확보하려는 것은 우리나라의 국방을 위해서가 아니라, 종래부터 조선과 각별한 관계를 유지해 왔기 때문일 뿐이다.[28]

---

26 「朝鮮出兵の目的」, 6.14, 「朝鮮の獨立」, 6.14, 「朝鮮獨立の擔保」, 6.16, 「朝鮮を提醒訓育せよ」, 6.19, 「我邦と朝鮮とは師弟の關係あり」, 6.19, 「國家の義狹心」, 7.8, 「朝鮮の人民に自由を與えよ」, 7.9 등.
27 「朝鮮獨立の擔保」, 6.16.
28 「國家の義狹心」, 7.8.

당시『국민신문』논조 속에 조선 파병이 일본의 외벽 방어를 위한 것이라는 순치 논리가 보이지 않은 것은 아니나[29] 대부분은 조선 파병이, 동양의 맹주로서 조선에 독립과 근대화를 선사하기 위한 행위이며, 국가 간의 의리와 의협심에 기초하여 청으로부터 조선을 구하는 우의적 행동, 선진국 혹은 대국의 입장에서 제자를 가르치고 훈육하는 교육적 행동이라는 식의 명분론에 경도해 있었다. 삼국간섭 이후 팽배하게 되는 대륙 팽창주의는 노골적 면모를 드러내지 않고 있는 상황이었다.

국민신문이 취하고 있었던 이러한 입장의 배후에는 청일전 발발 전후, 명치기 지성계가 갖고 있었던 보편적 풍조가 자리하고 있다고 전한다.

청일전이 터지자 후쿠자와 유키치[福澤諭吉]는 "유신혁명을 촉발한 세계의 문명주의가 일본 일국을 넘어 인접 제국에 미치지 않을 리 없다"며 이를 명치유신의 필연적 발전이라 보고 있었다(『時事新報』, 1984.8.4). 구가 가츠낭[陸羯南]도 "이번 친정은 제3의 유신을 수행하려는 것"이며 청일전쟁을, 입헌제 시행의 제2유신을 잇는 제3유신의 실행이라 주장하고 있었다(『日本』, 1895.9.13). (…중략…) 이렇게 일본에서는 대륙진출은 명치유신의 성과를 아시아로 파급해가는 필연적 발전이라 보는 견해가 있었는데.[30] (출전 표기는 인용자)

명치유신은 세계 문명주의의 일본적 전개 과정이며, 청일전쟁은 그 문명주의가 일본을 넘어 아시아로 파급되어 가는 정치과정의 일환이

---

29 「朝鮮獨立の擔保」, 6.15.
30 井上勳編, 『日本の近代史 20 開國と幕末の動亂』, 吉川弘文館, 2004.1, 305쪽.

라는 인식이 당시 지성계에 자리하고 있었다는 것이다. 국민신문의 '온건한 인도주의'적 논조 역시도 이러한 명치 지식계의 대의명분론, 그 자신감을 기반으로 한 논리의 일부였다고 볼 수 있지 않을까. 이렇게 보면, 청일전쟁 그리고 일본에 의한 조선개혁이 '세계사의 정의로운 움직임의 일환'이며, 순수한 '박애, 의협' 정신에 입각한 것이라는 아베의 생각의 기반이 좀 더 명확해지는 것이 아닌가 생각된다.

그러므로 아베가 이런 인식 하에 김옥균·박영효와 '체맹'을 했다면, 그 '체맹'이라는 용어 속에는 골계적인 상황이 내포되어 있었을 가능성이 높다. 김옥균과 박영효는, 일본의 조선침략이 임박해가는 일본 정치계의 동향을 파악하고 있었으나, 아베 같은 열혈 청년 기자의 '순진한' 조선 개혁론을 논박하거나 거부할 필요는 전혀 없었을 것이기 때문이다. 그 대의명분론은 그것대로 자신의 연대론으로 변용해서 이용할 만한 가치가 있는 것이고 무엇보다도 김옥균 등은 일본인의 폭넓은 후원 내지 지지를 필요로 하고 있던 상황이었기 때문이다.

만약 아베가 일방적으로 김옥균과 체맹을 했다고 생각하고 있었다고 한다면, 아베는 조선개혁으로 통하는 일본 내의 '통로'였던 김옥균에게 자신의 순진한 조선개혁론이 받아들여졌고 그것으로 김옥균과 뜻을 통한 동지가 되었다고 착각했을 가능성이 높다고 생각된다. 당시의 김옥균과 박영효가 조선을 일본의 영토로 내어주는 조선개혁을 생각하고 있었을 가능성은 전무하기 때문이다. 김옥균과의 체맹이 사실이었다고 한다면, 그에 대한 아베의 생각은 아전인수에 가까운 것이었을 가능성이 높다.

더불어 생각해야 할 문제는 당시 아베의 이런 생각이 어떻게 변해갔는가 하는 점일 것이다. 일본은 청일전의 승리를 통해 조선을 청국으로부터 '독립'시키는 데 성공하고, 조선을 '보호'하는 근린국가임을 과시한 후 조선을 일본의 지방으로 영토화하는 수순을 밟아나간다. 그리고 아베는, 무력으로 영토화한 조선의 인민을 일본국민으로 동화시키는 심리선전 기관, 즉 경성일보·매일신보사의 사장으로 부임하여 '조선을 위해 열과 성을 다해' 일하게 된다. 이 과정에서 김옥균은 일찌감치 자살과 같은 최후를 맞이하고, 귀국 후 일시적으로 일본을 배제하는 정치도박을 하던 박영효는[31] 결국 합병을 현실로 받아들이고 작위를 받는다. 이러한 일련의 과정 역시도 아베에게는 '조선을 위한' 순수한 열정의 연속 과정이었던 것일까.

도쿠토미 소호는 아베 사후, '청일전 이후 합병까지'의 아베의 인생 행보를 '대일본 팽창론의 급선봉'이었으며 그 이후의 생애는 '조선 동포를 위해 전심전력을 기울인' 것이었다고 요약한 바 있다.[32] 그를 직접 부려 온 사장의 입장에서 쓴 것이니 아마 크게 틀린 견해는 아니었을 것이다. 그럼에도 불구하고 후일 조선에 대한 강압적 통치방침을 천명하고 중국 침략을 위한 일본제국의 팽창정책을 노골적으로 부르짖은 도쿠토미의 인생과 아베의 인생이 같은 노선을 취하고 있는 것이었는가에 대해서는 의문의 여지가 많다. 어쨌든 이 시기 아베가 나름대로 추진했다고 하는 김옥균 등과의 체맹의식은, 그의 후반기 인생의 의미를 비춰주는 유력한 화두의 하나가 되고 있다는 점을 제시해 두고자 한다.

---

31 김윤희, 앞의 책, 31쪽.

32 德富蘇峰, 「國士の風格ある老記者」, 中島司編, 『無佛翁偲び草』, 中央朝鮮協會, 1936.3, 2쪽.

5. 거사 수행자 아베 '무불(無佛)'

자세한 내용은 후술하나, 아베와 조선과의 인연의 상당 부분은 불교와 관련된 것이다. 조선 불교에 대한 연구와 조사, 지원 활동, 일본 불교의 포교, 양국 승려의 교류 사업 등등이 그것이다. 그는 조선인과 일본인 사이에 상당한 경력의 선 수행자로 알려져 있었고, 조선의 젊은 학승들 앞에서 강연을 한 적도 있다. 그에게 호감을 갖고 있었던 조선인들은 그의 인격적 측면과 선 수행을 관련짓기도 했다. 아베의 불교 입문 시기와 경위를 보여주는 기록으로 다음과 같은 것이 있다.

> 1906.11.17.
> 도쿄유지회의 발기로 미쓰이[三井] 집회소에서 벽암회(碧巖會) 개회. 관계, 재계, 정계, 학회 등 당대의 거물 참석. 이후 매월 개강[33]

> 그해(1906년) 가을 "그 모임 건 어떻게 됐나" 물었더니 시종회(時宗會) 건이라 하기에, 내가 "그건 무덕회(武德會)하고 비슷하지 않나. 그보다 종교 모임으로 하면 어떤가"하고 묻자 "그것도 좋다, 그건 다음 달 소엔[宗演] 스님이 돌아오시니 그때 시작하자"고 사토 스님과 아베 군이 이야기하는 것이었다. 이렇게 된 데다가 나도 힘을 보태 11월인가 12월인가 벽암회(碧巖會)가 만들어졌다.[34]

---

33 井上禪定, 『釋宗演伝』, 禪文化研究所, 2000, 155쪽.
34 野田卯太郎, 「碧巖會」, 長尾宗軾, 『宗演老師と其周圍』, 大空社, 1993.9, 146~147쪽.

나의 벗 노다[野田] 대괴(大塊), 장차 대만에 **뼈를 묻을** 예정인 아카시[明
石] 백음(伯蔭), 아베 무불(無佛) 기타 수명이 스님 밑에서 공부했다. 나는
능력이 부족하여 선禪은 접하지 못했다. 또 스님의 지도를 견뎌낼 용기도
없어, 계속 문외한으로 남아 있었다. 말하자면, 수행 세계의 바깥 친구로서
스님을 만났다. (…중략…) 나는 사적으로 스님을 만났고, 부모님과 가족과
의 관련이 있어 스님을 만났고, 교우 관계로 스님을 만났다.[35]

1906년 11월이면 러일전쟁 2년 뒤다. 여기 등장하는 '소엔[宗演] 스
님'이란, 1892년 약관 34세의 나이로 임제종 원각사(圓覺寺)파 관장의
자리에 오른 명치 대정기의 대표적 승려 샤크소엔[釋宗演](1860~1919)
이다. 관장직에 오른 다음 해인 1893년 일본을 대표하는 3인의 승려
중 한 명으로 뽑혀, 시카고에서 열린 만국종교대회에 참석하여 불교의
원리를 소개하는 연설을 했다. 1904년 러일전쟁시에는 원각사파와 건
장사(建長寺)파 관장직을 겸하고 있었는데 스스로 금주성(錦州城) 전투
에 종군포교사로 참전한 경력도 있다. 1906년에는 제자 스즈키 다이
세츠[鈴木大拙]를 대동하고 두 번째로 도미하여 포교 및 수행 지도 활동
을 벌이다가 11월 귀국했다.

그의 귀국에 맞춰, 도쿄의 정·재·관계 거물들의 수행 모임인 벽
암회(碧巖會)가 결성되었으며, 그 결성 과정에 아베 미츠이에와 노다
우타로[野田卯太郎](1853~1927 : 중의원의원, 체신대신 역임)가 깊이 관여했
다는 사실이 위 기록 속에 나타나 있다. 노다는 후일 조선에서 동양척
식회사 부총재를 지내면서 도쿠토미 및 아베와 긴밀한 관계를 유지하
고 있었다. 도쿠토미 소호는, 시기는 명기하지 않았으나 자신과 노다,

---

[35]　德富猪一郎, 「三重因緣」, 長尾宗軾, 위의 책, 56쪽.

아베, 그리고 아카시 모토지로[明石元二郎] (1864~1919 : 7대 대만총독)가 샤크소엔 밑에서 수행했다는 사실을 기록했다. 아카시는 후일 데라우치 밑에서 악명 높은 경무총감으로 일하면서 조선의 신문계를 『경성일보』로 통합하여 도쿠토미에게 넘기는 역할을 수행한 인물이다.

이외에 이미 원각사와 관련된 거사 모임인 '도쿄유지회'라는 조직이 있었던 사실, 아베가 진작부터 벽암회 결성과 관련하여 원각사 승려들과 협의를 진행하고 있었던 상황들을 종합해 보면, 1906년 당시는 이미 아베, 노다, 도쿠토미, 아카시 등이 샤크소엔과 사제 관계를 맺은 지 오래된 상태였다는 것을 알 수 있다. 그렇게 본다면, 아베는 훨씬 이전부터 당대 최고의 명승이라 불리고 있었던 샤크소엔 문하에서 공부를 하고 있었을 가능성이 높다고 할 수 있다.

이들 중 노다, 도쿠토미는 훨씬 이전부터 불교 수행을 해 봤거나 혹은 샤크소엔과 인연을 가져온 이들이었다. 노다는 선승으로부터 정식으로 화두를 받아 10년 넘게 수행을 해 온 몸이었다.[36] 도쿠토미는 과거 기독교에 입문했었으나 그의 부친인 도쿠토미 가즈타카[一敬]가 샤크소엔과 교류가 있었다. 이를 시초로 해서 그가 샤크소엔의 저서를 출간해 준다든가, 도쿠토미의 저서 『장래의 일본』에 대해 샤크소엔이 적극적인 지지 의사를 표명했다든가, 샤크소엔과 스즈키 다이세츠가 운영하던 불교 잡지를 도쿠토미가 지원을 하는 등등의 긴밀한 관계를 유지해 오고 있었다.[37] 무엇보다도 선 수행에는 큰 관심이 없었던 도쿠토미가 샤크소엔에게 호감을 갖고 있던 이유는 다음과 같은 데에 있었다.

---

36 野田卯太郎, 「入堂十年」, 長尾宗軾, 위의 책, 146쪽.

37 이상 도쿠토미 등과 샤크소엔과의 관계는 高野靜子, 「釋宗演と鈴木大拙 1」, 『環』, 春, 2001, 386~393쪽 참조.

내가 스님에게 경도한 이유가 또 있다. 국가 문제와 관련하여 상호간에 공감하는 바가 많았던 것이 그것이다. 스님은 선승이었지만 무엇보다도 먼저 일본인이다. 스님은 국체론에 있어서도 사상 문제에 있어서도 제국 경륜의 근본 뜻에 있어서도 거의 나와 그 입장을 같이하고 있다.[38]

샤크소엔은 아시아 승려 최초로 선을 서구에 알린 인물로서 일본 당대를 대표하는 선승으로 불리고 있었지만, 정치적인 면에서는 황실주의자, 대륙팽창주의자인 도쿠토미와 관점을 같이하고 있었다는 뜻이다. 그가 원각사 및 건장사 관장이라는 임제종 최고위의 직책에 있으면서도 스스로 러일전쟁에 종군 포교사로 나서서 일선 전투부대와 고락을 같이 한 점에서도 어느 정도 그의 정치관의 방향성을 짐작할 수 있다. 그는 강연이나 설법 속에서도 군(軍)이나 무사도(武士道) 혹은 검(劍)을 자주 거론한 인물이다.

군인의 수양 목적은 군인정신을 완성하는 데 있습니다. 우리의 예성문무(叡聖文武)하신 명치천황 폐하께서는 황송하옵게도 군국(軍國) 대사(大事)에 마음을 쏟으시어, 명치 15년 1월 4일 군(軍)에 널리 조칙을 하사해 주셨습니다. (…중략…) 항상 이를 받들어 모시면서 우리 국민이 한 시라도 잊어서는 안 되는 것이 그 조칙입니다. 군민일체(君民一體), 상하일심(上下一心), 국가를 위해서는 언제라도 목숨을 아끼지 않는 것이 진정한 군인 정신이라고 하겠습니다.[39]

---

38 德富猪一郎, 「禪僧にして日本人」, 長尾宗軾, 앞의 책, 56쪽.
39 釋宗演, 「軍人の修養」, 『釋宗演全集第一卷』, 平凡社, 1929.5, 46쪽.

물질적 전쟁의 경우에도 정신적 전쟁의 경우에도 혼연 통일을 이룬 채 확고한 중심을 가진 나라가 오늘날까지 승리를 거두고 공훈을 올려왔다고 생각합니다. 나라에는 나라의 중심이란 것이 있습니다. 모든 이질적인 것들을 하나로 수렴하는 이 정신, 정신적 통일, 거국일치의 이 정신이 강한가 약한가, 있는가 없는가에 따라 거의 그 나라의 흥망성쇠를 예측할 수 있습니다. 우리나라의 현상은 어떠할까요. 우리가 평생 자랑으로 삼고 있는 무사도, 일본혼이라는 그 정신이 개국 삼천년이 지난 오늘 과연 굳건히 무쇠처럼 살아 있는가. 이 5천만 혹은 6천만이라는 인간의 마음이 일치되어 있는가 (…중략…) 때문에 우리 일본의 불교 각 종파가 선이라는 의의 밑에 서로 연결되어 있듯이, 우리 국민 전체가 모두 무사도(武士道) 정신으로 통일될 수 있기를 희망합니다.[40]

요즘 세상에는 생사 문제가 굉장히 시끄러운 문제가 되어 있는 듯 합니다만, 한번 견성하면 생사는 없어집니다.[41]

선(禪) 역시도 진아(眞我)를 발현시키기 위한 불교 수행 문화의 하나이나, 그 일부 속성 면에서는 생사를 뛰어넘는 정신적 경지 획득을 목표로 하는 수행 문화라고도 할 수 있다. 국운을 건 대전쟁을 연이어 치른 명치시대는 병사들과 지휘관, 관련 있는 일본인들의 생사 문제가 부각되어 있는 시대였기도 하다. 선승인 샤크소엔은 그 시대적 조류와 선의 기능을 결부시키면서 설법을 하고 있다. 거기에 첨가되는 것이 일본의 '전통적 무사도', 그리고 일본혼과 같은 개념들이다. 후술하나 죽음을

---

40 釋宗演, 「禪と武士道」, 위의 책, 145~147쪽.
41 釋宗演, 「上根中根下根—眞劍の修行」, 위의 책, 135쪽.

뛰어넘는 무사들의 정신과 도를 연결 짓고 이를 예찬하는 '무사도', 그리고 '일본혼'과 같은 개념은 강력한 정치적 필요성에 의해 명치시대에 새롭게 만들어져 지식인과 일반인 사이에 유행했던 '신개념'들이다.

선이란 인간이라는 생명체의 궁극적 '구원'을 지향하는 범세계적 보편성을 지닌 수행문화다. 위대한 선승들이 숭앙받는 이유도 거기 있다. 그것이 인간, 국가 간의 평화 실현을 기본적 전제이자 목표로 함은 물론이다. 근대 일본의 명승이라 불리는 샤크소엔은, 수행력을 인정받은 일본 임제종의 최고의 리더 중의 한 명이었고, 아시아적 세계 속에 매몰되어 있던 선을 세계적 지(知)의 세계로 편입시킨 공적이 있는 수행자다. 그런 그가, 근린 국가에 대한 침략과 정복으로 점철되었던 명치 군국주의의 한계 속에 갇혀 있던 모습을, 위의 발언들은 잘 보여주고 있다. 일본 근대불교의 치명적인 약점을 보여주는 이 명승을 스승으로 모신 거사 수행 집단 속에 아베 미츠이에는 섞여 있었다. 아베의 속심은 어땠을까. 아베는 이 샤크소엔으로부터 '무불(無佛)'이라는 거사호를 받았다.

6. 『국민신문』의 정부기관지화와 '아베 전설'

1894년 7월 아산만 해전을 계기로 청일전쟁이 발발하자 도쿠토미는 즉시 기구치 겐조[菊池謙讓]와 아베 미츠이에, 화가 구보타 베이센[久保

田米僊]을 특파원으로 조선에 파견했다. 구마모토 국권당의 기관지 규슈일일신문[九州日日新聞] 역시도 사원들을 종군시켰다. 이 중 후일 경성에서 한성신보사를 경영하게 되는 아다치 겐조[安達謙藏]도 국권당 시찰원으로 종군 중이었다.[42] 아베는 '국민신문 특파원' 혹은 '국민신문 특파군사통신원'이라는 자격으로 조선에 도착, 7월 말 아산만 해전이 벌어지기 직전부터 용산, 인천, 경성, 경기도 고양, 황해도 전장을 계속 취재하여, 국민신문에 송군 기사를 보내왔다.[43] 베이센의 삽화와 더불어『국민신문』에 실린 이 기사들은 전승 소식에 굶주려 있던 일본 국민을 열광시켰고[44]『국민신문』의 부수는 비약적으로 증가했다. 청일전쟁을 계기로 도쿠토미와 아베는 보도과정에서 가츠라 타로[桂太郎], 데라우치 마사타케[寺内正毅] 등 군 상층부와 인맥 관계를 맺는데, 이 인연은 후일 도쿠토미와 아베의 경성일보 운영 인연으로 이어지게 된다. 이후 아베는 국민신문사 내부에서 승진을 거듭하여, 1897년 8월 국민신문사의 조직 개편시 주간으로 승진한 후,[45] 1899년 이사 체제로의 전환시 편집국 주간이자 총 8명의 이사 중 한 명으로 승진하게 된다.[46]

소호는 청일전 승리 후인 이듬해 중국 현지 시찰차 요동반도를 돌아 5월 여순에 돌아오는데, 그때 일본의 요동 반환 수락 결정 소식을

---

42 堤克彦,『よくわかる熊本の歴史』(3), 熊本出版文化會館, 2004, 210~211쪽.

43 『國民新聞』, 1894.9.2, 9.9, 9.15.

44 平野敏也, 앞의 글 8쪽 참조.

45 소호는 7월 18일 신문사의 집무 조직을 주간 조직으로 전환하여 阿部充家를 主幹으로 草野門平을 부주간으로, 淵上武三太를 사무주간으로, 芳野駒彦 및 渡邊爲藏을 사무부주간으로, 深井英五를 極東主幹으로 지명하고, 이어 편집국을 몇 개로 나눠 8월 14일 사원 총회를 열고 이를 발표한 후 동 15일부터 시행하였다. 『德富蘇峰記念館所藏 民友社關係資料集』, 三一書房, 1985, 5쪽, 당시 주소는 芝南佐久間町 1-3, 173쪽.

46 堤克彦, 앞의 책, 5~7쪽 참조.

든는다. 러·프·독 3국의 간섭에 굴복한 결과였다. 이 3국 간섭을 일본 정부가 받아들인 것은 전승에 취해 있던 일본 국민에게 굴욕감을 선사했다. 이토 내각은 '와신상담'을 슬로건으로 내걸고 반러 감정과 적개심을 선동했다. 일본 제국주의 형성의 시발점이라고 알려진 청일전쟁,[47] 삼국간섭과 더불어 인생 노선이 역으로 줄달음치게 된 이가 다름아닌 도쿠토미 소호였다. 그때 "힘이 없으면 어떠한 정의도 공의도 반푼의 가치도 없다는 것을 깨닫게 되었다"고 탄식하고, 한 번 일본의 영토가 되었던 기념으로 요동반도의 조약돌 한 줌을 수건에 싸품고 돌아왔다고 한다.[48]

이 사건은 국민신문이 직면하고 있었던 경영 악화 사정과 관련하여 소호의 인생 방향을 전환시키는 계기로 작용하게 된다. 소호는 청일전 다음해 벌어진 민비 시해 사건에 대해, 일본 정부와는 전혀 무관한 천리(天理)에 의한 징벌이라고 강변한다.[49] 소호는 이즈음부터 평민주의로부터 국권주의자, "국토를 2배로 불리자"는 대륙 팽창주의자로의 인생 전환 수순을 밟아나가게 된다.[50] 정계 진출을 꾀한 끝에 마쓰카타 내각의 칙임참사관이 되어 『국민신문』 불매운동을 당하게 되는가 하면, 군벌인 야마가타 내각, 이후의 가츠라 내각과 친밀도를 유지하고 재정적 지원까지도 확보하면서 『국민신문』은 정부 기관지로서의 길로 내몰리게 된다.

소호의 최측근 아베 역시도 소호의 뒤를 잇는 정치적 변모의 길을

---

47 강동진, 『일본근대사』, 한길사, 165쪽.
48 堤克彦, 앞의 책, 215쪽.
49 「朝鮮のこと」, 『國民新聞』, 1895.10.10; 「半島に向て初志を貫徹せよ」, 1895.10.27.
50 堤克彦, 앞의 책, 207쪽.

걷고 있었다. 그는 자유민권운동을 탄압하기 위한 악법인 신문조례 개정에 미온적 자세를 취하고 있었던 마쓰카타 내각을 지지하면서 사내의 동료들과 충돌했다. 그 자신 민권운동의 피해자이기도 했던 아베의 전향이 시작된 것이라고도 할 수 있다. 또 도쿠토미의 소개로 당시 해군차관이었던 사이토 마코토를 접견하기도 한다.[51]

한편 국민신문은 군중의 습격을 두 번 받는 타격을 입고 사운이 크게 기운 바가 있다. 1905년 러일전쟁을 미무리하는 포츠머스 조약의 협상이 진행되던 때 가츠라 타로 내각을 옹호하여 강화조약 체결을 축하하는 내용의 기사를 실었던 때가 첫 번째다. 이 사건으로 인해 사옥의 기기가 파괴되고 신문 배급조직과 영업망이 크게 타격을 받았으며, 경쟁 관계에 있는 신문들의 조직적 견제 등으로 인해 한때 세력을 크게 잃었다.[52] 그러나 도쿠토미는 '동맹 관계'에 있었던 수상 가츠라를 설득하여 『국민신문』을 전국의 시, 정(町), 촌의 관청에 무료배포하고 사회면 중심으로 편집방침을 바꾸는 한편 다른 신문에 앞서 도쿄 근교에 지방판을 발행하여 회복을 꾀했다. 이 덕분에 1907~1912년의 발행부수가 도쿄에서 1, 2위를 다툴 수 있게 되었다.[53] 철저한 정부 기관지로의 변신을 통해 국민신문의 경영난을 타개하고 언론계의 리더쉽을 장악하려던 도쿠토미의 정치적 모험, 그리고 같은 제국주의 사상으로 오랜 동맹 관계를 유지해 온 가츠라-도쿠토미의 계산이 맞아떨어진 결과였다. 그러나 두 번째는 달랐다.

1912~1913년 일본을 둘러싼 국제 관계는, 신해혁명에 의한 중화

---

51 이형식, 앞의 글, 145쪽.
52 有山輝雄, 『德富蘇峰과 國民新聞』, 145~146쪽.
53 山本文雄 외, 김재홍 역, 『일본 매스커뮤니케이션사』, 커뮤니케이션북스, 2000, 108~115쪽.

민국의 성립(1912)과 청조의 붕괴, 만주 거류민 보호를 구실로 한 일본군 1개 사단의 대련 파견(1912), 동부내몽고를 일본 지배하에 두려는 계획인 '제1차 만몽독립운동 계획'의 획책(1912), 중국 내전의 재발(1913), '남경사건'을 구실로 한 일본군의 남경 침략과 남만주 및 내몽고 철도부설권의 획득(1913), 캘리포니아주의 재미 일본인 토지소유권 박탈 결의(1913)로 인한 미일관계의 악화, 중국 민중의 반일 운동 강화 등으로 점철된 해였다. 일본 국내에서는 군부의 예산 증액 요구가 거세어, 조선 치안 유지와 만주 권익 옹호를 명분으로 한 조선군 2개 사단 증설 요구, 해군의 함대 증설 요구 등등 군부가 당시의 사이온지[西圓寺] 내각을 압박하고 있었다. 육군안을 거부하고 해군안도 대거 삭감한 사이온지 내각은 군부의 압력으로 결국 총사직을 강요당한다. 그리고 당시 천황 측근의 내대신(內大臣) 자리에 있었던 가츠라 타로가 대정 천황을 움직여 '비합법적' 방법으로 성립시킨 것이 3차 가츠라[桂] 내각이다.

사이온지 내각의 총사퇴로 도쿄를 비롯한 일본 각지에서 반전 표어를 내건 항의집회가 연잇는 가운데, '2개 사단 증설 반대'와 '입헌정치 옹호'로 운동 목표가 결집되고 있었다. 1912년 12월 19일 도쿄의 가부키좌[歌舞技座]에서 열린 정우회(政友會) 주도의 대중 집회에서는 '원로 독재와 군벌 타도', '가츠라내각 반대'가, 1913년 1월 17일 세이요켄[靜養軒]에서 열린 전국 신문인대회에서도 '헌정옹호'가 결의된다. 이렇게 정당과 언론의 공동전선이 기반이 된 반대 여론의 포화 앞에서 가츠라 내각은 대정 천황을 다시 동원한 '호헌' 운동을 펼치고 연속적인 의회 정회로 맞서나, 결국 국회의사당을 포위한 군중이 경시청 및 파출소, 신문사를 습격하고 방화하는 등(1913.2.10), 전국적인 대중 폭동에 직면한다. 결국 가츠라 내각은 성립 50여 일만에 총사직 하는데, 이것을 '대정정변' 혹은 '제1차 호헌운동'이라 부른다.[54]

변절자라는 비난을 받으면서 정계까지 진출해 있던 도쿠토미는 1910년 가츠라 내각의 한일합병 공작을 적극 지원한 이래 긴밀한 관계를 유지하고 있었다. 도쿠토미는 일본 전국이 혼란의 와중에 있던 시기에 또 다시 가츠라를 옹호했다. 국민신문처럼 3차 가츠라 내각을 옹호하고 있었던 신문에는 요미우리신문, 야마토신문 등이 있었다. 결국 가츠라 내각의 세 번째 의회 정회가 결정되던 날, 국회의사당 앞에 모였던 대중들은 정부계 신문사들을 집중 공격했다. 이동 도중 경찰서도 공격했다. 1911년 10월부터 국민신문 부사장 자리에 올라 있었던 아베는 사원들과 함께 검과 권총으로 군중에 맞섰다. 당시 상황을 상세히 전하는 자료를 인용한다.

이 날 의사당 주변은 홍분한 군중 수천 명에게 둘러싸여 있었고, 1,500명의 경관대와 기마경관, 헌병이 배치되어, 살기 등등 일촉즉발의 긴장감에 싸여 있었다. 이날 아침 가츠라 수상은 야마모토 곤베에[山本權兵衛] 백작의 전격 방문에 이어 사직권고를 받았는데, 이때 새어나간 말이 오히려 정우회 강경파의 기세를 올리는 역효과를 초래했고, 막다른 골목에 몰린 그는 (…중략…) 11일 사직했다.

이때 정회 소식을 들은 군중들 중에는 (…중략…) 경관대와 충돌하는 자가 많았다. 오후 3시쯤 의사당 부근을 떠난 군중이 히비야 공원에 집결했는

데, 그중 수백 명이 (…중략…) 미야코[都]신문에 쇄도했다, 기와장을 던져 창문을 파괴한 뒤 방화를 했는데 (…중략…) 이어 군중은 (…중략…) 히요시쵸[日吉町]의 국민신문사를 습격, 2층과 3층의 유리창을 깨고, 국민신문 간판을 떼내려 하였다. 석유를 적신 신문지에 불을 붙여 창문을 통해 사내로 던져 방화를 시도했다. 동사 부사장인 아베 미츠이에 이하 수 명은 즉시 일본도를 뽑아들고 수차례 군중 속으로 돌격, 이를 격퇴했다.

당시 군중은 10중 20중으로 사옥을 포위한 상태, 아베 결사대도 위험했기 때문에, 운전기사인 스나가[須永]가 권총을 발사하여 군중 한 명이 즉사하고 8명이 자상을 입었다. 이 정부계 신문에는 경관이 배치되어 있었지만 군중을 막지 못했다 (…중략…)『국민』에 이어 긴자의『야마토신문』,『요미우리신문』 등이 습격을 받았고, 파출서와 교바시경찰서, 우에노경찰서까지 습격당했다. 군대 출동으로 차차 진압되었다. 이 소요는 포츠머스 강화조약 당시의 방화사건의 뒤를 잇는 커다란 사건이었다.

국민신문 결사대의 아베 미츠이에, 수위 시미즈, 운전기사 스에나가 3명은 살인 및 살인 미수죄로 현장에서 체포되어 도쿄감옥에 수감되었는데, 목숨을 걸고 사옥을 지킨 아베 등의 분투에 감동한 것은 사장 도쿠토미 소호의 부 가즈타카[一敬]와 동생 로카[蘆花]였다. 로카는 다음 날 아사히신문에 이를 알리고 서둘러 옥중의 아베에게 편지를 썼다. 이즈[伊豆]에 거주하던 가즈타카도 도미 한 근을 보내어 깊은 성의를 표했다.

이 사건으로 동경지방재판소에서 아베는 징역 2년, (…중략…) 스나가는 징역 3년 (손해배상 1천엔) 형을 받고 일심에서 모두 복죄했는데, 아베는 후일 당시와 관련하여, 군중이 말을 듣지 않아 한방 먹였다, 아는 이를 베는 일 따위는 안 하지만, 다른 누군가가 베었는데 내가 죄를 뒤집어썼다고 친

척에 밝혔다 한다. 그가 애용한 목검에는 스스로 새긴 '○○ 春風'이라는 구
가 있다.[55] ('○○'는 판독 불능, 이하 같음)

아베는 검을 휘두르며 군중 속으로 진격했고 사원은 권총을 발사했
다. 이 과정에서 군중 한 명이 사망하고 몇 명이 부상당하는 사태가
빚어지게 된다. 재판에서 아베는 살인미수 혐의로 징역 2년에 집행유
예 3년을 받게 된다. 다른 사람 대신 자신이 죄를 뒤집어썼다고 밝혔
다는 점도 위 글이 지닌 특색의 하나일 것이다.

구마모토 역사와 그의 성장기 속에 새겨져 있는 검의 문화가 그의 현
대사 속에 모습을 아낌없이 드러내는 순간이었다고 해도 될까. 아베는,
일본 임제종의 거물로서 서구 세계에서 아시아 불교를 대표하는 인물로
활약 중이던 샤크소엔[釋宗演], 그의 밑에 모인 거사 그룹의 일원이었다.
그는 모범적인 선 수행의 예로 가마쿠라 무사들의 선(禪)을 즐겨 거론했
던 인물이었다.[56] 샤크소엔의 참모인 동시에 일본 선을 세계에 소개한
불교학자 스즈키 다이세츠[鈴木大拙] 역시도 마찬가지였다.[57]

어용 언론인 도쿠토미의 충복들이 성난 민중을 무기로 살상한 이 사
건, 그러나 일본 언론계는 이 사건을 철저히 미담화했다. 아베는 사주
(社主)인 도쿠토미 부자의 확고한 신임을 받았다. 근대 일본의 문호 도
쿠토미 로카[德富蘆花], 소호의 전향에 반대하여 형제의 인연을 끊은 그
도 아사히신문을 통해 아베의 이름을 전 일본에 알렸다. '주군'과 조직
을 위해 목숨을 거는 이 중세풍의 일화는, 후일 경성일보 사장으로 부

55　清水三郎, 「憲政擁護と國民新聞襲擊事件―德富父子を感動させた阿部無佛」, 『武藏野』 2호, 1958,
　　31～33쪽.
56　釋宗演, 「力の妙用」, 『京城日報』, 1917.2.18.
57　鈴木大拙, 「禪と劍道」, 鎌田茂雄編, 『禪と武道』, ぺりかん社, 2002, 133～166쪽.

임한 그를 맞이한 이광수 등 조선의 지식인들 사이에서도 전설적인 무용담으로 회자되고 있었다. 아베의 인생은 이렇게 열혈 민권운동가로부터 정부 어용신문을 검으로 지키는 인생으로 유전되어 있었다.

도쿠토미도 '변절' 후, '가츠라 타로[桂太郎]의 대변지'로서[58] 국민신문사를 전가동하는 정치적 모험을 계속하고 있었다. 물론 그 속에는 가츠라와 합심하여 영일동맹, 한일합병을 같이 일궈낸 동지의식과 사명감이 있었다. 그러나 일본 정치사에서 최장기 집권 경력을 자랑하던 가츠라 타로도 이번 사임 직후 10월 유명을 달리하고 만다. 유력한 정치적 기반을 잃은 도쿠토미는 정계에서 손을 떼고 국민신문 운영에 전념해야 하는 지경에 몰리게 된다. 1913년 당시 그는 또 다른 '정부' 기관지인 경성일보 감독직을 4년째 수행하고 있는 상태였다.

경성일보 감독이란, 국민신문 경영과는 그 차원이 또 다르다. 그것은 본국의 간섭에서 상대적으로 자유로운 '왕국'을 경영하고 있었던 초대 총독 데라우치 마사다케, 그와 더불어 식민지 조선을 경영하는 최고 리더 자리 중의 하나였다. 조선 경영의 총책임은 데라우치가, 정책 조력 및 선전, 보도, 여론 환기는 도쿠토미 소호가, 이 구도가 1910년대 조선 최고 경영진의 면모였다. 집행 유예로 풀려 나온 아베를, 소호는 식민지 정부기관지의 사장으로 임명한다. 그것이 청일전쟁 시 두터운 인연을 쌓아놓은 육군대신 총독이 치안과 재정을 보장해주고 있었던 조선총독부 기관지 『경성일보』와 『매일신보』였다. 아베 나이 53세, 국민신문 제2차 습격 사건 1년 반 여 뒤인 1914년 8월 1일의 일이었다.

58　有山輝雄, 『德富蘇峰と國民新聞』, 吉川弘文館, 1992, 181쪽.

제3장

경성일보·매일신보 시대의
아베 미츠이에

1. 도쿠토미 소호의 조선 통치론

서남전쟁 시 정부군으로 참전하여 불구가 되었으나 육군벌의 지원으로 정치 거물반열에 오른 데라우치 마사타케와, 전쟁 후 구마모토 자유민권운동의 리더로 약진하던 도쿠토미 소호는 원래 적대적인 정치노선을 달려야 했던 사이였다. 그러나 청일전쟁을 계기로 도쿠토미 소호가 변신하자 두 사람의 관계는 일변하게 된다. 데라우치가 1894년 청일전쟁 당시 운수통신 장관에 재임 중이었을 때부터 두 사람은 정치적 밀월관계에 들어가, 1904년 데라우치가 육군대신으로 있을 때는 도쿠토미의 국민신문사에 자금까지 지원한 적도 있다.[1] 그런 데라우치가 1910년 5월 30일 3대 조선 통감에 부임하자마자 처음 한 일 중의 하나가 한말 최대의 민족지『대한매일신보』를 매수하는 일이었다.『대한매일신보』와 통감부 기관지『경성일보』를 한 신문으로 만들어 도쿠토미에게 넘기기 위해서였다.[2] 모든 신문을『경성일보』로 집중시켜 달라는 도쿠

---

[1]　有山輝雄,『德富蘇峰と國民新聞』, 吉川弘文館, 1992, 193쪽.
[2]　『德富蘇峰記念館所藏 民友社關係資料集』, 三一書房, 1985, 342쪽.

토미의 의견이 반영된 결과였다.[3]

8월 22일 데라우치 생애 최대의 공적인 한일합병 체결 작업이 결실을 맺자, 가츠라 타로와 더불어 그 성사를 학수고대하던 도쿠토미는 『국민신문』에 「조선병합의 사」를 발표했다. 그는 이 글에서 "조각배를 타고 일본해를 왕래하던 우리 신대(神代)에 일본과 조선은 일가였다. 이제 일본과 조선의 관계는 신대의 옛날로 돌아갔다"고 주장하고 "이로써 1천7백여 년 이래의 문제를 해결했다. 지금부터 우리는 하나 더 늘어난 책임을 완수하기 위해 더욱 정진해야 한다. 그것만이 천황 폐하의 성덕에 보답하는 길이"라고 강조했다.[4] 9월 13일 도쿄를 떠나 16일 경성에 도착, 경성호텔에 여장을 풀고 데라우치 통감, 야마가타[山縣] 정무총감, 아카시[明石] 경무총감, 고다마 회계국장을 차례대로 만난다. 정운복, 나카무라 겐타로(통감부 경시청 번역관, 신문검열관), 한성신문을 운영 중이었던 아다치 겐조[安達健藏]도 만난다. 『매일신보』를 총독부 기관지로 재탄생시키기 위한 논의를 위해서였다. 9월 17일부터 10월 10일까지의 일이었다.[5]

10월 1일, 직제 개편과 더불어 조선통감부 통감 데라우치는 조선총독부 총독이 된다. 한국 의병에 대한 무자비한 탄압, 그리고 105인 사건 날조 및 관련자 고문으로 악명 높던 경무총감 아카시 모토지로[明石元二郎]는 도쿠토미 소호와의 협의를 거쳐 조선인 신문을 『매일신보』

---

3 德富猪一郎, 『蘇峰自傳』, 中央公論社, 1935, 416쪽.

4 정일성, 『일본군국주의의 괴벨스 도쿠토미 소호』, 지식산업사, 2005, 28쪽.

5 자세한 경위는 「朝鮮所得簿」, 『德富蘇峰記念館所藏 民友社關係資料集』, 356~357쪽. 한국 연구자의 종합적 요약은 함태영, 『1910년대 『매일신보』 소설 연구』, 연세대 박사논문, 2008, 16쪽 참조.

하나로, 일본인 신문을『경성일보』하나로 통합하는 '신문통일정책'을 발표했다. 이어 데라우치는 소호와 총독부 기관지 운영과 관련된 계약서인 '신문정리에 관한 취극서'를 나눠 갖는다. 도쿠토미를『경성일보(『매일신보』)』의 경영권과 인사권을 갖는 '감독'으로 위촉한다는 것,『경성일보』와『매일신보』는 "총독부와 총독을 중심으로 하여 시정(施政)의 목적을 달성하기 위해 노력을 기울"이며 감독은 총독부에 대해 일체의 책임을 진다는 것이었다. 총독부는 재정과 특혜를 주는 대신 필요시에는 감독을 포함한 사원 전체를 교체할 수 있는 강력한 인사권을 갖고 있었다. 이런 계약에 따라 자금은 총독부가, 편집, 경영, 인력 충원 등은 국민신문이 담당하는 시스템이 완성된 것이다. 이 체제는 도쿠토미가 물러나는 1918년까지 8년간 계속되었다.[6]

도쿠토미는 이 작업을 마치고『경성일보』지상에 10회 연재로「조선통치의 요의」를 발표한 후 귀국했다. 도쿠토미 소호의 조선관, 통치방법론이 구체적으로 정리되어 있는데다가 후일 경성일보 사장으로 부임하는 아베 미츠이에의 실무 스타일과 다소 차이를 보이는 곳도 있어, 일고할 가치가 있다.

우선 그에게 있어 일본의 조선 병합은, 일본 근대사의 진행 과정 중에 새로 발생한 사건이 아니다. 조선 병합은 조선의 남부 지배에 머물렀던 고대 일본의 한반도 정복이라는 역사적 과제를 완벽하게 구현한 결과라는 의미가 있다. 두 번째, 그에게 조선 병합은 제국주의 시대를 겪어 온 근대 일본이 "자위를 위해, 조선을 위해, 극동 및 세계 평화를

6　정진석,『언론조선총독부』, 70쪽. 총독부는 도쿠토미에게 파격적인 재정 지원도 했다. 여비, 수당, 교제비로 연 5,000엔 이내를 지급했다. 도쿠토미는 이 계약에 따라 1년에 적어도 2회 이상 경성에 와 신문사 업무를 감독하기로 되었다.

위"한 "피할 수 없는 대세"이다.[7] 다음에 제시되는 것은 이후 『경성일보』와 『매일신보』의 1면에서 수시로 확인할 수 있는 대륙 팽창론의 한 예다.

> 섬 제국은 대양을 지배하는 외에 다른 방법이 없다.
>
> 섬 제국은 대륙에 발을 들여놓지 않을 수가 없다. (…중략…)
>
> 섬 제국의 대륙 통치는 절대 불가능하다고는 할 수 없지만 심히 곤란한 사업이라는 것은 세계의 통례를 들 필요도 없다. 그러나 우리 일본 제국은 이 곤란을 돌파하고 대륙 통치에 착수해야 한다. [8]

도쿠토미가 「조선통치의 요의」의 서두에서 조선병합의 역사적 의의를 요약하면서 제시하는 본격적인 속내는 중국에 관한 것이다. 그는, 극동의 크지 않은 '섬 제국'이 생존과 번영을 확보하기 위해서는 "신영토의 획득이라는 방법을 택할 수밖에"없다고 전제한다.[9] 그 신영토 획득의 대상이 중국이다. 그의 조선 통치 방법론의 서론이 중국 침략 및 경영에 대한 논의부터 시작된다는 것은 의미심장하다. 명치기 정한론의 전통을 거쳐 청일전을 준비해가는 과정에서 명문화된 야마가타의 일본 '이익선' 논리에 충실한 대외 팽창주의의 관점이다. 일본의 조선 병합은 이러한 근대 일본의 역사적 사명을 완수하기 위한 첫걸음에 불과하다.

---

7   이 시기 『경성일보』는 현존하지 않아 확인이 불가능하다. 인용은 德富蘇峰, 「朝鮮統治의 要義 其一」, 『兩京去留誌』, 民友社, 1915, 224~225쪽.
8   德富蘇峰, 「朝鮮統治의 要義 其一」, 위의 책, 같은 곳.
9   위의 책, 같은 곳.

이어 그는 조선 통치 방법론의 핵심 전제를 세 가지로 제시한다.

> 통치의 목표를 달성하기 위해서는 첫째, 조선인이 (일본의) 통치가 불가피한 일이라고 생각하게끔 만들어야 한다. 둘째, (일본의) 통치가 이익이 되는 일이라고 생각하게 만들어야 한다. 셋째, 통치에 만족하고 통치에 열복(悅服)하고 통치를 즐겁게 여길 수 있도록 해야 한다.(…중략…) 만약 세 가지를 균등하게 얻을 수 없다면, 앞의 두 가지를 우선하라. 두 가지를 균등하게 얻을 수 없다면 첫 번째를 우선하라.(…중략…) 그렇다면 어떻게 이를 이룰 수 있겠는가. (방법은) 오직 힘밖에 없다.[10]

조선인이 일본의 통치를 기꺼이 즐길 수 있는 식민지를 건설한다는 덕치(德治)적 사고가 그에게 없는 것은 아니다. 그러나 그는 이것이 이상에 불과하다고 본다. 현실적인 통치책으로 그가 제시하는 것은 결국 무력이다. 그렇다면 무력으로 다스려지는 조선은 무력의 행사자 일본과 어떤 위계 관계에 있게 되는가.

> 우리가 조선인을 꼭 하급민으로 취급한다는 게 아니다. 위도 아니요 아래도 아니다. 우리 천황 폐하와 국법의 입장에서 본다면 처음부터 일시동인이다. 일본인의 입장에서 본다면, 원래부터 동포 형제의 관계다. 이러므로 그들이 언젠가는 다시 일본 제국으로부터 분리될 수 있다는 식의 망상을 꿈꿔서는 아니 된다는 것이다. 아니 철두철미하게 자자손손 그들의 운명은 일본 국민이 되는 길밖에, 또한 일본 국민에 동화하는 길 외에는 다른 방편이 있을 수 없다는 것을 명심시켜야 한다.[11]

---

10 德富蘇峰, 「朝鮮統治의 要義 其三」, 위의 책, 232~233쪽.

도쿠토미는 청일전쟁이 발발하기 직전에는, 일본은 열강과 달리 조선이 일찍부터 독립국임을 인식해 왔다, 세계역사의 발전 과정으로서 조선에 독립을 선사하기 위해 일본은 정의로운 전쟁에 참가해야 한다고 『국민신문』을 통해 주장한 바 있다.[12] 그랬던 도쿠토미가 이 시점에서 선택한 통치방침은, 현재는 물론 먼 미래에도 조선에 독립을 허용해서는 안 된다는 것, 그리고 조선을 완전한 일본의 일부로 만들어야 한다는 것이다. 압도적인 무력을 수단으로 재생의 꿈조차 꿀 수 없을 정도로 완벽하게 제압한 후 조선을 일본국의 완전한 영토로 확정해야 한다는 것이다. 조선과 일본의 평등성의 근거인 '일시동인'이란 이런 조건 하에서만 성립이 가능하다. 손에 들어온 조선을 다시 놓쳐서는 안 된다는 것, 조선을 완전한 일본 영토로 만들고 조선인을 완전한 일본인으로 만들어야 한다는 것. 이것이 바로 데라우치 마사타케 '정부' 역시도 표방하고 있었던 '동화주의'다.

도쿠토미가 이렇게 강력한 동화론을 피력하고 있는 데에는 다른 이유도 있다. 일본 내의 식자들 중에는, '참정권' 등 조선에 실질적으로 더 많은 정치적 권리를 주어야 한다는 견해도 있었기 때문이다.

조선통치를 곤란하게 하는 장애물이 있다면 그것은 조선인이 아니라 오히려 일본인의 황당무계한 언동이라는 것을 지적하지 않을 수 없다. (…중략…) 그들은 단순히 법률상으로 평등한 대우를 해주는 데 만족하지 않고 정치상으로도 그렇게 하기를 바란다. 어처구니없는 것은, 자유주의의 고취자

11　德富蘇峰, 「朝鮮統治의 要義 其四」, 위의 책, 238쪽.
12　본서의 2장 4절 참조.

인 모를레 경조차도 자신이 책임있는 자리에 있다면 허락할리 만무한 참정
권까지 조선인에게 주려는 자도 있다는 것이다. (…중략…) (참정권은) 대
의정치 하의 양민된 자에게는 원래 당연한 일이다. 그러나 오늘의 현실에서
조선인을 동일시한다면 이는 실로 역사를 무시하고 공중에 누각을 짓는 꼴
이다. 갑작스러운 동화란 것은 백해무익하다.[13]

도쿠토미에 의하면, 한일병합 전후 일본 식자들 중에는, 조선에 명
목상의 자유를 주는 데 그치지 말고 실질적으로 참정권을 주자는 견
해가 존재했다고 한다. 이토 히로부미가 주장했다는 '자치 육성정책'
도 이와 유관할 것이다. 도쿠토미는 조선 통치방침과 관련된 일본측
의 이러한 이론(異論)을 강력하게 제압하고자 하는 의도를 드러내고 있
는 것이다. 도쿠토미가 이 논설을 재조 일본인용 신문인 『경성일보』에
발표한 이유의 하나가 여기에 있다고 하겠다.

이어 도쿠토미는 자신의 '동화론'이 당장 실현 가능한 것이 아니라
미래에로 유보된 개념이라는 것을 밝힌다. 그럼 즉각적인 동화가 불
가능한 현재의 조선은, 동화가 가능해지는 '이상적인' 시기가 올 때까
지 구체적으로 어떻게 다스려야 하는가.

조선에 필요한 것은 자유가 아니라 질서다, 언론이 아니라 실행이다. 방자한
다두정치가 아니라, 엄정공평한 통일정치다. (…중략…) 우리는 자치에 앞서
평화를 줘야 한다. 모든 것에 우선하여 안심과 음식을 주어야 한다. 이야말로
조선 통치의 정수다. 총독무관제도, 경찰제도 같은 것도 여기 이유가 있다.[14]

13　德富蘇峰, 「朝鮮統治의 要義 其九」, 앞의 책, 264~266쪽.

다시 말하지만 우선 그들에게 음식을 주라. 그리고 가르쳐라. 음식은 배부르게 주고 교육은 실용 위주로 하라.[15]

조선에 선사해서는 안 된다는 '방자한 다두 정치'라는 말은 이토 류의 정당정치 시스템 건설 시도에 대한 도쿠토미의 적대의식이 스며나온 대목이다. 야마가타 - 가츠라 군벌 정부 대변지로서 살 길을 도모하다가 두 번이나 민중의 습격을 받은 국민신문사 사주다운 견해일 것이다. 이제 그가, 그러한 비효율적인 '자유' 대신 제시하는 것은, '질서', '이론이 아닌 실천', '방자한 다두 정치가 아닌 엄정공평한 통일정치'다. 이를 위해 필요한 정치 시스템이 '총독무관제도', '헌병경찰 제도'라는 공포통치 시스템이며, 이를 위해 필요한 경제 시스템이 초보적인 수준의 경제 기반 건설이며, 실용 수준에 머무는 교육이다.

결론적으로 보자면, 도쿠토미의 조선 통치론의 세목은, 동화주의의 원칙하에 조선을 통치하되 정치적 자유는 허용치 말고 무력에 의거한 통치를 행할 것, 제한된 수준의 교육과 경제 발전을 도모해야 한다는 것으로 요약된다. '일시동인'이라는 차별없는 선정善政의 명분을 내걸고는, 식민지의 현실적 조건 및 조선의 독립 지향에 대한 우려를 빌미로 그 이념의 실천을 무한히 유보하는 통치 이념의 내부 모순, 그리고 이 모순을 임기응변식으로 연장해 갔던 일본의 조선 통치 현실의 초기 형태가 여기에 명료하게 나타나 있다.

이상과 같은 도쿠토미의 통치론의 대강은, 데라우치의 통치 방법론

---

14 德富蘇峰, 「朝鮮統治의 要義 其十」, 위의 책, 268~269쪽.
15 위의 책, 257쪽.

과 흡사하다. 대륙침략의 교두보 확보 수단으로서의 조선 병합, 무관
총독 아래에 통치권한을 집중시키는 권력 구조의 구축, 치안의 우선
확보를 위한 강력한 헌병경찰제도의 시행, 시세와 '민도'를 감안한 초
보적 실용 교육의 시행, 제한된 수준의 산업 진흥, 점진적인 동화정책
의 실천, 자학적인 조선사관의 생산·유포 등으로 요약되는 것이 데
라우치의 통치방법론이었다.[16]

그러나 후일 도쿠토미는 자신의 『국민신문』을 정부기관지로부터
탈피시켜 정부 비판지로 변화를 꾀하는 한편 경성일보 역시도 총독부
와 거리를 두려고 데라우치와 재교섭을 벌이게 된다. 데라우치가 이를
거부하여 도쿠토미는 1918년 경성일보 운영을 접게 되는데, 이 시기
가 도래하기 전까지 도쿠토미와 데라우치 사이의 밀월관계는 지속되
었다.

2. 경성일보의 초기 운영

도쿠토미는 초대 경성일보 사장에 요시노 다자에몽[吉野太左衛門]을
임명하고 사원들에게 다음 훈시를 내렸다.

①『매일신보』가 신문으로서 존재하는 이유는 천황 폐하의 인애(仁愛)하

---

16 전상숙, 『조선총독정치 연구』, 지식산업사, 2012, 96~107쪽.

심과 일선인 일시동인(一視同仁)하심을 받들어 이를 한국에 선전함에 있고,

　① 집필자는 공정하며, 결코 편사(偏私)된 마음으로 당동벌이(黨同伐異)
　　의 붓을 놀리는 일 없도록 하며,

　① 문장은 간결명료하게 하고,

　① 일반의 소론(所論)은 온건 타당함을 기하여 결코 궤언망설(詭言妄說)
　　을 고취하지 말아야 하며,

　① 매일신보는 경성일보와 제휴하고 항시 그 보조를 동일하게 할 것.[17]

동화주의 실현이라는 사상적 대전제를 제시한 다음, 그가 두 항목이
나 들어 강조한 것은 집필실무와 관련된 내용이다. 편향 태도를 취하지
말 것, 궤언망설을 고취하지 말 것, 즉 '공정성'을 기하라는 것이다. 평
범해 보이는 이 발언 속에는 실은 과거 재조 일본인 신문사(史) 속에 존
재했던, 신문과 통감부 간의 불화, 일본인 신문에 대한 당국의 탄압 역
사가 배경으로 자리하고 있다.[18] 도쿠토미가 '공정'하게 쓰라는 말은,
『경성일보』가 총독부가 돈을 대는 신문이며, 총독부의 조선 통치를 지
원하는 선전 매체라는 사실을 잊지 말라고 재삼 못박고 있는 말이다.

요시노의 경영 실적은 한때 우수하여 발행부수가 15,000부에 달하
기도 했다. 데라우치의 조림사업 지원을 위해 벚나무 기증 사업을 전
개했으며, 국민신문사와 합동으로 일본의 지도급 인물들로 조선관광
단을 조직하거나 일본의 대정박람회 관람을 중심 목적으로 일본 시찰
단을 보내는 대규모 기획 사업을 전개하였다. 새 윤전기를 도입하고

---

17 藤村忠助編, 『京城日報社誌』, 京城日報社, 1920, 23~24쪽.

18 아오야기 쓰나타로, 구태훈·박선옥 역, 『100년전 일본인의 경성 엿보기』, 재팬리서치21,
　　2010, 81~82쪽.

지면을 증면했으며, 1913년 8월에는 총독부와 합자회사를 설립하였고 새 사옥 신축도 시작하였다. 그러나 요시노는 경영 실패 및 재정적 위기, 품행에 대한 세간의 비판 및 『경성일보』기사에 대한 데라우치의 비판 등의 문제로 1914년 7월 23일 사임하고 만다.[19]

매일신보는, 합방 직전 데라우치가 대한매일신보를 매수할 때 앞잡이로 내세웠던 이장훈(李章薰)이 편집인 겸 발행인으로 남아 있다가 2개월 후인 10월 22일부터 발행 겸 편집인 변일(卞一), 인쇄인 이창(李蒼)으로 바뀐다. 물론 당시의 발행인이나 편집인은 경영·편집 권한이 없는 제작실무 역할에 불과했다. 나카무라 겐타로 등을 중심으로 한 "일본인 기자들의 말대로" 순종하는 역할은 매일신보의 모든 조선인 사원들이 져야 할 의무였다.[20] 변일은 다음해 아베가 부임한 뒤 퇴사했다.[21]

3. 아베의 경성일보·매일신보 경영의 주요 특징

아베 미츠이에는 전임 요시노가 사임한 후 1주일이 지난 1914년 8월 1일 경성일보 및 매일신보사 사장으로 부임했다.[22] 제1차 세계대

---

19 이상 요시노의 경성일보 운영 사항은 정진석, 『언론조선총독부』, 커뮤니케이션북스, 2006, 71~75쪽. 요시노의 퇴임 이유와 관련된 상세 사항은 이형식, 「경성일보·매일신보 사장(1914.8~1918.6) 시절의 아베 미츠이에」, 『史叢』 87호, 2016.1, 158~161쪽 참조.

20 유광렬, 「이상협론」, 『제일선』, 1932.5, 52쪽. 함태영 앞의 글, 17쪽 재인용.

21 「卞一 退社之辭」, 『每日申報』, 1915.1.17.

22 社告, 『每日申報』, 1914.8.2.

전이 발발한 직후, 그리고 다음해 9월로 예정된 조선물산공진회 개최를 앞두고서였다. 거주지는 서대문밖 다케조에쵸[竹添町]였다.[23] 부임한 그는 요시노가 추진한 사옥 공사를 완성해 10월 준공식을 올렸다. 윤전기를 설치하고 연판에 활자주조기 설비를 완성했으며, 사진부를 신설하여 지면 개신을 꾀했다. 석간 발행을 조·석간으로 발행하는 등,[24] 두 신문의 물적 기반을 새로 다졌다. 한편 다음해 초에 폭로된 재정 문제가 발목을 잡았으나, 조선은행의 차관 융자로 위기를 넘기기도 했다.[25]

기사 편집 방면과 관련해 보면 아베의 운영 방식에는 눈에 띄는 점이 몇 가지 있다. 그는 자신이 사장으로 있음에 틀림없는 신문의 1면에 본인 명의로 된 사설이나 논설을 단 한 번도 쓴 적이 없다. 2면 혹은 3면에 연재 기행문 3편과 한시 수편을 남겼을 뿐이다. 1인자 도쿠토미를 배려한 것으로 보기도 어려울 정도로 그는 철저히 자신의 존재를 낮췄다. 일본 시절 그의 스타일의 재판이라 해도 될 것이다.

사장인 아베 대신, 1면 1단 그 자리에 빈번히 사설과 논설, 기행문 등을 연재한 것은 감독 도쿠토미 소호였다. 그는 경성 체류시에는 물론, 도쿄에서도 1면용 기사들을 부지런히 써서 보내왔다. 가벼운 수필류의 글인 경우에도 그의 것은 대부분 1면 2, 3단 이내의 공간에 실렸다. '천하'를 향해 열변을 토하고 세간의 주목을 집중적으로 모아야 만족을 얻는 스타일의 도쿠토미 소호, 그의 그늘 속에서 실무에 임하며 사람의 마음을 얻으려 다니는 '참모' 아베의 모습은 그가 사장으로 부

---

23 西大門外, 竹添町, 二町目, 十六, (電話877)번지, 「本社長 寓居」, 『每日申報』, 1914.8.5.
24 中村健太郎, 「阿部無佛翁を偲ぶ (二)」, 『京城日報』, 1936.1.15.
25 이형식, 앞의 글, 164쪽.

임해 온 신문 속에서도 재현되었다고 보아도 좋을 것이다.

아베는 두 신문의 운영 방침에 있어서 그다운 특징들을 다수 보여주었는데 이를 일곱 가지로 요약하면 다음과 같다.

첫째, 1면 기사의 장르가 다양해졌다. 역사와 문화, 종교 기타 교양과 관련된 외부 인사의 연재 기사물이 대폭 늘었다. 역사 방면에서만 보자면, 세키노 다다시, 도리이 류조, 구로이타 가쓰미 등 조선사 연구자들에 의한 역사 연재물이 늘었다. 청일전쟁부터 시작된 일인들의 대규모 도굴과 거래, 이토 히로부미 자신이 주도한 이후 재조 일본인들 사이에 유행이 된 조선 유물의 수집·반출 붐, 1902년부터 지속되어 온 세키노 다다시의 조선고적 조사 사업의 영향이 그 배후에 자리하고 있다고 하겠다. 특히 1915년은 도쿄대의 도리이 류조, 구로이타 가쓰미도 별도의 조사 사업 형태로 참여한 해였다. 이것이 다음해인 1916년에는 고적조사 5개년 사업(1916~1920)으로 이어진다. 주로 조선 고대사에 집중된 이들의 연구는 식민 통치를 위한 지역자료 조사 작업의 일환, 그리고 일선동조론 등 한일병합의 정당성을 입증키 위한 통치 목적 아래 행해진 것이었다.[26] 1915년 중반 『매일신보』 및 『경성일보』에 실린 세 사람의 기사 목록만 예로 제시해 본다.

鳥居龍藏	「敎育眼으로 東蒙古」(1~3)	1915.4.17~20
黑板勝美	「古代思想의 日鮮 關係」(1~3)	1915.4.29~5.1
黑板勝美	「南鮮史蹟의 踏査」(1~15)	1915.7.29~8.17
關野貞	「百濟의 古蹟」(1~3)	1915.8.20~8.24

---

26 이순자, 『일제강점기 고적조사사업연구』, 경인문화사, 2009, 15~68쪽.

鳥居龍藏 　　「朝鮮民族에 就하여」(1~3) 　　1915.9.3~9.5
鳥居龍藏 　　「石窟庵의 佛像」 　　1915.9.29

　둘째 독자의 참여를 유도하는 국내외 시찰 기획을 적극 수행했다. 우선 총독부의 '국책' 사업의 일환이었던 해외 시찰단을 전임 요시노에 이어 적극적으로 조직·운영했다. 재조 일본인과 조선인 유지로 구성된 대규모 해외 시찰단을 조직하여 청도(靑島)시찰단(1915), 만주시찰단(1917), 규슈[九州]시찰단(1918)을 기획, 운영한 것이 그것이다. 청도시찰단은 1차대전 참전으로 획득한 청도를 현대식 기선으로 왕복하는 기획으로, 일본인 거리가 형성되고 있는 시가지 및 독일군과의 격전이 이뤄진 전장을 현지 군부대의 안내로 도는 기획이었다. 만주시찰단은 일본이 조차지로 운영 중이던 요동반도를 중심으로 러일전쟁 전적지와 만주 각 지역의 정치 경제 및 일본 자본 및 거류민의 진출 상황을 시찰하는 기획이었다. 마지막 규슈시찰단은 근대 일본의 경제상을 보여주는 새로운 산업기지 지역이자 귀화 조선인 집단촌이 존재하는 등 조선과 역사적 연관성이 높은 규슈 지역을 일순하는 기획이었다.

　전임자인 요시노나 동양척식회사, 총독부가 기획한 대규모 해외 시찰이 일본 전국의 주요 명소를 도는 형태였던 것과 달리, 아베의 기획은 일본의 해외 영토를 새 시찰대상에 포함시키는 한편, 국지적인 지역을 집중적으로 시찰하는 기획이었던 점에 특색이 있다. '위로부터의 동화'를 기본으로 하는 데라우치의 무단통치 방침을 아베는 그만의 스타일로 실천하는 예를 보여주었다고 할 수 있다.

한편 조선 국내 기획으로서는 한양성 순성(巡城), 개성습률회(開城拾栗會), 석왕사(釋王寺) 탐승 원산시찰단, 금강산 탐승회(探勝會), 팔관회, 경성 답사회, 한강관화[觀火]대회 등, 지역을 정해 놓고 관광을 겸한 식민지 지리 학습 기획을 다수 운영했다. 특히 조선인, 일본인을 막론하고 명승으로 이름 높았던 금강산 탐사 기획인 '금강한 탐승회'는 특파원을 금강산에 파견하여 명소와 사찰 등을 돌며 소개를 계속하게 한 것으로서 사진까지 첨부한 기사가 40여 일이나 연재될 정도였다.[27]

셋째, 조선기행문을 적극적으로 기획 운영했다. 양 신문은 원래 2, 3면에 「○○에서」라는 제목으로 각 지역의 정치·경제·역사지리를 보고하는 단형 기사란을 적극 운영하고 있었다. 양 신문은 이에 더하여 일본의 저명인사, 일본인 기자, 조선인 기자를 망라한 필진으로 연재형 기행문을 1면 중심으로 적극 게재했다. '오타니 탐험대'로 유명한 오타니 고즈이[大谷光瑞], 두 신문의 감독인 도쿠토미, 과필(寡筆)로 유명한 사장 아베 역시도 이 기행문 연재에 적극 참여할 정도였다.

넷째, 과거 '배일사상'으로 조선 민중 사이에 명망이 높았던 조선인 '영웅'들을 영입하여 동화주의 이데올로그로 활용했다. 중년층 영웅인 장지연과 윤치호, 신청년층의 영웅인 이광수, 1910년대 지식계의 중심역이었던 최남선이 대표 예로서, 동화의 역사적 필연성이나 일제 통치하 조선의 발전상을 '설득력 있는 조선어'로 조선 독자들에게 전달케 하는 역할을 수행케 하였다. 통치자와 조선인 사이에 '명망있는

---

27 『매일신보』, 1915.4.26 기사인 「동양 명승 금강산 1-금강의 위치(금강산 사진 첨부)」, 29일자 「동양 명승 금강산 2-금강의 유래(만폭동 사진 첨부)」에서 시작된 '금강산 탐승회'의 현지 탐사·소개 기사는 6월 11일자 「금강산 유점사 연혁과 주지의 기적」에 이르기까지 총 24회에 걸쳐 연재되었다.

조선인 리더'를 매개항으로 두어 통치의 원활성을 기하는 이 방법은, 후일 사이토 마코토가 문화통치 시대에 본격적으로 사용했던 간접통치 방식이다. 아베는 강압 일변도의 데라우치 무단통치 시대에 이러한 한 차원 높은 통치술을 독자적으로 펴고 있었음을 알 수 있다. 그 성공의 대표적인 예가 이광수다. 그로 하여금 자유연애와 교육 담론 계몽을 펴게 하는 한편, 조선왕조의 무능성 및 조선인의 근대적 자질의 결여 등을 비판케 하여 청년 계층의 열정적 호응을 이끌어내고 매일신보의 지가를 높인 대목은 아베의 대성공 예였다.

다섯째, 독자의 증가 및 사세의 확장책과 관련하여, 신문사 설립 초기부터 적극적으로 지원되어 왔던 연재 소설란 운영을 대폭 '현대화' 시켰다. 우선 1912년 조중환의 등장과 더불어 시작되었던 번안소설 연재 방식에 변화를 주었다. 즉 1914년 중반부터, 번안 소설의 원작을 '일본 가정 소설'에서 '서구 소설'로 바꾸었다. 이것은 매일신보사가 연재소설의 중심 독자를, 여성 중심에서, 당시 형성되고 있었던 청년 학생층으로 새로 설정했다는 것, 그리고 근대소설에 대한 학습이 신문지상을 통해 본격적으로 진행되었다는 것을 의미한다. 이것이 바로 1917년 한국 최초의 근대 장편소설, 이광수의 「무정」으로 이어지는 것이다.[28] 아베의 두 신문 경영 성과는 여러 가지로 지적될 수 있지만, 조선의 청년 계층을 중심 독자로 부상시킨『매일신보』소설난 운영의 성공이야말로 아베의 대표적인 업적 예라 할 것이다.

여섯째, 일상생활의 개선, 풍속의 교화과 관련된 계몽적 기사의 양

---

28 김영민,『한국근대소설의 형성과정』, 소명출판, 2005, 161~172쪽; 함태영,『1910년대 소설의 역사적 의미』, 소명출판, 2015, 226, 269, 305쪽 참조.

이 늘고 그 종류도 다양해졌다. 일요강화, 언론, 시사소언(時事小言), 경성소언(京城小言), 신기원(新紀元) 등의 난이 신설되어[29] 운영된 것이 그것인데, 그것이 결정(結晶)화된 결과의 백미가 1915년 조선물산공진회의 개최와 병행하여 경성일보사가 단독으로 개최한 '가정박람회'였다. 공산품 및 특산품 중심으로 조선산업의 발전상을 대내외에 홍보하려 한 조선물산공진회와 달리, 아베의 가정박람회는, 가정생활의 개선을 표방한 것으로서, 경성일보사 사옥 내에 주택, 주방, 육아, 위생, 요리, 가정의례 등등, 근대식 가정생활의 면모를 풍성한 볼거리와 함께 전시한 것이었다. 조선 가정의 실질적인 구조적 모순을 개선하는 것과는 무관한 기획이라는 점이 본질적인 약점이나, 선진적 스타일의 가정생활의 외양을 풍부한 오락적 공간과 더불어 제시한 기획으로서, 조선인 사이에 근대에 대한 선망을 불러일으키는 데에 성공한 기획이었다.

일곱째, 종교 관련 기사, 특히 불교 관련 기사가 압도적으로 늘었다. 총독이나 사장 자신을 포함한 경성의 유명 인사의 사찰 방문, 특정 사찰의 법회 개최 소식 등도 적극 기사화되었다. 이것은 임제종 수행자이기도 했던 사장 아베의 개인적 종교 취향의 반영임과 동시에, 기독교 배척과 불교의 국가주의화, 조선에의 적극적 포교가 진행되던 근대 일본 불교계의 동향이 현실화되었던 예라 볼 수 있다.

---

29 황민호, 「1910년대 조선총독부의 언론정책과 『매일신보』」, 『일제하 식민지 지배권력과 언론의 경향』, 경인문화사, 2005, 19쪽.

4. 중국·일본 시찰단 및 '가정박람회'의 기획·운영

일본에 대한 대규모 시찰단 파견은 통치 초기 데라우치가 역점을 들였던 '국책 사업'의 하나였다. 준비가 충분치 않은 상태에서 거행된 합병이었는데다가 대륙침략용 철도와 도로 건설에 지출을 집중하고 있던 데라우치는 기타 부분에는 극도로 지출을 삼갔다.[30] 또한 통치에 저항할 가능성이 있는 계몽운동 세력에 대해서는 대규모 체포와 고문, 장기 수형으로 탄압하고 정치 활동의 장을 원천적으로 폐쇄하는 무단통치책을 실시하였으므로, '위로부터의 동화' 통치 실적을 만들어가야 하는 입장에 있었다. 통치에 필요한 현지 조선인의 매개적 지지 기반이 없는 가운데, 단기간에 '위로부터의 동화' 효과 확보를 위해 그들이 택한 것이 조선인 엘리트계급에 대한 집중적 투자였다. 즉 조선 귀족, 자산가, 고·중급 관리들, 즉 일본 통치에 저항이 적을 수밖에 없는 이들에게 제국 일본의 실제 '위용'을 목도하게 하여 내발적인 복종 에너지를 이끌어내기 위해 택한 것이 해외 시찰단 파견사업이었다. 이러한 스타일의 시찰 기획은, 친일파 양성에 효과적으로 기능했다고 판단되는 데가 있다. 총독부 혹은 동양척식회사, 혹은 경성일보와 매일신보 주최의 대규모 시찰단이 대대적인 홍보와 더불어 매년 조직·운영되고 있었던 것은 그런 이유에서였다.[31]

---

30 이태훈, 「일제하 친일정치운동 연구」, 연세대 박사논문, 2010, 84~85쪽.
31 참고로 1910년대 일본을 대상으로 한 시찰단의 목록을 소개하면 다음과 같다. 귀족관광단(1910), 전북관광단(1911.8.5), 기독교시찰단(1911), 동척내지시찰단(1912.8.20), 유림시찰단(1912.10.22, 1914), 동척내지시찰단(1913), 조선진신내지시찰단(1914.3.27), 교육시찰단(1914), 동척시찰단(1914), 내지시찰단(1915), 불교시찰단(1917), 규슈시찰단(1918.4.16),

전임자인 요시노 역시도 시찰단의 운영에 힘을 기울였으나, 후임 사장인 아베의 경우는 시찰지 선정, 운영 방법 등에 새로운 면모가 있었다. 그는 도쿄나 교토, 오사카 등지를 도는 전국적 규모의 일본시찰 대신, 산동이나 만주 같은 해외의 신 영토, 근대 일본의 산업기지이자 조선과 역사적 관련이 깊은 일본 규슈 등 국지적인 지역을 시찰 코스로 선택했다. 말하자면 '테마' 중심의 집중적 시찰 스타일을 그가 기획했다고 할 수 있나. 그리고 데라우치의 5년 통치 실적을 대내외에 선전하는 공진회 개최 기간 중에도 '가정'이라는 일상생활 공간에 초점을 맞춰 재조 일본인 및 조선 중산층 및 서민들의 호응을 이끌어내는 '가정박람회'를 개최했다. 명치 대정기 신문 경쟁의 지옥을 살아온 국민신문 운영의 베테랑다운 면모이자, 그의 조선 통치 지원 스타일을 볼 수 있는 대상이어서 자세하게 고찰되어야 할 필요가 있다.

1) 조일재(趙一齋), '청도(靑島)시찰단'이 본 제국의 이면

청도시찰단은 1915년 2월 25일 인천항을 출발하여 청도에 도착, 시가와 전적지를 시찰하고 3월 5일 인천항으로 돌아온, 아베의 첫 시찰단 기획물이다. 왜 그의 첫 시찰 기획이 '선진국' 일본이 아닌 중국 청도였는가, 시찰의 동기와 효과는 무엇인가, 이와 관련된 기획 의도가 '주지'속에 밝혀져 있다.

잠업시찰단(1919), 농사사찰단(1919). 조성운, 「『매일신보』를 통해 본 1910년대 일본시찰단」, 『일제의 식민지 지배정책과 『매일신보』 1910년대』, 두리미디어, 2005.6, 41~46쪽 참조.

今回 京城日報社 主催하에 조선 在留의 純 紳士商 250명 限하야 靑島戰績 視察團을 조직하고 육해 幾多 勇士의 鮮血을 流하야 得한 신영토의 시찰을 기획하니 是는 2월말 3월초 山東의 기후는 조선보다 약 1개월이 早하야 花發鳥諦하는 好春季節이라 차 여행하기 好季節에 소액의 회비로서 가족적으로 조직된 시찰단이 이상적으로 설비한 朝鮮郵船의 新造 大汽船 咸鏡丸에 乘하고 波穩한 황해를 일직선으로 항행하는 쾌락이야 차에 비할 者이 無할지라. 航程 330해리, 30여 시간인데, 船은 大棧橋에 橫付되야 육해로 대규모의 순 독일식의 시설을 見하야 흡사 洋行하는 심회가 有할 것이오. 차 我 勇士 奮鬪의 蹟을 巡覽하고 겸하야 我官民이 신영토에서 如何히 健鬪하얏으며 청도는 여하한 處임을 실지로 연구하면 그 취미 그 실익의 多함은 殆히 상상 외에 在할지라. [32]

'청도'(칭타오)는, 일본이 1차대전에 참여한 계기가 된 독·일 전쟁의 격전지로서, 독일제국의 아시아 거점이었던 청도를 영일 연합군이 공격하여 점령한 곳이다. 이후 영국에서 지속된 파병 요청에 일본이 병력 및 함선, 물자 지원을 함으로써 연합국 일원으로서의 일본의 국제적 지위를 격상시키는 중요 계기가 되기도 했다. 사장으로 막 부임했던 아베가 심혈을 기울여 보도해야 했던 전쟁이기도 하다.

이것이 바로 아베 미츠이에가 부임 후 처음으로 계획한 시찰단의 목표지를 청도로 한 이유였다. 과거와 같이 일본 본토의 상징적 지역을 두루 도는 방법 대신, 연합국의 일원으로서 '국제적 정의'에 입각한 전쟁에서 획득한, '구 아시아 종주국' 땅의 신영토를 시찰함으로

---

32 「靑島視察團 主旨」, 『每日申報』, 1915.2.11.

써, 근대 일본의 위용과 대륙 팽창 정책의 실제 성과를 확인시키려는 기획이었던 셈이다. 현대 시설을 갖춘 대형 기선 '함경환(咸鏡丸)'을 교통편으로 동원한 의도는 거론할 필요가 없겠다.

"세계적 대전쟁의 한 부분 되는 청도의 전장과 풍물을 친히 시찰하고 오리라는 유쾌한 희망" 아래[33] 출범한 함경환은, 청도에 도착한 후, 군 및 현지 관민 조직의 환영회를 받는다. 이후 자유 시간을 이용해 청도시가를 둘러보고 다음 날 군부대의 인솔로 전적지를 방문하고 청도 시가를 돌아본 후 귀국하는 일정을 갖는다. 이 내용은, 실제 시찰이 진행되는 당시에는 무기명의 "청도시찰단 전보"라는 간략한 내용이 『매일신보』 3면에 연재되었다. 일정을 요약적으로 보고하는 데 치중한 내용이었다. 본격적인 시찰 기록이라고 할 수 있는 것은 시찰단 귀국 후 2면에 총 7회에 걸쳐 연재된 「청도시찰 일기」다. 이 「청도시찰 일기」는 서사성과 디테일 묘사가 풍부해서 고찰의 가치가 매우 높다. 필자는 일재생(一齊生), 즉 『매일신보』 연재 소설란의 역사를 새로 쓴 번안소설 작가, 그리고 「장한몽」의 작가였던 매일신보 기자 일재(一齊) 조중환(趙重桓)이었다.[34]

「청도시찰일기」(1~7)는 원론적으로 보자면 "일본군이 분투했던 전적을 순람하고 일본 관민이 신영토에서 어떻게 분투하였는가, 청도는 어떤 곳인가를 실지로 연구"하자는 매일신보사의 정치적 목표 실천을 위한 기록이다. 그러나 1회부터 4회까지의 연재문, 즉 「歡樂 嬉嬉 中 出帆」(1) 「船中에서 各項 滑稽」(2) 「好船長의 好苦心」(3) 「靑島官紳의 大歡迎」(4)은 그

---

33 「靑島에! 靑島에!」, 『每日申報』, 1915.2.26.
34 조중환의 생애와 문학 관련 사항은 박진영, 「일재 조중환과 번안 소설의 시대」, 『민족문학사 연구』 26, 민족문학사연구소, 2004 및 함태영, 앞의 책 226쪽 참조.

타이틀에서도 알 수 있듯이, 출발부터 도착까지 선내에서 벌어진 파티나 장기 자랑, 유흥적인 분위기를 구체적으로 기술해 가는 데에 초점이 맞춰져 있다. 말하자면 매일신보의 정치적 기획과 관련된 이렇다 할 이데올로기적인 내용이 눈에 띄지 않는 것이 이상할 정도의 특징이다. 청도시찰 기획의 백미라 할 수 있는 전적지 관련 내용에 가면 문제성 기록이 등장한다.

實戰 將校의 前導로 戰跡을 觀覽코 出發하야 爲先 市街 東北方으로 30餘 町 距離되는 無人家 曠野에 至하니 此處는 則 獨逸人이 全力을 傾注하야 防備하던 鐵條網 敷設의 地點이라. 余는 平日에 新聞紙上으로 鐵條網의 言은 聞하얏스나 其 實物의 如何는 未知햇더니 과연 百聞이 不如一見으로 「이것이 鐵條網이던가」 하고 接近 祥是하니 咳 鐵索은 普通 울타리에 使用하는 것과 無異하나 但 其 鐵索에 付着한 가시가 촘촘하게 붓었을 뿐 아니라 然이나 該 鐵索이 南海岸으로부터 北海안까지 그 距離가 不下 40哩라 하는데 此를 橫斷하얏고 此 其 爆員이 3間 가량인데 其 間을 該鐵條로 19餘 重이나 圍繞하야 此에 電氣를 通하얏난고로 人體가 接觸되면 卽死를 면치 못하겠스며 其 外婦에는 一丈 餘의 石墻을 築造하고 間間히 兵士가 伏在하야 襲來하는 敵軍을 窺視 放銃하게 되얏더라.

如似한 設備를 見聞한 團員等은 皆 驚歎不己하얏스며 實戰 將校는 此에 對하야 日本軍은 此 鐵條網의 地下를 屈하고 長距離를 全혀 土窟 中으로 行軍하야 獨逸軍을 擊破하얏다 하매 此言에 諸人은 更一層 日本軍의 勇敢함을 驚歎하얏스며 其後 (물도게) 砲臺 及 비사맥 (일치스) 등 各 砲臺와 砲壘를 見學하얏는데, 最中에도 日本軍에 極力抗拒하며 且 困難케 하얏다는 비사맥

砲臺에는 28 大砲 3門이 有하대 此난 陷落 當時에 彼 獨逸軍이 自首로 爆破하야 無用에 歸케 하얏고 皆 日本軍 砲彈을 受하야 亦是 廢物이 되얏는데 此等 砲臺 附近 山野는 樹木이 坑점하며 地面이 凹凸하고 砲彈銃彈이 處處散在하야 당시 戰爭의 悽慘하던 光景을 目擊함이나 無異하며 且有 危險地라 하야 繩索으로 出入을 禁한 處도 有하얏더라 正午에 至하야는 (…중략…) 麥茶 及 弁當으로 空腹을 充하고 更히 腕車를 連하야 ○西鎭 砲臺를 見하얏는데 此 砲臺는 海邊에 最近한 處이오 最 有力하얏던 砲臺인데 亦是 獨逸이 四門의 28책 砲를 自手로 暴發케 하얏는데 此砲 一門을 据置함에는 其 經費 8萬圓을 要한다 云云.[35]

이것이 청도시찰의 3대 목표 중의 하나였던 전적지 감상 내용 전문이다. 독일군의 방어진지 면모와 일본군의 용감성이 병치적으로 기술되어 있는데, 전체적으로는 독일군 진지나 포대의 위용에 대한 기술, 전장의 참상에 대한 기술이 압도적으로 많다. 그리고 이 청도전이 제국 일본의 최근대사에 있어서 어떠한 역사적 의미를 갖고 있는가, 말하자면 청도시찰을 기획하고 대규모 시찰단을 현지에 보낸 총독부와 매일신보사측의 정치적 의도를 전달하는 해석적 견해나 주장이 적극 제시되어 있지 않다. 어떤 의미에서는 독일군 진지나 포대의 규모에 경탄하는 여행자 내지 방관자적인 시각에서, 제3국끼리의 전쟁을 바라보는 듯한 태도가, 매일신보사의 정치적 목표를 압도적으로 상회하는 형태로 드러나 있다고 볼 수 있다.

일본인의 입장에서는 감동적이었을지도 모르는 전적지 풍경을 이

렇게 심드렁한 눈으로 그린 조일재는, 도착 제1일째는 전혀 다른 눈과 마음으로 현장을 보았다. 다음은 전적지를 둘러보기 전날인 제1일, 청도시가를 둘러보던 때의 조일재의 기록이다.

海岸 附近 最重要 要地는 則 獨逸人의 市街이오 其 建築은 不多不儉하며 無大無少하고 一致整然하야 一絲不亂의 感이 有하며 其 道路는 (…중략…) 四通五達하였으며 人道 車道의 구분과 或有 空闊處則 花盆을 植하야 잔디를 깔며 造山溪水 等의 設備를 爲하여 一個 小庭園을 作한 곳이 處處 有之하니 可謂 公園的 市街라 하겠더라. 然이나 楷 3.4層의 家屋들은 10家 9空하고, 外壁은 受彈하야 或有破壞하며 或有 鑿空者하야 一洞이 寂寂하며 街路에는 無往來 外國人하고 但聞 海上 船隻의 汽笛이 無人空屋에 反響할 뿐이니 回憶 當時에 慘憺한 戰爭의 狀況을 可히 想像하기에 足하겠더라. 此로 此 家屋의 空虛者는 皆 獨逸의 官營者가 其 多數를 占有핫슬지니 此의 純 洋式家屋을 急히 日本式으로 變更코저 함이 實로 龍頭蛇尾의 觀이 有할지라.

戰後之地는 自古로 戰勝國의 一攫千金의 慾心家 등이 다수 入處한다는 言은 曾聞한 바이라 然이나 雄大한 家屋과 廣闊한 街路上으로 過할 時는 한 집 건너 한 집 식으로 江戶亭이니 혹은 何何 호텔이니 하는 料理店 旅館으로 充滿하야 硝子 窓안에는 발채上에 가마보꼬 또는 도미漁 一首를 매달아 놓고 海苔 쌈밥 말아놓은 집이 경성 드문하야 朝鮮 京城 黃金町 街路 左右에 恒常 目擊하던 잠간 한잔 먹는 집과 無異하며 室內에 入하면 倉庫 사이에 入處하는 氣味가 有하니 何者오 獨逸人은 臥床급 寢臺를 使用하얏는데 별안간 日本疊式으로 마로 우에 다다미를 三分之一은 깔고 그외의 三分之一은 신발 버서 놋는 處所를 만다럿스니 毫末도 倉庫 內 臨時居處와 無異하야 광속 살림이 분명하얏스며 전자 후자는 雖云 倉卒間이나 該 家屋과 그 使用方法에 對하야는 그다지 美觀을 呈하얏다 稱하기 不能하겟더라.[36]

청도전은, 러일전처럼 대량의 병력을 상실한 장기전이 아니라 일본 군사(史)에 '현대전'으로 기록된 전투였다. 일본 전사상 최초로 항공기를 동원했으며 거대 함포와 대포를 투입하는 등 예산을 적극 투입하고 작전 기간과 전술 역시도 충분히 활용한 '현대적' 전투였다. 청도시가에 대한 정찰과 공습이 행해졌고 시가의 독일군은 항공기에 응사했다.[37] 일제 생이 청도시의 독일인 거리를, 포탄 세례가 지나간 황폐한 거리로 묘사한 데에는 그런 이유가 있었다.

이 기사문에서 분명히 지적할 수 있는 점은, 기자 조일재의 눈이 일본 쪽보다는 오히려 독일 편으로 기울어져 있었다고 해도 될 정도라는 점이다. 기자는 청도의 중심가를 형성하고 있었던 독일인 거리의 현대적이고 미적인 외관에 집중적인 호감을 표하고 있다. 그 미적인 거리가 파괴되고 서구인의 인적이 끊긴 것에 대한 유감, 그것을 '전장의 참상'이라는 용어로 버무려 표현하고 있다.

독일 편으로 정서가 기울어 있는 이 기사의 압권 중의 하나는, 전후 청도시가에 형성되기 시작한 일본인 상권에 대한 묘사다. 이 대목은 원래, '1차대전'으로 쟁취해 낸 독일제국의 영토를 일본 관민이 어떻게 훌륭하게 일본 영토로 탈바꿈해내고 있는가를 기술했어야 하는 대목이다. 그러나 조일재는 일본인 상권은, 독일 건축물의 선진적인 아

36　一齊生, 「青島視察日記 5 青島市 中의 雜觀」.
37　山杜秀, 『未完のフアシズム』, 新潮社, 2012, 54~65쪽 참조.

름다움을, 아시아적 구차함과 협소한 공간감각으로 더럽히는, 즉 '전 승국의 일확천금의 욕심가(慾心家)'들이 차지한 공간으로 묘사하고 있다. 말하자면 '고귀한' 서구 문명을, 군사적 승리에 들뜬 야만적 동양이 유린하는 공식으로 그려져 있다. 그러므로 이 기사는 표면적으로는, 청도 시찰의 대 목적인 "勇士의 鮮血을 流하야 得한 新領土"에서 "일본의 官民이 如何히 健鬪하"고 있는가를 보고하고 있으면서도 이면에서는 일본의 후진적인 면모를 비웃는 구조로 되어 있다. 이 아이러니적인 언술구조야말로 조일재 기사문의 문제성을 입증하는 대목이다. 조일재의 눈이 다음으로 향한 곳은 현지의 중국인과 조선인이다.

青島에는 開戰 以前에는 支那 人口가 3萬 以上 (…중략…) 開戰 後는 漸次 減少하야 今日은 萬餘名에 不過하며 그 半數는 皆 苦力(勞動者)이니 其多 部分은 人力車夫라 何人이던지 街路上에 停立하야 左瞻右顧하는 時는 未知 何 處來也로대 支那 人力車夫가 4.5人式 爭先하야 타라고 强請하는 事도 有하고 此 車賃은 極廉하야 2.3時間 經過하는 路程에는 金 5錢이면 '好好的' 싼 맛으로 人力車들은 各人마다 타나 제일 필요한 言語가 不通되야 自己의 意 思를 發表치 못하야 或은 日語도 用하야 보면 혹은 朝鮮語도 發하나 아조 絶 壁 같은지라 某 內地人 1名은 車夫를 再促하기 爲하야 발을 굴으며 "요보요 보 어셔어셔" 하나 山東地에서 '요보'가 何關고. 彼 亦 所用업는 줄 알고 大 笑하며 更히 鉛筆과 手帖을 取出하야 漢字로 筆談을 爲하나 目不識丁者라 '我不知道' 할 수 없이 갑갑하던 판에 맹연히 一句 支那語를 想出하야 "你何 漫漫的 不好, 快快的 好-" 彼 車夫 亦 반가히 듯고 "응" 我的 快快了走.[38]

38　一齊生,「青島視察日記5, 青島市 中의 雜觀」,『每日申報』, 1915.3.14.

전쟁 후 중국인 인구가 3만에서 1만으로 줄었고 그 반수가 대부분 인력거꾼이라는 기술, 그들이 거리에서 염가 경쟁을 벌이는 모습을 그리고 있다. 이들은 독일에 의해 유린되었고 다시 일본에 의해 유린된, 몰락한 구아시아 대제국의 백성들로서 사실상 본국으로부터도 새로운 정복자들로부터도 버림받은 것이나 마찬가지인 존재이다. 이를 그리는 조일재의 눈은, 교차하는 정복과 유린의 역사 속에서 거리로 내몰려 있는 구 제국 백성들에 대한 연민으로 채색되어 있다고 보는 것이 옳을 것이다.

이 기사 속에서 가장 돋보이는 에피소드는 '믿을 수 없을 정도로 값이 싼' 인력거를 탄 "모 일본인"이, 조선어를 알 리 없는 중국인 인력거꾼에게 "요보 요보, 어서 어서"라 외치며 대소(大笑)하는 장면이다. 조선인 조일재는 '대소(大笑)'라는 표현을 삼가지 않았다. 조일재가 재현한 이 어휘의 이면에 어떤 감정이 내재되어 있는가는 두말할 필요가 없다. 그 '모 일본인'은, "요보 요보"란 조선어를, 경멸받아 마땅한 하급 인간을 지칭하는 국제적 용어로 사용하고 이를 즐거워했기 때문이다. 조선인을 일본인으로 '동화'시키는 임무를 수행 중이어야 할 매일신보 기자 조일재의 민족 감정이 누출되고 있는 대목임에 틀림이 없다.

이어 조일재의 눈은 전쟁이 끝난 지 얼마 되지 않은 상황에서 청도시까지 흘러 들어와 거리 생활을 하고 있었던 진짜 "요보 요보"에로 향한다.

市中으로 朝鮮服을 着한 團員이 通過하면 彼 支那人 中 或 認得者는 '까오리 까오리' 云하니 是는 즉 高麗人之指稱이라. 然이나 此地는 陷落 以後로 不過 幾朔에 朝鮮人의 大連 及 平北 方面으로부터 入來者가 其 數百五十 餘

名이라는데 皆 是 勞動營業者이라. 然이나 彼 支那人과 同樣으로 朝鮮人으로 하여금 如斯 淺執事를 爲케 함은 帝國體面에 關한다 하야 日本 官憲이 不許하는 故로 其 眞否는 未知하겠스나 眞 所謂 上下事 不及의 困境을 當하야 道路에 彷徨者이 多하고 或은 道路上에 故鄕人을 逢着하면 그 事情을 詳陳하고 與之同歸하라 懇請者도 不少하더라.[39]

청도 함락 후 수 개월도 지나지 않은 시기에 조선인 유민이 산동반도에까지 흘러 들어와 거리 생활을 보내고 있었다는 역사적 사실 자체가 놀랍다. '일시동인'의 제국 군대 일본군의 승리를 따라 흘러들어왔음에 틀림없는 그 조선인 유랑민들의 존재를, '제국의 체면'을 고려한 일본군이 은폐하려고 노력했다는 기술 역시도 그렇다.

조일재가 이 정보를 입수하여 기사화한 점은 그 자체로 높이 평가할 일이다. 그리고 이 점 속에, 청도 특파원으로 동행했던 그의 주된 관심사가, 신문사 경영진이 요구하던 일본의 영광 쪽이 아니라, 일본에 의해 유린되어가는 동아시아 반식민지의 치부 쪽에 있다는 점이 분명하게 드러나고 있다고 보인다. 생의 방도를 찾아 격전지의 폐허에까지 흘러들어와 거리의 유민으로 지내는 수백 명의 조선인 무리를 주목하는 조일재의 시각은, 민족색을 생생히 보존하고 있는 조선인 엘리트 기자로서의 눈이다.

이렇게 『매일신보』를 통해 시찰 효과를 극대화하는 기사를 연재해야 했을 조일재의 실제 기사 내용은 '문제적'이다. '동화'라는 정치적 목표를 이행해야 하는 입장임에도 불구하고 실제로는 일본군의 승리

39　一齊生, 「靑島視察日記6, 支那 苦力과 綠林客」, 『每日申報』, 1915.3.16.

예찬이 아니라 전쟁의 참상 기록에 주력하고 있다. 또 일본의 적대국에 호감을 보내거나, 조선의 유랑민 그리고 반식민지의 운명을 맞고 있었던 중국 하층민의 참상을 디테일하게 그려내고 있다. 그리고 여행에 참가한 재조 일본인의 방자한 차별 의식에 분노를 표명하고 있다.

써야 할 부분에는 소극적이고, 쓰지 말아야 할 부분을 적극적으로 쓴다는 것이 의미하는 바는 분명하다. 후자는 반제국주의적인 가치관에 가깝다. 어떤 의미에서는 면종복배형 기사에 가깝다고도 할 수 있는 이 기사가 사내 검열을 통과하여 1면 머리기사로 연재된 과정도 흥미롭다. 1차대전 발발과 관련하여 총독부의 사상 통제와 검열이 특별한 수준으로 강화되고 난 후 얼마 지나지 않았던 때이기도 했기 때문이다.[40] 이 기획을 담당했던 당시 매일신보 편집진은 이 정도로 느슨한 자세로 기사 관리에 임하고 있었던 것일까.

『매일신보』는 이후에도 만주와 규슈에 대규모 해외 시찰단을 보내고 수행 기자에 의한 보고문 역시도 대대적으로 연재한다. 현지의 조선인 문제가 기사 내용 속에 포함되어 있음은 물론이다. 그러나 조일재처럼 적극적인 고발 정신 아래 조선인 문제를 다루거나 비판적 태도를 드러낸 경우는 다시 발견되지 않는다. 아베가 부임 후 처음으로 실천했던 '총독부 규모'의 시찰단 파견 결과 속에는 이러한 내적 긴장 관계가 내포되어 있었다.

---

40 이형식, 「조선헌병사령관 立花小一郎과 무단통치—立花小一郎 일기를 중심으로」, 『민족문화연구』 57, 2012, 284~285쪽.

2) 소비 생활 '공진회' ─ '가정박람회'

1916년 9월과 10월의 양 신문지상은 축제 분위기의 기사와 사진으로 도배되고 있었다. '시정 5년기념 조선물산공진회'가 9월 11일부터 10월 31일까지 경복궁에서 개최되었기 때문이다. 공진회에 대한 총독부의 집념은 철저한 것이어서 조선 13도에서 수집된 농산공예품들이 경쟁적 형태로 전시실을 채웠다. 출품건수는, 조선에서 수집된 것이 40,444점, 조선 밖에서 수집된 참고품이 8,421점으로 총 48,865점이었다.[41] 이 공진회 기획의 정치적 목적은 조선인 및 재조일본인, 일본 본국민에게 데라우치 통치하에서의 조선의 산업 생산력이 얼마나 증진되었는가를 홍보하는 데 있었다.

『경성일보』 및 『매일신보』의 지면은 공진회 전부터 시작하여 폐회 후까지 석 달 넘게 이 공진회의 보도로 메워졌다. 이와 동시에 경성일보사는 소비생활과 관련된 '독자적인 공진회'를 경성일보사 사옥 내에서 개최했다. 사옥 옥상에 'カテイハク家政博'이라는 글자가 새겨진 전광판을 설치하고[42] 사옥 내부 공간과 정원을 가정생활 관련 전시공간으로 꾸며 외부인에게 공개한 "가정박람회"가 그것이었다.

경성일보사측은 '가정박람회'의 개최 동기를 이렇게 밝혔다.

금번의 박람회는 가정에 在한 경제상 이익과 취미 오락을 겸하야 종래 보통의 박람회가 즉매 상품 등만 무의미히 진열한 자와는 전연 성질이 부동하

---

41 山路勝彦, 『近代日本の植民地博覽會』, 風響社, 2008, 114～115쪽.
42 『每日申報』 부록, 1916.9.11.

며 진열 자체에 강심한 주의로 장식 의장하고 차 출품목체에 대하야도 가정 박람회의 취지에 배치 안이하도록 하엿노라 (…중략…) 박람회에 진열하는 출품은 전부 가정에 관계되는 자만을 網羅핫슬 뿐 아니라 각 생산자의 技能을 示하야 기 생산품의 과금할 만한 점을 호상 경쟁케 하는 것이 안이라. 차 등의 물품 여하히 이용하야 가정의 개선을 圖할가 함이 목적이라……즉 시대에 적합한 가정 급 가정의 생활을 이론상으로 설명치 않고 형질대로 실제를 示하는 事를 예최관람한 事와 此點에 비상한 이익이 유하야 취미를 惹起하리라 思惟함이라.[43] (강조는 인용자)

가정박람회는, 모든 영역의 산업생산품을 망라하여 경쟁적 형태로 진열하는 데 주력하는 공진회와 달리, '가정'이라는 소비생활 영역에 국한하여, 그 개선에 필요한 품목을 교육적·사회개량적 시각에서 전시하겠다는 것이었다. 즉 '의식주 생활을 포함하여 취미, 오락, 위생, 교육 등 다방면에 걸쳐 새로운 시대에 적합한 새로운 가정생활 개선책을 제시'하겠다는 것, 그리고 이를 '설명이 아닌 시각적, 입체적 실물 전시를 통해 제시하'겠다는 것이었다.

이 경성일보 가정박람회는 실은 유력한 선행 모델이 있었다. 1년 전인 1915년 국민신문사가 창간 25주년을 맞아 우에노[上野]에서 개최한 가정박람회가 그것이다. 국민신문사는 개회 한 달 전 개최목적을 이렇게 밝힌 바 있다.

문명과 진보에 따라 사회 변화에 맞춰 가정의 실제 생활에 관한 문제는 점

---

43 「가정박람회 개회」, 「여사한 문제는 총히 해결됨」, 『每日申報』 부록, 1916.9.11.

차 복잡해진다. 어떤 집에 살아야 할지, 어떤 음식을 먹어야 할지 또한 어떤 옷을 입어야 할지 가정의 문제는 옛날과 마찬가지로 의식주의 문제가 중심이 되는 법인데, 신시대의 의식주와 구시대의 의식주는 서로 상이한 점이 있다. 시대에 적합한 가정 및 가정생활을 이론상으로 설법하지 않고 있는 그대로 실제로 보여주기 위해 가정박람회는 기획되었다. 가정이라는 말뜻이 넓은 것처럼 가정박람회의 범위도 참으로 넓다. 단지 경제상의 것에만 머물지 않고 가정의 취미, 오락에 관한 방면, 위생에 관한 방면, 교육에 관한 방면도 역시 마찬가지로 가정박람회의 일부이다. 따라서 가정박람회는 부인에게만 흥미가 있고, 그리고 실익 있는 박람회가 아닌 무릇 가정의 일원이 되는 남녀노소를 막론하고 모두 이곳에 와서 이상의 가정 규범을 볼 필요가 있다.[44]

대정기 일본의 박람회는 화이트 컬러층의 증대를 배경으로 한 것으로서,[45] 식산흥업의 교화를 목적으로 한, 즉 '생산의 장'을 중심으로 한 명치기 전기의 박람회 기획과 달리, 부인이나 어린이, 가정 등 '소비의 장'에 초점을 맞춘 박람회로 변질되어 간다. 그 추진 주체 역시도 중앙정부나 지방정부가 아닌 백화점과 전철, 신문사와 같은 민간 기업들이었다. 그리하여 이벤트와 미디어, 소비생활이 결합된 새로운 형태의 박람회 기획들이 탄생되는 것이다. 전시 방법 역시도 '종래 박람회에서 보듯이 출품물을 유리 상자 바닥에 넣어 진열하는 식이 아니라, 가정집의 방을 만들어 적소에 물품을 전시하면서 거기에 의장을 덧보태 사람들의 이목을 끄'는, 말하자면 현대 백화점의 '모델룸'

---

44 『國民新聞』, 1915.3.16; 요시미 슌야, 이태문 역, 『박람회―근대의 시선』, 논형, 2004, 176쪽 재인용.
45 위의 책, 181~182쪽.

과 같은 전시 기획이 위주가 된 것이었다.[46]

국민신문사에서 구체적으로 시도해 본 가정박람회는 경성일보사에서는 이렇게 실현되었다.

관람자 제씨를 위하야 회장 대체의 모양을 기하건대 정문의 좌우에 出札場이 잇고 입장권을 구하야 其 門 내에 入하면 즉시 下足置場 휴대품 任置所가 잇고 휴대품을 임치한 후에 정원의 一部에 出하야 1호관 입구 계단을 승하면 차 2층은 제1호 진열관이라 차처에는 소아가 一室을 占領하고 自由로 놀 수 잇는 상태를 示하얏스며 중류 가정이 안이면 見키 난한 小兒室과 日韓瓦斯會社의 출품인 瓦斯○用의 瓦斯沐浴湯 등이 참고품으로 注目을 惹起하며 此處를 出하면 즉 우편이 露臺의 娛樂室이라. 自動奏樂機의 미묘한 音曲을 聞하면서, 제2호관 내에 入하면, 此處에는 參考品으로 入澤 의학박사 부인 고안 伊東 공학박사 설계의 2間 주방 주부실 시녀실 양로실 등이 有하고 각실에 배치한 等의 大人形은 정교를 極한 者이라. 관내는 미려한 彩旗가 거미망과 如히 포장되야 신선한 공기가 충만되얏고 차처를 出하야 우측에 특별 진열관을 見하면셔 유유히 第三號館에 入하면 此館에는 각관 中 유일의 명물인 入澤 박사 부인의 7合間 주방을 위시하야 伊藤 박사 설계 고안의 중류가정의 서적, 객실, 가정 여학교 출품의 作法 注意의 人形이 잇스며 此處로부터 층계를 降하야 中2층에 出하고 更히 此處에셔 下降하면 제4호관이라 차처에는 참고품으로 조선 상류 가정의 주부 내방 침실이 잇고 명월관 출품의 儀式에 用하는 盛饌이 有한 外에 구라부白粉 본점 출품의 상류 가정 婚儀의 모양이 有하며 五號館에는 가정에 在한 간호방법 賴川 의학박사의 고안으로 된 육아위생,

---

46 위의 책, 175~178쪽.

소아의 안는 법, 업는 법, 식사하는 법이 관내에 설치된 淸楚한 庭園 중에 各大小의 인형으로 明瞭히 說明되얏는지라 此로셔 장내의 관람은 종료될 터인 즉 신발을 차져가지고 회장을 出하면 금번 박람회를 위하야 특설된 정원에 출하게 되며 차 정원에는 위선 중앙에는 분수탑이 有하고 기 주위에는 세면장이 有하며 又 기 주위에는 각종 草花 수목이 繁茂하야 아취를 添하더라. 소아의 오락장은 最히 완비된 者이니 此는 다년 아동과 접근하야 此로셔 유명한 巖谷 小波 씨가 其 經驗으로 고안한 자미잇는 유희의 諸種이라. 是等은 비상히 흥미가 有한 者이요 此外에 安全 추○, 遊動圓木, 기타 數種의 오락장이 유하고 기 부근에는 음료 과자, 과물류의 매점이 유하며 휴게소가 有하니 此處에서 휴식하면서 박람회 관람의 감상 등을 셔로 담화함도 역 一興이라. 이상에 記한 事는 ○히 簡單하며 又 抽象的에 불과하나 유익하며 흥미 만은 참고품 외에 동경 대판 경성 기타에셔 진기한 각종의 출품을 진열하얏스니 各館에 就하야 차등을 연구적으로 巨細를 勿論하고 巡覽하면 의외의 신지식을 受할 者로 思하노라. 출품 기타 장내의 모양은 개회 후에 상세히 기재할 터이나 佐命間 부인은 물론이오 一家의 주인과 소아 등이라도 구히 가정의, 일원이 되며 차 가정사에 주의하시는 이는 꼭 일차 관람하시기를 희망하는 바이로다.[47]

가정박람회 기획이 노리는 공간이 어떤 곳이었는가를 잘 보여준다. 조선 산업 발달의 실적을 홍보하는 총독부의 공진회가 정치색을 노골적으로 띠고 있는 '생산' 중심의 기획이었다면, 이 가정박람회는 중상류 가정의 시민과 주부들이 일상생활 차원에서 흥미와 구매 욕구를

---

47 「趣味와 實益의 무진장―家庭博을 如何하게 觀覽할가 如何한 점에 注意하여야 할가」, 『每日申報』, 1916.9.11.

품을 수 있는 실용 영역을 노린 기획물임을 알 수 있다. 독립된 침실과 실내 주방, 시녀실, 육아실, 노인실, 가스 난방 시스템으로부터 시작하는 상류 가정의 최신 실내 공간, 초고급 요정의 호화 식단과 혼례 의식 장면, 육아 방법의 실제 등이 실물대의 인형으로 전시되는 한편 각종 휴게 공간 및 아동의 놀이 공간까지 배치한 기획이었다. 선망 심리와 소비 심리를 자극하는, 서민들의 볼거리로서의 가치를 십분 발휘하는 기획으로 되어 있음이 확인된다.

'가정생활의 개선'을 내건 이 기획 속에 빠져 있는 것은 물론 한 가지다. 구매력이 없는 중·하류층 조선 가정들의 내적 문제에 관심을 둔 기획이 처음부터 제외되어 있다. 이 점, 이 기획의 입안자들이 식민지 가정의 내발적 문제에 대해 어떠한 태도를 갖고 있었는가를 보여주는 증거라고 할 수 있을 것이다. 말하자면 이 '가정박'은 식민지인의 동경과 선망을 불러일으키는 압도적 물량의 전시물 일변도로 기획됨으로써, '근대'로 포장되어 있는 일제의 동화 기획에 조선인이 매료되기를 욕망하는 기획자의 의도가 내포되어 있었다고 할 수 있다. 이런 의미에서 공진회와 가정박람회는 각각 '생산'과 '소비'를 병렬적으로 배열한 동일 차원의 기획이었다고 할 수 있다.

이 모두는 도쿠토미-아베의 경성일보 경영 감각과 그 수완이 어떤 것이었는가를 잘 보여주는 증거라 볼 수 있을 것이다. 그들은 본국 국민신문사의 '첨단적' 경험을 바탕으로 하여, '동화'라는 대목표로 수렴되는 조선의 '계발'과 '선도' 작업을 새로운 기획으로 실천하는 능력을 발휘하고 있었다고 보아도 좋을 것이다. 그 도쿠토미-아베의 '동화' 기획은 만주시찰단과 규슈시찰단 기획으로 이어진다.

아베는 청도시찰단 이후 2년 뒤인 1917년 두 번째 해외시찰인 만주시찰단 기획에 착수한다. 1917년 4월 15일 경성을 출발하여 봉천, 영구(營口), 대련, 여순, 장춘, 하얼빈, 장춘, 봉천, 무순, 봉천, 오룡배를 거쳐 4월 29일 경성에 귀착하는 남북만주시찰단 기획이 그것이었다. 이번 기획은 청도시찰단 기획과 비교해 볼 때 내실 면이나 규모 면에서 큰 차이가 있다.

우선 만주시찰단 모집 및 홍보 전인 3월, 매일신보사는 전문가들을 미리 만주 및 중국에 파견하여 장기적인 조사를 진행케 했다. 매일신보 경제부장 나카지마 쓰카사[中島司]와 한성은행 전무 한상룡을 중국 및 만주에 파견하여 조사를 진행케 한 후, 그 내용을 시찰단의 방문 시기를 전후하여 『매일신보』에 각각 「지나편력」(3.6~6.3), 「지나시찰 여담」(4.27~5.18)으로 연재케 한 것이 그것이다. 그리고 청도시찰단 때보다 시찰 지역을 대폭 확대하고 보도문의 양을 늘이고 기사 내용 관리도 철저히 했다.

사장인 아베는 일본인 간부들의 리더 격인 간부장(幹部長) 자격으로 직접 인솔에 임했다. 합병 초기부터 시찰단 기획 전문가로 일해 온 조중응은 단장으로, 105인 사건 이후 당국에 적극 협조할 뜻을 밝혔던 윤치호가 부단장으로 참가한 점도 특징적이었다. 상세 사항은 후술하기로 하나 윤치호는 남북만주시찰단의 성과를 대대적으로 찬양하는 글을 개별 감상문 형태로 발표한다. 한편 매일신보사는 시찰 중과 이후에는 연재 기행문인 「본사 주최 만주시찰단」과 「만주견문록」을 게재하였고 국내나 만주발의 개인 보고 및 감상 기사들도 대폭 게재했다.

전체적으로 볼 때 만주시찰단 관련 기사는 청도시찰단 때와 비교할 수 없을 정도로 양이 늘고 내용의 전문성이 강화된 것이 특징이다. 매일신보사가 청도 때와는 완연히 다른 자세로 이번 기획에 임하고 있었음을 알 수 있는데, 그 이유는 다음과 같은 기획 취지 속에 요약되어 있다.

만주는 아 제국의 세력권내에 在한 地오 만주는 아 제국의 일부 영토될 만한 자격을 有한 地오 만주는 아 제국의 대륙 발전상에 다대한 공헌력을 有한 지오 만주는 아 제국 국민의 無盡한 伸長을 준비한 地오 만주는 地味가 膏沃하고 利源이 풍부하야 장래 아제국의 充溢한 인구를 흡수하기 饒足한 지오 만주는 아 제국 경제상 국방상의 이해 休戚이 收繫한 地오 만주는 아 제국과 지나의 친선을 圖함에 밀접한 관계를 有한 地오 만주는 아 제국의 계발 導率로 인하야 내지 지나의 발달을 신속히 하며 동양의 평화를 영구히 유지할 大開鍵을 持한 地이라.

작금 내선인 간에 남북만주를 연구하는 사상이 발전하야 조선인은 만주 광야의 農利에 착목하고 연년 이주자가 증가하며 내지인은 광업 공업 급 기타에 시선을 注하야 신사업을 계획하는 중이로다 否라 旣히 신사업에 착수한 회사 개인이 多하도다 조선에도 遺利와 財源이 小함은 안이로대 旣히 囊中物된 이상에는 更進하야 조선 이외의 遺利와 재원을 탐색함이 아 내선인의 영리한 소이라. 단체나 개인의 행동이 국가의 방침과 일치함은 아 제국의 隆運을 더욱 灼灼케 하는 실증이니 아 내선인이 아 제국 대륙 발전의 방침을 體하야 남북만주의 광야에서 활약코져 하고 분투코저 함은 실로 국가를 위하야 慶賀할 바 안인가[48]

당시 일본은 러시아로부터 인수한 요동반도와 대련, 여순 조차지에 관동주(關東州)를 설치·운영한 지 10년이 넘어 있던 시기, 즉 "만주가 이미 일본의 세력권 하에 있으며 장래 영토가 될 가능성"이 있는 시기였다. 합병 당시부터 대륙침략론을 주장했던 도쿠토미 소호 역시도 일찌감치 노다 우타로[野田 卯太郎] 등과 함께 '만선통일론'을 거론하며 만주 진출에의 결의를 굳히고 있던 중이었다.[49] 만주시찰단 시찰을 즈음하여서는 『매일신보』 지상에는 일본 제국을 중심으로 일본, 조선, 만주를 하나의 경제, 정치 공동체로 통합하자는 '일선만 통일론'도[50] 제기되고 있던 차였다.

위 취지문이 제시하는 만주론은, 만주가 '일본 제국의 대륙 발전에 다대한 공헌'을 하는 지역이며 장차 중국과의 친선 도모 및 동양 평화를 위해 존재하는 지역이라는 것이다. 표면적 명분을 걷어내고 보면 만주는 일본의 중국 침략을 위한 기반이 되는 지역이라는 뜻이다. 이어 만주 시찰단의 구체적인 시찰 동기는 대륙 발전에의 필요성이라는 대목적 아래, 조선인은 "조선인의 문전옥답"인[51] "만주 광야에서의 농업 이익을 위해", 일본인은 상공업 발전을 위해, 즉 '조선 이외의 이익

---

48 「滿洲視察團의 主旨」, 『每日申報』, 1917.3.9.
49 도쿠토미 소호는 1915년 당시 이렇게 기록한 바 있다. "노다野田 대괴大塊도 만주에서 귀선하여 즉금 만선통일론을 적극 고취 중. 누구든 실지를 탐사한 자는 그 필요성을 느끼지 않을 이 없을 바. 쓸데없는 법률론이나 수속 때문에 국가 백 년 대계를 망각함은 유감 천만. 일의 성패는 법에 있는 것이 아니라, 사람에 있다. 사람을 얻는다면 만선통일 같은 것은 사실상 필히 성공할 수 있다". 德富蘇峰, 「8월 8일 경성에서」, 『兩京居留誌』, 190~191쪽. "오쿠마大隈 내각 再造도 바야흐로 성공한 듯. 일단 소강상태를 맞이한 듯. 우리는, 누가 수반이 되든 몇 명이 조각을 하든간에, 의론 내용이 아니라 그 실제 활동을 보고 싶을 뿐. 작금의 중요 문제는 어떻게 하여 滿蒙에서 우리가 얻을 바 권리를 확실하게 하고 현실화하느냐 하는 데 있다". 「8월 10일 경성에서」 德富蘇峰, 위의 책, 191쪽.
50 「送滿洲視察團」, 『每日申報』, 1917.4.15 및 「日鮮滿統一論」, 동 1917.5.18.
51 「送滿洲視察團」, 『每日申報』, 1917.4.15.

과 재원을 탐색하여 장차 만주에서의 활약'을 기하자는 데 있는 것으로 제시된다. 구체적인 시찰 태도에 대해서는 이렇게 밝히고 있다.

> 시찰의 個所와 행동은 殊別이 無하다 할지라도 시찰의 방면과 정신은 물론 각개 각양으로 농업자는 농업, 상업자는 상업, 공업자는 공업, 광업자는 광업 즉 自個의 업무상 관계가 절실한 處에 向함이 더욱 면밀한 시찰을 행할 것은 不信 可詳인즉[52]

이렇게 보면, 이 시찰단 기획이 청도시찰단과 상대적으로 다른 점이 확연히 드러난다. 청도시찰단이 일본 제국의 승전을 기리고 일본 거류민의 활약상을 홍보하려는 데 목표가 있었는데 반해, 만주시찰단은 만주를 영토화할 미래를 위해 면밀히 사전 조사 및 연구를 진행한다는 데 주안점이 있었음을 알 수 있다.

시찰단 활동을 직접 전하는 연재 기사는 무기명의 「본사 주최 만주시찰단」(4.17~4.29)과 시찰단 간부 서해생(西海生)의 「만주견문록」(4.19~5.31)이 그 중심 자리에 있었다. 우선 전자인 「본사 주최 만주시찰단」(4.17~4.29)은 시찰단의 스케줄, 이동 상황, 현지의 상징적 건물이나 역사, 풍광 등을 간략한 설명 및 사진과 더불어 소개하는 요약적 기술 형태의 보도문이었다. 비록 스케치적인 스타일의 보도문이긴 했지만, 러일전쟁 전적 방문 내용이나 현지민의 성대한 환영회 보도에는 상당한 지면을 할애했다. 이 기사문은, 시찰의 목적을 슬로건적인 형태로 계속 환기시키면서 시찰단의 행장과 현지 분위기를 고양적인 형태로 선전하

---

52 위의 글.

는 역할을 수행하고 있었음을 알 수 있다. 대신 현지 사정과 관련된 심도 있는 분석 기사는 서해생의 연재 기행문 「만주견문록」(4.19~5.31)에 맡겨졌다.

서해생(西海生)의 「만주견문록」은, 봉천 편 3회, 영구 편 3회, 이런 식으로 몇 지역을 선택적으로 골라 해당 지역의 정치와 문화, 경제, 그중 특히 경제 상황의 추이와 미래의 전망을 집중적으로 개관하는 스타일의 기사였다. 관동주의 운영 실태, 만철의 운영상, 현지 일본거류민의 생활 실태 등도 역점을 들인 주 메뉴였다. 시찰단이 표방한, '미래 영토' 만주의 실태를 미리 조사·연구해 둔다는, 정보 전달 기능에 충실한 기사였음을 알 수 있다. 따라서 대상을 다루는 방법 역시도 일방적인 찬양·고무적 경향을 벗어나 있었다. 가령 봉천의 경우, 봉천이 호경기 상태임을 보고하는 한편[53] 일본인 거리의 면모를 그리고 있는데

驛舍를 횡단하야 광장 쪽으로 出한 즉 眼前에 병풍과 如히 列立한 대건축이 有하니 차는 삼십만원을 投하야 滿鐵에서 건축한 대사무소라 기 삼층의 내부를 수십으로 구획하야 상점, 여관, 개인의 주택으로 대여하얏고 차에 인접하야 旅館悅來樓이라는 지나의 미술적 건물이 유하고 기 외관은 실로 宏麗하야 감탄의 성을 발치 안이치 못하겟더라.

然이나 驛前으로부터 出하야 奉天省城에 至하는 약 二十里의 長에 亘한 日本人街를 見한 즉 최초의 大玄關에 驚한 感은 何時에 消失하고 更히 未成品의 奉天이라고 言코자 하게 되니 八千의 일본인이 약간의 지나인과 공히

---

53 奉天에서 西海生, 「滿洲見聞錄3, 好景氣의 奉天」, 『每日申報』, 1917.4.22.

此 2萬里 間에 散在하야 (…중략…) 차 현상은 봉천에 재한 방인 ??민의 여유가 綿綿함을 示하고 기 장래의 규모의 ○○치 못할 것을 言함으로도 見하겠는데 봉천의 邦人街가 玄關에 相應히 될 것은 과연 幾年後가 되겠는지 공컨대 기 前途는 아즉 遼遠하야 小하야도 일세기 이후라 하야도 과언이 아닐 듯하도다[54]

봉천역전에 만철이 거금을 투입하여 건축한 대형 건물 및 중국 전통의 '미술적인 건물'과 달리 일본인 거리가 초라함을 벗어나지 못하고 있다고 기술하고 있다. 이 말은 만철 등 거대국책 기관은 만주에 뿌리를 내렸지만, 정작 거주를 시작한 일본 국민은 아직도 뿌리를 내리지 못하고 있다는 뜻이다. 그리하여 필자는 일본인 거리가 발전하려면 전도가 요원하다고 하면서 '봉천은 미완성품'이라 결론짓고 있다. 필자가 '미완성품'이라는 용어를 쓴 이유는 단순하다. 일본 거류민이 번화한 거리를 건설하고 그 주인, 즉 봉천의 주인이 되는 그 날이 봉천이 '완성'되는 날이라고 생각하기 때문이다. 서해생이 만주를 대하는 본질적인 시각과 만주시찰단의 시찰 목적의 근본이 잘 겹쳐져 있는 장면이라고 하겠다.

한편 서해생은 봉천 보도 마지막 회인 「봉천의 제문제 4」의 마지막 단락을 이용해 '새로 일본국민으로 편입된 조선인'에 대해서도 붓을 일부 분배하고 있다.

일선 병합의 결과 조선동포는 성상 폐하의 적자가 된 이상에는 만주에 거

54　奉天에서 西海生, 「滿洲見聞錄2, 奉天의 日支人街」, 『每日申報』, 1917.4.21.

주하는 조선인도 일본의 同樣으로 일본 관헌이 충분한 보호유도를 施하여
야 可할지라. 무론 종래 영사관에서는 其 복지의 증진에 각 방면으로 진력
하얏스나 재만 선인은 30만의 다수에 達함을 불구하고 散在 분포하야 其 詳
密한 조사가 甚곤란하며 又 기 중심이 될 만한 유력자가 無하야 我 종래 일
본관헌의 對 鮮人 施措가 隔○靴○痒과 如하얏슨 즉 中樞地에 朝鮮人會인
단체를 조직하고 기 활동에 의하야 조선인의 이익을 기도하자는 시론이 기
왕부터 有하얏다가 금일까지 지연된 것이라.(…중략…)新히 轉任된 赤塚正
助 씨는 다년의 현안을 극히 신속히 낙착케 하얏스니 최근의 봉천조선인회
설립 인가 竝 其 組合卽 是라.[55]

만주로 이주하는 조선인들은, 정치적 망명자 집단을 제외하면 대부
분 경제적 동기에서 유流이민의 길을 선택할 수밖에 없었던 거대한
영세농 집단이다. 그들은, 토지조사사업으로 인한 대규모 수탈, 그리
고 재조 일본인들이 거대 지주 집단화 과정에서 발생한 식민지 농경
제의 본질적인 모순의 소산이다.[56] 그러므로 일본 제국의 신민이면서
도 국외로 쫓겨 가 비참한 생활을 영위하던 조선 유이민들은, 제국 일
본의 치부가 대외적으로 상시 노출되어 있던 아킬레스건과도 같다.
동시에 타의적으로 일제의 "만몽개척에 공헌"하면서 대륙 침략의 선
봉역으로 내몰려 있는 존재, 더욱더 많은 숫자의 이주가 장려되던[57]
존재이기도 하다. 그 만주에서도 정착지를 잃고 일본군의 전승지 청

---

55 奉天에서 西海生, 「滿洲見聞錄4, 奉天의 제문제」, 『每日申報』, 1917.4.24.
56 홍종필, 「만주(중국 동북지방) 조선인 이민의 전개 과정 소고」, 『明知史論』 5호, 1993, 82~
   87쪽.
57 石本 大連市長 談, 「지식계급과 자본가를 환영」, 『每日申報』, 1917.3.24.

도까지 흘러 들어와 유랑 생활을 하던 조선인 집단의 예는 앞서 조일 재가 선명하게 보고한 바 있다.

그러므로 봉천 기사 맨 마지막에 쓴 서해의 윗글은, 이 문제에 대한 제국 일본의 대처가 얼마나 곤란한 것이었는지 그리고 소극적이었는 지를 역설적으로 잘 보여주는 증거라 할 것이다. 서해는 산재하고 있는 30만 재만 조선인에 대한 조사와 관리가 일본인 관리에 의해 시작 난세를 맞이했다는 '긍정적' 내용을 전하고 있다. 이 글의 중점은, '조선인도 일본의 관권의 보호 대상이 되어야 한다는 인식이 형성되기 시작했다, 그에 따라 일본이 조선인을 대상으로 한 행정을 시작했다'는 점을 강조하자는 데 놓여져 있다. 그 실적이 최근의 '의욕적인 일본인 관리'에 의한 봉천조선인회 '인가'다. 이것은 그 이전에는 만주의 제국 신민 조선인을 일본이 보호해야 한다는 인식조차 희박했다는 이야기다. 서해가 부각시킨 일본 관리의 실적이란 봉천의 조선인회 조직을 뒤늦게 인가했다는 사실 하나뿐이다.

이 글을 같은 날 같은 지면에 실린 봉천 조선인 간부의 다음 글과 비교해 본다.

現에 在滿鮮人이 삼십만의 多數라 謂하나 無備生活困難으로 遊離轉居하야 穀腹絲身에 汨汨 無 ○하는 徒오 滿蒙 此地에 水田을 경영할 만한 토지가 數千萬 町步에 多가 有하다 하나 자금의 결핍으로 我有에 屬한 자 희소하고 거개 支那人 小作人에 止하야 由來 비참한 상태에 陷한 바 何幸이 兩社에셔 此에 切念한 결과 전선 각지에 재한가 유지가 篤農家 법률가 기술가를 망라하야 남북만 각지를 周遊 視察게 되니 단원 各位에 현명한 관위와 상당한

각오로 장래 만주에 대한 경영상 실제 사업이 발흥할 줄노 상상하는 바이
라.[58]

서해도 밝혔던, 일본 관리에 의해 막 인가를 받았다는 봉천조선인
회 부회장의 글이다. 이 글은 만주시찰단의 방문이 재만 조선인의 발
전에 도움이 될 것이라는 기대를 제시하는 것이 목표로 되어 있는 글
이다. 그러나 만주 조선인의 현실을 밝힌 내용과 관련해서는 앞의 서
해생의 글과 그 차이가 확연히 드러난다. 필자는 만주 조선인의 참상
의 원인과 현상을 분명한 형태로 인식·기록하고 있다. 이 입장 차이
가 매일신보 기자 서해와 현지의 조선인이 지닌 절대적인 차이였다고
할 수 있을 것이다.

전체적으로 볼 때 만주시찰단 관련 기사에서는 청도시찰단의 조일
재처럼 '면종복배형'에 가까운 비판적 기사는 볼 수 없다. 후술할 터
이나 독립협회장, 독립신문사 사장 출신의 윤치호를 찬양 부대의 일
부로 동원한 데에서도 드러나듯이, 이 시찰 기획은 매일신보사의 동
화 기획이 철저히 계획되고 관리되는 형태로 실행된 것이었다. 아베
의 다음 시찰 기획인 규슈시찰단(1918) 기획에서는 만주시찰단에 비
해서 더욱더 적극적으로 실천된 동화 기획의 예를 볼 수 있다.

---

[58] 재봉천조선인회 부회장 尹敬重, 「帝國發展의 前驅也」, 『每日申報』, 1917.4.24.

4) 규슈시찰단의 동화 기획

규슈시찰단은 아베가 퇴임(1918.7.1)하기 약 3개월 전부터 홍보를
시작하여 규슈 지역만을 도는 내용으로 진행된 시찰 기획이다. 아베와
도쿠토미, 기타 신문의 경영진 다수가 규슈 출신이었던 점도 이 기획
의 동기로 작용했을 가능성이 높다. 이 규슈시찰단은 1918년 4월 15
일 오전 8시 45분 남대문역을 출발하여[59] '下關-問司-大里-八幡-福岡-
二日市-久留米-熊本-鹿兒島-小倉-中津-耶馬溪-別府-大分等'[60]을 돌고
4월 26일 오전 마지막 방문지인 벳부[別府]를 떠나 오후 시모노세키[下
關]의 산요[山陽]호텔에 도착하여 해산하기까지[61] 총 12일간의 일정으
로 진행되었다. 각 도시별로 방문지역을 정리하면 다음과 같다.

博多 : 共進會, 物産陳列館, 博多織物工場, 九州帝國大學醫科大學, 箱崎

福岡 : 東公園, 地滿宮, 西公園, 化學工業展覽會(사정상 관람 못함)

熊本 : 本妙寺(加藤淸正 墓所), 加藤神社, 水前寺, 熊本城

鹿兒島 : 磁仙岩苑庭, 西鄕南洲翁祠堂, 城山, 櫻島,

久留米 : 全國發明品展示會, 國武合名會社

中津 : 耶馬溪

大分 : 共樂亭, 五大地獄

鹿兒島 : 朝鮮村[62]

---

59 「九州視察團參加者氏名」, 『每日申報』, 1918.4.16.
60 「구주시찰단 규정계획」, 『每日申報』, 1918.3.29.
61 「구주시찰단 산양호텔에서 해산」, 『每日申報』, 1918.5.2.
62 조성운, 「『매일신보』를 통해 본 1910년대 일본시찰단」, 앞의 책, 43쪽.

　규슈시찰단은 원래 공진회 및 박람회 관람을 홍보 전략의 구심으로 내걸었지만,[63] 시행된 실제 기획 내용은 위와 같이 그것을 뛰어넘는 풍부한 지리적 특징을 갖고 있다. 첫째 시찰 지역이 규슈 지역에 국한되어 있으면서도 규슈 지역 전체를 일순에 가까운 형태로 돌아보게끔 방문지가 선정되었다. 둘째는 규슈 내의 각 방문지가 ①공진회와 산업박람회, ②산업 시설, ③온천 등 관광지, ④한국 중근세사와 관련 깊은 역사적 인물(加藤淸正, 西鄕隆盛)의 사당, ⑤일본에 귀화한 조선인 집단촌, ⑥여성노동 문제 ⑦시민 정치 공간 문제 등으로 다양하게 유형이 나눠진다는 점이다. 특히 마지막 ④와 ⑤는 이 기획이 갖고 있는 최대의 개성적 특징에 속한다.

　위 내용 중 ①와 ③을 논외로 하고 ② 문제부터 보기로 한다.

　門司에서 九州鐵道를 搭乘하고 南下하는 자는 枝光 八幡 兩驛 간 右方의 窓外에 연속한 製鐵所 大工場의 盛觀에 喫驚치 안이리 無하리라. 其 半空에 林立한 수백의 煙突은 항상 濛濛燃히 濃煙을 吐하야 八幡의 半空을 暗黑케 하고 2만여의 職工은 60여 만 평의 면적까지도 협착케 하도록 건축한 공장 내에서 민활히 勞作에 從事한다 그 창업 이래의 투자액은 6천 여 만원이요. 年年 삼십오만여 톤의 精鐵을 각 방면에 供한다 그 偉力은 一寒村됨을 면치 못하였던 八幡으로 하야곰 町이 되게 하고 작년 7월부터는 市制를 施行케 하는 실력을 附與하얏다 하더라.[64]

---

63 「九州視察團」, 『每日申報』, 1918.3.14.
64 선우녹동, 「九州視察餘錄 八幡製鐵所」, 『每日申報』, 1918.5.4.

예산 지출에 인색했던 테라우치가 대규모 시찰단의 일본 파견에는 왜 적극적이었는가 그 이유를 선명하게 파악할 수 있는 예다. 에다미 츠[枝光]역과 야하타[八幡]역 사이 철로 연변을 따라 이어지는 60여 만 평의 공장 지대, 수백 개의 굴뚝이 흑연을 뿜어내는 야하타 제철소를 조선인에게 보여주면서 당국이 기대했던 것이 무엇인가는 설명할 필 요가 없을 것이다. 일제는, 전근대 세계로부터 건너온 조선인 집단에 게, 서구 열강과 어깨를 나란히 하는 근대자본주의 국가 일본의 위압 적 외양을 일거에 확인시킴으로써, 일본과의 현격한 격차에 대한 절 망적 실감, 조선에 대한 조선인 스스로의 집단 자학적인 콤플렉스, 조 선의 자발적 발전이 요원할 것이라는 좌절감, 일본이 이룬 근대 세계 에 대한 무조건적 동경 등을 주입하려 했던 것이다. 그런 효과는 일본 유학생 등 일본을 직접 겪은 지식인들 사이에서도 광범위하게 나타나 는 것이지만, 가령 이 시찰문에서는, 해산을 앞둔 시기에 특파원 선우 녹동이 쓴 다음과 같은 기사에서 명료한 형태로 드러난다.

조선은 山國이라 전후 좌우에 列立한 高山峻峰은 절정까지 淨酒하게 掃除 하야 一抹의 木도 見할 슈 없고 간혹 二尺이나 3尺 내외의 稚松은 山腹으로 부터 此處 彼處에 散在하야 장래 朝鮮山林의 대표자되기로 自欺할 뿐이다. 초히 平坦한 地는 아모조록 耕地를 作하랴고 苦心은 하얏다만은 傾仄하고 기사하고 삼각 육각 반월형 호실형의 불규칙한 田묘間에는 參差不齊한 麥 혜가 同一한 區內에셔 或豊或兇하야 放置的 怠情的을 설명하는 듯하다. 원 래 地味가 肥沃치 못한 소이인가 비료를 施치 안이한 소이인가 耕農의 方法 이 幼稚함인가 좌우간 개량의 여지가 충분한 듯하다. 沿線 左右의 大小河川

은 縱流橫流하야 砂堆가 重疊함이 水源은 地中에 埋沒되고 堤防은 崩壞하야 沙石을 流入한 洪水의 跡이 규襲에 因하얏음은 小毫도 人工을 費치 안이하얏다. / 內地에서는 三家村에도 華表가 有하고 神社가 有하고 鎭守의 森이 有하야 其 村落의 風致를 保하고 其 居民의 神聖을 語하것만 山澗水涯에 大則 百戶 內外의 촌락은 신사니 사원이니 하는 거민의 신앙처는 頓無하고 다만 白衣의 鮮人 男女老幼가 蟹甲와 如한 초목 내에셔 悠悠閑閑히 해居함은 宛然히 塵閒消息와 隔絶한 武陵의 夢에 감함과 如하다 (…중략…) 此가 吾人으로 하야곰 內地人되게 하고 비로소 조선을 見하는 限에 映하는 바ㅣ 되리라. 차 반도의 산하로 하야곰 내지의 산하 同樣으로 變케 하고 차 반도의 민족으로 하야곰 내지인 同樣으로 變케 하랴면 금후 幾十年을 要할는지 비록 前途의 希望이 薄弱하다 함은 안이지만은 대개 當局의 苦心 勞力함이 尋常치 안일 것은 不言可詳이다. [65](강조는 인용자)

벌거벗은 조선의 산야 앞에서 절망하는 조선인 엘리트의 내면 심경이 잘 드러나 있는 예다. 그는 조선이 일본과 같은 모습을 이루려면, "금후 기십년을 요할는지" 모르며, "당국의 고심" 또한 보통이 아닐 것이라고 토로했다. 조선이 일본을 따라가려면 수십 년이 걸릴 것이라는 이 발언은, 현재 시점에서 조선은 일본을 따라가기 어렵다는 좌절감이 밑받침되어 있는 발언이라 보아도 좋을 것이다. 이것은 동화 정책을 밀어붙이고 있는 데라우치의 일본시찰단 기획이 조선인 엘리트의 내면에서 훌륭한 성과를 재생산하고 있음을 보여주는 예다.

이 규슈 시찰단의 기획 속에서 가장 개성적인 기획이 가토 기요마사

---

65 「九州視察餘錄 九州人의 見한 朝鮮」, 『每日申報』, 1918.5.17.

[加藤淸正], 사이고 다카모리[西鄕隆盛], 그리고 조선인 귀화촌 기획이다, 1910년대의 다른 모든 시찰단 기획 중에서도 선례를 찾아볼 수 없을 정도로 대담한 기획이었다.

> 本妙寺(加藤淸正公의 墓所)에 參詣하얏나이다. 本寺는 京都 본국사일 眞上人의 開基인데 天정13년에 上人이 攝津難破津에 一寺를 建立하고 本妙寺라 한 것을 淸正이 肥後에 封한 바 이 됨에 上人에게 청하여 同寺를 熊本城內三의 丸에 遷하야 歸仰이 不淺하더니 慶長 16년에 淸正이 蒙하매 嗣者충광이 淸正의 靈○○를 城西의 中尾山 復에 營하고 尋에 本妙寺를 此處에 移하얏스니 이래 三百有餘年의 星霜이라. 法燈이 相傳不絶하고 四民의 信仰이 篤謹하야 香花가 馥郁하며 梵唱이 朝夕에 不絶하더이다. 一行은 順次로 淸正公의 肖像에 參拜하고 寶物館에 至하야 淸正公의 甲胄, 槍劍, 乘輿, 淸正奉載의 尊佛像 及 自然石 大黑天, 一連上人 眞蹟의 蔓陀羅 淸正 二条城 持參의 有名한 短刀 等 其他 各種의 寶物을 巡覽하고…….[66]

가토 기요마사[加藤淸正](1562~1611)는 도요토미 히데요시[豊臣秀吉]의 수하로서 전국 통일에 기여했으며, 도요토미 사후에는 도쿠가와 이에야스[德川家康] 편에 서서 도쿠가와 막부 건설에 기여한 중세의 무장 중 한 명이다. 구마모토 영주로 부임한 후에는 일본을 대표하는 명성(名城) 구마모토성을 축조하고 정치력을 발휘했다. 사후 매년 기일이 되면 신자와 승려들이 필사한 불경 사본을 그의 사당에 바치는 행사가 개최되는 등 신앙 대상으로 모셔지고 있기도 하다.[67]

---

[66] 특파원 선우록동, 「九州視察團 淸正公廟 참배」, 『每日申報』, 1918.4.25.

위의 가토 참배 기록은, 필자가 일본인, 특히 구마모토인이라면 문제될 이유가 없다. 그러나 필자가 조선인이라면 문제가 된다. 가토 기요마사는 임진왜란 시 조선 침공의 선봉장 중의 하나로서 악명을 떨친 인물이었기 때문이다. 말하자면 조선인에게는 원수로서의 이미지를 갖고 있는 그를, 매일신보 편집인 선우일(鮮宇日)은[68] 시종 담담하게 참배에 임하는 내용의 기사를 진행하고 있다. 여기에는 임진왜란과 관련된 갈등 의식, 혹은 그와 관련된 꺼림칙함이나 불편함 같은 갈등의 징후가 일체 표면화되고 있지 않다. 이 자기 억제적이고 담담한 태도야말로 뭔가를 강력하게 말하고 있는 것임에 틀림이 없을 것이다.

선우일의 이 점은, 앞서 청도시찰단의 수행 기자 조일재가 '갈등적 요소'를 풍부하게 제시했던 점과 선명한 대조를 보여주는 대목이다. 사이고 다카모리 묘 방문기록 역시도 마찬가지다.

西鄕南洲翁의 墓所로 驅하야 우선 南洲翁의 廟에 拜하고 各 殉節諸士의 묘비를 巡杯한 후 南洲祠堂에 參詣하고 神堂事務所를 訪問하야 南洲옹 城山絶筆로 위시하야 옹의 書幅을 친람하고 十年役 出征者의 永田純章 씨로부터 상세한 설명을 聽하얏나이다. 同 11時에 一同은 南洲翁의 墓前에 集合하야

---

67 安藤英男, 『加藤淸正』, 河出書房新社, 1976, 158~182쪽.

68 1906년 1월부터 일진회 기관지 『국민신보』의 기자로 일하며 언론계에 나온 선우일은, 1915년 변일의 후임으로 매일신보에 입사, 1918년 9월까지 발행인 겸 편집인으로 근무했다. 재임 기간 중 '일선융화론(日鮮融和論, '내선일체(內鮮一體)의 이상' 등 적극적인 천황중심주의 사설이나 조선인 교육 무용론 등의 사설을 펼쳤으며, 1916년 『공진회실록(共進會實錄)』을 편찬한 바 있다. 일본 황실 및 귀족들에 비해 조선 귀족들이 빈민구제에 인색하다는 내용의 논설 「빈민구제에 대하야 귀족부호려」(1918.8.20)를 『매일신보』에 발표한 것이 문제가 되어 매일신보를 떠났다. 이후 만주 봉천으로 가서 1919년 7월 만주일보를 창간했다가 서울로 돌아와 1921년 조선일보 편집국장을 지낸 뒤 다시 만주에서 간도일보를 경영했다. 정진석, 『언론조선총독부』, 커뮤니케이션북스, 2006. 92~93쪽.

記念撮影하고 巖崎谷에 집하야 南洲翁 終焉碑를 見하고 十年役에 南洲翁이 避身하얏다하는 洞窟의 유지에 至하니 此處에도 案內者 諸氏가 有하야 當年 의 戰況을 說明하더이다.[69]

사이고 다카모리는 막부 타도의 일등 공신이자 서남전쟁의 비극적 영웅으로서 규슈는 물론 전 일본 민중의 사랑을 받고 있는 인물이다. 이 글에서도 신우일은 시종 일관 아무 '불편한 언급' 없이 그와 반란 군을 기리는 묘소에 참배를 진행하고 있다. 사이고가 일본사의 영웅 으로 등극하게 되는 원인의 하나가 되었던 '정한론'의 흔적이 전혀 없 다. 일본에 대한 조선인의 역사적 앙금이 철저히 소거되어 있는 이 기 록 태도야말로, 위의 가토 기록 부분과 마찬가지로 선우일의 마음속 에 일고 있었을 내적 갈등이 역으로 표현된 결과라고 볼 수 있는 것이 아닐까.

규슈시찰단의 현지 기록 중에서 가장 압권인 부분은 조선인 도공에 대한 기록 부분이다. 임진난 당시 포로로 끌려와 간난의 생활 끝에 일 본 도예사를 새로 쓰게 되는 나에시로가와[苗代川]의 조선인 부락을 다룬 부분이 그것이다. 이에 대해서는 시찰단이 출발하기 직전인 4월 13일, 고양군수 민원식이 다음과 같은 지원 기사를 쓴 적이 있다.

피등은 거금 약 삼백년 전에 海風에 漂流된 심, 박, 안 등 36인이 此地에 漂着하야 藩主는 彼等에게 士族 待遇를 與하고 瓷器 製造를 獎勵한 바 금일 에는 동지방에만 千餘戶에 달하며 陸海軍 校장가 칠백 餘人이라. 기중 심수

관씨와 如한 人은 상당한 재산가로 자기의 해외출품은 전부 沈家 사업이라
于今에는 吾輩의 선각자라 하야도 가하겠으며 宴會時에는 今에도 朝鮮歌를
唱하는데 余의 기억하는 일절을 소개하면 / 오늘이야 오늘이야 됴혼지고 오
늘이요 / 등이며 혹 조선인 來遊者가 有하면 一村이 極히 환영하나니 금일
貴社의 주최한 구주시찰단 일행도 此等 諸地를 관람케 됨은 실로 再得키 난
한 好機會라 하노라.[70]

일본을 떠돌던 방랑객이었다가 이토 히로부미에 의해 발탁되어 이
완용 내각에 입각했던 민원식은[71] 1920년대 참정권 청원 운동을 이
끈 상징적 인물이다. 조선 민족에 의한 독립 국가는 개인의 생활을 보
장하는 국가의 최고목적을 실현할 수 없으며 병합에 의해 새롭게 창
설된 대일본제국—신일본이야말로 그것을 보장할 수 있다는 생각을
갖고 있었던[72] 조선 동화주의자의 대표 리더였다. 그는 나에시로가와
[苗代川]에 조선인 부락이 형성되게 된 계기를 위와 같이 "해풍에 표류
된 심, 박, 안 등 36인이 가고시마에 표착"했고 일본인 영주가 그들에
게 귀족 대우와 생업 장려를 해준 끝에 도자기 명가로 거듭나게 되었
다고 소개하고 있다.

이것은 명백한 왜곡이다. 그들은 기고시마에 표착한 집단이 아니라
임진난과 정유재란에 출전한 시마즈 요시히로[島津義弘]가 1598년 귀
국할 때 연행해 온 조선인 포로 집단이다. 그는 잔혹한 학살극으로 유
명한 남원 전투, 원균이 지휘하는 조선 수군을 몰살시킨 칠천량 해전,

---

70 「구주시찰단 고양군수 민원식씨 담 別府의 靈泉, 朝鮮人 村落」, 『每日申報』, 1918.4.13.
71 閔元植, 「騷擾先後策」, 『朝鮮統治問題』, 1920, 35쪽; 이태훈, 18쪽 재인용.
72 김동명, 『지배와 저항 그리고 협력』, 경인문화사, 2006, 125쪽.

이순신이 전사한 노량해전에 참전한 인물로서, 조선군과 명군 사이에 '귀시만즈[鬼石曼子]' 즉 '귀시마즈[鬼島津]'라는 악명으로 불렸던 인물이었다. 귀국 후 도요토미 측에 섰던 그는 도쿠가와 이에야스의 표적이 되지만, 사츠마번과 가문을 필사적으로 지켜낸다. 이 사이 이 조선인 그룹을 돌보아 줄 권력자는 존재하지 않았다.

인근 부락민과의 갈등으로 나에시로가와로 이주할 수밖에 없었던 조선인들의 간난의 생활이 완화된 것은 조선인 집단 중의 도공들이 만들어낸 새로운 도기 때문이었다. 그들이 사츠마 지역에서 찾아낸 흙으로 생산한 사쓰마야키[薩摩燒]가 주목을 끌면서 당시 영주 시마즈 미츠히사[島津光久]의 특별 관리 하에 들어가게 되면서부터였다. 그러나 그들은 도자기 품질 관리와 관련하여 혈통과 성(姓), 주거, 언어, 문화 등의 면에서 일본인과의 교통이 금지되어 있었다. 규슈 내에서 규슈를 위해 공헌하는 완벽한 외국인 기술자 집단으로서 존속했던 것이다. 이 말은 그들은 '동화'가 되어서는 아니 되었던, 즉 '조선인으로서의 정체성을 상실해서는 안 되는 순수한 조선인 집단'이었어야 한다는 뜻이다. 그 사쓰마야키를 일본 도기의 대명사로 올려놓은 것이 12대 심수관이었고, 그의 아들 13대 심수관이 당시 가고시마의 나에시로가와를 지키고 있었다.[73]

풍부한 일본 경력을 가진 민원식이 이렇게까지 사실(史實)을 대담하고 유치한 수준으로 왜곡하는 이유는 무엇일까. 과거사야 어찌되었건 현재 일본인으로 '동화' 되어 부와 명예를 누리고 있는 조선인 집단의

---

[73] 이상 나에시로가와의 역사는 久留鳥浩 외, 『薩摩・朝鮮陶工村の四百年』, 岩波書店, 2014, 제1부 참조.

실례, 그에 대한 이야기를 가급적 흠이 적은 형태로 조선 대중에게 선전하고자 한 그 나름의 신념 내지 욕망 때문이었을 것이다. 데라우치, 그리고 자신도 추진하고 있는 '동화'의 장밋빛 미래를 선취적인 형태로 제시하고자 한 것이 아니었을까. 13대 심수관이 민원식 일행을 찾은 연회석 자리에서 "오늘이야 오늘이야 됴흔지고"라고 조선어로 노래한 가사 일절을, 정유재란 후 300년이 지난 1918년이라는 시점에서 일본의 '동화 홍보'곡으로 활용하는 대목이야말로 이 문장의 골계적 클라이막스였다.

민원식의 유치한 역사 왜곡은 선우일의 경우, 더욱더 강화된다.

록아도의 조선인의 선죠들이 처음으로 그곳에 건너가기는 지금으로부터 삼백이십년 전이다. 그네들 육십여명은 락동강 머리에서 닷을 감고 배를 떼여 물결 높은 현해양으로 배를 돌리고 오도 열도를 오른편으로 바라보며 물결치는 대로 바람 부는 대로 흘러나려가 지금의 록아도라는 살마의 서희 안 되는 관목야 시래 신천의 해변에 도착하얏스나 당시는 관백 풍신수길이 죽고 임진 전란의 뒤이라 일본의 내정도 정돈되지 못하얏고 살마국 안에도 전란이 뒤를 이어 제후들은 자기 령지의 내치를 돌아볼 겨를이 없었음으로 일부러 불러온 죠선사람인지도 번주는 알지 못하얏더라. 말은 무론 통치 못하고. 자기의 곤궁한 사정을 고할 곳도 없이 기한과 싸우면서 근처의 조그만 땅을 얻어서 움가튼 가가를 짓고 (…중략…) 관목야에 사는 사람들이 죠선사람이 존중히 여기며 부정한 것과 불경한 것을 꺼리는 사기가마에 진흙발로 들어간 것으로 싸움이 나서 (…중략…) 됴선인들은 (…중략…) 도망을 하야 삼십리 밧되는 묘대천에 피난하얏더라. 위급한 재액은 면하얏스나

(…중략…) 먹을 것이 없이 어린이와 늙은이 사나희와 녀편네가 서로 붓들
고 울고 산과 들에 몃칠 동안을 눈물로써 (…중략…) 지내이는 참혹한 경황
을 보고 묘대천의 촌민들은 불상히 생각하야 먹을 것과 나무를 주어 비참한
지경을 구하야 주엇슴으로 이 사람들은 촌민의 고마운 뜻에 감동하야 촌민
의 동정하는 마음을 의탁하고 이곳을 영구히 거처할 땅으로 정한 후[74]

그의 경우는 조선인 도공들이 일본을 목적지로 삼고 항해하다가 가
고시마에 표착한 것으로 되어 있다. 이후 생활고 및 인근 주민과의 불
화 속에서 고난을 겪다가 근린 촌민의 동정으로 정착에 이르는 과정
을 마치 고소설과 유사한 스타일의 문장으로 설명하고 있다.

선우일의 경우는 민원식의 경우보다 정도가 심하다. 조선인 무리는
'우연한 표류'가 아니라, 자발적으로 일본 본토를 향해 항해하는 '망
명민'과 같은 뉘앙스를 풍기고 있다. 항해 중 우연히 가고시마에 표착
한 후 그들은 고난 끝에 현지의 촌민의 도움으로 정착을 시작한다. 한
국을 '피해' 자발적으로 일본에 건너온 조선인 집단이 일본인의 호의
로 훌륭한 정착민으로서의 삶을 영위하게 되었다는 이 스토리는, 신
파적인 동화(同化) 민담(民譚)의 결정판이었다고 할 수 있다. 총독부 기
관지였다고는 해도 조선을 대표하는 거대 신문이었던 『매일신보』의
기사로서는 그 질이 현저히 낮은 것이었다고 하지 않을 수 없다. 이 '질
이 낮음'은 선우일이 의지적으로 선택한 것이었을 가능성도 높다.

이상이 아베의 경성일보·매일신보가 힘을 기울인 규슈시찰단의 면
모였다. 매일신보의 시찰단 및 박람회 기획은 기본적으로 동화 방침의

---

[74] 선우록동, 「鹿兒島의 朝鮮村 任辰亂에 따라간 朝鮮人의 子孫」, 『每日申報』, 1918.5.3.

실천을 목표로 하고 있는 기획이었다. 즉 일제의 동화 방침을 언론 방면에서 실천하는 것이 매일신보 · 경성일보의 임무였다면, 그 수행 예의 하나인 규슈시찰단 운영은, 조선인의 내면을 이해하고 그들을 지적으로 설득하거나 정서적으로 공감시키는 방식과는 거리가 멀었다고 할 수 있다. 대신 그들이 택한 방법은, 조선인의 정서에 대한 무시(無視), 그것에 기반한 강요와 위압, 그것을 중심으로 한 것이었다.

그들이 택한 첫 번째 방법은, 이미 대만과 조선을 식민지로 경영하면서 보다 더 강력한 근대 국가 건설을 서두르고 있었던 종주국 일본 자본의 압도적인 외양과 그 물량적 위력을, 조선인들에게 날것 그대로 구경시키는 방법이었다. 기대 효과는 앞서 본 바와 같이, 조선인들의 자활 의지 및 저항 의지를 무화시키는 것, 조선에 대한 자학적 콤플렉스를 스스로 생산하게 만드는 것, 또한 제국 일본에 대한 순응 정신과 동경의 정서를 유발시키는 것이었다.

두 번째 방법은 규슈인의 존경을 받고 있는 역사적 인물을 참배케 하는 방법이었다. 말하자면 조선인들을 일본 역사의 내부로 끌어들여 일본인의 내면에 보관되어 있는 역사적 심정 세계를 공유시키려는 의도였다고 할 수 있다. 그러나 매일신보와 경성일보가 선택한 두 인물, 즉 규슈를 상징하는 역사적 인물인 가토 기요마사와 사이고 다카모리는, 조선 침략의 선봉이었거나 그것을 기획한 인물들로서, 조선인에게는 '원수'라는 이미지가 새겨져 있는 인물들이었다. 그러므로 이들의 생애가 보존 · 기념화되어 있는 역사적 현장으로 그 '피해자'들의 후예를 인도하고 참배시키는 이 발상은 놀랍기 그지없다. 앞에서도 보았지만 아베는 일본에 대한 조선인들의 역사적 감정을 잘 알고 있는 인물이다. 도쿠토미의 국민신문도 마찬가지였다. 『매일신보』 기사 편집을 실제로 통제하는 일본 지식인들 역시도 사정은 크게 다르지 않았을 것이다. 말하자면 합병될 수 없는 조선인의 '내적인 감정'까지 무자비한 시험대에 올리는 이런 기획이야말로, 선우일이 살았던 데라우치 시대가 얼마나 거친 통치술 아래 놓여있었던 시대였는가를 역력히 보여주는 대목이었다고 할 수 있을 것이다.

세 번째 방법은, 일본에 귀화·정착한 조선인 집단의 존재를 확인시키고 그들과 '재회'시키는 것이었다. 즉 이미 일본인으로 동화되어 행복한 삶을 누리고 있는 조선인의 예를 제시함으로써, 저항적 성향의 조선인들에게는 저항감의 약화를, 친일 성향의 조선인들에게는 동화의 실제 예를 선 체험하게 하려는 것이었다. 결과적으로 매일신보와 경성일보가 이를 위해 동원한 방법 중에는 역사적 사실을 유치한 수준으로 왜곡하는 방법이 포함되어 있었다. 조선인 도공들이 자발적으로 일본에 왔거나 혹은 표류해 와 일본인들의 호의로 정착하기에 이른 것으로 날조하는 방식이 그것이었다.

'조선 이해자'로 알려져 있던 아베는 상당 정도 조선의 현지 사정을 이해하고 유화적인 방법으로 조선인에게 접근하는 스타일의 인물이었다. 그러나 그가 수장으로 있던 『매일신보』 속에는 이렇게 강압적이고 유치한 방식으로 운영되던 동화주의 기획도 광범위하게 포함되어 있었다.

5. 『경성일보』 · 『매일신보』의 일본인 조선 기행문

1) 일본인의 조선 기행문, 그 정치적 기원

1910년대 중후반 아베 재임 기간 중 『경성일보』와 『매일신보』에 많이 발표된 문예 장르에는 소설 외에 기행문이 있었다. 연재 형태가 많은 이 기행문의 집필에는 두 신문의 감독인 도쿠토미 소호, 사장인 아베 미츠이에를 비롯하여 경성일보의 베테랑 일본인 기자, 조선인 기자들이 참여했다. 1915년 후반부터 1917년 6월까지 두 신문의 제1면에 연재된 중 장편 조선기행문 중, 거물들이 쓴 것에 초점을 맞춰 소개하면 다음과 같다.

> 1915년
>
> 大谷光瑞 「避暑漫筆」 9.3~ / 德富蘇峰 「金剛山遊記」 10.17~
>
> 1916년
>
> 一濟生 「京城行脚」 3.11~ / 德富蘇峰 「蘇峰縱橫談」 3.16~ / 奧田鯨洋 「忠南縱橫記」 2.1~ / 沈友燮 「金剛行」 (1~18) 5.7~ / 沈友燮 「金剛行續」 (1~6) 6.6~ / 中島司 「三道隨行記」 5.17~ / 沈友燮 「嶺東紀行」 6.17~ / 李光洙 「大邱에셔」 9.22~23 / 阿部充家 「湖南遊歷」 9.27~10.6 / 阿部充家 「無佛開城雜話」 11.15~ / 阿部充家 「松都雜感」 11.23~ / 嵩陽山人 「金剛遊記」 11.28~ / 德富蘇峰 「1日40里 江華島遊記」 11.17~
>
> 1917년

德富蘇峰「大唐平百濟記」4.22~ / 李光洙「五道踏破旅行」6.29~(毎)30~
(京)

후술하는 오타니 고즈이[大谷光瑞]의 예를 제외하고 보면, 두 신문의
감독인 도쿠토미 소호, 사장인 아베가 빈번히 기행문을 썼음이 확인
된다. 당시의 기행문은 두 신문의 최고 경영진이 앞장서서 쓰는 장르
였음이 확인된디. 그 외에는 두 신문의 기자들이 주된 필자였던 점이
확인된다. 앞장에서 확인한 바 숭양산인(嵩陽山人) 장지연이 보인다.
그 외에는 이 시기 조선기행문의 최대 작가라고 할 만한 심우섭이 있
고, 경성일보 기자인 오쿠다 나오키[奧田鯨洋], 나카지마 쓰카사[中島司]
가 뒤를 잇고 있다. 두 신문의 경영진을 포함한 베테랑 기자들의 기행
문의 행진, 그 말석에 이광수의 「오도답파여행」이 놓여 있음도 확인
된다. 또한 이 조선여행기들은, 당시 유행한 중국 및 만주 여행기들과
더불어 두 신문의 제1면에 주로 발표된 것이기도 하다.

이렇게, 전문 기자들은 물론 최고 경영진까지 조선기행문을 적극
적으로 쓰고 발표했으며 그 대부분이, 두 신문의 얼굴인 제1면에 연
재되었다는 사실은 주목을 요한다. 당시 기행문은 두 신문이 다루는 1
급 기사 거리였으며, 총독부의 조선 통치의 첨단 영역에 관여하고 있
었던 정치적 장르였음에 틀림이 없다.

기행문 장르가 1910년대 중후반 조선 신문계에 자리를 잡게 된
데에는 다음과 같은 일본 쪽 사정이 있다. 일본에서는 청일전쟁과 러
일전쟁기를 거치면서 근대 기행문이 확고하게 자리를 잡았다. 두 전
쟁의 전황을 신속히 보도하기 위한 정치적 동기, 이를 통한 신문의 발

행 부수의 증가를 노린 상업적 동기가 맞아떨어진 결과였다. 그 첨병은 현장에 파견된 종군 기자들이었다.[75]

러일전쟁 이후에는 장차 식민지로 개척하게 될 조선과 '만주', 중국에 대한 지리 정보 확보의 필요성이 대두됨과 더불어, 조선과 '만주' 여행이 붐을 이루게 된다. 이 여행에 야나기 무네요시[柳宗悅], 나쓰메 소세키[夏目漱石], 아쿠다가와 류노스케[芥川龍之介] 등 일본 지성계의 거물들이 자타발적으로 '동원'되어 그 결과가 언론에 여행기로 발표됐음은 물론이다. 이러한 주류 언론과 일본 국민의 적극적인 호응 가운데, 기행 문화는 전승지(戰勝地)를 순회하는 관광산업으로 자리를 잡게 되며, 그것의 산업화 과정에서 근대적인 관광안내서들이 탄생하게 된다. 이 관광안내서들은 미리 확정된 안전한 여행 루트를 제공하는 한편, 여행자들이 조선과 중국을 보는 시각과 감정 유형까지도 전형화하여 통제하는 매뉴얼로서 기능하게 된다.[76] 일본의 제국 건설을 위한 필사적인 도정 속에서, 기행문이라는 장르는 이렇게 중요한 정치적 기능을 수행해 온 것이다. 그 연장선 위에 청일전쟁과 러일전쟁 시 종군 기자 경험을 한 경성일보와 매일신보의 경영진과 기자들이 서 있었다. 이들은 자신들이 몸으로 겪었던 근대 일본의 영광이 담긴 정치적, 문예적 '관습'을 두 신문의 제1면에 자연스럽게 옮겨 실천하고 있었던 것이다.

---

75 아베 미츠이에, 경성일보 기자 나카지마 쓰카사中島司 등이 바로 도쿠토미 소호가 당시 조선에 파견한 종군특파원들이었다. 아베의 종군 파견 사실은『國民之友』233호, 1894.7. 참조. 나카지마의 국민신문 기자 재직 건 및 종군 사실은 藤村忠助,『京城日報社誌』, 경성일보사, 1920 및 본서의 3장 5절의「나카지마 쓰카사의 '삼도수행기'」참조.

76 이상은 朱敏,「漱石の滿韓旅行とその紀行文」,『實踐國文學』53号, 1998.3; 丁貴連,「もう一つの旅行記」,『宇都宮大學國際學部研究論集』15号, 2003 ;陳珉君,「谷崎潤一郎と芥川龍之介による(支那)の表象」,『廣島大學大學院教育學研究科紀要』52号, 2003 참조.

식민지 통치기반의 확립이라는 과제를 수행하던 데라우치 마사타
케[寺內正毅] 통치 시스템에 이러한 종류의 대중적 문예 장르가 유력한
도움이 되었음은 두말할 필요도 없다. 데라우치가 조선 합병이라는
성과는 일궈냈지만, 아직 조선은 의병 진압이 완료되지 못한 상태여
서 일본인의 거주가 제한적으로만 이뤄지고 있는 공간이었다. 즉 지
리적으로 장악되지 못한 세부가 남아 있는 공간, '영토화'가 계속 진
행되어야 하는 공간이었다. 중국 침략과 국내 통치 기반 건설을 위한
인프라 사업에 힘을 기울이는 한편, 공진회를 성공적으로 개최하였으
며, 고적 조사 보존사업과 총독부 신청사 건설사업을 수행하고 있었
던 데라우치의 '선정(善政)'이 얼마나 큰 결실을 거두고 있는가를 대내
외에 선전하는 작업 역시도, 통치 기반 확립을 위해 필수불가결한 것
이었다. 두 신문에 지속적으로 실린 기행문들은, 신영토의 효율적 통
치를 위한 기본 사업, 즉 조선의 지역 정보의 수렴 및 종합을 위한 정
보원(情報源)이자 효율적인 선전수단으로서의 역할을 수행하고 있었
던 것이다. 당시 두 신문이 조선 각 지방의 산업, 역사, 문화를 소개하
는 지리형(型)의 기사로 채워지고 있었던 것은 그 때문이다.[77]

이런 의미에서 두 신문 속의 '일본제' 기행문은 1910년대 조선 통
치에 깊이 관여하고 있었던 정치 시스템의 일부였다고 분명히 말할
수 있다. 이광수의 「오도답파여행」도, 알려져 있는 바와 같이 이광수
라는 '천재'에 의해 갑자기 문학사 위로 솟아나온 것이 아니다. 당대
의 국제정치 역학과 문화적 메커니즘이 마련해 놓은 장르, 제국으로

---

77 『경성일보』 2면에는 지방의 산업 지리 정보를 전하는 「○○より(에서)」라는 제명의 기사
가 다량으로 게재되고 있었다. 이광수의 「大邱에셔」를 포함하여 「五道踏破旅行」 속에서 볼
수 있는 「○○에서」라는 제목들은 이 관습의 한 산물이다.

발돋음하려는 근대 일본의 필사적인 정치적 모험에서 시작되어 전승(戰勝)과 더불어 일본과 조선에 정착되고 있었던 '정치적 기행문' 양식의 존재와 그 흐름 속에서 탄생한 것이다.

2) 오타니 고즈이[大谷光瑞]의 조선 기행

아베 재임 시기 두 신문에 발표된 일본인 연재 기행문 중 가장 이른 시기에 발표된 것이 오타니 고즈이의 조선 기행문이다.『경성일보』1면에 기행문을 발표한 사외(社外) 일본인로서는 가장 많은 회수를 발표한 것이 그였다. 오타니는 정토진종(浄土真宗) 본원사파(本願寺派) 제22대 법주(法主) 출신의 탐험가, 교육가, 아시아주의자였다. 러일전 종군 전도와 해외 포교 등 교단의 근대화 작업에 적극적이었으며, 특히 법주 취임 이전부터 3회에 걸쳐 '오타니 탐험대[大谷探險隊]'를 조직하여 중국과 서역에서 대량의 불전 자료를 수집해 들인 것으로 유명하다. 결국 이로 인한 방만한 재정 지출 문제에 책임을 지고 법주직에서 물러난 이후는 중국에서 불전 번역작업과 교육 사업 등을 전개했다. 그가『경성일보』에 가장 많은 양의 연재문을 발표하게 된 것은, 대륙 팽창주의자로서 사상과 행동을 같이하는데다가, 그 자신 역시도 중국 여행기를 두 신문에 장기 연재했던 감독 도쿠토미 소호의 전폭적 지원 때문이었다.[78]

---

[78] 도쿠토미 소호도 1917년 10월 17일부터 장기간에 걸쳐 중국기행문「지나만유支那漫遊」를 두 신문에 연재한 적이 있다.

그의 여행기는 1915년 9월 3일자 『경성일보』 1면에 「피서만필(避暑漫筆)」이라는 제명으로 발표가 시작되어 1916년 11월 21일 「방랑만기」(완)로 일단 연재가 끝나는데, 1917년 5월 17일자 제1면에도 「방랑만기(放浪漫記)(승전 완)」이라는 글이 보이고 있다.

오타니 고즈이가 종단의 재정 파탄 문제에 책임을 지고 법주직에서 물러난 것이 1914년 5월 14일, 시모노세키에서 아시아 방랑의 길에 오른 것이 1914년 11월 28일의 일이다. 11월 29일 부산에 도착한 그는 경주 여행을 마친 후 용산역을 거쳐 인천에 도착한다. 『매일신보』는 하이칼라에 양복 차림이었던 그의 사진과 함께 이렇게 그를 소개했다.

五百萬人의 信仰 崇拜하는 本願寺 前 法主의 京城 到着

昨日 正午에 朝鮮을 遊覽하는 중 仁川으로부터 京城에 倒着한 本願寺 전 法主 大谷光瑞師의 사진이라. 本願寺라 함은 朝鮮에도 여러 곳이 있는데 그는 불교 중에 眞宗이라 하는 日本에 特別한 불교의 한 宗門으로 일본의 法主라 함은 眞宗의 신도 五百萬의 선남선녀가 成佛같이 위하며 恭敬하는 眞宗의 제 일곱 어른이라. 故로 이 大谷씨도 伯爵으로 있다가 요즘 辭讓하얏고 年前에 世上을 버린 안해는 지금 皇后 陛下의 친형님이라 이번 大谷씨의 조선 유람으로 인하야 朝鮮에 있는 그 信徒는 非常한 榮光으로 알고 도처에서 熱誠으로 送迎하더라.[79]

---

[79] 「日本佛敎界의 巨人」, 『每日申報』, 1914.12.4 오타니가 조선의 신문에 처음으로 그 모습을 드러낸 것은 한일합방 직전인 1910년 4월 22일이다. "서본원사의 법주"가 인도와 아프리카, 영국과 유럽대륙을 거쳐 귀국할 예정"이라는 짧은 전보 기사가 소개된 적이 있다.

일본 불교계에 생소한 조선 독자들에게는 충격적인 기사였을 것이다. 500만 신도에게 '생불'로 존경받고 있다는 유력 종파의 전 법주, '대선사'가 하이칼라에 양복 차림으로 나타난 중년의 미남이라는 사실, 그가 일본의 황실 가문 여성과 결혼을 한 대처승이라는 점에 충격을 받았을 것이다. 그의 이색적인 면모에 대한 의론이 조선인 승려 사이에 분분했을 것으로 생각되나, 현재는 당시 동화주의 언동을 일삼았던 용주사 주지 강대련(姜大連)의 의견만이 공개되어 있다.[80]

이후 그는 자신의 여행기를 완성하는 대로 도쿠토미 소호에게 보냈고, 소호는 그의 여행기 모두를 『국민신문』과 『경성일보』 양 쪽에 게재했다. 오타니의 여행기 첫 편은 「방랑만기(放浪漫記)」라는 제명으로 1914년 12월 3일 『국민신문』 제1면에 발표되었다.[81]

이상을 고려하면 오타니는 1914년 12월부터 1916년 11월 21일까지, 그리고 1917년 5월 17일자 「방랑만기」의 존재까지 고려하면, 2년 여나 『경성일보』의 제1면을 자유롭게 여행기를 연재한 셈이 된다. 그 정도로 오타니는 도쿠토미 소호로부터 파격적인 지원을 받았다.

이로 볼 때 도쿠토미가 얼마나 오타니의 능력을 높게 평가했는가,

---

80 그는 '양국의 황족과 승려가 서로 교차하여 결혼하는 방식으로 양국의 융화를 달성하자'는 주장을 공표한 적이 있다. 姜大連, 「仏教機關擴張意見書」, 『朝鮮仏教總報』 20号, 1920; 山本邦彦, 「大谷光瑞と朝鮮―光瑞にとっての朝鮮, 朝鮮にとっての光瑞」, 81쪽에서 재인용.

81 그가 도쿠토미에게 보낸 원고는 총 48편에 이르며, 그 원고들은 1916년 10월 민우사民友社에서 『放浪漫記』라는 제명으로 출판되었다. 高野靜子, 『蘇峰とその時代』, 中央公論社, 1988, 326~327쪽. 그러나 『京城日報』, 1916년 11월에 수록된 放浪漫記(完)이라는 제명의 여행기, 1917.5.17자에 수록된 「방랑만기放浪漫記 (승전 완)」는 시기상으로 보아서는 민우사간 『방랑만기』의 출간 이후에 발표된 것이다. 『국민신문』과 『경성일보』에 실린 오타니의 여행기를 비교 조사해 보는 작업이 추가로 필요하다고 본다. 한편 그의 여행기가 실렸다는 1915년 9월 이전의 『경성일보』는 결호가 많아, 실물 확인은 불가능하다. 하지만 1915년 9월 이후 『경성일보』에 그의 여행기가 연재되고 있었던 점을 볼 때, 오타니의 여행기는 『국민신문』과 동일하거나 혹은 약간 늦게 『경성일보』에 발표가 되었던 것으로 생각된다.

그의 여행기의 기사적 가치를 얼마나 중시했는가를 짐작해 볼 수 있다. 그의 사상 속에 일본을 정점으로 한 '불교적 아시아주의자'로서의 모습이 포함되어 있다는 점, 오타니와 도쿠토미 간의 교류 관계, 오타니의 여행기가 지닌 기사적 가치 등은 村山重量, 高野靜子의 논문에 상세하게 기술되어 있어[82] 재론은 피한다. 여기서는 가급적 중복을 피하는 범위 내에서, 당시 오타니의 조선 방문 일정과 감상 등을 검토해 보기로 한다.

당시 오타니의 조선 방문 일정은 다음과 같았다.

11월 28일 : 밤 10시 시모노세키에서 연락선 신라환(新羅丸)으로 출발. 「조선은 처음…」

11월 29일 : 밤 9시 부산 착. 경성일보의 우에다 씨 마중.

11월 30일 : 오전 10시 부산 발, 1시 대구 착. 차편으로 5시 경주 도착. 인력거로 불국사행. 온돌방에서 1박.

12월 1일 : 9시 불국사 출발, 석굴암 착. 오후 6시 30분 차로 대구 착. 구로카와黑川 검사장 댁에서 만찬.

12월 2일 : 0시 20분 대구 출발. 아침 6시 용산 도착. 인천으로 출발

12월 3일 : 오전 10시 인천 발. 정오 경성의 조선호텔 도착.

12월 4일 : 정도, 경성일보에서 만찬. 오후 박물관 / 이왕가 식물원 관람

12월 5일 : 데라우치 총독과 오찬. 밤 9시 50분 만주로 출발.

82 村山重量, 「興亞と東亞経綸」, 石田充之·瀧澤克己編, 『淨土眞宗とキリスト教』, 法藏館, 1974, 333~341쪽; 高野靜子, 『蘇峰とその時代』, 中央公論社, 1988, 297~348쪽.

오타니는 일본인 최초로 서역을 탐험하고 영국을 비롯한 유럽과 인도, 아프리카를 두루 여행한 바 있다. 조선이 전장의 일부가 되었던 청일전쟁과 러일전쟁기에는 종단 차원의 지원 작업이 진행되는 것을 목격한 바도 있다. 그런 오타니에게 조선 방문이 처음이었다는 사실은 의외다. 실은 중국·인도·동남아 만유가 목적이었던 오타니에게 있어서 조선 방문은 데라우치와의 모종의 담판이 주목적이었던 경유지였다.[83] 이미 수많은 일본인에 의해 '탐험'이 끝난 지 오래인 조선은 그에게 흥미를 부르는 대상이 될 수 없었을 것이다.

그는 부산을 출발하여 대구, 경주를 둘러보면서 느낀 소감들을 「방랑만기」 등 기록 속에 남겼다. 그의 글 속에 비친 조선은 크게 두 가지로 나눠 고찰해 볼 수 있다. 고대 조선과 현대 조선이 그것인데, 그는 고대 조선에 대해, 고구려가 중국이라는 대제국의 침략에 대항할 수 있을 정도로 강대한 국가였다고 인식했다. 고대로부터 고려시대에 이르는 불상과 도기 등 미술품에 대해서도 상찬하고 선진 문명을 일본에 전한 조선인 이민자 덕택에 일본의 문명이 축적되었다고도 썼다. 또 유명한 미식가답게 조선의 식(食)문화를 높이 평가했고 주거 문화에도 높은 평가를 내리고 있었다. 한편 신란(親鸞)의 정토교 계보의 우월성을 뽐내는 문맥 속에서는 신라 정토교를 낮게 평가하는 경우도 있었다.[84]

그러나 현대 조선에 이르면 이야기가 달라진다. 첫째, 그는 현대 조선을 철저한 개발 대상지로 생각했다.

---

83 데라우치와의 밀담 건은 山本邦彦의 앞의 글, 83쪽 참조.

84 山本邦彦, 「大谷光瑞と朝鮮―光瑞にとっての朝鮮、朝鮮にとっての光瑞」, 『大谷光瑞とアジア』, 勉誠出版, 2010.8, 69쪽.

오후 1시 대구 착, 연도에 논밭이 잘 펼쳐져 있고 김해의 평야 같아 미전 美田이라 할 만하다. 유감스럽게도 낙동강 범람을 면하지 못했다고도. 치수의 요要는 임정林政에 기반에 있는데 연도의 구릉에 어린 치송稚松들이 줄지어 있다. 총독의 선정善政이 후일 팔도八道의 산야를 울창하게 만들 것으로 기대해 마땅하다. 소생이 즐거워 견딜 수 없는 것은 식림의 보급이 확장되어 가는 데에 있다. (…중략…) 낙동강은 여름철에 향어香魚를 낳는다고. 일본의 기후岐阜, 도미야마富山 등지의 양종良種을 이식移植・번식시킨다면 장래 유망한 산물이 될 것이다.[85]

오타니가 바라보는 조선의 산야는 치수와 조림을 필요로 하는 곳이며, 농산물과 어산물의 증산이 필요한 경영대상으로서의 공간이다. 산업지리적인 눈으로 타국의 산야와 도시를 바라보는 이 눈은 승려의 눈이 아니라 기업경영자 혹은 정치가의 눈에 가깝다고 보는 것이 옳을 것이다. 그에게 "일본을 리더로 한 아시아주의자"라는 평가가 붙어 있는 것은 타당하다고 생각된다.

그는 조선이 개발이 필요하다는 자신의 의견 뒤에 "총독의 선정이 후일 팔도의 산야를 울창하게 만들 것으로 기대해 마땅하다"는 귀절을 삽입해 두는 것도 잊지 않았다. 이것은 외교적인 언어였을 것이다. 그는 도쿠토미 소호와 더불어 데라우치 마사다케도 후원자의 일원으로 삼고 싶어 했다. 그러나 데라우치에 대한 그의 구애는 성공적이었던 것 같지 않다.[86]

---

85 大谷光瑞, 『放浪漫記』, 民友社, 1916.10, 4~5쪽.
86 高野靜子, 앞의 책, 42~45쪽.

일본인 거류민들이 정착해 있는 '현대' 경성의 풍경은 「방랑만유」 속에 이렇게 묘사된다.

> 정오 경성 호텔 도착. 동 호텔은 신축으로 순 독일식 건축물. 소생이 애독하는 잡지 '쿤스트 운트 데코라치온' 등에도 나오는 최신식 설계다. (…중략…) 소위 독일식 응용 과학을 관내에 십분 발휘해 상당한 쾌감을 느꼈다. (…중략…) 경성일보의 장대한 건축은 원래 경탄할 수밖에 없는 것이지만, 부지의 선정과 관련해서 선생의 예안에 감복하였다.[87]

오타니는 구독 중이라는 독일 잡지명까지 구체적으로 제시하면서 경성호텔의 '현대성'을 예찬한다. 그것이 식민지 수도에 이주·정착한 일본인에 의해 창조된 '근대'의 산물임은 물론이다. 유럽 체험자인 본인을 과시하고 싶은 욕구, 서구에 대한 순진한 동경, 자국민에 의해 '현대' 도시로 성장해 가는 식민지 수도를 보는 정복자로서의 기쁨, 이것이 짧은 문장 속에 충만하다.

경성일보사 사옥의 위치에 대한 그의 판단은, 후원자인 도쿠토미에 대한 예의라 보기에는 너무도 정확하다. 경성일보사는 경성의 북단에 있는 총독부(정치중심지)로부터 시작되어 경성일보사(언론중심지), 조선은행 등 경제가(남대문), 용산역(경성 남단, 조선군 주둔지)로 이어지는 1등 도로에 위치한, 즉 경성의 관리와 운영에 필요한 핵심적인 동선에 위치한 거점이었기 때문이다.

한편 그의 여행기 속에서 확인해 볼 수 있는 또 하나의 특징은 그의

---

87 大谷光瑞, 앞의 책, 9~10쪽.

글 속에 조선의 '사람'이 등장하지 않는다는 점이다. 그의 여행기 속에 조선인이 등장하는 대목은 한 군데뿐이다. 경성일보 오찬에 참가한 인물들을 소개하는 가운데 '조선 귀족 이십 여명'이라 기록한 것이 유일하다. 그러니 오타니는 조선 여행을 통털어 총독부 관료, 자신을 맞아 준 일본인 유지와 신문사 관계자, 그리고 '무명'의 조선귀족 20명만을 기억하고 있는 셈이다. 평범한 조선인에 관심이 적은 것은 도쿠토미나 후일 씌어지는 아베의 기행문의 경우도 마찬가지이긴 하지만, 그래도 오타니 만큼 심한 정도는 아니었다. 심지어 오타니는 후일 동경대지진 후 벌어진 조선인 학살에도 전혀 무관심했다. 그는 조선인에게 토인이라는 용어를 쓴 적도 있다.[88] 살아 있는 현대 조선인에 대한 인식이 없다는 것은 그가 전적으로 조선을 '인간'의 공간이 아닌 '야만적 물(物)'의 공간으로 인식했다는 것을 의미하는 것으로 보아도 좋을 것이다. 그의 일본식 오리엔탈리즘은 그 정도가 심했음을 알 수 있다.

그의 자신의 조선 여행을 다음과 같이 결론지었다.

일주일간 본 조선에 대해 소생의 의견을 말씀드리면. 총괄적으로 총독의 선정(善政)이 보급된 것에 환희하지 않을 수 없다. 선인(鮮人)의 지위가 안정되는 것, 내지인이 충분히 조선 반도에 거주할 수 있게 되는 것, 이것이 선정의 결과일 터인데, 이 양자는 10년 내에 이뤄질 것이며 우리 규슈과 동일한 실력을 갖게 될 것임을 단언하는 바다. 좋은 총독을 얻었으니 조선인만 행복할 뿐 아니라 내지인도 행복하지 않을 수 없다. 좋은 총독께서 건재

---

88 山本邦彦, 앞의 책, 73~75쪽.

하시어 하루라도 더 오래 조선에 계셔 주시기를 반도의 강산을 위해 극력 바라는 바라.[89]

오타니는 서구 탐험대처럼, 서역의 불전을 약탈에 가까운 형태로 수집해 별장으로 옮긴 인물에 아시아에 대한 일본의 군사 침략을 열렬히 지지한 인물이었다. 식민지 공포 통치의 대명사 데라우치 역시도, 조선의 고미술품과 고건축물을 무차별 '수집'해 일본으로 옮기는 스타일이었다. '선정'이란 물론 당시 유행한 덕담이었으나 오타니와 데라우치의 상호 삶의 스타일도 잘 요약한 상징적 어휘였다고 하겠다.

그의 시선이란, 종국적으로 일본의 조선 지배의 정당성에 대해 일말의 의심도 갖고 있지 않은, "제국 발전을 위해서는 군사력 행사를 서슴지 않는 실업상의 제국주의자"의[90] 시선이다. 만주와 중국으로 그리고 아시아로 뻗어가는 제국 일본의 영광에 취해 있었던 오타니, 그 첨단을 개척해 왔다는 자부심에 취해 있었던 오타니의 이 짧은 조선 여행기는, 이후『경성일보』와『매일신보』의 발표되는 일본인 기자들의 조선 여행기들을 통어하는 하나의 원리로서 기능하게 된다.

3) 사장 아베가 본 '시정 5주년'의 조선

후일 사이토 마코토의 참모로 일하면서 편지 속에 자신의 조선 통

89　大谷光瑞, 앞의 책, 12쪽.

90　榮澤幸二,『近代日本の仏教家と戰爭』, 專修大學出版局, 2002.7, 271쪽.

치 방침 등을 밝힌 경우를 제외하고는, 아베는 자신의 사상, 특히 조선 통치와 관련된 방침 등을 공표한 적이 거의 없다. 그랬던 그가 기행문 장르만은 사장 재임 시 3편이나 발표했다. 글을 쓰지 않는 스타일의 언론인인 그로서는 이례적인 일이다. 이는 그만큼 기행문 집필이라는 것이, 당시 두 신문의 운영에 있어 중요한 위치를 차지하고 있었다는 것, 사장인 아베 역시도 참여하지 않을 수 없을 만큼 중요한 사안이었다는 사실을 알려 준다.

그의 기행문 중 연재될 정도로 양이 많았던 것이 「호남유력(湖南遊歷)」(1916.9)과 「무불개성잡화(無佛開城雜話)」(1916.11.25)다. 이 두 글은 아베가 조선을 어떻게 보고 있었는가를 구체적으로 보여주는 내용이 다수 제시되어 있다. 매일신보의 운영내용만으로는 알 수 없는 그의 속내, 특히 사이토 마코토 참모로 일하게 되는 1920년대의 그의 면모와도 다른 풍모가 엿보여 상세히 고찰할 필요가 있다. 「호남유력」, 「무불개성잡화」의 순으로 그 개요부터 본다.

「호남유력」은 총 9회에 걸쳐 연재된 것으로서, 『경성일보』(1916.9.26~10.5)에 먼저 수록되는 한편 『매일신보』(9.27~10.6)에도 하루씩 늦게 번역·연재되었던, 아베 최초의 조선 기행문이다. 각 기사의 제목과 『매일신보』수록 일자를 먼저 본다.

湖南遊歷(1)－湖南線에 入함	9월 27일
湖南遊歷(2)－光州의 1日	9월 28일
湖南遊歷(3)－光州 一日(下)	9월 29일
湖南遊歷(4)－木浦港 所見	9월 30일

湖南遊歷(5)―羅州에셔 全州에	10월 1일
湖南遊歷(6)―李朝 發祥地	10월 3일
湖南遊歷(7)―米의 群山	10월 4일
湖南遊歷(8)―湖南線과 運輸	10월 5일
湖南遊歷(9)―湖南線의 發展	10월 6일

아베의 이 호남 기행은, 그의 도반으로서 당시 동양척식회사 부총재로 있던 노다 우타로[野田卯太郎]의 권유에 의해 이뤄졌다.[91] 동척 부총재로서의 '호남지방의 도작(稻作) 상황 검분(檢分) 시찰'에 동행하자는 것이 그 권유의 내용이었다. 아베의 여행 코스는 '(16일 발) 대전-광주-목포-나주-전주-군산-강경-경성(21일 도착)'으로 이뤄졌다. 아베 일행은 원래 전주에서 최초로 머문 뒤 남하하는 코스를 선택하였으나 전주 인근 지역의 수해 문제 때문에 광주와 목포에 갔다가 다시 북상하는 코스를 택한다.[92] 일정상에 다소의 변경이 있긴 하지만, 이 여행 일정과 방문지 전체는 '호남선'을 둘러싼 당대의 정치 경제적 맥락을 보여주는 특성이 있다. '호남선'이 의미하는 식민지 시대의 정치경제적 맥락과 총독부 거대 기관지의 사장이라는 아베의 입장, 그리고 아베가 조선 문화, 특히 불교문화에 깊은 관심을 갖고 있었다는 세 가지의 문

---

91 노다 우타로[野田卯太郎](1853~1927) : 호 대괴(大塊). 1898년부터 중의원 의원, 1918년부터 1922년까지 체신부 대신, 1925년 상공부 대신. 1924년 입헌정우회 부총재 등을 거쳤다. 입헌정우회는 이토 히로부미가 창설한 정당으로서 명치부터 소화 전기까지의 2대 정당 중 하나였다. 시인으로서도 유명하다. 아베의 경성일보 사장 시대에는 동양척식회사 부총재로 재임 중이었다. 그의 동척 시대의 일화와 경성의 일본인 사교계에서의 그의 위상에 대해서는 심원섭, 「아베 미츠이에의 경성일보 행적에 대하여」, 『현대문학의 연구』 39집, 2009, 2장 참조.

92 無佛, 「湖南遊歷―湖南線에 入함」, 『每日申報』, 1916.9.27.

맥도 관련이 있다. 여행의 전체 면모를 메모해 보면 다음과 같다.

(제1회) 호남선에 입(入)함

―여행의 계기 및 코스 설명. '호남 연선이 조선의 보고(寶庫)임을 확인'
하는 계기였음.

―호남선 설명 : 충남과 전라도 평야를 관통, 각 평야의 지세(地勢) 설명.

―대전에서 이리까지 구마모토 리헤이[雄本利平]와 동승, 농장경영 실태
에 대해 들음.

(제2회) 광주(光州)에서의 하루

―16일 밤 광주 착. 미야기 장관 관저 방문. 한 조선인이 '진객의 방문 때
문에 출현했다'는 표범 2마리를 판매코자 관저를 방문. 아베는 경성의
이왕직 박물관에 보냄이 좋다고 건의.

―17일 아침, 고적 연구가 스즈키 광주서장과 고려시대 산성[93] 내의 고
석탑을 탐방. 잊혀져 온 탓에 원형이 잘 보존되어 있으니, 수리 시엔 전
문가에 의뢰해 원형 보존에 힘쓸 것을 강조함.

―관저 근처의 철불(鐵佛)[94] 관람.

(제3회) 광주의 하루(하)

―18일 11시부터 광주농학교 기숙사 방문 : 시설의 편리함과 청결함, 식
당 방문. 양잠실 견학.

―근처 언덕에서 밭을 관망하며 노다[野田]의 즉석 하이쿠 감상. 아베도
한시를 남김.

---

93 현존하는 '중흥산성(中興山城)'일 것으로 추측된다.
94 당시 광주군 서방면 동계리에 있었다가 1934년 증심사(證心寺)로 이전된 통일신라기 '증
심사 철조 비로자나불'(보물 131호)일 가능성이 있다고 본다.

—광주시세(市勢) 및 풍광 : 관찰도 소재지는 아닌 신도(新都). 전남의
중앙부. 시가에 정연한 기(氣)가 있음. 무등산의 취색(翠色) 및 광주천
의 장류(長流) 찬탄.

—신임 미야기 장관의 업무 능력 평가.

—산물 : 쌀과 면, 수산물, 목재. 기후 온화 비옥. 발전을 기대.

—저녁 7시 목포행 열차 승차 10시 목포 착. 여관 투숙.

(제4회) 목포항 소견

—목포 항세(港勢) : 유달산록 위치, 거리 정연, 남조선 유수의 항만, 여
관 청결, 전면에 다도해 위치, 항만 내 수심이 깊어 대선大船의 정박에
적절함. 한시 남김.

—목포의 상풍(商風) : 30년 전 부산에서 이주해 온 후쿠다 유조(福田有
造)가 창시자. 부산 출신 상인이 많고 부산식 상풍이 지배적. 사장이
직접 사무를 보는 등 실질근면의 기풍 있으나 우려되는 바도 있음.

—18일 아침 권업모범지점(勸業模範支場) 참관. 면작 설명 청취. 부청의
하시모토 부윤 방문.

—오후 세관선으로 항내 순회. '임진난 용장 이순신의 송훈비를 원망(遠望)'
한시 남김 : 亂松海角護身碑 曆數循環跡復寄 畢竟人人爲其主 不傷呼儆丈夫兒

—면 공장 견학.

—6시 20분 목포행. 8시 30분 나주 착, 여관 침실 벽에 노다[野田]가 써
붙여놓은 하이쿠 작품 봄.

(제5회) 나주에서 全州로

—나주 시세와 산업 : 조선조 전남의 수부(首府)이나 소규모. 성곽 훼손.
과실과 토란 산지.

―나주 고적 : 석등 관람.

―동문 밖 석등 및 찰간[95] 관람―찰간의 외양을 상세히 설명. 보존 상태 양호함.

―오전 8시 20분 전주행. 벌판 풍경 : 황금 벌판, "處處에 白衣의 鮮農을 見흠은 一幅의 畵더라"

―김제 거쳐 12시 30분 이리 착. 승용차로 전주행.

―호소가외[細川] 후작가(家)의 대장촌(大場村), 이와사키가[岩崎家]의 동산(東山) 농장 바라봄.

―국도변 아카시아를 보며 : "鮮人에게도 愛樹의 사상이 싹튼 듯", 내지인 농가와 상점 목도.

―오후 2시 전주 도착. 도청 이 장관 방문. 시내 시찰.

(제6회) 이조 발상지

―전주 경기전(慶基殿) 관람―이성계 화상 배관.

―박영근이 설립한 사립잠업전습소(한국 황제 하사금으로 건립) 참관 : 전주 여성의 수공 능력이 좋으며, 동아연초, 전주공장 등도 경성보다 성적이 좋다는 설명 들음.

―경기전 내 출토 고종(古鐘) 관람.

―대밭을 지나 별장 도착. 죽림을 소요하며 "내지에 귀환한 듯한 염"을 느낌.

―오목대(梧木臺)에 올라 한시 지음.

―남문 견학 : "조선 제일의 高門" 누상의 범종 관람.

―전주천을 건너 다가(多佳)공원 행. 조선인의 등에 업혀 다리를 건넘.

---

95 현존하는, 나주 동문 소재 '석당간'으로 추정된다.

조선인 "아이고" 연발.

―다가정(多佳亭) 및 산 정상의 대신궁(大神宮) 참배. 시내 조망.

―이 장관의 업무 능력 상찬.

―市勢, 문화 : 정비된 시가에 고적, 거목, 꽃이 풍부한 화도(花都). 일본
인 수 3000명 초과.

(제7회) 미米의 군산群山

―5시 군산 도착.

―品川정미소 참관 : 정미기계를 윤전기와 비교. 거대 정미소들에 흥미
표시.

―항내 조망 : 금강 하류라는 사실을 알고 놀람. 미곡의 이출(移出) 장관
을 상상.

―남방산 공원 도상의 화초와 저녁 풍취에 감흥, 경성일보사가 기증한 요
시노[吉野] 벚나무의 성장세를 보고 벚 명소가 되기를 기대.

―신축 대신궁 참배. 황혼의 군산 시내 조망.

―시가 풍경 : 웅대한 건물은 미곡검사장, 미곡상무소, 정미소 등 모두 쌀
관련 건물. 군산의 상징.

―항만 수축 공사 예산 문제 : 군산 시민의 소망이나 총독부 재정 관계상
조속한 착공은 곤란.

―인입선 철도 건설 문제 : 철도 부설 순서가 원만히 진행되지 못하고 있음.

―군산의 미래 : 전북, 전남, 충남, 경기의 산미를 토해내는 조선 제1일의
항임.

―상풍(商風) : 목포는 부산 상풍. 군산은 인천 상풍을 받아 패기가 있다
는 설 소개. 한시 남김.

(제8회) 호남선과 운수(運輸)

—21일 오전 7시 출발 강경행

—노다의 호남선 철도 정책 소개 : 선편과 철도로 분산되어 있는 수송 수
단을 통일시키는 방안.

—삼남(三南)의 산미 지역 관통하는 호남선 영업 실적 나쁨. 철도당국의
곡류 운반정책 개선 여지.[96]

(제9회) 호남선의 발전

—21일 아침 군산 출발, 9시 강경 도착.

—강경 시세 : 조선 3대장 강경장(場) 구경. 옛날에 비해 축소된 규모 확인.
번창기를 회상하며 소감을 한시로 남김.

—농공(農工) 은행(銀行) 조합, 우체국 등 주요 기관 방문 및 시세(市勢)
시찰.

—강경산에 올라 시가 부감. 대신궁, 포영대 원망遠望. 고석탑 관람. 주변
을 사찰터로 추정.

—10시 40분 발차로 출발 논산 도착 : 차중에서 주조회사 사장 中村再造
만남.

—대전에서 경부선 급행으로 환승, 오후 9시에 경성 도착.

—이리(裡里) 시세 : 교통 요충, 일인 수 합병 시 30여 명에서 2천으로 증
가. 전주 평야의 중심지.

—전남 영산포 : 평야가 많은 교통의 요충지. 동척 출장소 소재지.

1916년 11월 25일과 26일, 양일에 걸쳐 『경성일보』에 게재된 「무

96　春園生의 「東京雜信, 工手學校(1)」이 같은 면 3단에 실려 있다.

불개성잡화」는 개성의 자산가 김기영(金基永)의 초대를 받아 아베와 조중응이 1박 2일 여정으로 개성을 방문했던 체험을 쓴 글이다. 김기영은 경기도 조선인을 대표하여 도쿄에 있는 신구 조선 총독을 인사차 방문하고 귀국한 직후로서, 자신의 귀국 보고회에 두 사람이 참석해 줄 것을 요청했었다. 두 사람은 보고회에 참석하여 김기영의 보고를 듣고, 조중응이 1시간 반에 걸쳐 답 연설을 행한다. 이후는 아베의 개인 취향이기도 했던 바, 개성의 고적지를 탐방하는 과정을 거친다. 개성 방문 과정을 요약하면 다음과 같다.

개성보통학교 연설회 참석—부산동(扶山洞) 산장에서 열린 위로회 참석
—김기영 댁에서 1박. 숭양(崇陽)서원 방문—만월대 터 및 선죽교 방문—
전매과(專賣課) 개성 출장소 방문—귀경

이하 개성 기행문의 내용을 요약 개괄하면 다음과 같다.

① 金氏의 報告會
—김씨의 연설 내용 : 도쿄에서 신구 총독을 만나 유시를 받음, 데라우치의 편지를 낭독함.
—조중응 연설 내용 : 데라우치 전 총독의 치적 상술. "각 방면에서 세계와 일본에 뒤떨어져 있는 조선은 내지인과 보조를 맞추어 분발 노력하자, 조선을 학교로, 총독을 교장으로, 정무총감을 교감으로, 각 부국장들을 교사로 정무를 통일 진보를 꾀하고 학문을 수득하자"
—부산동(扶山洞) 산장에서의 김기영 위로회 광경 소감 : 송도 고래의 명

소로 선경(仙境)이나 기암 괴석에 인명들이 조각되어 있는 등 훼손 상태를 개탄.

김기영 댁에서 1박

김기영 일가 소개 :

가형 金基煥-가평군수, 사제-농은 근무, 종제 金重世-독일에서 종교 철학 연구.

종제 金基善-보통문관시험 합격 후 동경에서 서기(조선인 최초 문관)로 근무. 총독부 근무 중.

② 松都名所 巡

―숭양崇陽서원 관람 : 만월대 터 방문. 기와 파편들. 서원을 관리하는 노유(老儒)를 만남.

한시 興亡千年兩悠悠 然倚古丘 猶有群童慕遺德 ○○聲裏護○樓

―선죽교로 향하던 중 밭 가운데에서 묵은 이색의 석비石碑 발견.

한시 殘礎敗○百年空 一片苔碑荒○中 憶得兩雄來往跡 鄭公衆隔小丘通

―선죽교 : [國破山河在]의 凄然 寂寞을 느낌.

한시 善竹橋 艇身只常致丹誠 一木雖支大○○ 碧血如新表高節 冷煙枯柳古橋橫

―金基炯 댁 소개 : 명치대학 출신 내지에서도 알려진 인물. 개성 굴지의 자산가.

인삼 재배 제1인자. 父는 老儒者.

―왕릉 및 전매과 개성 출장소 방문.

―개성의 경제상 : 인삼 작황 호황으로 산액 300만원. 100만은 송도에 떨어지고 30만 순익.

—개성인의 상업 진출 유래 : 조선조 탄압으로 상업계 진출, 능력 발휘. 속담 소개 "개성 사람 지나간 곳엔 풀도 안 난다"

—송방의 전국 상권 장악 상황 소개.

—개성의 통용어 "不願爲官願爲商"—개성인의 특성 상징

한시 : 不希爲吏去爲商 一語流風標榜長 兵馬堂堂半千歲 遂輸八道爲松房

(1) '호남선', 지리 정보가 의미하는 것

우선 「호남유력」에서 아베가 방문했던 지역은 광주, 목포, 나주, 전주, 군산, 강경이다. 이 지역들은, 합방 직후 서둘러 공사가 진척되어 1914년 1월 개통된 호남선이 정차·통과하는 지역이라는 공통성을 갖고 있다. 이 지역들은 일부 잠업 지역이 포함되어 있는 점을 제외하면 모두 미곡의 생산 및 집산지, 혹은 수출지라는 공통성을 갖고 있다. 일본의 식민지 통치기반의 확보와 자본 투입의 효율성을 극대화하기 위한 물자 수송망, 지역 연결망으로서의 관선 철도 건설사업이 당시 총독부의 우선적인 경영방침이었으며 제1순위 투자 대상이었다는 사실, 그리고 호남이 일본 수출을 위한 미곡 생산 및 운송을 위한 핵심적인 자본 투여 지역이었다는 점을 고려한다면,[97] 이 여행은 식민지 경영의 거시적인 사회경제 맥락이 배경에 자리하고 있는 여행이었음을 알 수 있다. 아베 역시도 경성일보 부임 이후, 조선 철도의 역사와 사회경제적 의미, 세부 운영 상황 등의 소개에 관심이 있었던 점을 고

---

[97] 관선 철도 관련 문제는 전성현, 「일제하 조선 상업회의소의 철도부설운동(1910~1923)」, 『石堂論叢』 40집, 2008, 223쪽. 일제의 1910년대 간접자본 투자 실태에 관한 문제는 김재호, 「식민지기의 재정지출과 사회간접자본의 형성」, 『경제사학』 46호, 2009, 85쪽.

려한다면,[98] 이 여행은 아베 개인에게 있어서는, 일본의 경제적 이익의 최대 산출지, 남조선의 핵심 경제지역을 현지 학습한다는 의미가 있었을 것이다. 이 여행을 통해 "호남 연선이 조선의 보고(寶庫)임을 확인"했다는 그의 기술은,[99] 그의 이 기행의 이면에 자리하고 있는 사회경제적 맥락과 아베의 여행 동기가 일치하고 있었음을 보여주는 예라 할 것이다.

이 두 기행문이 각 지역의 산업과 경제, 교통, 문화 관련 사항을 우선적으로 기술하고 있는 것은 그런 의미에서 자연스러운 현상이다. 그것이 도세(道勢), 시세(市勢), 지세(地勢), 항세(港勢), 상풍(商風) 등등의 용어로 반복적으로 나타난다. 아베는 기행문의 발표 형식과 관련하여, 이 지리정보 관련 기술을 의무적인 것으로 생각하고 있었을 가능성이 높다. 이것이 당시 기행문의 관습이었기 때문일 것이다.

정보의 질과 양 면에서 보자면, 그가 제시한 지리정보들이 당시 양대 신문의 지면을 채우고 있었던 지역 정보 기사들의 수준을 상회하고 있다고 보기는 어렵다. 아베의 지식 역시도 아직은 대부분이 탁상적 차원을 크게 벗어나지 못한 것이었기 때문이다. 그러나 그의 관찰 내용 속에는 다음과 같은 부분들도 포함되어 있다.

> 實業家로는 福田有造氏가 木浦의 初創者라는되 氏는 三十有餘年 전 釜山으로브터 移來ᄒ얏고 기타 木浦의 商人의 多數는 釜山을 接足地로 作ᄒ야

98　아베의 부임 1년 후인 1915년 10월에는 조선물산공진회, 가정박람회 개최 시기와 맞물려 조선 철도 관련 특집이 대대적으로 게재된 바 있다. 「鮮鐵の過去現在未來」, 「朝鮮鐵道の回顧」, 「朝鮮鐵道の沿革」, 「千里踏破雜感」, 「沿線各驛の主要物産」, 『京城日報』, 1915.10.3 참조.

99　阿部充家, 「湖南遊歷(1)－湖南線에 入함」, 『每日申報』, 1916.9.27.

移來호 것이라 其商風도 釜山의 系統을 引호야 質實勤勉호다ᄂ 事를 聞호얏
스니 假令 巨商의 主人이라도 반드시 親히 店頭에 在호야 事務를 執호ᄂ 事
이라 質實이라 홈은 毋論 堅確호 것을 意味호ᄂ 것이나 一轉호면 退嬰陷入
호ᄂ 憂가 不無할지니 木浦인사ᄂ 此邊에 警醒호ᄂ 바이 無호면 不可호다
杞憂하ᄂ 人도 有호더라[100]

群山의 商人은 木浦商人의 多數가 釜山의 氣風을 帶홈에 反호야 一種의 覇
氣에 富호 仁川의 商風을 受호얏다 호ᄂ 言도 聞호얏노라[101]

「목포항 소견」에서, 아베는, 사장이 직접 점포에 나와 사무를 챙기
는, '실질근면'한 일본식 상풍을 소개하면서도 그 도량의 협소함에 대
해 우려를 표명한다. 반면 군산의 상풍을 소개하면서는 "일종의 패기
에 실(實)한 인천의 상풍"을 받았다는 말을 들었다고 전한다. 이 말 속
에는 미묘한 뉘앙스가 있다. 아베가 일본 상풍과 조선 상풍을 상당히
객관적으로 눈으로 비교해 보려는 태도가 드러나 있기 때문이다. 다
음과 같은 대목도 눈여겨 볼만하다.

埠頭에 出호야 港內를 一見호얏ᄂ듸 子ᄂ 群山港은 海灣으로만 知호얏더
니 錦江의 下流라 홈을 聞호고 ○驚호얏스며[102]

木浦의 市街ᄂ 峨峨호 유달산록을 속호야 形成호고 街가 整然호야 可謂

---

100 阿部充家, 「湖南遊歷(4)－木浦港 所見」, 『每日申報』, 1916.9.30.
101 阿部充家, 「湖南遊歷(7)－米의 群山」, 『每日申報』, 1916.10.4.
102 阿部充家, 「湖南遊歷(7)－米의 群山」, 위와 같음.

南鮮의 有數한 港灣을 作호얏스며 旅館 등도 淨潔호야 寢食에 가적호며 前
에는 世界에 有數훈 多島海를 공재호고 其港內는 水가 深호야 大船의 碇泊
에 適호더라[103]

군산항이 금강의 하류이기도 하다는 사실을 발견하고 놀랐다는 이
대목은, 군산이 곡창 지대의 하류와 직접 연결되어 있다는 사실을 최
초로 깨달은 데서 온 반응이었다고 판단된다. 그것은 호남과 충청권
미곡의 집산지, 그리고 수출기지로서의 최적의 조건을 갖춘 항구임을
발견한, 식민지 경영자의 눈이다.

목포항의 '수심이 깊어 대선의 정박에 적절'하다는 지적 역시도 관
심을 요하는 대목이다. 이것은 수심이 얕은 중세적 방식의 항만에 안
주하고 있다가 흑선(黑船) 앞에 굴욕적인 개국을 해야 했던 근대 일본
의 뼈저린 체험이 반영되어 있는 발언일 것이다. 대형 선박의 출입이
가능한, 수심 깊은 항만의 소유 여부는, 해당 국가가 자력적으로 근대
국민국가로 성장하고 있는 집단인가, 식민지 경영을 기다리는 봉건제
하의 집단인가를 결정하는 핵심 상징의 하나이기 때문이다.[104] 아베
의 이 눈은, 열강의 침략 앞에서 근대의 충격과 굴욕을 일찍 경험한
자, 그리고 서구에 필적하는 근대국민국가 건설에 전력을 다하고 있
는 집단에서 건너와 그 학습내용을 갖고 조선을 바라보는 지배 엘리
트 특유의 실물 감각이 드러나 있는 대목이라 보아도 좋을 것이다. 아
베의 상식적인 듯한 지역 정보 관련 발언 속에는, 실은 지배 대상으로

---

103 阿部充家, 「湖南遊歷(4)―木浦港 所見」, 위와 같음.
104 松本健一, 「視點,論点,'海岸線の歴史'」
 http://www.nhk.or.jp/kaisetsu-blog/400/19885.html, 2009.5.13, 2009.10.26 접속.

서의 조선의 전체적 지형을 파악하려는 감각 — 당시 조선 지식인들이 뒤늦게 관심을 갖기 시작한 — 이 번쩍이고 있었다고 해도 될 것이다.

한편으로, 이 지리정보의 내용 못지않게 중요한 것이, 그가 이러한 방면에 집착하지 않을 수 없게 만드는 시대적 관습의 힘이라고 생각된다. 이렇게 식민지 각 지역의 경제 및 역사, 문화지리 관련 정보를 중시하는 문화는, 실은 그것이 1910년대 조선 문화에서 가장 우위를 점하고 있는 담론 장르였기 때문이다. 『경성일보』와 『매일신보』의 1면과 2면에 지속적으로 게재되던, 지역 정보 소개에 치중한 각종 기사와 여행기들이 그것을 입증한다.[105]

당대를 이러한 지리 정보 담론이 지배하고 있었던 현상 뒤에는 물론 거대한 시대적 보편성이 자리하고 있었다고 보아야 할 것이다. 국외와 국내를 막론하고 지리 정보를 체계적으로 파악한 후 매스컴을 통해 그것을 대중에게 소개, 선전하는 작업은, 근대국민국가 형성기에 필수적으로 수반되는 제1의적인 문화행위였기 때문이다. 이 문제는 실은 식민지 경영자와 피지배자 모두에게 보편적으로 통용되고 있던 과제이기도 했다. 식민지 지배 하에서 그 피지배과정에서의 학습을 통해 근대국민국가로의 성장을 지향하고 있었던 조선은 물론, 조선에 대한 지배를 강화해 가면서 한편으로는 일본 국내에서의 근대국

---

105 1910년대 중반 및 중후반의 『경성일보』와 『매일신보』 2면은 국제정세 및 중요 인사, 정책 공지 사항이 주로 게재되는 난이었으며, 그 하단은 '○○에서'라는 제목으로 된 각 지역의 상세한 경제지리 소개란으로 배당, 운영되고 있었다. 이광수의 기행문의 제목들에서 흔히 볼 수 있는, 「대구에셔」 등의 '○○에서'라는 제명으로 기록된 기행문들은 독창적인 것이 아니라, 이러한 시대적 관습의 하나였다. 반면, 이 신문들의 제1면에는 총독부의 주요 시책을 담은 사설이나, 유명 관료나 정치가들의 정치 논설, 조선의 역사나 고적 등에 관한 학자들의 연재 논설, 그리고 조선 각 지역 여행기 연재물들이 수록되고 있었다. 좀더 넓은 범위에 걸친 통계적 조사가 필요할 것이긴 하나, 필자가 조사한 바로는 제1면에 연재 여행기가 적극적으로 수록되기 시작하는 시기는 1915년 중반경부터가 아닌가 판단된다.

민국가화라는 작업을 수행해가던 제국 국가 일본의 경우에도 마찬가지의 과제였기 때문이다.[106]

이상과 관련하여 또 하나 지적하고 싶은 것은, 그의 지리 정보 소개 내용을 주도하고 있는 '식민지 경영자' 내지 그 입장에 입각한 '전문 언론인'으로서의 관점이다. 그는 산업지리적인 측면에서 각 지역의 물자 운반의 효율성을 고려한 교통 문제를 우선적으로 다룬다. 군산의 인입선 건설 문제 및 항만 시설의 수축 문제,[107] 호남지역의 운송 수단 통일 및 철도 운임 문제를 다룬 부분에서[108] 이 문제의식은 절정에 달해 있다. 광주, 목포, 군산, 개성 각 지역의 상풍(商風)에 대한 분석도 그가 이 지역들의 경제 사정에 대해 상당한 연구를 했다는 것을 보여준다. 1910년, 합방과 더불어 서둘러 공사가 진행되어 '최근'(1914년) 개통된 호남선, 산미의 일본 수출이 최대 목적인 그 호남선의 원활한 운영과 관련된 문제의식이 노출되어 있는 점 역시도 마찬가지다.

그가 각 지역에 도착한 후 방문하는 공간은, 각 지역의 행정기관, 식민지 경영상의 최대 이해관계가 걸려 있는 산업 시설들, 은행, 우체국, 그리고 농학교, 잠업학교 등 산업 관련 교육기관들이다. 이러한 '근대적 기관'들이 원활히 운영되고 있는가의 여부에 대한 관찰이 중요 관심사가 되어 있다. 그리고 직접 방문하지는 않았지만, 충청, 전북지역에 집중되어 있었던 일본인 지주들의 거대농장의 경영 실태에

---

106 '근대국민국가의 완성'이라는 대명제는, 일본의 경우는 외적으로는 제국주의 건설, 내적으로는 국민국가의 건설이라는 명제를 동시진행적으로 수행해가며, 조선의 경우에는 제국주의에 의한 피지배 체험을 통해서 학습해가는 과정을 체험하게 된다. 山室信一,「東アジア世界における西洋の學知と '近代'」(인하대 한국학연구소 3회 콜로키움 "동아시아 국민국가 형성과 서학" 강연 원고, 2009.2.13) 참조.

107 阿部充家,「湖南遊歷 7—米의 群山」,『每日申報』, 10.4.

108 阿部充家,「湖南遊歷 8—湖南線과 運輸」,『每日申報』, 10.5.

대한 관심 역시도, 이 지역들에 정착한 일본 이주민들의 삶에 대한 관심과 더불어 원경(遠景) 속에 자리하고 있다. 이런 의미에서 그가 기행문 속에서 드러내고 있는 관점의 하나는, 식민지 조선 속에서 일본의 과거와 현재를 보고 있는 전문 경영자의 관점이었다고 해도 무방할 것이다.

(2) 아베의 조선인관

식민지 경영자로서의 관점이 관철되고 있는 이 기행문들 속에서 한편으로 주목되는 점은, 그의 관점 속에 식민지하의 조선인, 즉 피지배자 측의 문제에 대한 구체적 인식이 어느 정도 포함되어 있는가 하는 점이다. 이것은 후일 그가 조선 지식계에서 '조선에 대한 동정자'라는 이미지를 부여받고 있었던 점과 관련해서 특히 주목이 가는 점이다.

「호남유력」 속에 등장하는 조선인 관련 에피소드는 여러 가지가 있다. 가령 전주에서 목도한 조선인 여학생들은, 잡업이나 연초 제조 방면의 기능이 경성보다 뛰어난 학생들로 제시된다. 이것은 데라우치 경제 방침인 소공업 육성, 기초 수준의 기능근로자의 양산 방침과 잘 부합되는 이야기다. 그런 '기능' 연마를 열심히 하고 있는, 식민지 정책에 잘 적응해 가는 '성실하고 얌전한 근로자' 상을 그는 제시하고 있는 것이다.[109]

또 한편으로 그가 제시하는 조선인 상은 여행자의 눈에 비친 양순한 현지민 상이다. 한 조선 상인이, 아베라는 '진객(珍客)'의 전주 방문

---

[109] 阿部充家, 「湖南遊歷 6—李朝發祥地」, 『每日申報』, 10.3.

에 맞춰 출현한 표범을 잡아 그에게 팔러 오는데, 그를 보는 아베의 눈은, 자신을 환영하러 온 지역민에 대한 호감과 호기심으로 가득 차 있다.[110] 거구의 자신을 업고 물을 건너는 조선인이 연발하는 "아이고"를 신기하게 듣는 대목[111] 역시도 전형적인 여행자로서의 감각이다. 이런 식의 조선인에 대한 인식은 그가 나주-전주 가도에 있는 호소카와가와 이와사키가의 대농장 근처에 이르렀을 때 절정에 이른다.

"황금 들판"에서 일하는 조선인 농부들을 보고 "處處에 白衣의 鮮農을 見함은 一幅의 畵더라"라 영탄한 대목이 그것이다.[112] 그는 이 전북 지역이 전국 최대의 "일본인 거대 지주 집중 지역"이라는 사실은 알았으나, 이로 인해 농토를 상실하는 거대한 수의 소작농의 존재, 지주-소작 관계 모순과 같은 것에 대해서는 일말의 암시조차 남기지 않았다.[113] 이 사상적 공백이라고도 할 만한 공간 속에 그가 써넣은 것은 흰 옷의 농부들이 점점 흩어져 있는 목가적인 전원 풍경이다. 한시를 즐기는 명치시대 인간인 그 자신으로서는 이것이 솔직한 감흥이자 그다운 정서적 반응의 표현이었을 것임에 틀림이 없다.

조선인을 바라보는 그의 시선 속에는, 이익 산출과 투자를 위해 현지 조건을 면밀히 살피는 경영자, 일본 이주민들의 '선전(善戰)'을 지켜보는 응원자의 시각만 존재한다. 그러므로 일본인 농장이 거대화되어 가는 과정에서 필연적으로 발생하는 조선 소작농의 문제는 자리를

---

110 阿部充家, 「湖南遊歷 2-光州의 一日」, 『每日申報』, 9.28.

111 앞의 「李朝發祥地」 참조.

112 阿部充家, 「湖南遊歷 5-羅州에서 全州에」, 『每日申報』, 10.1.

113 전북지역은 일본인 대지주들이 집중적으로 몰려 있는 지역이자 "첨예한 지주 소작 관계가 기본대항을 이루고 이를 기본축으로 하여 소작농민의 빈궁화가 가장 첨예하게 진행되는" 지역이었다고 보고되어 있다. 소순열, 「1920~30년대 농민운동의 성격 변화-전북지역을 중심으로」, 『지역사회연구』 15권 2호, 2007, 6쪽.

잡을 여유가 없다. 그리하여 그의 눈에 원경으로 비치는 조선 농민들은, 살아있는 구체적 인간이 아니라, 일본을 위한 순수 농업 기지로 자리 잡아 가고 있는 목가적 '배경'으로 비치는 것이다.

아베의 눈에 비치는 또 다른 조선인 유형은 계몽 대상으로서의 조선인 상이다.

광주 교외 고석탑의 원형 보존에 오히려 조선인의 무관심이 한몫을 했다는 대목,[114] 개성 부산동(扶山洞) 산장에서 기암괴석에 새겨진 인명들을 보고 개탄하는 대목,[115] 이리-전주간 국도 구간의 아카시아 길을 보며, "통행하는 조선인들에게도 애수(愛樹) 사상이 싹튼 듯"하다고 한 대목 등에서는,[116] 그가 조선인을 계몽과 교화의 대상인 '비문명인'으로 보는 관점이 잘 드러나 있다. 그것의 절정이라 할 만한 것이, 조중응의 연설 내용을 자세히 소개한 다음과 같은 대목이다.

進步하는 內地人과 步調를 맞추는 事는 困難하다, 故로 朝鮮을 흔 學校로 보고 總督을 校長으로, 政務總監을 副校長으로 仰하고 各 部局長官을 教師로 하야 法令制規 其他 各般 政務의 統一進步를 圖하고, 予 朝鮮人은 非常히 勉强하고 活學文을 收得을 하야 마땅하노라[117]

다소간의 관점의 차이는 있을 수 있겠지만, 이렇게 조선인을 전적인 계몽의 대상, 혹은 근대적 계몽의 수혜자로 보는 관점은, 당시 조

---

114 위 「光州의 一日」 참조.
115 阿部充家, 「無佛開城雜話」, 『京城日報』, 1916.11.25.
116 위 「羅州에서 全州에」 참조.
117 阿部充家, 앞의 글, 1916.11.25.

선 여행기 저자 중 최대 거물인 이광수의 문장을 포함한 조선 지식인들의 인식 속에도 자·타발적으로 존재하고 있었다고 생각된다.

한편 존경의 대상으로 제시된 조선인도 그의 여행기 속에는 다수 있다. 조선조의 이순신과 이성계,[118] 고려조의 정몽주, 이목은, 그리고 개성의 김기영 일가와[119] 노유(老儒)가 그들이다. 아베로부터 존중의 대상이 된 이 조선인들은, 과거사 속의 영웅들과 식민 통치기의 인물로 나눠진다. 우선 과기 인물들에 대한 묘사 중 이순신과 이성계 관련 대목에서는, 그들의 '영웅성'은 인정하되, 일본과의 전쟁 등 대립 부분에 대한 언급은 소거되어 있음이 발견된다. 그 대표적인 예가 전주의 경기전(慶基殿) 근방에 위치한 오목대(梧木臺) 관람 내용이다.

大久保 第一部長과 立花 技士에 伴ㅎ야 全州 南門內의 慶基殿에 行ㅎ얏는 듸 慶基殿은 朱塗의 樓門과 宮殿式의 建物이라 正殿에 安置흔 李朝의 始祖字 成桂氏의 畵像을 拜觀ㅎ니 果然 五百年의 基룰 固흔 傑人인고로 一種의 骨相 風格을 具備하얏고 尙向殿 內에도 其時代의 宮殿이 그듸로 飾ㅎ야 嚴然히 保存ㅎ얏는듸 如斯히 永久히 保存된 事는 史料硏究上 至極히 便利흔 事라 ㅎ노라 予는 記念ㅎ기 爲ㅎ야 門內에셔 古瓦의 破片을 拾來ㅎ얏는듸 恐컨듸 舊慶基殿의 尾인듯 ㅎ더라. (…중략…) 玆로브터 梧木臺에 上ㅎ니 臺의 傍에 李氏 祖先의 舊樓라 稱ㅎ는 祠堂이 有흔듸 全州의 市街는 脚下에 連ㅎ야 一 望十里의 平野는 遠開ㅎ고 黃雲 漲溢흔 眺望은 實로 壯觀이 ○群峰連○ㅎ야 遼히 夫餘를 望ㅎ야 突兀히 百濟의 城址는 頭上에 ○하얏고 鄭夢周의 [靑山

隱○夫餘國, 黃葉○紛日○城}이라 稱ᄒ 二句가 眞景을 ○하얏더라 吾輩도 亦 一詩를 作ᄒ얏스니 ○○山河万○生, 千年興廢復○情, ○靑何處夫餘國, 滿目秋風百濟國[120] (강조는 인용자)

오목대(梧木臺)는 이성계가 남원에서의 왜구전에서 승리한 후 상경하다가 축하연을 벌였던 장소다. 아베가 '이씨 조선의 구루(舊樓)'라고 보았던 곳은, 전주가 이성계의 선조인 목조의 거주지였다는 사실을 기념하여 고종이 내린 친필을 조각하여 보관하고 있는 비각이다. 아베는, 경기전(慶基殿)에서는 이성계에 존경의 염을 표했으나, 일본군에 거둔 승리를 기념한 자리였던 오목대 및 고종의 친필을 보관한 비각에 대해서는 언급하지 않았다. 대신 그의 시선이 옮겨간 곳은, 원경으로 보이는 부여의 존재다. 멸망한 백제의 성지(城址), 일찍이 멸망한 일본의 고대 동맹국에 대한 낭만적 비애감을 그는 표백하였다.

조선조와 고려조의 영웅들에 대한 아베의 반응은, 그들에게서 일본과의 갈등상은 소거하고 '영웅성 자체'와 '역사의 흥망에 대한 무상감'이라는 정서를 하나의 세트로 제시하는 경향이 있다. 도쿠토미가 일찍이 조선조의 당쟁정치의 폐단을 거론하기 위해 인용한 바 있는 정몽주의 경우도[121] 아베는 '국파산하재(國破山河在)'식의 정서로 보고 있다. 감흥이 일 때마다 즉흥 한시를 남기는 면모까지 더해 볼 때, 그에게서는 역시 명치기의 지사적 풍모에 문인 기질을 더한 인물로서의 이미지가 강하게 느껴진다. 도쿠토미 역시도 공유하고 있었던 이러한

---

120 阿部充家, 「湖南遊歷6, 李朝發祥地」 참조.
121 정일성, 『일본 군국주의의 괴벨스 도쿠토미 소호』, 지식산업사, 2005.8, 41쪽.

정서는, 어떤 의미에서는, 조선의 고대 세계에 친근감을 표명했던 일본 지식인들이 광범위하게 공유하고 있었던 태도의 일부였다고 생각된다. 한편 일가 대부분이 출세를 한 개성의 김기영 일가에 대한 기술 부분 속에서는, 이들이 모두 일본의 조선 통치 이념에 잘 계몽되고 적응하여, '문명화'하고 있는 인물군, 즉 총독부 '선정'의 성과물로서 포착되고 있음을 알 수 있다.

이렇게 존중의 대상으로서 그려지고 있는 조선인들의 이미지 속에는 공통점이 있다. '흥망성쇄의 역사 과정' 속에 사라져간 과거의 영웅이거나, 혹은 식민지 시대에 새로 순응, 성장해가고 있는 인물들 — 식민지 통치를 위해 사용되는 중간 실무자 계급 속에 편입하고 있는 중인 현대인 — 이거나 하는 점이 그것이다. 그러므로 여행기들 속에서 아베가 그린 조선인 이미지는, '과거 역사 속의 영웅', '순응 혹은 성장 중인 현대의 인물'들, '연민과 시혜적 교육 대상으로서의 양순한 서민', 이렇게 세 부류로 정리가 가능하다고 할 수 있을 것이다. 더 단순하게 보자면, '존중할 만한 과거'와 '연민의 대상으로서의 현재' 이러한 구도로 정리되어도 좋을 것이다.

(3) 고적 및 불교문화 애호가로서의 아베

아베의 여행기 속에서 그 다음으로 많은 부분을 차지하고 있는 기술 내용이 조선의 고적이나 유물, 사찰에 대한 언급이다. 그는 스즈키 다이세츠[鈴木大拙]와 함께 일본의 선불교를 서구에 알린, 대정기의 선승이자 가마쿠라의 엔카쿠지[圓覺寺] 관장 샤크소엔[釋宗演] 문하에서 도쿠토미 등과 함께 참선 수행을 해온 경력의 소유자다. 경성일보 재임 시대에는 조선의 명찰을 순례하는 습관이 있었을 뿐 아니라, 1915년 초에 들른 수원의 용주사에서는 수행승들에게 즉석 법문을 펼친 적도 있었다. 또 경성의 일본인 사교계에서도 참선 문화를 주도하고 있었으며, 임제종 조선 포교 책임자인 고토 즈이간[後藤瑞巖]과도 긴밀한 관계를 유지하고 있었다. 달마도에 대한 그의 광적인 수집벽을 둘러싼 일화 역시도 경성의 일본인 사교계에서는 널리 알려져 있는 사실이었다.[122]

아베는 첫 기착지인 광주에서의 첫날 전부를 석탑과 불상 탐사로 보내기도 했지만, 이러한 조선 고적 및 불교문화에 대한 기술 내용은 여행기 전편에 걸쳐 지속적으로 이어지고 있다. 아베는 고적 관련 체험을 기술할 때 상당한 원고량을 할애하고 있을 뿐만 아니라, 그 묘사 역시도 상세하다. 어떤 의미에서는, 이 방면에 대한 관심의 열기가, 산업 경제 관련 언급 내용을 압도하는 것처럼 보이는 대목도 있다. 그런 의미에서, 경성일보 사장이라는 공인으로서의 여행기와 조선 고문화 애호가로서의 개인 여행기, 이 두 가지가 교차하고 있는 데에 아베의 기행문의 또 하나의 특징이 있다고도 할 수 있겠다.

그의 고적 탐사 관련 내용 부분에서 특히 주목되는 논리는 원형 보존과 현장 보존주의다.

一見홈에도 其塔이 如何히 原形되로 保存ᄒ야 各地에 在흔 遺物과 如히 邊

---

122 이상은 심원섭, 「아베 미츠이에(阿部充家)의 경성일보 시대 행적에 대하여」, 『현대문학의 연구』 39집, 2009.10, 2장과 3장 참조.

緣이 缺ᄒ거나 塔의 笠石이 遺失되ᄂ 등 此의 缺點이 無ᄒ고 全存ᄒ음은 도리
혀 今日ᄭ지 等 棄忘却ᄒ 恩澤이라 稱ᄒ겟더라. 今後ᄂ 아못죠록 當局者의
保存方法이 完全ᄒ야 此等 古物에 ○○가 生치 안이토록 願ᄒᄂ 바이라 此 其
塔의 笠石上에 鐵棒이 箱在ᄒ얏스니 此ᄂ 追想컨듸 塔心의 裝飾ᄒ 殘骸인듯
ᄒ며 但 土臺石의 中央에 稍凹處가 有홈은 永久의 保存上 一遺憾이라 善히
其道에 通ᄒ 人과 相議後 修理ᄒ야 永久히 古蹟 保存의 實을 完全히 ᄒ도록
希望ᄒ노라 修理ᄒ기 爲ᄒ야 도로혀 塔의 形을 損ᄒᄂ 등 事가 有ᄒ면 此ᄂ
所謂 角을 矯ᄒ다가 牛를 殺ᄒᄂ 等 類인 고로 一言의 婆心을 附加ᄒ노라

  其歸途에 長官官邸 後面의 稻田○으로 朝露를 踏ᄒ며 鐵佛을 見ᄒ랴 往ᄒ
얏ᄂ듸 是亦 關野 博士ᄂ 千年以上을 經ᄒ 古物이라 鑑定ᄒ얏다ᄂ듸 此 鐵
佛에 祈願ᄒ면 姙娠의 效가 顯著ᄒ다 ᄒ야 每月 某日에ᄂ 隨專 參拜ᄒᄂ 善
男善女가 不堪ᄒ다더라 (강조는 인용자)[123]

나카무라 겐타로도, 조선의 문인화 등 고예술에 대한 관심과 수집
열이 경성의 일본인 사교계를 풍미한 문화적 관습의 하나였다고 증언
한 바 있다.[124] 이 점은 '국가적 규모의 절도'라 할 수집벽을 갖고 있
었던 데라우치 마사다케는 물론, 조선에 올 때마다 한적과 골동품을
대규모로 수집했던 도쿠토미 소호 역시도 마찬가지였다.[125] 달마 수
집벽과 관련된 에피소드에서도 그 편린이 보이지만, 아베는 조선의
고적, 특히 불교 유적에 대해 상당한 식견 내지 애정을 갖고 있었던
것으로 보인다. 아베는 조선의 불교 유적을 대하면서 위처럼 유적의

---

123 阿部充家,「湖南遊歷 2—光州의 一日」,『每日申報』, 1916.9.28.
124 심원섭, 앞의 글 2장 및 3장 참조.
125 정일성, 앞의 책, 100~103쪽 참조.

원형 보존에 깊은 관심을 보이는 한편 사후 처리 문제에 대해서도 세심한 주문을 하고 있다.

'원형 보존주의', '유적의 현지 보존주의'라 요약될 만한 아베의 유적관은, 실은 1915년부터 구로이타 가쓰미[黑板勝美]를 중심으로 본격화되고 있었던 '조선고적조사사업'이 표방하는 핵심 방법론이기도 했다.[126] 당시로서는 상당히 선진적인 것이었다 해도 무방한 이 관점이 주관적인 의미에서는 그의 조선 문화에 대한 존중감 내지 애정에서 기인한 것이라 볼 수 있는 여지도 있다. 이런 아베의 특징이, 조선인 지식계에 퍼져 있었던 그의 '조선 애호가'로서의 이미지에 기여하고 있었던 데가 있었다고도 할 수 있을 것이다.

1934, 1935년경의 아베 일화 하나를 추가로 인용한다.

"현재 일본인 중 최소 천팔백만 명은 고구려나 백제, 신라인 자손이니까."

"교토 거리도 옛날 신라 도시와 건물부터 풍속까지 쏙 빼닮았다네."

"지금도 교토에는 조선식 사찰 건물이 남아 있지."

"히라노[平野] 신사는 간무[桓武] 천황님의 모친께서 태어나신 나라, 백제에서 모셔온 세 분 신께 제사 드리고 있다네."

---

126 일본에 의한 조선 고적조사 및 보존 작업은, 통감부 시대인 1909년부터 시작되어 1916년 조사 결과를 4권으로 도판화한 『조선고적도보』의 출간으로 일단락을 지은 이후 사업을 본격적으로 진행해 나아간다. 한편 이 사업을 주도한 구로이타의 유적 조사 및 보존방법론을 대표하는 '현지 보존주의'는 일본 국내보다도 앞서 조선에서 먼저 시행되었다. 총독부가 문화통치의 치적으로서 자랑하고 있는 이 사업은, 이성시의 견해에 따르면, 식민지인들에게 자신의 역사를 수호하지 못했다는 무력감을 안겨주고 타국에 의한 식민지 지배의 필연성을 대외적으로 홍보하는 의미를 지니고 있었다고 한다. 이성시, 박경희 역, 『만들어진 고대』, 삼인, 2002. 216~221쪽 참조.

“나라시대에는 두 나라가 아주 가까워서, 형제 이웃 같아서 말야. 민족대립 감정 따위 없었지.”

“음, 성덕태자(聖德太子)님의 법화경 스승이 고구려 스님이 아니던가.”

“음, 혜자(慧慈)라는 분이지. 백제의 자총(慈聰)이란 스님도 그렇지.”

아무리 봐도 덧없는 세상을 떠난 듯이 두 노인은 정자에 앉아 대작을 하며, 차분히 내리는 빗속에 서 있는 고찰과 옛 그대로의 풍경을 바라보며 일본과 조선이 옛부터 이미 하나였다는 기분으로 담소를 나누고 있었다. 그 기분 속에 나도 녹아들 수 있었다. 서로가 이런 감정을 갖는다면 두 민족은 얼마나 행복할까 생각했던 것이다.[127]

위의 기록은 조선에 유람 온 만년의 아베와 도쿠토미가 비 내리는 경주의 들판을 바라보며 나누는 이야기를 이광수가 기록한 내용이다. 본격적인 전쟁 협력 활동을 앞두고 있던 이광수와, 아베, 도쿠토미 사이의 심리적 풍경 일부가 드러나 있기도 하다. 정복이 완료된 후 안도감 속에서 조선을 대하던 일본인들이 갖고 있던 낭만적인 '일선동조론', 그리고 고대 '조선'에의 정서적 애착이 복합되어 있는 두 사람 간의 대화의 내용을, 착잡한 기분으로 듣고 있는 이광수의 심경이 서정적인 풍경 묘사 속에 잘 녹아 있다.

---

127 李光洙, 「無佛翁の憶出 (五)」, 『京城日報』, 1939.3.16.

4) 일본인 기자들이 본 '시정 5주년'의 조선

(1) 오쿠다 나오키[奧田直毅]의「충남횡종기(忠南橫縱記)」

교요(鯨洋)생이라는 필명으로[128] 발표된 오쿠다 나오키의「충남횡
종기」는 10회에 걸쳐『매일신보』(1916년 2.1~2.15)에 발표된 기행문
이다. '공진회의 성과' 확인이라는 명료한 동기를 표방하고 있다. 각
호 내용을 요약 소개하면 다음과 같다.

　(제1회) 忠南橫縱記(一) (2월 1일)
　―여행 계기 소개. 1월 25일 남대문역 발차. / 식당차에서 서구인과 조선
부인 잡담에 불쾌감 느껴 자리 이동 / 수원 화산, 충남 서정리, 월봉산, 아산
만 등에서 청일전쟁 종군 당시 회고 / 천안 거쳐 조치원 도착.
　(제2회) 忠南橫縱記(二) (2월 2일자)
　―충남 개황. 지리, 역사 : 마한-후백제-당도독부-신라-궁예-고려-조
선-총독부 / 산업지리 : 옥야 지대로서 농업 목축 조림, 금은 광산 / 지세 /
조치원역 도착.
　(제3회) 忠南橫縱記(三) (2월 3일자)
　―조치원의 교통, 차편 상세 소개. 자동차 예약 요령 / 인력거로 조치원

---

128 경성일보 및 매일신보 기자라는 사실 외에 상세한 전기적 사실은 밝혀져 있지 않다. 이 기행
　문에 청일전쟁 종군 사실이 기록되어 있는 것으로 보아서는 당시 일본 신문 혹은 구한국
　시절 조선에서 기자 생활을 했음을 추측할 수 있다. 그 외에 다음과 같은 저서가 있는 것이
　확인된다. 奧田直毅(鯨洋)編著,『日韓古蹟 (正篇)』, 日韓書房, 明43再版, 1910, 동,『日韓古蹟 正續
　合本』京城, 日韓書房, 明44;『明治天皇仰景畵録』京城日報社, 1912.10;『京城府明細新地図』, 大正3
　年;『德壽宮國葬畵帖』, 京城日報社, 1919.

행. 진흙탕 도로와 황량한 주변 풍경 / 도중 자동차 편승 / 충남 완전한 도로
로 유명하나 일부 불량 도로 불가피 / 공주 착 / 도청 (구 관찰도청) 착. 옛
조선의 영화, 충남, 공주경무부 등이 자리, 데라우치 순시 기념사진.

(제4회) 忠南横縱記(四) (2월 4일)

—옛 충남은 적도의 만행 지역. 민종식 폭도 홍주에서 토벌군과 교전 / 이
후도 출몰 있었으나 병합 후 헌병관의 지방 검속 성과로 평온 / 치안 : 도내
요지에 내지인 다수 생활. 조선인과도 융화 / 일본상인 점포개설 배척 분위
기가 환영 분위기로. 일본 상점 즐비 / 범죄 : 절도 및 부녀 살인 다수. 조혼
풍습 폐지가 해결책 / 맹수, 산돼지 피해 격감 / 웅천성지, 공주산성 관람 :
임진란 시 가토[加藤], 고니시[小西] 패전비 일고의 가치 있음 / 을밀대 방
불케 하는 송림 속의 웅심각(雄沈閣). 인조가 통정대부에 서한 쌍수정(雙樹
亭) 유래.

(제5회) 忠南横縱記(五) (2월 5일)

—충남 도장관 관사 방문, 인터뷰. 김응원 난화 실내 장식 / 공진회 성과
예 : 관람한 완고한 노인의 변화, 은사금 받은 노인의 변화 / 일본어 가능한
군수들 / 특산품 : 한산모시와 우피.

(제6회) 忠南横縱記(六) (2월 6일)

—공주는 관리의 도시. 고급 도시. 일본 하코네와 유사. 피서지로 추천 /
일본인의 상업 : 잡화점이 수위를 점함, 전당포 5개소, 여관 3개소 / 상류
계급의 오락의 고상함 : 하이쿠, 서예, 요곡, 분재, 다알리아 재배 / 풍광 : 금
강의 선편 불편 및 물을 이용치 못하는 현황, 다리 공사에 대한 조선인의 감
사 / 교통 편리 : 갑부 김갑순 자동차 5대 소유 / 논산 행.

(제7회) 忠南横縱記(七) (2월 8일)

─논산행 도로. 차 소음에 나는 꿩 떼 장관 / 강경 착. 교통과 물류 요지 / 역-강경간의 대형 도로는 경북 경무부장 핫토리 대좌 작품, 핫토리 도로라 기념 / 삼남 척산 정미소, 호남연선 2대 정미소의 하나.

(제8회) 忠南橫縱記(八) (2월 9일)

─강경 : 3대 물산 집산장. 내지인 470여 호, 조선인 890여 호, 중국인 44호 거주 / 인구 5900명 중 내지인 1,677명. 충남 제2의 도시 / 금융기관 소개 / 경의 발전 저해 요인 : 홍수.

(제9회) 忠南橫縱記(九) (2월 11일)

─논산 도착. 강경에 비해 청년기 / 옥야, 상업, 농업, 호남선 개통 후 발전 / 운송 : 철도 및 논산천에 의존 / 유원지화 : 논산천은 조선 유일의 대유원지로 변할 것 / 금일 논산은 호남선 개통의 산물 / 논산에서 전주로 향하는 대도로 공사의 기공식. 인부 10만 동원 / 시내의 商況. 목칠기.

(제10회) 忠南橫縱記(十) (2월 15일)

─200만원 예산의 대전 옥천간 철도공사 기공식 예정 / 16,000원 대전 홍수 다발지역으로 다년 숙원이었던 대동천 개수 공사 / 일본인 백석 농장의 성공. 한시 및 화가 취미. / 1기 사업은 병 규명에 실패. 2기 성공을 바라보나 비관적-과수계의 대 과제.

① 산업 지리 문제와 경영자의 시선

오쿠다는 기행문의 서두에서 다음과 같이 밝히고 있다.

朝鮮의 現狀은 昨秋의 共進會에서 明確히 其實力과 發展 狀況이 內外人士

에게 周知됨은 무릇 何人이라도 容疑홀 餘地가 無할지니 此는 畢竟 當局의 統治가 其宜를 得함은 勿論 民間에서도 能히 其分을 守하야 上下一致로 今日에 至함은 諸君과 共히 欣快 不堪ᄒᆞᄂᆞ 바이라. (…중략…) 朝鮮의 議論時代는 旣히 過去하얏도다. 賢明한 朝鮮開發者가 此點에 留意하야 今日의 盛大를 來케함은 多謝치 안하치 못할바오 來秋에 吾人의 知코져 ᄒᆞᄂᆞ 바는 共進會의 地方에 及ᄒᆞᄂᆞ 結果와 효소호 前進不己ᄒᆞᄂᆞ 地方發展의 상황이라.[129]

오쿠다는 일본의 조선 통치, 즉 총독부 정치가 '의론의 시대'를 넘어 이미 안정 상태에 진입했다고 밝힌 후, 그 성과의 상징이 1915년 가을에 개최된 공진회이며, 이 시찰은 공진회 개최로 집약되는 총독 정치의 성과가 어떻게 구현되고 있는가를 파악하기 위한 것이라고 썼다. 그 '선정(善政)'의 확인 대상으로 선택된 것이 충청남도다. 오쿠다가 머문 지역들은 다음과 같았다.

남대문역 발-(수원, 천안 경과)-조치원-공주-강경-논산-대전

귀경 전에 들른 대전을 제외한 이 지역들에는 공통성이 있다. 경성과 목포를 잇는 1등 도로의 핵심 거점들이라는 점이 그것이다. 실제로 기행문 속에는 이용한 도로에 관한 이야기가 빠짐없이 나오는데, 이것은 이 기행문의 의도 속에 총독부가 행한 조선의 산업 기간 건설 사업 중의 하나인 '제1기 치도[治道]사업'의 성과를 확인하는 작업이 포함되어 있음을 드러낸다.[130] 그 외에 이 지역들은 미곡의 생산 및

---

129 鯨洋生, 「忠南橫縱記 (一)」, 『每日申報』, 1916.2.1.

집성, 그리고 기타 물류 유통의 중심지라는 공통점도 갖고 있다.

이렇게 보면 이 기행문의 안팎의 의도가 분명해진다. 선택된 대상은 당국자나 기자들 사이에서 '조선의 보고(寶庫)'로 불려 온 지역이다. 식민지 통치기반의 확보와 자본 투입의 효율성을 극대화하기 위한 물자 수송망, 지역 연결망으로서의 철도 건설 사업, 그리고 도로 건설 사업이 총독부에 의해 진행되고 있었던 지역, 식민지 자본 투여의 제1순위 대상이었던 지역이기도 하다.[131] 말하자면 오쿠다는 단기간에 걸쳐 진행된 총독부 정치의 효과를 선전하기에 가장 용이한 지역을 골라 기행에 오른 것이다. 이 기행문은 이러한 정치적 의도 하에 씌어졌다는 것을 기자가 적극적으로 공표하고 있다는 점도 특징이다.

이 기행문의 서두에 빠짐없이 등장할 뿐만 아니라, 본문의 대다수 내용을 차지하고 있는 것은 역시 각 지역의 역사와 지리, 산업과 경제, 교통 상황들이다.

조치원으로부터 公州에는 6리 19정은 自動車의 便이 有한데, 원래 충남을 橫縱코자 함에 當하야 爲先 忠南의 槪況을 究함이 可할지라. 同道는 朝鮮의 中央에 位하고 北은 京畿, 東은 忠北 (…중략…) 其歷史를 擇ㅎ건대 古는 마한, 후백제 (…중략…) 후에는 忠淸道라 ㅎ야 관찰사의 營을 公州에 駐하고 (…중략…) 명치 44년 10월 1일 總督府 地方官令에 依하야 관찰사를 廢하고 長官을 置하야 현금 장관은 小原信三씨이니 (…중략…) 朝鮮의 富는

---

130 小林拓矢, 「일제하 도로사업과 노동력 동원」, 『한국사론』 56, 2010, 282~286쪽 참조.
131 관선철도 관련 문제는 전성현, 「일제하 조선 상업회의소의 철도부설운동(1910~1923)」, 『石堂論叢』 40집, 2008, 223쪽. 일제의 1910년대 간접자본 투자 실태에 관한 문제는 김재호, 「식민지기의 재정지출과 사회간접자본의 형성」, 『경제사학』 46호, 2009, 85쪽 참조.

三南에 在ㅎ고 三南의 富는 全州及 內野廣野에 在ㅎ다 喜은 古來로 人口에 膾炙ㅎ는 바이라 忠南은 實로 內浦의 沃野를 占ㅎ야 農業에 通ㅎ며 牧畜에 可ㅎ고 造林에 宜ㅎ야 數萬町步의 不要存造林野는 조림가의 경영을 保ㅎ고 도처에 伏在흔 金銀급 重?등의 鑛物은 鑛業家의 起業을 待ㅎ며 其外 海産物 도 不堪ㅎ더라.

地勢는 東嶺의 山脈은 동북으로부터 西南에 주ㅎ야 鷄龍(표고 829미 터)[132]

이렇게 방문지마다 관련 지리 정보를 문장의 서두에 배열하는 양식 은, 정도의 차이는 있지만, 아베나 후술하는 나카지마 쓰카사의 기행 문에서도 동일하게 드러난다. 역시 이것이 당시 기행문을 지배하고 있었던 지배적 관습이었다는 것을 보여주고 있다. 병행하여 생각해야 할 점은 전술한 바, 식민지 각 지역의 경제 및 역사, 문화지리 관련 정 보를 중요 담론으로 삼는 문화가, 1910년대 조선 문화에서 가장 우위 를 점하고 있는 담론 장르였다는 점이다. 국민의 지적 '통합'을 요구 하는 근대 국민국가의 건설 과정에 이러한 지리 정보의 축적 작업이 동반될 수밖에 없는 사정도 이와 관련이 깊을 것이다.

强言코자 하면 錦江에 注ㅎ는 幾節의 小河橋梁이 完全ㅎ고 道路가 整然흔 事이라. 聞說 忠南은 道路의 完全으로써 有名ㅎ다는데 [133]

---

132 鯨洋生, 「忠南橫縱記 (二)」, 『每日申報』, 1916.2.2.
133 鯨洋生, 「忠南橫縱記 (三)」, 『每日申報』, 1916.2.3.

公州에서 論山에 至ᄒᄂᆫ 道路ᄂᆫ 其 延長이 八里 二十八町이라 단단히 車의 走ᄒᆷ이 矢과 如ᄒ고 路傍에 人家를 不見이라. (…중략…) 驛에서 江景에 至ᄒᄂᆫ 十二間 餘의 大道路ᄂᆫ 此地에 對ᄒᄂᆫ 寧히 過分일 ᄒᆯ지니 전 警務部長, 今의 慶北 警務部長, 腹部 大佐의 計劃이라 呼ᄒ니 永久히 其 感謝ᄒᆷ을 紀念ᄒᆷ이러라.[134]

此地[강경]는 실로 三大物資集散場이오 戶數로 言ᄒ면 內地人 470여 호, 朝鮮人 890여 호, 支羅人 44戶이오 人口ᄂᆫ 5900餘人인데 內에 內地人이 1677人이니, 즉 人口에 對ᄒᄂᆫ 公州의 半이나 大田과 伯仲間에 在ᄒ야 忠南 제2의 都會處이라. (…중략…) 江景의 發展을 방해하고 시민의 最苦痛을 受하는 것은 洪水인데 市內를 貫流ᄒᄂᆫ 江景川은 기 幅이 狹小ᄒ야 潮流 干滿의 差가 繁深ᄒ야 一丈에 及함으로 降雨時ᄂᆫ 潮水가 市內에 氾濫ᄒ야[135]

이 기행에 참여한 오쿠다의 동기가 뚜렷하게 드러나 있는 부분들이며 매호 기사에서 빠지지 않고 등장하는 내용들이다. 도로와 자동차에 대한 집요한 기술은 총독부의 도로 사업 및 교량 사업 등 기간 설비 사업의 성과에 대한 홍보 의도와 관련이 깊다. 또 한편으로는 당시 지배자나 피지배자를 막론하고 공유하고 있었던 '근대'에 대한 무비판적인 수용 자세가 표백되어 있는 것이라고도 볼 수 있을 것인가 반면 그는 이러한 '발전적인 조선의 이미지' 외에 각지의 '미비한 점'에 대한 지적도 아끼지 않고 있다.

---

134 鯨洋生, 「忠南橫縱記 (七)」, 『每日申報』, 1916.2.8.
135 鯨洋生, 「忠南橫縱記 (八)」, 『每日申報』, 1916.2.9.

余의 此行에눈 氣候로 因ᄒ야 道路가 處處 不好흠은 實로 不得己흔 바이
라 ᄒ노라.[136]

江景의 發展을 방해하고 시민의 最苦痛을 受하는 것은 洪水인데 市內를
貫流ᄒ눈 江景川은 기 幅이 狹小ᄒ야 潮流 干滿의 差가 繁深ᄒ야 一丈에 及
함으로 降雨時눈 潮水가 市內에 氾濫ᄒ야[137]

다른 일본인 기자의 기행문에 비해 오쿠다의 경우에는 문제점에 대
한 지적이 보다 적극적이이라는 특징이 있다. 이상의 기록에서 산견
되는 그의 시선은, 총독 정치의 성과, '근대화'의 성과를 대내외에 홍
보하는 한편, 조선을 전문적인 경영자 내지 자본가의 눈, 즉 이익 창
출을 위해 자본 투여의 효율성을 진지하게 생각하는 시선이라 해도
될 것이다.

② 승전장[勝戰場]과 '완벽한 치안'

한편 오쿠다의 기행문 속에는 다른 기자들의 기행문 속에서는 찾아
보기 힘든 특수한 기술 내용이 있다. 청일전쟁 그리고 항일 의병 토벌
관련 에피소드가 그것이다.

華山을 望ᄒ야눈 往年 從軍의 當時를 追憶ᄒ니 當時의 司令官 구능소장은

---

136 鯨洋生, 「忠南橫縱記 (七)」, 『每日申報』, 1916.2.8.
137 鯨洋生, 「忠南橫縱記 (八)」, 『每日申報』, 1916.2.9.

今에 개성에 在ᄒ고 第一 聯隊長 大嶋大佐는 現下 小將으로 臺灣 司令官이 되얏고 (…중략…) 月峰山의 雄姿를 要望ᄒ면 日淸의 戰役을 追懷치 안임이 無ᄒ며 特히 회유의 際에 故 市原 鮮銀총재, 故 菊池 殖産局長, 竹內敏彦, 佐佐正之 제씨와 附近 大嶋旅團의 奮戰혼 古戰場을 弔ᄒ고 市原씨의 발기에 의ᄒ야 松崎 大尉의 記念碑를 建設ᄒ야 今者 記念碑는 驛頭에 古戰場을 飾ᄒ얏스나 春風 秋雨가 아직 十年이 못되야 市原 菊池 양씨는 旣逝ᄒ얏스니 地下에셔 記念碑의 主人公과 邂逅홈이 有홀지니 今昔의 感이 更深혼 者이 有ᄒ도다.[138]

위는 1894년 7월 29일 아산 월봉산에서 벌어진 청군과 일본군의 전투 내용을[139] 염두에 두고 쓴 것으로 보인다. 당시 오쿠다가 종군을 했었다고 하니, 그는 당시 일본신문 혹은 국내 신문에서 기자로 일하고 있었을 가능성이 있다. 희생자를 남긴 승전장의 추억, 그리고 일종의 전우애라 할 만한 내용들이 기재되어 있다. 다음의 기술 내용을 이어 본다.

昔時의 忠淸南道는 敵徒의 ○行이 深ᄒ야 明治 39년과 如히 민종식을 首魁로 在혼 暴徒는 洪州에 居ᄒ야 我討伐軍과 銃火를 交혼 事이 有ᄒ며 其後에 相次 敵徒의 出沒이 有ᄒ얏스나 合倂 以來로 憲兵官의 地方 체취가 最히 其宜를 得ᄒ야 現今은 피히 平溫ᄒ야 여사혼 徒黨은 태히 片影도 未見홈에 至혼지라 故로 道內 主要地에는 內地人의 生活을 營爲ᄒ는 者이 多ᄒ고 鮮人間에도 極히 相扶

138 鯨洋生,「忠南橫縱記 (一)」,『每日申報』, 1916.2.1.
139 임종국,『일본군의 조선 침략사』1, 일월서각, 1988, 64쪽.

相親ᄒᄂᆞᆫ 模樣은 一次 地方에 投足ᄒᄂᆞᆫ 者ᄂᆞᆫ 親히 見聞ᄒᄂᆞᆫ 바이라.[140]

일본군 토벌대에 의한 민종식 의병대 진압 내용이다. 이 전투는 민종식 의병이 거둔 승리 및 수성전(守成戰)의 장기화로, 후기 항일의병사에서도 격전으로 손꼽힌다.[141] 조선인의 입장에서는 영광과 울분이 공존하는 이 한일 군사 대결, 조선인으로서는 예민하게 받아들일 수밖에 없는 내용을, 오쿠다는 적극 기술하고 있다.

조선인을 독자로 하는『매일신보』속에 일본인 기자가 이런 내용을 공공연히 언급한다는 것은 실은 무례를 넘어 폭력에 가깝다. 그러나 이 '무례'는 실은 그 혹은 그를 포함한 재조 일본인들의 또 다른 내면 심리를 보여주는 것이기도 하다. "현금은 매우 평온하여 그러한 도당은 전혀 그림자도 보이지 않고 도내 주요지역에는 내지인이 다수 살고 있고 조선인과도 사이가 좋다"는 후술 내용은 무엇을 의미하는 것인가. 역으로 말하자면, 아직도 조선에는 '불온한 기운'이 남아 있고 일본인은 '주요 도시 지역'내에서만 거주하고 있다는 의미가 된다. 이것은 타집단을 무력으로 점령한 지 얼마 되지 않은 점령자 특유의 불안감, 그리고 그것의 역표현인 자신감의 과잉적 표백에 다름 아니다. 강경 지역 거주 일본인 수의 소개를 포함해서 이 글 속에는 현지에 살고 있는 '내지인'의 상황을 소개하는 내용이 많다. 이 글은 패자에 대한 압력과 더불어, 승리를 거둔 지 얼마 안 되는 점령자들을 안심시키기 위한 용도

---

140 鯨洋生,「忠南橫縱記 (四)」,『每日申報』, 1916.2.4.
141 1906년 4월 홍주성을 점령한 민종식의 의병대는 지역 군경 및 수원 헌병대, 연합부대를 모두 패퇴시켜, 경성 주둔 보병 60연대의 2개 중대가 동원되어 전투를 계속한 결과 홍주성 점령 13일 만인 31일에 홍주성을 함락시킨다. 임종국의 앞의 책, 211~213쪽.

로서도 기능하고 있다고 보아도 좋을 것이다.

한편으로 이 글에서는 데라우치 시대의 헌병 통치제가 선명하게 그 모습을 드러내고 있는 특징이 있다. '합병 이후, 지방에서 헌병에 의한 철저한 취체 임무 수행 덕에 치안이 잘 유지되고 있다'는 기술 내용이 그것이다. 이것도 물론 조선인과 일본인 양쪽을 향한 메시지로서의 의미가 있지만, 실은 총독 정치가 외부에 공개해서는 안 되는 정보에 속할 것이다. 야만적인 무단통치의 상징인 헌병 정치 덕에 조선의 치안이 유지되고 있음을 오쿠다는 자신도 모르게 노출하고 있기 때문이다. 이 '치안 문제'에 대한 적극적인 기술은 다른 기자들의 기행문에서는 볼 수 없는 내용으로서, 오쿠다나 등 재조 일본인들의 내심의 일단을 보여주고 있음은 물론, 데라우치의 조선 통치 정책의 본질을 폭로하고 있는 의미가 있다고 하겠다.

③ 조선 풍속의 개량 문제

오쿠다의 글이 가진 또 하나의 개성은 그가 조선의 풍속 개량 문제에 대해 적극 언급하고 있다는 점이다.

> 但 道內에 多한 것은 竊盜이나 此는 同道뿐이(아니)오. 其外 特種의 犯罪는 殺夫女가 多ᄒ나 此亦 同道뿐 안이니 同 犯罪의 原因은 皆 朝鮮 在來의 早婚으로브터 來한 者이라 此 風習을 一新치 안이ᄒ면 其 犯罪의 減少는 希望키 難ᄒ겠스나 一新月步ᄒ는 諺簡에 漸次로 其 滅退를 見흠은 기왕에…….[142]

---

142 鯨洋生, 「忠南橫縱記 (四)」, 『每日申報』, 1916.2.4.

江景에서 最奇異한 事는 衛生狀態이 ○○치 안이고 言하면 海陸物産의 大
集散地 되는 江景은 실로 淸潔타 謂키 不能한지라. 目下는 冬節이라 물론이
거니와 春夏秋 三絶에는 海産物 集散時에는 臭氣가 ○鼻호는 處所가 不無함
으로 流行病이 盛行한 時는 반다시 病毒의 侵入하리라 함은……. [143]

후일 이광수에 의해서 통렬하게 비판되는 '조혼 폐지'론, 그리고 시
가지의 위생 상태에 대한 언급이 제기되어 있다. 봉건적인 결혼 관습,
위생의 문제, 이것은 실은 옳고 그름의 문제가 아니라, 봉건과 근대라
는 생산양식의 차이의 문제다. 이 지점에서 오쿠다는 근대 국민국가
의 모습을 조선보다 일찍 선취해 본 자로서의 시선을 봉건 조선에 투
사하고 있다. 후일 이광수가 조선을 바라보았던 시선 속에도 동일한
성격의 것이 포함되어 있었음은 물론이다.

(2) 나카지마 쓰카사[中島司]의 「삼도수행기(三道隨行記)」

1916년 5월 17일부터 6월 3일까지 16회에 걸쳐 『매일신보』에 연
재된 나카지마 쓰카사의 「삼도수행기」는 위 두 편의 기행문들과 다른
특색이 있다. 임기말을 맞고 있었던 데라우치가 1916년 5월 10일부
터 14일까지 충청남북도, 경상북도, 3도를 시찰했을 때 이를 수행한
내용이기 때문이다. '선정'의 성과를 확인하고자 삼남을 도는 총독부
수반의 여러 면모들, 방문지의 조선 지역민들의 반응까지 기록되어
있어 흥미로운 자료다. 일정과 개략을 요약하면 다음과 같다.

---

[143] 鯨洋生, 「忠南橫縱記 (八)」, 『每日申報』, 1916.2.9.

① 行路難呼 (5.17)

수행 동기 / 산야 200리 행로, 철도 편리가 지나쳐 도로 선택 / 기자는 자동차로 청주 착

② 白楊の並樹道 (5.18)

청주 떠나 충주행 / 충주 명물 백양나무 가로수길-프랑스 외곽 가로수길 방불 / 충주 외곽 달천 도착. 달천 도강 / 총독을 맞는 충주의 활기

③ 長驅忠州へ入る (5.19)

군청, 수비대, 탁지부 전매과 연초공장 견학 / 달천으로 오는 총독 차량 대열의 장관 / 관민의 환영과 총독의 답례

④ 彈琴臺 (5.20)

총독, 군청 및 면사무소, 헌병분대 방문, 내선 관리, 단체, 유생 인견 / 자문과 훈시 / 탄금대 방문. 임진난 회고. 옛날은 歌舞宴樂, 후일은 장렬, 비통의 공간

⑤ 鳥嶺の險 (5.21)

절벽의 미륵상 / 패잔의 고도, 조령 고개. 지금은 차로 편히 왕래. 도로 설명

⑥ 梨花嶺 (5.22)

수안보 착. 촌민의 환영. 민정 청취. 도로의 완성과 더불어 번영 기대 / 조령 일대 거목들, 도로 불비로 반출 불가 / 총독 일행 조령 도보로 통과. 차도 근일 완성.

⑦ 尙州に到る (5.23)

문경 착. 철도 개통 후 산업 부진, 차도 개통 후 투자 증가 / 상주행. 상주의 양잠 산출 실적

⑧ 尙州金山 (5.24)

상주의 금광 소개 및 총독의 시찰, 초여름날 총독의 갱도 시찰

⑨ 金泉より大邱 (5.25)

상주 군청 시찰, 훈시 / 상업 요지. 내지인 800여 명 / 김천행. 도로 개수 상태 양호 / 김천 도착. 내지인 1000명, 교통 요지. 대구행

⑩ 新綠の大邱 (5.26)

도청 방문, 식산흥업, 내선 융화 훈시. 경무부, 병원, 법원, 학교, 감옥 방문 / 부산 영향 벗어나 독자적 발달. 경상도의 정치 중심. 교통 요지, 과수, 연초 산업 발달 / 경철 개통 및 포항, 울산 교통 공사 후 큰 발전 기대

⑪ 忠北の玄關 (5.28)

충주행. 조치원과 더불어 충주의 교통 요지로서의 기능

⑫ 芙江より淸州 (5.30)

부강, 청주 가도변 사금 채취용 구덩이. 경제적 가치의 유무와 경치 훼손 우려 / 청주 착

⑬ 翠色滴る淸州 (5.31)

청주 도청 시찰 / 공원 시찰

⑭ 公州へ到る (6.1)

조치원 공주간 가도의 송충이 피해 지역 / 금강의 다리 기능

⑮ 公州の半日 (6.2)

백제 수도, 당의 도독부, 고려 조선의 고도서의 역사. 교통 불편으로 상업 발전 장애. 도로 완비로 발전 중 / 총독 도청 시찰. 내선 관민 접견. 훈시. 헌병대, 학교, 감옥, 농업학교 시찰 / 특화 산업-양잠업 투자 상황 / 신축 감옥의 청결. 수인의 견직 생산 작업 / 공주 일본 풍경 연상

⑯ 小井里經歸京 (6.3)

① 신작로와 총독의 '선정[善政]' 문제

나카지마의 위의 글 역시도 아베, 오쿠다의 그것과 같이 이동 경로에 대한 기록이 적극적이다. 특히 이 시찰에서는 이동 경로로서 오쿠다의 경우처럼 차도가 선택되었다는 점이 특징적이다. 각지를 순방하며 나카지마는 도로의 성격과 개수 여부, 자동차 자체에 대해 적극적으로 기술하고 있다.

청주에서 충주로 가는 길은 이등 도로이지만 충분히 보수를 해두었기 때문에 차행이 점차 쾌적해지더라. 청주읍 밖 십수 정을 가는 동안, 일직선으로 큰길, 양쪽으로는 백양나무 성수가 2, 3간마다 정연히 서 있는데다가, 무성한 활엽이 가벼운 바람에 나부끼어 더할 나위 없는 풍치, 이 가로수 길은 충주 명물의 하나로, 자동차로 질주하면 프랑스 외곽의 시골길을 드라이브할 때의 기분과 마찬가지일 것 같다. 하지만 요즘 심은 것들인 탓에 대부분은 어린 나무라 충주 부근만큼 멋지지는 못하다. 그래도 수년 내에 모두 성장해서 17, 8 리의 나무들이 전부 훌륭한 가로수 길이 되어 행객의 눈을 즐겁게 해줄 것이다.[144]

오늘 총독의 일정은 아침 7시 경성을 출발하여 영등포까지 임시 열차, 거기서 승용차 3대가 연이어 수원, 이천, 장호원을 거쳐 충주로 오는 사이, 리수(里數)로 52, 3리, 그중 49리는 자동차를 사용했다. 도로가 완비된 탓에 차행 쾌속하여 예정보다 1시간 빨리 충주에 도착하였다.[145]

---

144 中島生, 「三道隨行記 2, 白楊の竝木街道」, 『京城日報』, 1916.5.18.

문경은 (…중략…) 철도 개통 후 적료를 면치 못하게 되었다. 그래도 지금
은 도로 개수 후 교통이 편리해지고 지방산업의 개발로 투자도 왕성해져,
점차 구시(舊市)의 번영으로 복귀하려 하고 있다.[146]

1등, 2등, 3등 도로의 구분, 각 구역간의 도로의 길이, 도로 개수 작
업으로 인한 여행의 쾌적함, 차도가 존재하지 않았던 조선 왕조 시대
와 총독 정치 시대와의 대비, 총독부기 시행한 조림 사업의 효과, 새
로 건설된 차도가 지역 발전에 미치는 결정적 영향, 이에 대해서 나카
지마는 집요하게 기술하고 있다.

이것은 경성일보 기자 나카지마 역시도 '식민지 경영자'의 입장에
서 조선을 바라보고 있음을 보여주는 증거다. 조선에 근대 문명을 선
사한 총독의 선정(善政), 그 진행 과정에 대한 구체적인 산업적 지식과
성과에 대한 목가적인 확신, 이것이 나카지마의 이 여행기가 갖고 있
는 최대의 특징 중의 하나다. 그 백미가 다음과 같은 문장들이다.

강안(江岸)에 올라 다시 차에 오르니 이윽고 충주읍. 10시 반 가량. 지국
의 金谷雅城 군을 만나 총독 도착까지 아직 시간이 있음을 이용하여, 점심
후 읍내 각처를 방문 시찰하다. 처음으로 데라우치 총독을 맞는 충주는 환
희로 넘치고 있었다. 읍내는 미증유의 활기로 넘치고 있었다. 조선인도 어
린애에 이르기까지 손을 이마에 얹고 총독의 출현을 기다리고 있었다.[147]

145 위와 같음.
146 中島生, 「三道隨行記 7, 尙州仁到る」, 『京城日報』, 1916.5.23.
147 中島生, 「三道隨行記 2, 白楊の竝木街道」, 앞의 신문, 같은 날짜.

달천의 도두(渡頭)에 도착할 즈음 차 위로 멀리 보니, 일리一里나 떨어져 있는 전방에 한 줄기 백연(白煙)이 피어오르는가 하더니 적당한 간격을 두고 두 줄기 혹 네 줄기 연기가 분초마다 쾌속으로 진행하여 나아옴에 따라 길게 꼬리를 끌고 (…중략…) 이는 틀림없이 총독 일행의 자동차가 충주를 향해 맹연히 산길을 질주함으로 모래 연기가 이는 것이라. 광경 실로 장쾌하여 마치 활동사진을 보는 듯하더라. 응시하기를 오분 여, 모래 연기 흩어지며 4대의 자동차가 강 저편에 정차하더니 총독 일행 어느 틈에 배에 올라 河上에 있더라.[148]

계곡을 따라가는 양장(羊腸) 같은 산길을 지나 수안보에 이르니, 다수의 촌민이 나와 총독을 맞는다. 노인들은 아이 손자를 데리고 총독에게 경배를 하더라. 초가집 소민들의 성심(誠心)을 감당키 어려울 정도. 총독은 차 안에서 정중히 답례를 하며, 벽촌의 백성들을 위로하며 당국자로부터 이 지방의 민정(民情)을 청취하다. 수안보에 온천이 있으나 아직 설비가 미비하다, 근일 도로의 완성과 더불어 후일 훌륭한 보양지가 될 것이라 하더라.[149]

총독의 방문을 맞는 지역의 활기, 멀리서 먼지를 피우며 다가오는 총독의 자동차 행렬, 이것을 영화의 한 장면 같다고 나카지마는 썼다. 그의 글 속에서 조선의 촌민들은 데라우치를 조선 국왕 대하듯 성심誠心의 자세를 취한다. 감격한 데라우치도 지역민들을 위무하고 도로

---

148 中島生, 「三道隨行記 3, 長驅 忠州へ入る」, 『京城日報』, 1916.5.19.
149 中島生, 「三道隨行記 6, 梨花嶺」, 『京城日報』, 1916.5.21.

의 건설을 통한 지역 발전을 약속한다.

이것은 완벽한 극이다. 식민지 통치를 미화하는 어용 신문 기자로서의 역할을 나카지마는 훌륭하게 이행해내고 있다고 보아도 좋을 것이다. 이것이 재조 일본인들을 안심시키고 식민지 공간에서의 삶에 낙관적 전망을 갖게 하는 경성일보의 힘이다. 앞서 아베의 여행기 속에서도 확인한 바이지만, 재조 일본인의 수장 데라우치를 바라보는 나카지마의 이 신뢰 속에는, 일본의 조선 지배, 그리고 조선인의 이에 대한 궁극적 순응을 믿는 목가적인 식민주의자의 심정이 표백되어 있다고 해도 될 것이다.

② '1기 차도(車道) 사업'의 표면과 이면

나카지마는 데라우치의 삼도 시찰이 자동차 도로를 이용하게 된 경위에 대해 "철도는 편의가 지나치므로 순시 경로는 도로를 위주로" 하게[150] 되었다고 썼다. 사실 데라우치는 이 승용차 시찰 중 펑크로 노상에서 대기하거나 하차하여 배를 타거나 도보로 고개를 넘는 모습이 기사 속에 기록되었다.[151] '불편'을 감수하면서까지 조선의 오지 방문에 나선 노총독의 노고, 이것을 강조하고자 하는 데 나카지마의 의도가 있었을 것이다. 이 여행기 속에서 내선 관민들에게 '간곡한 자세로 훈시를 내리는' 데라우치의 모습을 반복 묘사한 것도 이런 총독 이미지의 창출 전략과 관련이 있다.

---

150 中島生, 「三道隨行記 1, 行路 難呼」, 『京城日報』, 1916.5.17.
151 中島生, 「三道隨行記 5, 鳥嶺の險」, 『京城日報』, 1916.5.21.

그러나 데라우치 일행의, '불편'을 감수한 자동차 여행은, 다른 거시적 차원과 관련이 있다. 그것이 총독부가 시행한 '1기 차도 사업'의 문제다. '1기 차도 사업'은 다음의 과정을 거쳤다. 총독부는 1911년 4월 17일 도로를 1, 2, 3등 및 등외도(等外道)로 4가지로 분류, 규정한 '도로규칙'을 제정한 후, 7월 1등 도로 16개 노선과 2등 도로 73개 노선을 발표했다. 8월부터는 이른바 '1차 차도 사업' 즉, 1, 2등 도로 중 주요한 26개 노선, 경성시가선을 5개년에 개수하는 사업을 발표, 시행했다. 이 5개년 계획은 실제로는 재정상의 이유로 1917년까지 7개년 사업으로 바뀌어 1, 2등 도로 34개 노선과 경성시가선의 개수, 한강교의 가설이 이루어졌다.[152]

1916년은 7차년으로 재계획된 '1차 차도사업'의 끝을 바라보면서 '2차 차도 사업'이 기획되던 시기였다. 나카지마의 여행기가 발표된 다음 달 7월 1일자 『경성일보』에는 다음과 같은 기사가 실렸다.

치도 사업의 제2기 계획

• 옛날 조선에 있어서는 도로로 볼 만한 것이 거의 절무한 것은 세인이 숙지하는 바이나 총독부 설치 이래 총독은 이것의 개축의 급무를 인정하고 우선 도로를 개하는 제반 제도를 설치하고 그 도로망을 편성하고 그 규정에 따라 1, 2등 도로의 개수는 국비로 충당하고 3등 이하의 도로는 각 지방에서 경영함으로 하여 그 국비 축조의 도로는 1등 도로의 총 연장수 775리 2등 도로 2,298리, 합계 3,073리를 계산했다. 그리하여 총독부는 명치 44년 1천 만원의 공비를 계상하고 그 개수공사에 착수하여 이것이 즉 제1기 치

---

152 小林拓矢, 「일제하 도로사업과 노동력 동원」, 『한국사론』 56, 2010, 282~286쪽 참조.

도사업으로 본 공사는 동년도

• 이후 7개년에 걸쳐 완성 예정으로 차기간에 있어서 1, 2등 도로의 완성 리수는 합계 685리, 특히 통감부 시대에 축조한 것인 208리 2분, 또한 종래 국고보조 하에 지방에서 개축한 것 395리 3분을 합하여 총계 1,288리 5분을 셀 수 있게 되었다. 그래도 이를 전 도로망에 비교한다면 겨우 그 3분의 1 여를 완성함에 그쳐 남은 1,784리 5분의 도로는 아직 전혀 미개수 상태여서, 너욱 이 미개수 도로 중 724리는 지방의 부역으로 가공사를 행하였는데, 이는 원래 긴급적 설비로서 완전한 도로를 목표로 할 수 없으므로, 또한 상당한 공비로 더욱 본 공사를 일으키지 않으면 안 되므로, 따라서 이 미개수 도로의 전부를 완성하지 않으면 안 되는 바

이 2차 사업 계획은 제대로 실행에 옮겨지지 못하지만, 1916년 당시 총독부는 차도 사업의 완수와 차기 계획의 수립에 상당한 노력을 기울이고 있었음을 알 수 있다. 이 시기에 데라우치는 '차도'로 충청도와 경상도 시찰 길에 나선 것이다. 데라우치가 '차도' 여행을 선택한 이유 속에는 진행 중이었던 1차 차도 사업의 현장을 시찰하고자 하는 목적이 있었다.

나카지마의 글 속에는 은폐된 것이 있다. 1차 차도 사업의 중심 과제인 1등 도로의 지정과 그 건설 목적이 "경성에서 사단, 여단, 요새 등 사령부에 이르는 도로, 기타 군사상 중요한 도로"의 건설에 있었다는 사실, 이것을 그는 거론치 않았다. 이 도로의 건설이 지방민의 대대적인 부역 작업에 의해 건설되었다는 점도 빠뜨렸다.[153]

---

153 이상 小林拓矢의 위의 글 283~285쪽 참조.

나카지마는 총독의 순시를 수행하면서 목가적이면서도 순진한 시선으로 총독부와 식민지 조선과의 관계를 그렸다. 도로 건설이라는 총독부의 '선정'이 조선 경제의 발전을 위해 바쳐지고 있다는 것, 그 수장인 데라우치가 민생 문제의 해결을 위해 진력하는 헌신자라는 이미지를 생산해냈다. 그러나 그는 이 이면에 자리하고 있는 거시 논리, 즉 이것이 식민지 지배의 강고화를 위한 군사 정책의 소산이라는 점, 도로의 건설에 조선인의 희생이 동반되었다는 사실은 누락시켰다. 이 순진해 보이는 여행기의 이면에는 이런 점이 숨어 있다. 이것도 경성일보 기자의 임무 중의 하나였을 것이다.

③ 망국의 비애와 무상(無常)의 세계

여행기의 상당 부분을 조선의 고유적 방문에 할애한 대표적인 예는 아베 미쓰이에의 기행문이다. 나카지마의 경우는 그런 부분이 매우 적은 편이나, 조선 고적에 대한 언급이 두세 군데 나온다. 그 대표 예가 탄금대 방문 일화다.

총독 일행은 충주 군청에서의 공식 일정을 마친 후 읍에서 1리 떨어져 있는 탄금대를 방문하여 당일의 일정을 마친다. 총독의 시찰 일정이 4일 밖에 안 된다는 점을 고려하면, '유람'이라는 성격을 띠고 있는 이 탄금대 방문은 분명히 이색적이다. 격전지였다는 의미 외에 선조의 승전지 방문이라는 동기가 작용하고 있었을 것임에 틀림없다. 내용의 일부를 소개한다.

• 탄금대는 본류와 지류가 만나는 지점에 있다. 일명 犬門山이라 칭하기는 하나 그리 높지는 않으며 臺라 하는 것이 적당하더라. 도쿄 근거의 鴻의 臺와 비슷한 듯. 단 그것은 평야 가운데 있고 이것은 산 가운데 있다. 경치면에서 그것은 이에 비할 바 아니라.

• 산 위에 대가 하나 있으니, 전하기를 가야국 嘉悉王 때에 악사 우륵이 장차 가야국이 멸망할 것을 예지하고 악기를 안고 신라로 귀화하니 진흥왕이 이를 크게 기뻐하여 우륵으로 히어금 충주에 거하게 하고, 法知, 階古, 萬德 3명을 선발하여 법지에게는 琴을, 개고에는 伽倻琴을, 만덕에게는 手舞를 전습하게 하였더라. 그리하여 우륵 여가가 있을 때마다 臺上에 앉아 琴을 탐으로써 恒例를 하더라. 고로 탄금대라 칭하기에 이르렀다는 것.

• 산상의 동북에 (…중략…) 보루가 남아 있는 것이 보이더라. 이는 임진란 때 당시의 용장 신립이 加藤 小西의 대군과 건투하다가 산상을 지키지 못하매 이 보루로 퇴각 사수하였으나, 또 이를 지키지 못하매 부하 장졸이 이 보루를 떠나거나 한강을 걸어 건너거나, 혹은 강물에 빠져 죽고 신립은 패잔 장졸과 더불어 전사하게 되었다더라.

• 山上에는 나무 하나 없이 靑草만 滿地하고 조망을 방해하는 것도 없어 시계가 크게 광활하더라. 산악이 연이은 가운데 한강은 띠처럼 곡절 우회하여 두 물을 이룬 데 이를 일러 탄금대라 하더라. 대 아래에는 백척의 절벽이 있고, 深潭 紺碧을 극하더라. 江水 悠悠 風帆 무심히 오고 가더라. 萬目이 푸르고 초여름의 천지라 일어서서 사방을 둘러보니, 落日江山 즉 詩懷에 드니 앉아서 귀를 기울이면 大空의 雲雀 음악을 연주하더라. 山容水態 실로 명승을 잃지 않았으나 내게 詩筆이 없어 好風에 접하여도 景을 敍할 수 없는 것이 한이로다.

• 이와 같이 탄금대, 往昔은 歌舞宴樂의 곳, 후일은 장렬 비통의 전장이라. 琴을 타는 곳, 靑草는 錦褥이라. 검이 서로 부딪힌 곳, 유혈이 변하여 진달래가 되었으니 한강수 천고에 흘러 다함이 없으나 人事 興廢는 常하기 어렵나니.[154]

나카지마는 탄금대의 아름다움을, 유사한 일본의 풍경과 비교하며 논한 후 우륵의 전설 소개에 이어 임진왜란시의 신립 에피소드를 대비시킨다. '가무연락'의 공간과 '장렬 비통의 전장'으로 두 사건을 대비한 후 '인사 흥폐는 무상하다'는 결론을 내린다. 이 흥망성쇠의 무상감은 사실은 아베 미쓰이에의 기행문 속에서도 나타났던 테마의 하나이기도 하다.

'흥망성쇠의 무상감'이라는 감정은 거대한 역사가 지나간 현장에서 인간이 느낄 수 있는 자연스러운 감정의 하나다. 그런 의미에서 나카지마의 발언 속에 일정한 보편성이 있음을 부정할 수는 없다. 그러나 일본에 의해 멸망했던 고도 앞에서 조선인은 무상감만 느낄 수 없다. 그러므로 역사의 현장을 바라보는 나카지마의 감정 속에는 현재적 시점에서의 윤리성이 결여되어 있다. 과거와 동일하게 조선을 유린했다는 윤리 의식은 표면에 드러나지 않는 것이다. 설사 느꼈다 하더라도 공표해서는 안 되는 성질의 것이기도 했을 것이다. '그런 의미'에서 나카지마는 조선을 망국의 비애가 깃들인 산하로 바라본다. 이 연민이라는 감정 이면에는 승자의 안도감이 있다. 동시에 의식의 표면으로 떠오르는 것을 스스로 차단해야 하는, 승자의 전의식(前意識)의 세

---

154 中島生, 「三道隨行記 4, 彈琴臺」, 『京城日報』, 1916.5.20.

계, 즉 현재 진행 중인 일본의 국가악에 대한 윤리적 가책도 희미하게 녹아있다고 볼 수 있을 것이다.

6. 아베와 조선 지식인 사회

아베는 일본 외부에 존재하는 일본어 신문으로서는 가장 규모가 컸던 경성일보사 사장이었다. 데라우치는 폭력과 공포를 수단으로 한, '위로부터'의 동화주의를 통치책의 근간으로 삼고 있었고, 그의 파트너 도쿠토미 소호 역시도 동일한 통치방침을 갖고 있었다. 아베가 총독부와 도쿠토미의 이러한 신문 운영 방침을 이행하는 것은 당연한 일이었다. 그러나 아베의 신문사 운영 방식에는 데라우치, 도쿠토미와는 또 다른 아베만의 독특한 스타일이 있었다. 부임 후의 그는 그만이 갖고 있는 독특한 행보를 시작했다. '현지 중시주의' 혹은 '유화주의'라고 할 만한 것이 그것으로, 그는 현지 사정에 관심을 갖고 '낮은 자세'로 사람들과 접촉하는 대인관계 스타일을 갖고 있었다.

첫 번째, 그는 국민신문 시절에 그러했듯이, 현장을 다니며 조선 인사들과 교제를 나누는 일부터 시작했다. 첫 행보는 이미 구면인 이들을 포함한 조선 귀족들을 만나는 작업이었으나 차차 그것은 종교계 리더들과 청년 리더, 그리고 학생 세대로 옮겨졌다. 물론 그런 행보의 이면에는 일본에 의한 조선합병의 '숭지', 김옥균과 나눴다는 체맹의

'숭지'를 '납득'시키고 그들을 동화에로 '선도'하려는 뜻이 당연히 내포되어 있었을 것이나, 그를 만난 조선인 대부분은 그에게서 인도주의적인 교육가 혹은 종교가적인 인상을 받았다. 그에게서 학비나 유학 알선 등 은을 입은 조선 청년 들은 그에게 '무불암'이라는 조선 가옥을 거주용으로 헌사하기도 했다.

두 번째, 그는 현지 탐사에 부지런했다. 공식 업무 외에 그는 개인적으로 조선 각지를 부지런히 다녔는데, 특히 불교 유적의 탐사나 사찰의 수행 및 운영 실태 등과 관련해서 적극적인 활동을 벌였다. 이것은 물론 이토 통감 시대 이래 일본인들이 조선 고적과 유물에 대해 가져온 관심과 수집벽의 반영임과 동시에 당시 적극 추진되던 조선고적사업과 관련이 깊다. 한편 임제종의 선 수행자이기도 했던 아베는, 개인적인 차원에서 조선 불교의 전통과 실태를 파악하고 싶은 욕구, 조선왕조기의 박해로 피폐해 있었던 조선불교의 흥륭을 위해 헌신하고 싶다는 개인적 신념도 갖고 있었던 것으로 보인다.

세 번째 그는 이러한 역할 수행 과정에서 많은 조선 지식인들을 자신의 주변에 모아 들었다. 그의 교제 방법에는 특별한 데가 있었다. 후일 조선인, 일본인으로부터 '조선에 대한 이해자'로 불릴 만큼, 그가 조선인을 대하는 태도에는 특유의 부드러움과 포용성이 있었다. 바꿔 말한다면, 데라우치식 헌병정치에 질려 있었던 조선인들이, 부드럽고 관용적이며 '현지 이해적'인 태도를 가진 특이한 일본인 파워 엘리트의 주변에 자연스럽게 모여들었다고 하는 것이 옳을 것이다.

갓 부임한 아베가 먼저 역점을 두고 친교를 시작한 조선인 식자 계급은 작위를 받은 귀족계급이었다. 그리고 유림, 기독교계, 천도교계, 불교계로 교제 범위를 넓혀 갔다. 신문경영과 관련해서는 젊은 매일신보 기자진, 방태영, 심우섭, 진학문 등을 수하로 두고 오래 인연을 이어갔다. 이 청년 기자진은 아베의 생존시에는 내내 참모로 활동했다. 그 다음 아베가 역점을 두었던 것은 신문사 외부에 있는 조선의 '영웅들'이었다. 중·노년 영웅인 장지연, 윤치호, 그리고 신청년 세대의 최대 영웅인 이광수가 그 대표적 예였다. 그가 조선 사회 내에서 명망이 있는 지식인들에게 손을 뻗어 그들을 총독부와 조선인 사이에 두고 통치에 활용한 것은, 기왕에 알려져 있던 바처럼 '문화통치' 시대부터가 아니었다. 그는 데라우치 시대에 이 작업을 이미 독자적으로 시작했던 것이다. 이광수는 가장 상징적인 예였다.

1) 아베가 활용한 조선 귀족─이완용, 조중응, 송병준

조선 의병 토벌을 총독부가 완수한 것은 1915년의 일이었다. 또한 105인 사건을 통해 구한말 계몽 운동가들을 대거 체포, 고문하고 장기형을 내리는 공포 정책을 사용한 것이 데라우치식 조선통치술이었다. 이 공포 통치로 인해 그들은 중간관리인으로서 신뢰하고 일을 맡길 수 있는 조선인 엘리트들의 확보에 실패했다. 초기에 조선인 하급 관리들을 잠시 유임시키며 통치 수단으로 부리기도 했지만, 기본적으로 조선인을 신뢰하는 정책을 취하지 않았던 총독부는 곧 지방행정제도를 개정하여 다수를 축출하는 정책을 취했다.[155]

---

155 이태훈, 「일제하 친일정치운동 연구」, 연세대 박사논문, 2010, 85~88쪽.

이런 상황에서 총독부가 비교적 신뢰를 보내며 통치에 적극 활용한 계급이 귀족세력이었다. 합병 작업에 공헌하며 충성도를 스스로 입증한 이 귀족 세력은, 총독부에게는 "시세의 추이를 잘 자각한" "국가의 공신"이며 "정치적 관계가 풍부"하여,[156] 사상적으로 '합리적'이며 총독부 정책에 협력하는 조선인 상층을 결집시킬 수 있는 힘을 갖고 있었다. 조선인 지주와 자본가의 입장에서는 이들은 자신들과 총독부, 일본 정계 사이를 매개해 줄 수 있는 중요한 인맥이기도 했다. 이왕직 관리를 맡기는 데에도 편리했다.[157]

총독부는, 한국의 최고위 지배층이었던 그들을 "조선인의 모범으로 만들고 이들을 통해 조선인의 교화를 시도"하려 하였으며 "지위와 성망을 이용하여 '학문 기술의 진보와 위생교육 및 자선 등 제사업의 정비에서 솔선수범'할 것을 기대하기도 하였다.[158] 윤용구, 한규설 등 일부가 수작을 거부하기도 했던 작위의 제공, 후일 주식으로 교환 가능하게끔 제도까지 고쳐주며 배려한 특별 은사금의 지급, 그리고 고문기관인 중추원 자리의 제공이 그 보상이었다. 물론 총독부는 그들에게 정책 결정에 참여할 수 있는 정치적 권한은 허용하지 않았다.

아베가 조선 사회에 대한 접촉을 시도하면서 귀족들을 우선적인 포섭 대상으로 삼은 데에는 이러한 배경이 있었다. 아베를 수행한 나카무라 겐타로는 그 내역을 이렇게 요약했다.

옹은 우선 귀족사회와의 접촉을 기도했다. 일한 병합의 대공헌자였던 이

---

156 「長谷川好道宛寺內正毅書簡」, 1919.4.12; 이태훈, 위의 글, 92쪽.
157 김윤희, 『이완용 평전』, 한겨레출판, 2014, 268~269쪽.
158 이태훈, 앞의 글, 92쪽.

완용, 송병준, 조중응 제씨를 위시하여 귀족 전반에 대한 옹의 교유는 매우 광범위하게 이뤄졌던 것이다.

옹은 조선어를 몰랐으므로, 당시 국어에 능통했던 매일신보 기자 출신의 방태영 군을 발탁하여 통역 겸 비서로 삼았다. 방태영 군의 통역을 통하여 귀족사회와 밀접한 접촉을 기도한 것이었다. 금일과 달리 병합 후 겨우 4, 5년이 지났을 뿐이었던 당시에 있어서 옹의 고심은, 거의 상상할 수 없을 정도였을 것으로 생각된다. 게다가 귀족사회기 옹을 신뢰하는 정도는 날과 달이 갈수록 더더욱 배가되어, 옹은 귀족사회에서 유일한 상담 상대가 되었던 것이었다.[159]

"병합 후 겨우 4, 5년이 지났을 뿐이었던 당시" 아베의 고심이 컸다는 것, 그리고 아베가 "귀족 사회의 유일한 상담 상대"가 되어 있었다는 것은 무엇을 의미하는 것일까. 총독부의 우대와 더불어 조선 민중을 교화해야 할 임무를 할당받았던 조선 귀족 계급은 실제로는 민중의 공격 대상으로 자리하고 있었다. 총독부의 우대란 것도 형식적이어서 예를 들면 이왕가 다음으로 고위직이었던 후작 박영효조차도 예전(禮典) 상으로는 주임관 자리에도 못 미치는 모욕적인 자리에 있었다.[160] 지급된 은사금도 공채 형식이어서 현금화를 위해서는 별도의 조치를 받아야 했고 경제적 곤란을 겪고 있는 이들이 많았다. 일본군을 전폭적으로 지원하며 합병을 이끌어내는 데 공헌한 일진회 세력은 새 관료와 군에게 버림받았고, 귀족 계급의 정치 활동 역시도 일체 금

---

159 中村健太郎, 「阿部 無佛翁を偲ぶ (二)」, 『京城日報』, 1936.1.15.
160 이태훈, 앞의 글, 90쪽.

지되어 있었다. 귀족 계급 자체의 도덕적 부패도 심해서 사회 여론도 나빴다.[161] 이렇듯 총독부의 '우대'와 귀족계급의 실생활 사이에는 현격한 차이가 있었다.

아베가 조선 귀족 사회의 '유일한 상담역'이었다는 나카무라의 말은, 병합을 받아들인 '합리적 역사관'의 소유자들인 귀족계급 역시도 새로 군림한 무단통치 세력과의 사이가 좋지 못했다는 것, 그만큼 무단통치 세력에 대한 조선 귀족들의 불만이 높았다는 것으로 보아도 좋을 것이다. 그 '벽'을 허무는 역할의 일단을 아베가 수행했다는 것, 조선 귀족사회에서 '유화적'인 아베의 위치가 그만큼 특이했다는 것을 의미하는 것으로 보아도 좋을 것이다.

아베는 부임하자마자 도쿄 시절 체맹을 맺은 바 있었던 당시 귀족회 회장 박영효의 초대를 받았고 운양 김윤식을 만났다. 아베를 만난 김윤식은 아베가 한적 읽기를 좋아한다고 기록한 바 있다.[162] 김윤식이 대제학으로 있던 1916년 당시에도 아베는 그를 만난 것으로 기록되어 있다.[163] 김윤식은 도쿠토미 소호도 당대의 일급 문인으로 경의를 보내고 있었던 인물로서, 소호는 『운양집(雲養集)』에 관한 장문의 서평을 남긴 적도 있다.[164] 김윤식은 아베 사후 출간된 아베의 한시집 『무불존고(無佛存稿)』에 서문을 보낸 적도 있다.

무엇보다도 아베가 개인적으로도 긴밀한 관계를 유지하는 한편, 매

---

161 심재욱, 「1910년대 조선 귀족의 실태」, 『일제의 식민지 지배정책과 『매일신보』』, 두리미디어, 2005, 212~213쪽 참조.

162 이형식, 「경성일보·매일신보 사장(1918.8~1918.6) 시절의 아베 미츠이에」, 『史叢』 87, 2016.1, 181쪽.

163 中村健太郎, 「阿部 無佛翁を偲ぶ (二)」, 『京城日報』, 1936.1.15.

164 德富蘇峰, 「雲養集を讀む」, 『兩京居留誌』, 民友社, 1915, 204~222쪽.

일신보 운영에도 효율적으로 활용한 귀족들의 예는 이완용, 조중응, 송병준 세 명이다. 송병준의 예를 본다.

　유래로 일본과 조선의 국제관계는 神武天皇 紀元 이전부터 개시되야 素盞嗚尊은 出雲과 新羅간의 교통자가 된 1인임은 其 口碑가 尙今 역력한 즉. 其時부터 피아의 왕래가 빈번하야 국제의 친선함이 동일한 國으로 간주되얏다 하야도 誤見이 안이리로다. 고로 양국간 국교가 시대를 隨하야 或 親, 惑疎하얏스나 역사적, 지리적, 경제적, 사교적의 각 관계는 종시일관으로 타에 比類가 無하야 殆히 二人同體의 국교를 계속하다가 우주의 대세로 부득이하야 쌍방의 합의로 병합한 자이니 요컨대 盡善盡美한 其 목적을 達코져 함에 不外하도다. 연즉 금후 其 목적된 방면을 향하고 맹진하야 도착점은 치자와 피치자의 양자가 동일한 의무와 책임을 負함은 오설할 필요가 無하거니와 혹자는 병합의 의의를 不解하고 參政上 간여할 권리가 무하다고 병합 이전은 殆捨하고 병합 이후에 조선민족의 계발 여부는 楚越과 가치 看過하고 爵位를 虛榮삼고 은사금으로 窮奢極侈의 희생이 되니, 차는 병합의 意義상으로 生한 귀족된 자의 의무와 책임을 不顧할 뿐 아니라 평범한 귀족의 본분까지 망각한 者인즉 此等은 십분 제재를 가함이 타당하다 하노라. 대저 조선귀족이 직접으로 정치를 장악할 권능은 병합 동시에 其爲 소멸하얏고 단 其 의무와 책임은 조선총독의 施政을 보좌하며 조선민족의 행복을 圖함에 在하니, 상시 上意下布와 下意上達하는 (…중략…) 지위에 재하야 양방의 만전한 효과를 현출케 함이 조선귀족의 변동치 못할 의무라 하겠는데 왕왕히 병합의 의의와 귀족의 본분을 망각하고 돈 我利主義로 일생을 送하랴 하는 者 有함은 실로 졸歎함을 不已하노라.[165]

동화의 역사적 필연성을 제시하면서 조선 귀족들의 분발을 촉구하는 내용의 글인데, 당시 조선귀족들의 일상이나 불만을 호소하는 내용이 포함되어 있는 점도 주목할 만하다. 합병과 동시에 '권능은 소멸하고 의무와 책임만 남'았다는 말 속에, 당국의 '우대'가 그들의 기대에 못 미쳤던 점, 정치 활동의 장을 상실한 조선귀족들의 좌절감에 대한 동감이 드러나 있기 때문이다. 그런 가운데 조선 귀족에게 넘겨진 의무와 책임, 즉 '상의하포와 하의상달'의 본분을 잊지 말자고 촉구하고 있다. 합병 이후, 불만스러운 삶을 영위하고 있는 조선 귀족들과의 의사소통을 꾀하는 한편, 총독부의 경고성 지시 — 이기주의를 벗어나 당국의 시책에 적극 협조하라는 — 가 내포되어 있는 글이라 할 수 있다.

이러한 권고 내용 외에 3인은 총독부의 기본 지침인 동화주의의 선전을 중심으로 민감한 정치적 사안들을 조선 민중에게 전달하고 설득하는 역할을 『매일신보』를 통해 수행했다. 아베 재임 기간 중 『매일신보』에 실렸던 이들의 논설 목록 중 중요 내용을 소개하면 다음과 같다.

이완용, 시국에 관하야	1914.8.21
조중응, 去廢求新이면 自得其福	1914.8.23
송병준, 조선 귀족의 책임	1915.1.1.
조중응, 자작 조중응 씨는 曰	1915.6.5
조중응, 여하히 하면 日鮮인이 융화될까	1915.6.17.
이완용, 일선 영구의 친의	1916.8.4.
조중응, 동양인 일치 相補之 필요	1916.9.19~20

---

165 송병준, 「朝鮮貴族의 責任」, 『每日申報』, 1915.1.1.

조중응, 대정친목회 발기에 대하여   1916.11.25.

조중응, 총독 北巡의 勞를 謝함   1918.6.4

　한편 이 3인방 중 아베와 가장 가까웠던 인물은 조중응이다. 을미사변 당시 망명했다가 이토 히로부미의 강력한 천거로 이완용 내각의 제2인자로 등극했던 조중응,[166] 그는 귀족계급 중에서는 매일신보의 초기 운영과 농화 기획의 선전에 가장 적극적으로 협조한 인물이었다. 그는 1910년대 초기부터 일본 시찰단 조직과 실행에 적극적으로 나섰고[167] 아베의 지방 시찰시에 동행을 하는가 하면, 그의 사적인 모임에 아베가 공식적으로 참석하는 등 개인적인 관계 역시도 돈독히 유지하고 있었다.[168]

　아베가 조선 민중에게서 매국노라 불려온 이들 귀족계급이 조선 통치에 효용성이 적다는 사실을 깨닫기까지는 시간이 걸렸다. 실제로 3·1운동 이후의 아베의 기록에서는 이들은 현저한 홀대를 받게 된다. 그 자리를 새로 채우게 된 이들은 일찍부터 아베가 관심을 갖고 키우고 있었으며, 사이코 마코토 시대에는 별도 예산까지 책정하여 공들여 키우게 되는 유학생 출신의 젊은 지식인 세대였다.

---

166 김명수 편, 『一堂紀事』, 一堂紀事出版所, 1927, 53쪽, 이태훈, 앞의 글, 18쪽 재인용.

167 박양신, 「일본의 한국병합을 즈음한 '일본 관광단'과 그 성격」, 『동양학』 37집, 2005.2, 83쪽 및 조성운, 「'『매일신보』'를 통해 본 1910년대 일본시찰단」, 수유역사연구회 편, 『일제의 식민지 지배정책과 『매일신보』 1910년대』, 두리미디어, 2005, 33쪽 참조.

168 中村健太郎, 「無佛開城雜話」, 『京城日報』, 1916.11.25~26, 「趙子爵 全快 祝賀會」, 『京城日報』, 1916.10.26 참조.

2) 은자(隱者) 윤용구를 찾아간 일화

아베는 부임 후 귀족계급에 이어 종교계에로 교제 범위를 넓혀 갔다. 제일 먼저 손을 뻗친 곳은 유림이었다. 조선의 유림은, 일본인 측에는 왕실에의 충성심과 근대에의 저항감이 강하고 전통적으로 일본을 경멸하는 경향이 있는 완고한 지식 집단이었다.[169] 아베는 이토 히로부미가 모범을 보여준 바대로, 유림 세력에 접근하여 교제를 도모했다.

그는 유림의 최고 기관인 경학원에 접근하여, 대제학 김윤식을 비롯한 간부진과 친교를 쌓았으며, 경학원의 석존제를 매년 대대적으로 보도해 주었다. 그의 유림 접근 방법은 매우 적극적이어서, 자신의 주택 태화정에 포은, 퇴계, 율곡의 서적을 진열해 놓고 유림들을 초대해서는 한복 차림으로 접객과 '계도'를 하는 등의 퍼포먼스까지 벌이곤 했다.[170] 그 '계도'를 받은 지방의 한 유자는 그를 '아베 선생'이라 칭하면서 유학에 대한 그의 식견을 상찬하는 답례문을 『매일신보』 지상에 발표하기도 했다.[171]

아베의 유림 접근이 가장 극적인 방법으로 이뤄졌으며 또한 그 결과가 조선 통치에 잘 활용된 예는 장지연일 것이다. 그 다음 쯤으로 기록될 수 있는 인상적인 예가 해관 윤용구(尹用求)의 경우일 것이다. 예조·이조판서 출신으로 을미사변 후 모든 관직을 마다했으며 합방 후 일본의 작위를 거부하고 은둔 생활을 하던 그는 일본인 사이에도

---

169 中村健太郎, 「阿部 無佛翁を偲ぶ(二)」, 『京城日報』, 1936.1.15.
170 「鮮服한 本社 阿部社長 經學院講士 請待會」, 『每日新報』, 1914.10.1.
171 京畿道, 講士, 黃敦洙, 「每日新報 社長 阿部先生 講話에 대한 답변」, 『每日申報』, 1914.10.23.

이름이 높았다,[172] 아베는 후일 장지연에게 그러했듯 윤용구를 직접 찾아간다. 부임 후 두 달 남짓했던 때, 윤용구가 은둔하던 곳은 장위동이었다. 기자 국외생(局外生), 화백 유아사[湯淺]를 동반한 상태였다.

功成 身退로 此 塵土를 謝하고 月谷 南寧 尉宮墓下에서 仙人的으로 自然한 생애를 送하는 氏는 儒冠襦衣로 친히 堂上에서 慇懃히 迎接하고 主客이 ○手 昇堂하야 禮畢後 ○手분좌하니, 氏의 其 閑居之風과 朴素之態는 自然히 傍座한 余로 하야곰 仙境에 在함과 如한 觀念을 自生케 하엿더라. 俗界에 관한 現時의 論은 主客이 공히 滅黙하고 話頭를 昔時 퇴계 율곡 우계 諸先生 생전사후의 학문 及 사업 등에 관한 談으로 피차에 積年○友를 邂逅함과 如히 追究 詳論도 하며 혹 좌우에 비치한 수백 권의 고서를 추출하야 綜○分○하다가

氏는 阿部 본사장과 此 奇交한 奇緣을 기념키 위하야 동자로 하여금 필묵을 준비케 하더니 사진과 如한 一首 詩를 親히 作之書之하는 고로 其 후의를 謝키 위하야 湯淺 화백은 其 저명한 精巧의 筆을 揮하야 씨의 초상을 즉석에 畵하야 기념에 作하니[173]

기사문이 소개하고 있는 해관 윤용구의 이미지는 은둔 유자의 그것이다. 그가 사는 마을을 찾기 위해 아베는 말 위에서 동자에게 말을 건다. 산골짜기까지 찾아온 경성일보 사장을 해관은 대청 위에서 유건(儒巾)과 심의(深衣) 차림으로 맞이한다. 예를 나눈 두 사람은 "속계

---

172 中村健太郎, 「阿部 無佛翁を偲ぶ(二)」, 앞의 신문, 같은 날짜.
173 局外生, 「出東門하야 月谷에 訪海觀 先生」, 『每日申報』, 1914.10.9.

에 관한 현시의 론", 즉 당대 정치 이야기는 약속이나 하듯 접어두고 조선의 명현(名賢)들에 관한 담소로 들어가고 한적들을 뒤진다. 이곳에 총독부 정책이니 동화니 하는 이야기는 일체 없다.

윤용구는 물론 절개를 지키는 반일 유자로서의 이미지를 지닌 인물이다. 아베는 그런 거물을 우선적인 대화상대로 선택하고는 경성의 종로에서 장위동까지 자신이 직접 발을 옮겨 그를 찾아간다. 통치권력 서열 제2인자라 불리던 일본인 지배엘리트와 그 반대 극에 있는 조선의 선비가 만나, 정치 현안 이야기를 접어두고 선학의 학문에 대한 준론(峻論)을 나누고 헤어지는 이 기사를, 사장을 수행한 기자 국외생은 한 폭의 선화(禪畵)처럼 썼다. 양자의 정치적 입장이 대극적인 것이었기에 더 돋보이는 이런 기사를 실을 만큼 당시의 『매일신보』에는 멋스러운 데가 있었다고 해야 할 것인가. 이것이 아베가 조선 지식인과 만나는 교제 스타일의 한 예였다.

이러한 아베의 사교 스타일은, 1916년 초가을 공명심과 사명감 사이에서 방황하던 아들뻘의 이광수가 찾아 왔을 때도 마찬가지였다. 이광수도 그의 말 속에 동화나 시국 등 정치적인 이야기가 없었다고 증언한 바 있다.[174] 이런 스타일의 아베와의 만남 속에서 윤용구는 무엇을 느꼈을까. 윤용구는 그가 퇴임할 때 이런 발언을 했다고 전한다.

한국 시대에 일곱 번이나 대신에 임명되었으면서도 고집을 세우고 한 번도 그를 배수(拜受)하지 않았다고 하는 풍모의 윤용구 씨 같은 이도, 옹이 대정 6년, 경성일보 사장을 그만두고 동경에 돌아가게 되자, 이를 크게 애

---

174 李光洙,「無佛翁の憶出 (一)」,『京城日報』, 1939.3.11.

석히 여겨, '아베 씨는 참으로 훌륭한 인물이다, 그런 이가 조선에 있어 주었다면 좋았을텐데, 실로 안타깝다. 아베로[老] 같은 이가 하다못해 2, 3인이라도 조선에 있었다면, 양 민족을 위해서 얼마나 다행한 일이었을까'하고 술회했다는 이야기도 있다.[175]

아베에 대해 이런 종류의 감정을 지니고 있었던 조선 지식인들은 적지 않았던 것 같다. 윤용구는 아베가 임기를 마치고 일본으로 돌아간 뒤에도 그와 우정을 지속했다.[176]

3) 일찍 시작한 조선청년 육성 사업

1919년부터 아베가 사이토 마코토의 정치 참모로 일하면서 역점을 들였던 사업 중의 하나가 조선 청년세대의 육성 사업이었다. '장래성'이 있는 조선인 유학생을 선별하여 학비 지원 및 취업 지원을 하여 그들을 미래의 친일파로 육성해내는 작업이었는데, 이는 사이토가 별도의 거액 기밀비를 조성하여 추진한 특별 사업이기도 했다.[177] 후일 민생단 사건의 주역 중 하나이자 매일신보 사장과 폴란드 공사를 지낸 박석윤이 이 면에서는 가장 극적인 예에 속할 것이다.

그러나 아베는 사이토의 참모로 활동하기 이전부터, 즉 매일신보, 경

---

175 中村健太郎, 「阿部 無佛翁を偲ぶ (二)」, 『京城日報』, 1936.1.15.
176 이형식, 「경성일보·매일신보 사장(1914.8~1918.6) 시대의 아베 미츠이에」, 『사총』81, 181~182쪽.
177 裵姶美, 「朝鮮總督齋藤實と阿部充家による朝鮮人留學生'支援'」, 『日韓相互認識』 4호, 2011.3 참조.

성일보 사장 시대 때부터 조선청년들에 대한 지원과 인재 육성 사업을 개인적으로 이미 실천하고 있었다. 나카무라 겐타로의 관련 기록을 소개한다.

> 아베 무불 선생은, 경성일보 사장으로서보다도 조선 내 청년들에 대한 동정자(同情者)로서 조선청년의 숭배의 표적이었다. 조선 청년들은 서로 상의해서 경성 동소문 성벽 위에 집을 지어 무불선생에게 기증했다. 10평 남짓한 조선 가옥으로 좌우가 온돌방, 가운데에 마루가 있었다. 한쪽 방이 다른 온돌방의 배 정도 되는 넓이로 선생은 그 온돌방에서 청년과 담소하는 것을 유일한 낙으로 삼으셨다. 청년들 중에는, 동경에 유학한 자가 많았고, 도쿄대, 교토대, 큐슈대학 등의 졸업생도 있었으며, 총독부 요원이 된 자도 몇 명 있었다. 지사가 되어 지방으로 진출한 자도 2~3인 있었다.[178]

아베에게는 조선 청년들이 그를 위해 지어 기증한 한옥까지 있었다. 나카무라는 그들이 아베를 '숭배의 표적'으로 모시고 있었다고도 썼다. 이렇게 아베의 주변에 모이는 조선의 청년 가운데는 진학문, 현상윤, 최남선, 심우섭 같은 이도 있었다. 1917년 아베의 초대로 이들을 만난 바 있던 문학평론가 시마무라 호게츠도 그들이 아베를 '신봉'하고 있었다고 말한 바 있다.[179]

이러한 내용은, 아베가 '계층과 사상을 막론하고 조선인 사이에 폭넓은 신망을 얻고 있었다'고 기록한 이광수의 「무불옹의 추억」속 내

---

178 中村健太郎, 『朝鮮生活五十年』, 青潮社, 1969, 72~73쪽.
179 이형식, 앞의 글, 186쪽.

용과도 어긋나는 바가 없다.

옹은 틀림없이 운동가였을 것이다. 그러나 자신을 위해서는 아무것도 구하지 않는 운동가였다. 옹은 귀족을 위해, 상인을 위해, 죄수를 위해, 고학생을 위해, 과부를 위해 끊임없이 운동하고 있었지만, "고맙습니다"라는 한마디 답례조차 바라지 않았다. 하물며 재물에 있어서랴.[180]

조선 청년들은 물론 각계 각층의 조선인에게 대가없이 '선행'을 제공했다는 아베를, 이광수는 거의 보살적인 이미지로 그리고 있다. 그 속에 역시 고학생이 포함되어 있었다.

아베군이 (…중략…) 扶養을 缺하야 빈궁한 조선인 子弟에게 資를 給하야 修學의 道를 득케하며 차 유학생 중 一知 半解의 사상을 懷한 자가 유하야 왕왕 불온한 언동에 及한 자를 위하야 충고선도하야 피등으로 하야금 번연 改悟하야 幸히 과오가 無케 하는 등 일일 列擧키 不遑하며 (…중략…) 군은 일면 교육가오 又 종교가라 推稱하기에 有感이 無할 뿐 아니라 실세계에 종교가 교육가를 自任하는 자에 비하야 毫末도 遜色이 無하니 개 아부군은 본연의 自性에 有함인가 차는 평생에 心을 禪學에 潛하고 임제 特異의 감구를 守하야 차 妙機를 悟得함인가.[181] (강조는 인용자)

이 글은 경성일보사 매일신보사 사장직을 사임하고 일본으로 돌아가게 된 아베의 치적을 기리는 성격의 글이었다. 필자 남북학인은, 아

---

180 이광수, 「無佛翁の憶出(四)」, 『京城日報』, 1939.3.15.
181 南北學人, 「阿部充家君을 送함」, 『每日申報』, 1918.7.12.

베의 조선청년 지원 건을 분명하게 증언하고 있다. 그것은 경제 사정이 어려운 학생에 대한 학비 지원, 유학 알선, 그리고 유학생에 대한 사상적 '선도'였다. 그 이유를 위 필자는 아베의 종교가, 교육가라는 자질에서 찾고 있다.

이런 아베의 '휴머니스트'적인 면모에 대해서는 많은 증언들이 있기도 하지만, 위 기록을 볼 때 당시의 많은 조선인들이 그에 대해 이런 이미지를 갖고 있었으며, 위 필자는 이런 일반적 반응을 토대로 윗글을 아베에게 헌사했던 것으로 추측된다. 이 기록들을 종합해 보면, 우선 그는 경성일보 사장 시대 때부터 유학생들을 포함한 조선 학생들을 지원하고 육성하는 작업을 이미 개인적 차원에서 시작한 상태였으며, 그것이 사이토 참모시대에 들어서서 보다 본격적이고 정책적인 성격을 띠어 갔던 것임을 추측해 볼 수 있다.

4) 아베의 매일신보 측근들 – 방태영, 심우섭, 진학문

아베의 매일신보 최측근은 매일신보 기자 방태영(1985~?)이었다. 대한제국 시절 경찰 계통의 경력을 지니고 있었던 그는 일본어 능력을 인정받아, 아베의 개인 통역 및 비서역, 조선인 대면 업무의 보좌역으로서 그를 시종 수행했다. 후술하는 장지영의 매일신보 초빙건과 관련하여 그가 사장 대리로 장지영을 접촉한 에피소드는 유명하다.

경성일보 사임 후 국민신문 부사장으로 일하던 아베가 총독 사이토의 참모 역을 하던 시기, 중앙조선협회 전무 시절에도 방태영의 이 수행은 계속되었다.[182] 아베 사임 후 방태영의 생애를 요약해 보면 다음과 같다.

1919년 『매일신보』 발행인 겸 편집인으로 취임했으며 1921년부터는 대정친목회 간사, 1923년에는 조선서적인쇄주식회사 취체역, 1925년 1월부터 1926년 8월까지 조선 및 일본의 재계 거물들이 조선 내의 노동운동, 농민운동, 사회주의 운동의 급진전에 대응키 위해 일선 융화를 표방하며 소직한 동민회(同民會)의 평의원,[183] 이사 겸 평의원(1926.11~1929.5)을 역임했다. 1932년 5월 31일 조선방송협회중임 이사로 임명되었으며 1936년 6월 3일부터 1939년 6월 2일까지 조선총독부 중추원 참의를 역임, 1937년에는 조선방송협회 이사, 1938년에는 동양지광의 창립 발기인, 1941년부터는 조선임전보국단 발기인, 1943년 조선영화제작주식회사 취체역, 1944년 조선서적인쇄회사 취체역 등을 역임했다.[184]

방태영이 아베의 귀국 후, 말단 기자에서 매일신보의 최고 경영자의 위치, 몇 회사의 경영자에 오르게 된 점, 사이토의 조선 통치 정책의 핵

---

182 「최남선씨 출옥 오래간만에 세상에 나왔다」, 『每日申報』, 1921.10.19; 「아부충가씨 18일야 경성 발 만주 방면에」, 『동아일보』, 1922.11.19; 「아부충가씨 고희축하 발기」, 『동아일보』, 1931.2.1 등.

183 동민회는 1924년 4월 15일 安藤又三郎(만철 경성관리국장), 박영효, 釘本 藤次郎(경성 상의 회장), 송병준, 荒井 初太郎(실업가), 조진태(조선상업은행장), 有賀光豊(조선식산은행장), 한상룡(한성은행장) 등 당시 재조선 일인 재계 거물들과 조선인 인사들, 그리고 시부사와 에이이치, 德川 家達 등 일본 정재계의 거물들을 고문으로 한 대일협력 단체였다. 강령은 다음과 같다. "① 대국에 차원높게 대처해서 내선 융화를 철저하게 실행에 옮긴다. ① 질실(質實) 강건한 기풍을 키우고 경솔하며 진중치 못한 사조를 배척한다. ① 근면역행의 습관을 북돋고 방종, 타약(惰弱)의 폐단을 타이른다" 강동진, 『일제의 한국침략정책사』, 한길사, 1980, 244~245쪽.

184 친일반민족행위진상규명위원회, 「방태영」, 『친일반민족행위진상규명보고서』 Ⅳ-7, 2009, 636~669쪽.

심 과제였던, 조선의 민족운동 분열책 실천에 적극 협력한 점, 중추원 참의라는 조선인 최고의 명예직에 오른 점 등을 확인할 수 있다. 방태영의 인생이 적극적인 대일 협력의 길이었다는 것을 입증하는 또 하나의 예는 그가 사이토 마코토를 만난 횟수다.

그가 사이토를 만난 횟수는 총 51회로, 면담 횟수가 많은 조선인 인사들 중에서도 9번째로 횟수가 많았다.[185] 이중 직무상 사이토의 면담이 많을 수밖에 없는 조선 왕족이나 관료, 재계 인사 등을 빼고 나면 그의 면담 횟수는 최상위권에 속한다. 사이토와 면담이 많았던 송진우, 김성수 등 언론계 최고의 리더들의 면회 숫자도 그의 발밑에 가지 못할 정도였다. 그가 중추원 참의에까지 오를 수 있었던 것, 회사 경영자에 오를 수 있었던 것은, 충성자들을 새로 발탁해서 철저히 우대했던 문화통치기 이후 총독부의 정책에 그 원인이 있다.

역사의 표면에 거의 모습을 드러나지 않으면서도 실제로는 거의 직업적 '친일 분자' 수준에 가까운 대일 협력활동을 벌였던 방태영의 이러한 면모는 역시 아베의 존재를 빼놓고는 생각할 수 없는 일이다. 아베는 사이토의 정책 참모로서 방태영을 부리면서 빈번히 사이토와 연락을 주고받았다. 아베가 사이토의 정책 참모였다면, 방태영은 그 아베의 수하로서 혹은 사이토의 하급 참모로서의 역할을 수행하고 있었다고 해도 될 것이다.

『무정』 속 신우선의 실제 모델이기도 한 천풍 심우섭(1890~1946)도 아베의 측근이었던 인물이다. 그의 매일신보 재직 기간은 그의 명

---

[185] 사이토 면담 횟수가 많은 10결은 선우순(119), 이진호(86), 이강공(85), 순종(75), 한상룡(73), 민홍식(59), 송병준(58), 신석린(53), 방태영(51), 박영효(47)다. 강동진, 『일제의 한국침략정책사』, 169~170쪽.

성에 비해 짧으나, 소설가, 수필가, 기행문 작가로서의 활약은 눈부신 데가 있다. 특히 그의 매일신보 후반기의 활약은 기행문 분야의 집필에 있었는데, 1916년 그가 쓴 기행문 목록을, 당시 같은 기행문을 발표한 일본인 기자 및 이광수의 기행문과 함께 나열해 본다.

1916.2~15	奧田鯨洋生「忠南縱橫記 1~10」
1916.3.1~2	肯默「京義線에서 一夜 1~2」
1916.3.5	肯默「定州의 一日」
1916.3.11~23	一濟生「京城行脚 1~6」
1916.5.7	沈天風「金剛行 1~18」
1916.5.7~13	廣田直三郞「京城의 城壁 1~6」
1916.6.6	沈友燮「金剛行續 1~6」
1916.5.17	中島司「三道隨行記」
1916.6.17	沈友燮「嶺東紀行 1~」
1916.7.7	沈友燮 淸心樓에서
1916.9.22~23	李光洙「大邱에셔 1~2」
1916.9.27~10.6	阿部充家「湖南遊歷 1~6」
1916.9.27~11.9	春園「東京雜信 1~」
1916.11.15	阿部充家「無佛開城雜話 1~」
1916.11.23	阿部充家「松都雜感」
1916.11.28	嵩陽山人「金剛遊記」
1916.11.17	德富蘇峰「1日40里 江華島遊記」
1917.4.22	德富蘇峰「大唐平百濟記」 외

1917.6.29　　　　　　　　　　春園「五道踏破旅行」 6.29～

　　　　　　　　　　　　　　　（毎）30～（京）

　1916년과 1917년 초반의 『매일신보』는 '기행문의 시대'라 불러도 좋을 만큼, 일본인과 조선인에 의한 연재 기행문이 많이 발표되던 때였다. 그 정치적 동기가 데라우치의 조선 통치 성과를 홍보하는 데 있다는 것은 이미 기술한 바 있다. 이 시기에 조선인 필자로서 가장 많은 연재 기행문을 발표한 것이 심우섭이었다. 그의 연재 기행문이 1916년 후반 갑자기 사라지는 것은, 시정 5주년성과 확인의 역할을 새로운 스타 이광수가 대신하기 시작했기 때문이었다. 말하자면 심우섭은 이광수라는 신세대 영웅이 등장하기 전까지 『매일신보』의 기행문을 주도했던 스타 작가였다고 보아도 좋을 것이다.

　심우섭이 아베와 관련하여 한국지성사에 그 이름을 뚜렷하게 남긴 첫 번째 예는 이광수에 의해서였다.

　내가 처음 무부츠옹을 만난 것은 타이쇼 5년(1916)의 초가을이었다고 생각한다 (…중략…) 여름 방학을 마치고 동경으로 돌아가던 도중 경성에 들른 어느 날 아침 일찍, 沈友燮군에 이끌려 욱정(旭町)에 있는 우거로 옹을 찾아갔던 것이다. 그때 심군은 매일신보의 솜씨 좋은 기자의 한 사람으로, 李相協씨와 함께 문명을 날리고 있었다. 심군은 "아베라는 사람은 조선인을 잘 이해하고 있으며, 조선청년과 만나 이야기하는 것을 기뻐하네. 아베에게 군 이야기를 벌써 해두었어. 오늘 군을 데려가겠다고 약속했다"고 말하는 것이었다.[186]

심우섭 자신의 진술에 의한다면, 이광수와 함께 아베를 만났다는 1916년 당시는 매일신보 기자 현직에 있지 않았을 때였다. 둘 중 누군가의 기억 속에 착오가 있을 것이다. 어쨌든 윗글은 심우섭이 아베를 "조선인을 잘 이해하"는 자이며 "조선청년과 만나 이야기하는 것을 기뻐하"는 자로 인식하고 있었다는 것을 알 수 있다. 아베가 중·노년의 조선 귀족이나 종교계 리더 들을 열심히 만났을 뿐 아니라, 성장 가능성이 있는 청년 지식인을 자신의 사람으로 만드는 데 특출한 능력이 있었음이 역시 확인된다.

심우섭의 이후 인생행로 속에도 아베와의 지속적인 관계가 개입되어 있다. 그는 1918년 최남선, 오세창, 박승빈, 이능화 등 33인이 민족 계몽과 학술연구를 목적으로 설립한 계명구락부의 창설에 적극 관여했으며 기관지 『계명』의 주간을 맡은 바 있다.[187] 이 계몽구락부는 아베의 지원활동과 보조를 맞추어 자치 운동을 전개하고 있었다.[188]

심우섭과 아베와의 관계가 가장 선명하면서도 공식적으로 표면화된 것은 3·1운동 직후인 1919년 7월 16일, 심우섭을 포함된 7명의 조선인이 도일하여 당시 하라 수상을 포함한 정계 관료들을 만나 조선 자치제 시행을 요구한 일이다. 그들이 이러한 청원 활동을 할 수 있었던 것도 아베의 중개 덕분이었다.[189]

방태영을 따라갈 정도는 아니나 심우섭 역시도 사이토와의 면담이 잦아 그의 면담 횟수는 총 35회나 된다. 이후 심우섭은 1927년 경성부

---

186 李光洙, 「無佛翁の憶出 (一)」, 『京城日報』, 1939.3.11.
187 권영민, 『한국현대문학대사전』, 서울대 출판부, 19쪽.
188 김동명, 『지배와 저항, 그리고 협력』, 경인문화사, 2006, 358쪽.
189 강덕상, 김광렬 역, 『여운형평전』, 역사비평사, 2007, 371쪽.

학교 평의원, 조선교육연구회에서 활동하였으며 1935년 경성방송국에 입사하여 제2방송과장으로 근무했다. 방송과장 근무시에는 총독부 당국의 일어 지시 사용에 반발하여 즉각 사임했다는 에피소드도 전한다.[190] 연대는 확실치 않으나 방태영과 같이 동민회에 가담하여 이사를 지냈고 구일회에도 참가했다.[191] 그도 총독부의 조선 민족운동 분열책의 실천에 발을 깊이 담그고 있었던 점이 분명히 확인된다. 중일전 개전 이후에는 국민정신총동원조선연맹의 순회 강연반 연사로 활동했고 조선임전보국단에도 참여했다. 매일신보에는 1941년 편집고문으로 복귀하여 종전기까지 이사 대우 촉탁으로 있었으며 해방 후 1948년 3월 6일 서울 자택에서 사망했다.[192]

진학문(秦學文)(1894~1974)은 와세다대 영문과, 동경외국어대 러시아어과 등에서 유학하고 있던 1910년대 중반 장덕수, 최승만, 최두선, 신익희 등과 함께 『학지광』 창간에 관여했으며 총무로 일하면서 집필진으로 맹활약을 펼친 문학 지망생이었다. 그는 학업을 중도에 그만두고 매일신보 입사를 꾀했으나 실패하고 경성일보에 입사하였다. 진학문은 모종의 문제로 경성일보를 곧 그만두고 1918년 오사카 아사히신문사 기자로 전입한다. 이 때 추천서를 써준 것이 사장 아베였다.

입사부터 그는 이후 오사카 아사히신문사의 경성지국에서 일하면서 정재계 인사들과 교분을 쌓게 된다. 3·1운동 이후 신임 총독 사이토가 부임한 이후는 그와 빈번한 면담을 가졌다. 부임 초기부터 1921년

---

190 「전파시대에 산다 7」, 『경향신문』, 1977.2.21.
191 친일인명사전편찬위원회, 『일제협력단체사전—국내 중앙편』, 민족문제연구소, 2004, 237, 335쪽.
192 「人事」, 『동아일보』, 1948.3.7.

말까지는 총 12회, 1922년부터 23년 말까지는 총 10회, 이후 사이토 퇴임까지는 총 13회, 합계 35회였다. 1923년 사이토로부터 기밀비 1,500원을 받았다는 설도 있다.[193] 사이토의 조선인 참모역이었다고 보아도 좋을 것이다. 강동진은 그를 '직업적 친일분자'로 분류한 바 있다.[194] 동아일보의 창간은 이 진학문이 총독부와 막후 교섭을 하고 김성수가 자금주가 되어 이뤄진 것이다.

그는 1920년 4월부터 동아일보 재직시에는 정경부장, 논설위원 등을 맡았다. 5월 9일 "독립운동 후 조선민정의 시찰을 위해"[195] 아베가 방한했을 때 진학문은 이렇게 수행했다.

본사 정치경제부장 秦學文씨 동 경리부장 韓重銓씨 國民新聞社 부사장 阿部充家 及 李秉의 씨 일행은 地方巡遊차 去 16일 平南線 岐陽역 하차 江西古蹟 觀覽하고 동일 오후 3시 열차 來南하여 朝日여관에서 잠시 휴게후 17일 오후 張 본사지국장의 안내로 항내 각지를 시찰하고 오후 8시에는 도 참사 임우돈씨외 당지 십수 실업가 主催訪花亭 만찬회에 임하야 주인측에서 지방 소개에 관한 담화가 有하얏고 당일 여관에서 1박 후 17일 오후 平壤으로 向하엿더라. (진남포)[196]

이후 진학문의 생애는 본격적으로 아베 및 총독부의 지시를 이행하는 길이기도 했다. 동아일보 재직 중이던 1921년 그는 임정의 조소앙,

---

193 위기봉, 『다시 쓰는 동아일보사』, 녹진, 1991, 102면.
194 강동진, 『일제의 한국침략 정책사』, 169~170쪽, 192쪽 참조.
195 『동아일보』, 1920.5.9.
196 「秦氏 일행 동정」, 『동아일보』, 1920.5.21.

홍명희, 이광수, 안창호, 블라디보스톡의 이시영 등 다수의 민족운동가들을 만나고 온다. 또 잘 나가던 동아일보를 그만두고, 아베의 운동에 의해 가출옥한 최남선과 같이 잡지『동명』신문『시대일보』의 운영에 매달린다. 이 역시도 민족운동 진영의 내부 분열을 꾀하던 아베의 진언과 총독부의 지시가 있었기 때문이다.[197]

시대일보 이후 그는 잠시 일본 호치[報知]신문 서울특파원을 지내다가 브라질로 잠시 이민을 갔으며 귀국 이후 1930년부터는 어용 단체 계명구락부 활동을 하는 한편 경성상공협회 상무이사로 재계에서의 활동도 시작한다. 이후 동경에서 거주하다가 1937년부터는 만주국 내무국 참사원으로 관료생활을 시작한다. 민생단 사건으로 악명 높은 아베의 측근 박석윤도 외무국 조사처장으로 만주의 고등관료생활을 시작한 바 있다.

5) 매일신보가 영입한 조선인 영웅들

(1) 장지연 – '절개'보다 '대세'

아베가 경성일보 부임 후 가장 많은 공을 들여 직접 스카우트한 인물은 장지연이다. 장지연이라면 대중들에게는 '시일야방성대곡'과 투옥으로 조선의 '절개'를 대표하는 지사로 숭앙되고 있었던 인물이었다. 그는 석방 이후 1908년 해삼위의 해조신문 주필, 1910년 진주의

---

197 「사이토에게 보낸 아베의 편지」, 1922.6.1; 강동진, 앞의 책, 44쪽.

경남일보 주필 생활 이후 1913년 7, 8월경부터 마산으로 이주해 음주와 기행으로 세월을 보내고 있던 중이었다.[198]

아베는 1914년 8월 부임한 지 얼마 안 되는 10월, 그에게 접근하여 매일신보행을 권했다. 방태영이 중간역을 맡았다. 장지영이 고사하자 그가 직접 만나 설득을 거듭했다. 그는 조건부로 매일신보행을 승낙했다.

10월 방태영이 서울에서 찾아 왔다. 매일신보사 사장 아부충가가 나를 초청하는 일 때문이었다. 그는 함께 가자고 애써 청하였으나, 나는 고사하고 듣지 않았고, 다시는 보관(報館)에 들어가지 않겠다고 맹세하였다. 방태영은 부득이 식아(軾兒, 아들 張載軾)에게 감언을 하고 외투 1벌과 여비 30원을 남기고 떠났다.

이때 윤돈(윤돈, 장지영의 아들 재륜)이 서울에 있으면서 방탕하게 지낸다 하므로 부득이 11월에 출발해 서울에 이르러 수동(壽洞)의 녹동(綠洞) 선우일(鮮于一)의 집에서 유숙하였다. 다음날 석농(石農), 유근(柳瑾) 등 여러 벗들이 여관에 찾아와 날마다 모여 술 마시는 것을 일로 삼았다.

10여 일 후 아부 무불이 다시 와서 집필을 청하였으나, 나는 굳게 사절하고 따르지 않다가, 세 가지 일을 요구하였다. 첫째, 단지 객례(客禮)로 대우할 것, 사원의 칭호는 허락하지 않는다. 둘째 쓰는 글은 일사(逸事)의 유사(遺事)와 종교, 풍속 등에 관한 것이고, 또한 여관에서 써서 보내며 신문사에 들어가서 쓰지는 않는다. 셋째, 사장이 해임되어 돌아갈 때 나 역시 동시에 그만두고 돌아간다. 그렇지 않으면 결코 발을 들일 수 없다. 사장은 모두 일일이

---

198 김도형, 「장지연의 변법론과 그 변화」, 『한국사연구』 109호, 2000, 20쪽.

승낙하였고, 그가 해임되어 돌아갈 때 나 역시 즉시 그만두고 돌아갔다.[199]

아베는 그의 조건을 수락했다. 이리하여 매일신보행을 선택한 장지연은, 얼마 후 자신의 심경을 『매일신보』 지면에 직접 문학적 방식으로 썼다. "평소의 뜻 배불리 먹고 따스한 옷을 바라는 것 아니었는데, 그대의 권유에 감격하여 종유(從游)하게 되었노라"라는 한시가 그것이다.[200] 자신의 속내를 알아준 적장에 대한 우정의 표현이라고 해야 할까. 아베 나이 53세, 장지연의 나이 51세 때였다. 그는 아베와의 의리도 지켰다. 그가 그만두고 나서 약 반년 간을 더 일한 뒤 퇴사했다.

그는 대한자강회, 대한협회의 개신유학파 리더로 활동하던 시기, "러일전쟁에서 승리한 강대국 일본에 무력으로 대응할 수 없으며, 국권 회복에 이르게 된 원인이 실력 양성을 하지 못한 내부에 있는 것인 만큼 폭력적 반일 투쟁은 오히려 국권 회복에 방해가" 된다는 사고방식의 소유자로 바뀌어 있었다.[201] 정치 개혁과 정권 장악을 위해서는 일제와의 타협도 불가능하지 않다는 사고의 가능성을 갖고 있었다는 이야기다.[202] 합방 이후에는 이미 일본을 동양의 선각, 동양의 패왕으로 인정하고 있었으며 중국의 붕괴와 조선의 패망도 비합리적인 일이 아니었다고 보고 있었다.[203] 후술하나 이런 사고방식은 다음해 아베와 인연을 맺게 되는 윤치호역시도 동일하게 갖고 있는 사고방식이었다.

---

199 「장지연의 자찬 연보」(1914년 10월 초), 부산대 점필재연구소 편, 『연보와 평전』 제2호, 한겨레출판, 2009.9, 65쪽.
200 숭양산인, 「기창만필鸝窓漫筆」(3), 『每日申報』, 1915.3.14.
201 장지연, 「자강회문답」, 『대한자강회월보』 2호, 6쪽; 이태훈, 앞의 글, 41쪽 재인용.
202 이태훈, 위의 글, 42쪽.
203 김도형, 「장지연의 변법론과 그 변화」, 앞의 책, 20쪽.

아베의 권유는 이러한 장지연의 내적 정황을 파악한 위에서의 시도였을 가능성이 있다고 보는 것이 옳겠다. 그 위에 아베가 장지연을 설득하는 방법은 중세적인 예의가 동반된 것이었던 것 같다. 아베와 장지연의 만남은 그런 의미에서 지배자의 일방적인 설득이나 강압에 식민지 지성이 꺾인 것이라고는 볼 수 없다. 아베는 장지연이 세간에 나올 명분을 극적으로 만들어 주었으며, 장지연은 그 기회를 우아하게 이용했다고 하는 것이 옳을 것이다.

총독 다음의 자리로 알려져 있는 경성일보, 매일신보 사장 아베, 조선 지식인들 사이에 평판도 좋던 거물 아베, 두 살 선배인 아베의 인도에 따라 장지연은 아베 부임 이후 4개월여 되던 1914년 12월 23일, 『매일신보』에 숭양산인 장지연이라는 실명으로 「고재만필(古齋漫筆) ─여시관(如是觀)」 연재를 시작했다. 제1면이었다. 같은 호에 그의 초빙과 관련된 사연이 이렇게 소개되었다.

> 嵩陽山人이라 하면 (…중략…) 莫不欽慕하고 莫不敬仰이러라 (…중략…) 我社는 氏의 無聊한 時를 乘하야 勸함에 其設이 有한 則 於是呼. 氏는 幡然 起曰 乃公의 筆鋒이 尙銳而健이라 함으로 我社는 氏를 客卿의 양에 延聘하엿스니 其 文章과 筆法은 旣히 諸君子의 定評이 有한지라 (…중략…) 自今 以來로 我社의 本旨된 新政의 宣傳과 民智의 開發에 時時提逝하는 功實도 多大하리로다.[204]

'신정'의 대외 선전과 계몽을 기대한 매일신보사의 뜻대로 그는 이후

---

204 매일신보사 편집부기, 「숭양산인 장지연씨」, 『每日申報』, 1914.12.23.

1918년 12월까지 4년여 동안『매일신보』에 한시를 포함해 약 700여
편의 학술문과 교양 논설, 기행문, 한시들을 발표했다.[205] 한주국종(漢主
國從)체가 대부분이었다. 그리고 대부분의 글이 발표된 곳이 제1면이었
으니, 제1면에 필자명을 밝혀 쓴 글 면에서만 본다면, 그가『매일신보』
사상 최대량의 기사를 쓴 인물이었을 가능성이 있다는 이야기가 된다.
그에 대한매일신보 경영진의 기대, 그리고 장지연의 적극성을 엿볼 수
있다.

그는 한때『매일신보』가 '숨기고 아첨'하는 신문이라는 비판을 한
적도 있었다.[206] 그가 입사를 하되 완전한 매일신보 직원은 아닌 객원
대우, 그리고 선전문이 아닌 장르를 쓴다는 것을 부대 조건으로 내건
데에는 이러한 경위가 있었다. 그는 입사한 후 그 부대조건 뒤에 숨어
일제 통치에 협조하는 의견을 개진하는 글들을 다수 발표하고 만다.

그의 이 부류의 글은 양극적인 스펙트럼을 갖고 있다. 한쪽 극은 인
사치례에 가까운 느낌이 들 정도로 품격 낮은 동화정책 선전홍보문,
다른 극은 자신의 대일협력의 근거를 진지하게 개진하는 사상적 문장
이 그것이다. 다음은 신정 밑에서 조선의 풍속이 건전하게 발전하고
있다는 견해를 제시한 내용의 글로서 전자의 유형에 속한다.

通論하면 조선의 풍습은 支那에서 수입한 者 多하야 (…중략…) 尙히 支
那보다 多한 弊風이 多할지라. 又 一分은 羅麗濟 시대에 其 聲名과 문물의
개발함을 頗히 佛氏釋迦의 手로써 印度의 제도를 採用하얏슴으로 역시 인

---

205 상세 사항은『친일인명사전』, 민족문제연구소, 2009 및 친일반민족행위진상규명위원회,
『친일반민족행위관계사료집』13권 참조.
206 정진석,『언론조선총독부』, 커뮤니케이션북스, 2005, 88쪽.

도의 풍습과 ○○하며 역시 왕실 궁중에서는 고려 棄葉에 元의 공주와 結婚한 바 多함으로써 (…중략…) 지금까지 궁중에서는 몽고의 풍습도 하더라 / 風俗이 如斯한 고로 조선의 민족도 多岐 分裂하야 團體力이 항상 박약함이 此의 所以라 하리로다. / 總督府에서 新政을 施設한 이래로는 者者히 병폐를 改革하고 ○화를 선포함에 際하야 조선 구습의 풍습도 점차 개량되야 ○○하는 ○에 ○되얏도다. 其 一二를 試術하건대 조선습관상 閥閱階級을 타파하야 평능의 사상을 誘致하고 其次 양반부녀의 閨房 중에 鎖閉함을 개방하야 자유로 門外에 행동케 하며 且 일반 출입시에 長衣로 覆面하야 天日을 不見케 하든 弊習을 改하야 覆冒의 風을 捲撤하고 임의로 출입하야 天日을 復見케 하고 묘지령을 발포하야 윤리 濫占의 惡弊를 제거하고 山訟이란 풍습을 간단히 無訟의 化를 致하며 기타 婚姻喪祭의 일체의 번문 復禮도 점차 變改하야 簡易의 역에 至케하니 孔子이 所謂(禮與奢也寧儉)라 하심이 此가 正히 新政에 相符하리로다. [207]

장지연이 말하고자 하는 바는, 조선은 고대부터 여러 국가로 분열되어 반목하는 풍속, 강대국을 좇는 사대주의적 풍속을 지녀왔으나 '총독부의 신정' 이래 '풍습이 개량'되어 계급과 남녀평등 사상이 정착되고 관혼상제가 간소화되는 등 '공자'의 이상이 실현되고 있다는 것이다. 통일국가 성립 이전에 지역별 패권국 사이에 대립이 존재했으며, 통일국가 성립 이후에도 지역별로 그러한 문화적 전통과 대립이 남아 있는 것은 조선에서만 볼 수 있는 현상이 아니다. 중국의 영향이 풍속 속에 깊게 남아 있다는 지적도, 중세 제국으로서 매력적인

---

207 嵩陽山人, 「朝鮮風俗의 變遷」, 『每日申報』, 1915.1.1.

소프트 파워를 발신해 온 중국의 인근 국가 조선에서는 당연하다고 볼 수 있는 현상이다.

즉 장지연이 조선의 단점으로 지적하고 이는 것은 조선만이 아니라 일본 역시도 당연히 겪어 온 보편적 현상의 하나다. 또한 평등사상이 보급되고 각종 의례가 간소화되는 등 '이상'이 실현되고 있다고 한 것은, 데라우치와 일본의 '선정' 때문이 아니라, 자본주의국가 건설을 향해 운동해가는 근대국가에서 보편적으로 발생하는 현상이다. 장지연의 논리는 졸렬하다.

장지연이 이 글을 쓴 것은 『매일신보』 1면에 고제만필을 쓰기 시작한 지 1주일밖에 지나지 않은 시기, 1915년 정초였다. 일제 통치의 장점을 제시하는 논리 자체가 부실한 것이어서, 이것이 과연 황성신문 사장과 대한자강회, 대한협회의 리더를 지낸 장지연의 글인가 의심되는 데가 있다. 그의 진심이 담겨 있는 글이라기보다는 '인사성' 발언이라는 혐의가 짙다.

이후 그는 데라우치의 공진회를 찬양하고 조선 고적 관리 방침을 지지하는가 하면, 천황 일가를 소개하거나 고종의 동경 방문시 일선 융화를 부르짖기도 했다. 후임 총독인 하세가와 미치조가 부임할 때도 대환영사로 맞이한 적이 있다. 그의 통치 협력형 문장 중 사상적인 진지함이 가장 적극적으로 드러나 있는 문장이 '아세아몬로주의'를 주창한 다음 글이라 생각된다.[208]

금일 동양의 평화를 유지코저 할진대 유일의 구책은 즉 미국의 몬로주의

---

208 김도형, 「장지연의 변법론과 그 변화」, 앞의 책, 21~24쪽.

를 用하야 아세아몬로주의를 실행함이 목하 東洋全局의 대방침이 되리라 칭하는 소이로다 (…중략…) 아세아의 인종이 대체로 同種의 感이 有한지라. 차를 연합단결하여 一同히 이종인의 침략을 방어함은 最上策이 되나 이는 도저히 불가능할지니 (…중략…) 구주전란 이후는 세계에 一大變象함은 지○를 不矣하고도 推想하는 바오. 차 其영향이 필경 동양에 及할 것은 단언함을 不疑하노니 此時를 당하야 自彊自爲의 策을 不講하고 袖手傍觀하야 局外主義를 執함은 人히 不可할 者라 하리로다(…중략…).이십세기 금후의 대세는 민족의 연합주의가 진행될 것이오 軍國主義의 進步되는 동시에 겸且 拓土主義의 愉悅함을 示할지니 아 동양은 민족연합주의를 단행하며 아세아몬로주의를 확립하야 自彊自衛의 道를 不怠한 然後에야 永久한 동양의 평화를 유지하며 현재 領土의 保全을 得할지오. 苟히 구시대의 局見을 교수하야 猜疑의 心을 守하고 姑息의 宴○를 耽하야 眼前의 小理解로서 백년의 대계를 誤하면[209]

장지연은 대동아공영권의 논리와 혹사한 '아시아 먼로주의'를 주창하면서 이것이 '자강자위의 도'이며 영구한 '동양평화에 이르는 길'이라 주장한다. 지식인 계급을 포함한 독자들에게는, '구시대'의 편협한 사고방식을 버리고 백년대계를 보라고 주장하고 있다. 원래 장지연은 동아시아 3국 사이에 존재했던 아시아주의가 변질되어 가던 역사적 과정을 자신의 몸으로 직접 겪어 온 인물이다. 그런 장지연이, 지배국 일본이 인도하는 아시아주의를 긍정적 가치의 대상으로 변호하고 있는 데에 이 글의 극적인 성격이 있다.

---

[209] 韋庵, 「時事小言」, 『每日申報』, 1916.6.8.

장지연은 조선 지식인들에게 '구시대'의 편협한 사고를 버리라 하고 있다. 그것은 일본이 지배하고 인도하는 아시아주의에 대해 조선인들이 오해를 하고 있다는 뜻이며, 그 의미를 재인식할 필요가 있다는 뜻이다. 이 발언이, 지식인으로서의 인격을 포기한, 장지연의 처세술의 소산이 아니라면, 이것은 장지연 역시도 '오해'와 재인식의 정신적 과정을 겪었다는 문맥으로 읽힐 수 있다. 이것은 장지연의 사고 속에 모종의 내적인 전환이 있었다는 것을 의미하는 것으로 보아도 좋겠다.

한 마디로 정의한다면, 그것은 조선인이 소중히 여기는 '민족적 절개'가 물론 중요한 것이지만, 세계대전을 비롯한 역사의 대세가 그보다 더 중요한 세계가 있음을 보여주고 있으며 조선인도 그러한 '진리'를 직시하며 사고방식을 바꿔야 필요가 있다는 것이다. 강력한 리더쉽 아래 각 국가들이 연합하여 강력한 힘을 발휘하는 거대한 통합 시스템의 건설이 '민족의 고수'보다 더 중요하다는 것, 그것이다. 그것이 '절개'와 같은 '안전(眼前)의 소이해'를 초월하여 '백년대계'를 바라보는 길이라는 것이다.

이렇게 보면 장지연은 그 나름으로 식민지 현실과 세계사의 추이를 읽고 결단을 한 후 조선민족이 나아가야 할 길을 제시하고 있다고 볼 수 있을 것이다. 이것은, 1920년대식으로 바꾸어 말한다면, 민원식 류의 동화주의를 선취한 버전이라고 할 수 있을 것이다. 장지연이 매일신보 초빙에 응하고 정력적으로 총독부의 통치에 협조한 근본적 이유는 이런 데에 있었던 것이 아닐까.

이상과 같이 매일신보에서의 그의 집필 활동은 적극적이고 자발적인 것이 특징이다. 이것은 한때 국권의 회복과 자강 운동을 내걸고 정치운동에 앞장섰던 개화기 대표 엘리트 중의 하나가, 새 현실 속에서 '정부'의 이데올로그로서 활동하는 길을 스스로 선택한 후 보여준 자발적 협력 유형의 하나로서 주의 깊게 보아야 할 면모가 있을 것이다. 그는 후일 많은 조선 지식인들이 그랬듯, 전쟁 시국이나 공포를 무기로 한 당국의 압력에 굴복해서 대일협력에 나아간 유형이 아니라, 일찍부터 스스로 그 길을 선택하여 나아갔다고 보아도 좋을 면모를 갖고 있다.

이런 의미에서 아베 미츠이에가 조선의 지사 장지연을 집중적으로 선택하고 그를 식민지 현실 속의 활동 공간으로 이끌어낸 것은 대성공이었다고 할 수 있을 것이다. 장지연은 하세가와 시대에도 정력적으로 활동을 계속하다가, 1918년 아베 퇴임 후 약 반년 뒤 매일신보사를 퇴직했다. 그리고 3년 뒤인 1921년 생애를 마쳤다.

이렇게 아베는, 영웅적인 배일 활동 경력이 있는 한편 사상적으로 일본의 조선 지배를 대세로 받아들이고 있는 조선인 리더를 골라내는 안목이 있었다. 예를 갖춰 우대한 후 조선 언론 최상의 공간으로 나오게 하여 '동화'의 이데올로그로 그들을 활용하는 데에 탁월한 능력이 있었다. 어떤 의미에서는 이것은 신문사 사장의 역할을 뛰어넘는 고도의 정치적 역량을 발휘한 것이었다고 해도 과언이 아닐 것이다.

일방적인 폭력적 통치정책을 실시하여 통치에 협조적인 조선인 계층을 만들 기회를 스스로 저버린 것이 데라우치 시대의 지배 엘리트들이었다. 조선인의 신망을 잃은 이 일본인 지배자들 혹은 그들의 대리인 역을 하고 있던 '매국노' 조선 귀족들의 글을 통해서가 아니라,

조선 민중이나 지식인 사이에 명망이 있는 인물을 포섭하여 그로 하여금 총독부의 정치 활동 조역을 하게 만드는 방식, 이것을 '대리 통치' 방식이라고 부른다. 이것은 실은 후일 사이토 마코토의 문화통치 시대에 주로 채택된 대조선인 전술이다. 아베는 그냥 휴머니스트적인 인물이나 언론사 사주가 아니라, 조선 통치의 세부적 실무와 관련하여 이미 6, 7년 이상을 앞서가는 전술을 구사하고 있었던 '정치적 인간'이었던 것이다.

장지연의 성공 케이스에 이어 다음해 1915년 스카우트되게 되는 인물이 윤치호였다. 장지연이 신유자[儒者] 계급을 상징하는 인물이었다면, '대음모사건'의 주역 윤치호는 기독교계의 리더였다.

(2) 윤치호–적극 협력과 실력양성론

전 독립협회회장, 전 대한자강회 회장, 전 대성학교장 윤치호가 '105인 사건' 뒤 '변절'을 했다는 세간의 설은 일부만 맞다. 문명지상주의자였던 그는 당연히 서구를 문명의 이상으로 보고 있었다. 조선과 청은 야만과 악이었고 일본은 "비서구 국가 중 유일하게 문명화에 성공한 우등국"이었다. 문명주의의 도식에 의하면 그가 일본에 크게 적대적이어야 할 이유는 없었다. 일본의 조선 합병은 비통감 속에서도 어쩔 수 없는 대세로 받아들였다. 문명을 소유할 만한 실력을 갖고 있지 못한 상태에서의 저항은 부질없는 일이라 보았다.[210] 문명을 달성한 일본에 대해

---

210 이상 정용화, 「문명개화론의 덫―「윤치호일기」를 중심으로」, 『국제정치논총』 41권 4호, 2001, 309~311쪽.

일정한 호감을 갖고 있던 그가, 문명국의 식민지 '정부 수반'을 살해하려 했다는 '105인 사건'의 주모자로 그 이름이 언론에 오르내리게 되고 6년이라는 중형을 받게 된 것은 불운에 가까운 것이었다고 보아야 할지도 모른다.

그가 명치천황의 황태후의 상으로 잔여 형기면제 특사를 받은 것은 1915년 2월의 일이다. 윤치호는 출옥 소감을 묻는 매일신보 기자에게 이렇게 옥중 체험을 밝혔나.

> 한번은 동경 청산학원 井深 씨가 차저와서 보고자 하는 서책을 묻는 고로 나는 일본문명사를 말하엿더니 씨는 (…중략…) 大隈伯에게 문의한 즉 大隈伯이 저술한 개국 50년사라는 책 (…중략…) 부친 고로 옥중에서 비로소 일본 역사를 자세히 공부하얏고 또 역사를 공부하는 데 필요한 지리도 공부하엿스며 또 역사를 공부하던 중에 가히 자랑할 일은 일본 역대 천황의 이백 위를 능히 오이는 것이라. 이는 내지 사람 중에도 별로 없다 하야도 가한 바로 생각한다, 하고 바로 쾌소하더니,[211]

윤치호는 1913년 내각 수반으로 정계에 재등장한 오쿠마 시게노부[大隈重信]가 자신이 읽을 책을 추천해 주었다고 썼다. 보신책의 일부였을 것이다. 역사 공부 중 천황 200명의 이름을 외웠음을 과시하는 것 역시도 '음모 사건'의 주역을 바라보는 당국의 눈을 의식한 보신책의 일부였을 것이다.

그가 읽었다는 『개국오십년사(開国五十年史)』란 개국오십년사발행소

간행의『개국오십년사 상권』(1907)과 하권인『개국오십년사론』(1908)
이다. 오쿠마 시게노부가 편집 책임을 지고 총론과 결론을 붙인 이 책
은 일본 "현대사의 진보 발달의 본말, 곡절 및 그 경과, 변천의 흔적을
상술하여 해외에 보급"하려고 한 책으로 "신일본의 건설 발전에 관여
한 명사들"이[212] 각 방면의 기술을 담당한 서적이었다. 상하권의 전체
목차와 각 필자명을 나열하면 다음과 같다.

상권:

開国五十年史論（大隈重信）, 徳川慶喜公回顧録（同）, 帝国憲法制定の由来
(伊藤博文), 開国事歴(島田三郎), 明治の外交(副島種臣), 帝国財政(松方正
義), 陸軍史(山県有朋), 海軍史(山本権兵衛), 政党史(板垣退助,大隈重信,浮
田和民), 法制史略(富井政章), 法制一般(鳩山和夫,阪本三郎), 自治制度(清
水澄), 警察制度(大浦兼武) 監獄誌(小河滋次郎, 留岡幸助) 交通과 通信 明治
以前(前島密) 遞信事業(田健次郎),鐵道志(井上勝) 海運業(近藤廉平), 本邦
敎育史要 明治以前(大隈重信), 明治敎育史要(西園寺公望), 敎育瑣談(田中
不二麻呂), 高等敎育(加藤弘之), 民間敎育(浮田和民), 商業敎育(川野爲之),
女子敎育(成瀨仁藏), 歐洲學習傳來史(大槻如電), 數物學(櫻井錠二), 博物學
(箕作佳吉), 醫術の 發達(靑山胤通,富士川遊) 醫學 及び 衛生(三宅秀)

하권:

神道と君道(久米邦武), 儒教(井上哲次郎), 仏教(高楠順次郎), 基督教(本多
庸一, 山路愛山), 哲学的思想(三宅雪嶺), 泰西思想の影響(新渡戸稲造), 新日

---

212 大隈重信,「例言」,『開國五十年史論』, 開國五十年史發行所, 1907.

本智識上の革新(横井時雄), 明治文学(芳賀矢一), 美術小史(正木直彦), 音楽
小史(東儀季治), 国劇小史(坪内逍遥), 政論界における新聞紙(福地源一郎),
新聞紙雑誌及び出版事業(戸谷部銑太郎), 農政及び林政(酒匂常明), 水産業
(村田保), 鉱業誌(古川潤吉), 工業史, 織物誌(川島甚兵衛), 染織業, 銀行史
(渋沢栄一), 会社誌(同), 外国貿易(益田孝), 北海道誌(佐藤昌介), 台湾誌(後
藤新平), 慈善事業、赤十字事業、都府の発達(尾崎行雄)、風俗の変遷(藤岡
作太郎)、社会主義小史(安部磯雄), 日本人の体格(ェルウィンベルツ), 国語
小史(藤岡勝二), 開国五十年史結論(大隈重信)

명치기 일본의 정·재계 문화계의 최고 거물들이 총동원되어 집필
하고 후일 영역된 이 책은, 일본을 대표하는 지배 엘리트들의 이름으
로 집필된 '서구 홍보용 일본사'다. 이 책의 전체 요점을 간략한 통사
형태로 집약해 놓은 것이 오쿠마가 상권 앞머리에 집필한 「개국오십년
사론」 부분인데, 이 장은 아래와 같이 총 4부로 나눠져 기술되어 있다.

일본은 신국으로 건존(健存)되어 왔다 / 지리적인 민족 특질
봉건 속에서 연마한 민족의 지능 / 개국 이후의 발전

오쿠마는 우선 서장에서 "세계 인구의 과반을 점하고 있는 동양의
제민족이 국가적 패망을 맞고 있는 가운데 일본 제국만이 흥륭"을 거
듭하여 러일전에서 승리하는 결과를 거두었는데 이것은 "일본 민족이
다른 아시아 민족과 다른 역사와 발달" 과정을 지녀왔기 때문이'라고
전제한다. 그 역사적 이유로 먼저 제시한 것이 "일본은 신국으로 건존
되어 왔다"는 점이다. 즉 다른 국가들이 내외적 분쟁 속에서 흥망을

거듭할 수밖에 없었던 것과 달리, 일본만은 "신의 특수한 은혜" 아래 신국(神國)으로서 정치적 안정과 독립성을 지속적으로 누리면서 민족을 온전히 보존해 올 수 있었다는 것이다.

그 중요한 이유는 지정학적인 데에 있는데, "대륙과의 절절한 거리" 때문에 외침을 겪지 않아 "쇄국에 안주할 정도로 안전한 생활 낙토"를 구현할 수 있었다고 한다, 또 대륙과 한반도, 인도 등으로부터 모여든 수많은 인종과 문화, 불교·도교·기독교 등, 모든 외래적 요소가 갖고 있는 결점과 "독성들을 제거하고 정련"해 냄으로써 일본은 성품이 청정한 대민족을 성립시킬 수 있었다, 이것이 "세계의 미를 찾아내어 흡수하는" 일본인의 뛰어난 능력이며 이것이 "지리적인 민족적 특질"이라고 한다.

한편 신국의 역사적 구현 과정인 봉건제, 특히 도쿠가와 막부시대에 대해서는 "도쿠가와 시대의 태평(太平)은 한편으로 학술, 문예의 진보를 이루고 번 상호간의 경쟁을 통해 지식과 기력을 연마하여 세계적 각축장에 돌입할 준비를 해 왔다. 흑선(黑船)의 출현과 더불어" "봉건 속에서 연마해 온 민족의 지능"을 응용할 수 있었다고 평하고 있다.

마지막 장인 「개국 이후의 발전」 부분 중 주목되는 것은 근대 일본의 발전 과정의 필수 부분이었던 중국과 조선 침략 부분이다. 그에 대해 오쿠마는 청일전쟁은 두 국가가 "제국의 미래에 끊임없이 위해를 가하기" 때문에 일어난 것이며 청일전쟁과 러일전쟁은 "비경(悲境)에 빠진 동양 2국을 문명으로 인도하고 발달시키는 광영(光榮)있는 인도(人道)의 사업"이라고 규정하고 있다. 마지막 결론에서 "호화(好和)적인 일본" 국민은 과거의 적에게 아무런 악감정도 갖고 있지 않으며

"과거와 같이 미래에도 문명과 인도(人道)주의의 최고 상태를 향해 나아가는 모든 국민의 벗"이 될 것이라고 밝히고 있다.[213]

이 글에서 보는 한 오쿠마는 거의 광신적 수준의 자민족 우월주의자다. 살육으로 점철되었던 일본 중세와 근대의 내전들은 장차 도래할 국제 경쟁을 위한 실력을 키우는 장으로 변신하며, 동아시아의 패권 획득을 둘러싼 청일전, 러일전도 청정무구한 품성을 지녀온 일본 국민의 정당방위로 둔갑한다. 한 마디로 이 글은 러일 전쟁 이후의 일본이라는 시점을 현재적 과(果)로 해서, 그 이전의 모든 역사과정을 선인(善因)으로 짜 넣은 허구적 역사드라마의 결정판이다.

현재적 시점에서 보면 이 일본 통사는 넌센스로 가득 찬 신화다. 그러나 당시 시점에서 본다면, 즉 러일전 이후의 상태를 일본이 계속 유지·발전시켜 갈 수 있다는 비전이 당시 강력하게 존재하고 있었다고 한다면, 그리고 그것을 선망으로 바라보는 지적 공간 속에 옥중의 윤치호가 놓여 있었다고 한다면, 이 책은 그 나름대로 윤치호에게 가한 충격이 있었다고 할 수 있지 않을까. 수행과 기도라는 '비이성적' 삶의 위력을 평생 공부해가는 기독교인이면서도, '합리적'이고 기약 없는 실력양성의 길 이외에는 아무 대안을 갖고 있지 못했던 윤치호. 그는 인터뷰 후반부에서 이렇게 밝혔다.

나는 참 옥중에서 일본 역사를 공부함은 생각한 일이 있는 까닭이노라 일본과 조선이 역사상 어떤 관계가 있으며 또 당장 서로 나노이지 못할 관계가 있으나 소위 유식자 중에 능히 일본 역사의 어떠한 것이며 일본지리를 아는

---

213 大隈重信, 「開國五十年史論」, 위의 책, 1~76쪽 참조.

사람이 몃치나 되는지. 이러한 일은 참 한심한 일이며 죄를 받을 일이라고 생각하얏노라, 하고 작별할 때를 당하야 다시 고하야 왈. 내가 옥중에서 확실히 깨달은 것은 조선 사람되어 일본 사람과 조아하지 아니함은 조선 민족과 조선 사람 개인을 물론하고 대단한 불행이라 하노라 하고 [214]

조선 사람에게 일본 역사 공부, 그리고 일본인을 좋아하는 것은 윤리적인 과제라고까지 밝히고 있다. 이것은 이성이 움직이는 합리적인 상태의 발언이 아니라, 일종의 전시(戰時)적인 행동에 가깝다. 석방을 베푼 적장에게 포로가 바치는 완전한 굴종의 예라고 해도 좋을 것이다.

2월 출옥 이후 정양을 하던 윤치호는 한 달이 지난 3월 아베를 신문사로 찾아갔다. 매일신보사와 사전 접촉이 있었음이 분명하다. 물론 두 사람의 만남이 성사된 것은 서로가 서로에게서 얻을 것이 있었기 때문일 것임에 분명하다. 아마도 아베는 전 독립협회장 윤치호에게서 식민지 통치에 협력하겠다는 언사를 확정된 형식으로 얻고 싶었을 것이고, 윤치호는 아베라는 우산 아래에서 자신의 교육 계몽 활동에 안정적으로 종사할 수 있기를 원했을 것이다. 윤치호가 박영효, 김옥균과 가까운 사이였으니 면담 중 이 이야기가 화제로 나왔을 가능성도 있다.

방문이 끝난 후 『매일신보』는 윤치호가 아베에게 「나는 크게 오해하였었다, 나는 광명을 찾았다」라고 밝혔다는 자극적인 제목의 기사를 실었다.

---

214 「극락에 환생한 6인, 화기를 띠운 윤치호 씨 옥중 소득」, 『每日申報』, 1915.2.16.

"나는 이번 옥사 나기 전에도 일본 사람이 싫어서 (…중략…) 여러 가지 오해가 잇던 것을 옥중에서 깨달앗노라 (…중략…) 이번에 大隈伯의 '개국 오십년사'로 비로소 일본과 일본인을 깨달앗노라. 이삼년 옥중 생활은 나의게 일대 광명을 준 것이라 할 만하겟으니 만일 그런 일이 없었으면 무삼 그보다 더한 일이 있어서 무상한 욕을 보았는지도 알 수 없는 일. 우리 조선민족 되야서는 어디까지든지 일본을 믿고 오직 믿을 뿐 아니라 피아의 구별이 없어질 때까지 힘쓸 필요가 잇을 줄로 생각하고 위선 각편으로부터 지구간에 그 감동한 바를 간절히 설명하는 중이오 이후부터는 일본 여러 유지 신사와 교제하야서 일선 민족의 행복되는 일이던지 일선 양민족의 동화에 대한 계획에는 어디까지 참예하야 힘이 미치는 대로 몸을 아끼지 않고 힘써볼 생각이러라 (…중략…) 이후부터는 일본에 관한 책을 아무쪼록 많이 구하야 읽어볼 생각이로라" 하고 아부 사장은 덕부소봉 선생의 '시무일가언(時務一家言)'과 '最近歐洲'를 기송한 즉 그 호의를 사례하며 다시 만나기를 기약하고 돌아갔더라.[215]

조선민족의 실력양성 운동이 결실을 맺는 그 어느 날까지 일본의 힘에 일시적으로 의지하겠다는 것이 그의 본심이었겠지만, 그는 이 단계에서는 일본을 '의지할 뿐 아니라 속으로 완전히 신뢰하면서 일본과 조선의 구별이 없어질 때까지 노력해야 한다'고 밝혔다. 이것은 외형으로 본다면 선명한 형태의 동화주의 선언이다. 매일신보는 전 독립협회장, 독립신문 사장 윤치호가 이렇게 '전향 선언'을 했다고 선명하게 기사화했다.

---

215 「본사장을 방문한 윤치호씨―여는 대히 오해하얏섯노라 여는 광명을 득하엿노라」, 『每日申報』, 1915.3.14.

윤치호 관련 기사는 이후 『매일신보』에 여러 번 등장한다. 9월 경성일보사가 개최 중이었던 가정박람회에 가족 동반하여 관람한 후 호평을 남겼다.[216] 중앙기독교청년회 총무로 선출되기 직전이었던 1916년 3월 18일에는 이상재 등과 도쿠토미 소호와 아베를 청년회에 초대하고 도쿠토미의 강연회를 개최한다는 기사를 낸 적이 있다.[217] 1916년 11월 29일에는 조중응이 회장, 아베가 고문, 방태영과 나카무라 겐타로가 간사로 있는 대정친목회(大正親睦會) 평의원이 되었다.[218] 1917년 초에는 다음과 같은 신년담을 쓴 적이 있다.

> 깊이 깨닫기를 바라노라. 다만 우리가 내지인의 장처[장점]를 많이 배워서 내지인과 동등의 힘을 가지게 되면 다만 내지인과 정답게 살아가는 데만 좋을 것이 아니라 우리의 경제상이라든지 기타의 방면으로 여러 가지 힘이 늘어가는 것이 얼마나 좋은가. 그러하므로 우리는 어떠한 편으로 보든지 문명한 사람의 문명한 일을 배우지 않으면 정말 문명한 지경으로 나아갈 수 없으며 문명한 사람의 문명한 일을 배우려면 내지인의 장처를 배우는 것이 사리에도 옳고 배우기도 쉽고 배워서 이익도 많고 효험도 크다 함이라.[219]

출옥 후 총독부 정책에의 전면적 협력을 선언하고 일본인을 좋아해야 한다고 말했던 윤치호의 속심이 요약적으로 드러나 있는 글이 아닐까. 역시 윤치호에게 가장 중요한 것은 문명화의 문제다. 일본은 문

---

216 "윤치호 씨는 가족 전체를 데리고 와서 관람하고 대단히 좋다고 칭찬하얏고" 「誰何든지 대만족, 가정박람회에 대한 명사의 비평」, 『每日申報』, 1915.9.16.
217 「宗敎家의 蘇峯請待」, 『每日申報』, 1916.3.18.
218 「대정친목회 발기회」, 『每日申報』, 1916.12.1.
219 중앙기독교청년회 총무 윤치호 씨 담, 「금년부터 何事를 改할까, 대문제는 욕조에서, 내지인과 동등 대우를 받으려면」, 『每日申報』, 1917.1.16.

명한 사람, 문명한 일의 나라다. 조선이 그 문명을 배우는 것은 당연한 일이다. 그러기 위해서는 조선의 단점을 버리고 일본인의 장점을 배워야 한다. 장점을 배워 얻는 결과는 "경제상이나 기타 방면"에서 "일본인과 동등해지는 것"이다. 일본인과 사이좋게 살아가는 것은 조선이 일본의 지배하에 있는 상황에서는 선택의 여지가 없는 일상 윤리의 세계다.

윤치호의 실력양성론이 소박한 형태로나마 모형을 이룬 채 제시되고 있는 것이 아닐까. 그의 최종적 목표는 조선이 일본과 동등한 문명 수준으로 발전하는 것이다. 그러므로 일본과 하나가 되어야 한다든가 일본인과 화해로운 관계를 맺어야 한다는 윤치호의 발언들은, 일본의 식민지 지배가 기정사실화되어 있는 상태에서 감수해야 할 생활 윤리의 하나일 뿐이다. 앞서 본 윤치호의 '전향 선언'이 지나치게 구호적인 면모를 갖추고 있었던 것도 이와 관련이 있는 것이 아닐까.

윤치호의 당시 『매일신보』 발언 중에는 아베와 관련된 또 다른 내용이 있다. 1917년 4월 이행된 만주시찰단 관련 기록이 그것이다. 만주시찰단이 당시 총독부에서 심혈을 기울여 수행하던 '국책사업'이라는 점은 이미 기술한 바 있다. 당시 윤치호는 만주 시찰단에 부단장 자격으로 참가했다. 단장은, 전술한 바 합병 초기부터 국책 시찰단 기획을 적극적으로 주도했던 조중응이었다. 그 시찰단을 실질적으로 이끄는 리더들은 일본인 간부들이었는데, 그 간부들의 우두머리인 '간부장長'이 아베 미츠이에였다. 아베의 수행비서 방태영이 통역이었다.[220]

윤치호는 당시 조선인 참가자들과 잘 어울렸던 것 같다.[221] 어쨌든

---

220 「시찰단원 명부」, 『每日申報』, 1917.4.15.

경성일보, 매일신보 사장인 아베와 윤치호는 2주일 여나 침식을 같이 했고 과거의 러일전쟁터이자 장래 일본의 영토가 될 만주를 함께 여행했던 것이다. 그 시찰 여행이 끝난 뒤 부단장 윤치호에게 시찰 소감을 밝히라는 과제가 떨어졌다. 윤치호는 그 소감의 반 이상을 만주의 조선인 문제에 할애했다. 만주 조선인의 참상에 대해 거론할 것으로 기대하기 쉽지만 실은 전혀 그렇지 않다.

윤치호 씨 왈, 여는 幼少時로부터 동서에 세계의 대개 巡覽하얏스며 혹 수년간에 及하는 장기 여행도 累息 하얏스나 여히 정신상 대이익과 대만족을 득한 事는 無하얏노라, 금회의 여행에 만사가 유감이 업시 예측 이상의 효과를 득함은 물론 차를 주최한 귀사의 노력의 소치라. 연하나 그 시찰 기간이 2주일의 단기일에 불과하고 그 시찰지가 남북 만주의 일구에 불과하거늘 何由로 여사히 대효과를 得하얏는가 此는 즉 余의 일언을 賦코저 하는 바이라. 盖 만주는 현재의 아 조선과 壤을 접하얏슬 뿐 아니라 실로 아 조선의 발상지라 근대에 至하야 국력이 及치 못한 所致로 차를 등한히 視하얏스며 차는 年年히 아 조선인 동포가 日增月加하야 今에는 3.40만의 多數에 達하얏것마는 吾人은 아즉 차에 대하야 殆히 度外로 視하야 하등의 연구를 加치 아니하얏더니 금번 귀사의 長擧로 인하야 비로소 피지의 상황을 親視함을 得하얏스니 실로 쾌거한 事이며 만주 처처 아 조선인의 활동이 可觀할 者이 多함과 더욱 일본 관헌의 조선인 보호에 주도한 열성을 盡함을 목격하고는 감개치 안이할 수 업섯노라. 대저 차등 만주 이주자는 혹 農商을 목적으로 하는 자도 유하며 혹 일시 풍운에 驅逐되야 전거한 자도 유하스나 금일에 至

<hr>

221 「차중의 시찰단 우슴 중의 하루밤」, 『每日申報』, 1917.4.17.

하야는 완전한 제국 신민으로 인정되는 동시에 관민을 물론하고 일선인의 융화가 본토보다도 其培가 速進하는 듯하도다. 余 安東에서 모 지인의 전화를 聞한 즉 작년 모 조선인이 지나인과 토지 사건으로 분쟁이 起하얏는데 그 가격은 약 3천원이라 일본 관헌은 조선인을 위하야 차 사실을 조사하기에 7천원의 거대한 비용을 投하고 필경 기인의 재산을 안전케 하얏다 하니 엇지 감복치 아니하리오. 오등 일행이 금회 시찰로 인하야 다대한 취미와 실익을 득함은 고사하고 오등 일행은 일산으로 조직하야 철두철미 하등의 지장이 무히 일실 동환하야 장도 여행에 한가 구치한 것은 피 재만일선 동포에게도 막대한 안심과 희망을 여한 줄로 사하노라.[222]

앞 장에서도 일부 살펴본 바 있지만, 만주 이주 조선인이 겪고 있는 고난은, 비록 그것을 전면화하는 것은 조심스러웠다 할지라도, 『매일신보』 기사 속에서 통상적으로 확인할 수 있는 내용이다. 윤치호는 그런 '일반적인 내용'조차도 전혀 언급하지 않았다. 과거 만주의 조선인 문제에 관심을 가진 적이 없다는 자기반성의 포오즈 뒤로 숨어버린 것은 아마도 이 문제를 언급하지 않기 위한 책략이었을 것이다.

그는 더 나아가 만주 조선인의 삶이 현격히 개선되고 있으며 일본이 "조선인 보호에 열성이어서 감개"하였다는 표현까지 썼다. 일본인의 조선인 보호 문제는 이를 입증하는 긴 신변담까지 구체적으로 동원하여 증거를 제시하기까지 했다. 이 부분에 윤치호가 집중적으로 신경을 썼다는 이야기일 것이다. 만주의 일선 융화가 본토보다 더 신속하게 진행 중인 것 같다는, 명백히 과장적인 표어까지 덧붙였다.

---

222 「南北滿洲視察感想談」, 『每日申報』, 1917.5.1.

이쯤 되면 윤치호의 자기 보신이나 당국의 동화주의 시책에 대한 협조의 도가 어느 정도로 철저했는가를 잘 알 수 있다. 그 협조의 도가 너무 지나치고 과장적이기 때문에 진정성이 현격히 의심될 정도다. 윤치호는 역시 출감 이후 자신의 소신을 노출하는 것은 최대한 감추고 총독부의 시책에 철저하게 협조하는 포오즈를 취해 주기로 작심했던 것으로 생각된다.

윤치호는 아베가 떠날 때에도 기독교계 인사들을 모아 성대한 송별연을 열어주었다.[223] 그리고 다음해 3·1운동 시 독립 운동의 무용성을 주장하는 소신에 찬 글들을 발표함으로써 아베 및 『매일신보』와 맺어두었던 인연을 더욱 공고히 했다. 이렇게 아베의 매일신보는, 장지연과 더불어 한말 개혁운동가의 대표격이었으며 조선 기독교의 리더였던 윤치호가 동화주의자로 완벽하게 변신한 모습을 조선 대중에게 제시하는 데 성공했다.

장지연과 윤치호에 이어 그 다음해인 1916년 가을 스카우트된 것이 이광수였다. 장지연이나 윤치호가 스카우트 대상으로서의 가치가 이미 입증되어 있었던 인물이라면, 이광수는 아직도 성장 중인 청년 세대였다. 그러므로 이광수의 스카우트는 통치자의 측면에서는 당연히 모험이 수반되는 일이었으며 지속적인 관찰과 통제, 지원, 이렇게 '양육'이 필요한 케이스였다.

---

223 『每日申報』, 1918.7.7.

(3) 이광수 –거래의 득과 실

① 아베와의 만남

그를 접촉한 조선인 엘리트들의 예로 보건대, 아베에게는 그만의 스타일로 사람의 마음을 사는 능력이 있었다고 보는 것이 옳을 것 같다. 다음은 이광수가 그를 첫 대면했을 때의 유명한 일화다.

> 내가 처음 무불옹을 만난 것은 대정 5년 초가을이었다고 생각한다. 당시 나는 교사를 그만두고 시베리아 유랑을 나섰다가 돌아와 다시 와세다대학에 학적을 두고 있던 때였다. 여름 방학을 마치고 동경으로 돌아가던 도중 경성에 들렀는데 어느 날 아침 일찍, 심우섭 군의 인도로 욱정(旭町)에 있는 우거로 옹을 찾아갔던 것이다. 그때 심군은 매일신보의 솜씨 좋은 기자의 한 사람으로, 이상협 씨와 함께 문명을 날리고 있었다. 심 군은 "아베라는 분은 조선인을 잘 이해하고 있고, 조선 청년하고 이야기하는 걸 기뻐하네. 아베 씨에게 자네 이야기를 벌써 해 두었어. 오늘 자네를 데려가겠다고 약속했다"는 것이었다.
>
> 옹의 댁은 정말 초라해서 위세등등한 경성일보 사장댁으로 보이지 않을 정도였으나 내게는 웬지 그것이 마음에 들었다. 무슨 인연이라도 있었던 걸까. 시간은 아침 여섯 시.
>
> 양옥풍 응접실에서 잠시 기다리니, 일본옷 차림의 옹이 웃으며 나타났다. 몹시 부대했으며, 콧대가 크고 눈꼬리가 처졌으나 눈빛이 형형한 사람이었다. 나중에 안 일이지만, 옹의 가문은 대대로 검도사범이었는데, 옹도 상당

한 검도수련을 쌓았으며, 선 수업도 했다 한다. 그 눈빛과 침착한 태도에는 까닭이 있었던 것이다. 당시 옹은 오십 고개를 한둘 넘은 때였을까.

그 날 무슨 얘기를 나눴는지는 외우고 있지 않다. 된장국과 단무지에 김이 곁들인 조반을 대접받았던 것, 현초를 우린 맛없는 차를 마신 것, 그리고 현초가 위장약으로 최고라는 등등의 말이 기억나는 정도다.

이를 인연으로 나는 동경에서 돌아오면 꼭 옹을 방문했고 된장국이나 스키야키 대접을 받았다. 옹을 만나면 나는 마음을 터놓을 수 있어 기뻤다. 시국 관련 이야기나, 내선융화 같은 말을 옹의 입에서 들은 기억이 없다. 그저 아주 친한 친구처럼, 혹은 어릴 때부터 따르고 지내던 이웃집 아저씨처럼 허물없이 그리웠다. 옹도 나의 어떤 점이 마음에 들었는지는 모르나, 아저씨같이 흉허물없이 아껴주셨던 것이다.[224]

1916년 초가을이라면 시베리아 방랑 이후 와세다 대학 예과를 마친 이광수가 본과 문학과에 진학하여 첫 학기를 맞이하기 직전의 시기다. 이광수는 첫인상부터 시작하여 아베에게 전적인 호감 내지 경의와 유사한 감정을 기술해 놓았다. 아베 개인의 선 수행 경력이나 검술가 가문의 내력은, 그의 국민신문 시대의 활극과 더불어 매일신보 주변 인물이나 청년계에 전설처럼 떠돌고 있던 이야기였을 것이다. 그의 '안정된 면모'에서 이광수는 수행자의 힘을 배후에서 느꼈다고 썼다. 조선의 제2인자라고도 불렸던 거물 아베, 그와의 짧은 대면을 이광수는 '후광'에 둘러싸인 거인을 만났던 순간처럼 썼다.

젊은 이광수는 압도 혹은 매료당했다고 하는 것이 옳을 것 같다. 조

---

224 李光洙, 「無佛翁の憶出 (一)」, 『京城日報』, 1939.3.11.

선의 최고 지배 엘리트 중 하나인 그가 '시국'이나 '내선 융화' 등의 말을 쓴 적이 없다고 까지 썼다.

이광수는 위 발언을 통해 아베가 다른 일본인들과 차별되는 특별한 인간이었던 점, 그와 아베가 시대를 초월하여 얼마나 아름다운 관계를 유지하고 있었는가를 미화하려고 노력하고 있다. 이광수는 이미 이 세상에 없는 아베를 방패로 내세워 '다른 스타일'의 일본인 경영자들을 야유하고 있는 셈이다.

아베가 '내선융화' 등의 말을 쓴 적이 없다는 말은, 아베가 이광수 '에게만' 그런 태도를 취했다는 뜻일 것이다. 아무리 조선인에게 인기가 있는 아베라 하더라도 매일신보, 경성일보 사장이 그런 용어와 무관한 형태로 업무를 수행했을 리가 없기 때문이다. 아베가 이광수에게만은 슬로건을 사용한 적이 없다는 말은, 둘 사이의 관계가 그만큼 수준이 높고 각별한 것이었다는 것을 이광수가 강조하고 싶었음을 드러내는 것으로 보아 좋을 것이다.

이광수는 나아가 아베와의 관계에 대해 '조카와 아저씨' 관계라는 표현을 썼다. 이광수는, 실은 '아저씨' 대신, 선량했으나 철저히 무능했던 친부를 대신할 수 있는 존재, 즉 '아버지'라고 쓰고 싶었을지도 모른다. 거기에 통치자와 피통치자 사이에도 공유할 수 있는 깊고 풍요한 인간적 신뢰, 그런 것의 존재 가능성을 이광수는 여러 형태로 암시하고 있다.

그랬을지도 모른다. 그러나 아베측은 어땠을까. 그가 이광수에 대한 개인적인 기록을 전혀 남긴 바 없어 내면을 알 길은 없다. 다만 그가 보시행을 실천하는 수행자였으니, 그가 최소한 이광수를 식민지의 젊고 말썽 많고 매력적인 중생으로 느꼈을 가능성은 있다.

그 외에 이 글 속에는 몇 가지 오류 내지 누락된 곳이 있다. 첫째, 아베는 오십 초반이 아니라 당시 55세였다. 이광수가 25세였으니 아베는 이광수의 아버지뻘 되는 나이였다. 두 번째 이광수는 이 자리가 자신과 매일신보 사이의 중요한 관계가 성립되는 자리라는 것을 밝히지 않았다. 이광수가 이 회고담에서 쓰지 않은 것은 다음과 같은 것이다.

贈三笑居士

南溪幽屋始逢君	남쪽 계류 그윽한 댁 그대 처음 만났네
禪榻焚香人自薰	참선 탁자 향香 피워 절로 인물 향기롭고
身本胖眼靑容似笑	정한 자세 다정한 눈빛 미소띤 얼굴
滿胸道味定氤氳	가슴 가득 도미(道味) 흘러 넘치네[225]

이 한시 속의 삼소거사(三笑居士)란 나카무라 겐타로다. 이광수는 9월 8일 이전에 나카무라 겐타로를 그의 집에 찾아가 이미 만났다. 이광수는 위처럼 나카무라를 상당한 수행자처럼 그렸다. 선 수행 경험이 없었던 이광수가 나카무라의 수행력을 평가하는 것을 물론 불가능한 일이다.

나카무라 겐타로는 1914년 말부터 1915년 정월초에 걸쳐, 모친상을 치르고 돌아온 사장 아베를 수행하여 수원 용주사를 방문한 적이

---

225 孤舟 東上途中에셔 「贈三笑居士」, 『每日申報』, 1916.9.8. 한글 번역문은 최주한, 하타노 세츠코 엮음, 『이광수 초기 문장집』 II, 소나무, 2015.11, 49쪽의 번역문을 필자가 일부 수정한 것임.

있다. 불교 문외한이었기 때문에 사장과 강대련 사이의 대화를 통역
하는데 진땀을 뺐다. 그 자리에서 나카무라가 사장에게 불교 공부를
해보고 싶다는 의사 표시를 하자 아베가 경성의 임제종 묘심사 별원
에 그를 소개해준 것이며, 삼소거사(三笑居士)라는 거사 호도 초발심을
낸 그를 보고 아베가 내려준 것이다.

그는 1920년대 중반부터는 '조선불교단'의 사업과 조선불교사 사
장으로 활약을 벌이게 되지만[226] 당시의 그는 1년 정도 공부 경력밖
에는 없었던 때, 즉 수행 흉내에 열심이던 입문자 시절이었다. 그것이
1916년 9월이라는 시기였다. 그 나카무라를 이광수는 은둔 중인 도
인 같은 면모로 묘사했다. 나카무라는 대단히 기뻐했을 것이다. 나카
무라와 이광수간의 초대면에는 이런 희극적 장면이 있었다.

나카무라의 수행력이 어쨌건 간에, 이 시는 당시의 이광수가 보여
주는 경우가 많았던 열혈적인 이미지에 비춰본다면, 그의 작품으로
믿기 어려울 정도로 '노년 세대적'이다, 아니, 오히려 이것이야말로
야심가 스타일의 청년이 갖고 있는 자연스러운 인생 반응이었을지도
모른다. 나카무라에 대한 어설픈 아첨 내용의 이 한시는, 이광수가 매
일신보사의 '대 조선인 실무 사장격'인 그로부터 그 정도로 '큰 것'을
받았다는 증거가 아닐까? 원고 청탁과 격려 내지 훈계, 그 이외의 이
야기는 생각하기 어렵다.

이광수는 큰 기회가 자신에게 찾아 왔다고 생각했던 것임에 틀림이
없다. 이 말은 갑호(甲號) 감시 대상 중의 한 명인 이광수가 총독부 기

---

226 孫知慧, 「植民地朝鮮における中村健太郎と朝鮮佛教團, 活動とその意義」, 『東アジア文化交渉研
究』 9号, 2016.3, 289~299쪽.

관지와의 인연이 생긴 것을 기뻐했다는 뜻이다. 이광수가 아베를 만난 장면을 회고하면서, 이 첫 원고와 관련된 이야기를 뺀 것은 나카무라와의 이 첫 거래 내용, 자신이 기쁘게 이를 받아들였던 사연을 드러내고 싶지 않았기 때문이 아닐까. 이 점, 그가 『매일신보』를 통해 전국적 명성을 얻은 다음, 「무정」과 「오도답파여행」에 대한 청탁 전말을 후일 적극적으로 밝혔던 것과는 대조적이다.

② 데뷔 논설 「대구에셔」

이광수는 8월말이나 9월초 경 이렇게 나카무라의 집에 찾아가 그를 만났고, 심우섭의 안내로 아베의 집에도 찾아가 그를 만났다. 이 모두는 늦어도 9월 7일 이전에 일어난 사건들이었다. 이광수는 이렇게 나카무라와 아베를 만난 후 비 내리는 대구에 내려가 그의 첫 『매일신보』 데뷔 논설 「대구에셔」를 메모했다. 그리고 도쿄로 돌아가던 도중 한시를 구상한 후 『매일신보』에 투고했고, 완성한 「대구에셔」도 매일신보사에 보냈다. 나카무라 겐타로는 자신을 그윽한 수행자로 묘사해 준 조선의 배일(排日) 청년 영웅의 한시를 9월 8일자 『매일신보』에 실었고, 「대구에셔」는 보름 후 『매일신보』 1면의 사설 바로 밑의 공간, 즉 신문 표제 바로 옆 2단에 실어주었다. 1916년 9월 22일자 『매일신보』 1면 지면의 기사 순서는 다음과 같다.

于堂, 「古物續論」 / 春園生, 「大邱에셔1」 / 崇陽山人, 「漫錄」 / 「禪林一夕話」 / 「文苑」

첫 번째 기사는 당시 『매일신보』 1면에 사설 기사를 많이 쓴 우당(于堂) 윤희구(尹喜求, 1867~1926)다.[227] 그리고 약관 25세 이광수의 첫 데뷔 글이 숭양산인, 즉 장지연의 문장 앞에 발표되어 있음을 알 수 있다. 다음 23일자에 실린 「대구에셔 2」 역시도 마찬가지였다. 이것은 매일신보사가 이광수의 가치를 어떻게 보고 있었는가를 압도적으로 보여주는 장면이다.

「대구에셔 1」은 이렇게 시작한다.

> 아침에 선생을 배별(拜別)하고 종일 비를 맞으며 대구에 도착하였나이다.[228]

아침에 만났다는 이 '선생'은 아베 혹은 나카무라일 가능성이 있는데, 아마 전자일 가능성이 높을 것이다. 「대구에셔 1」은 대구에서 일어난 청년 강도 사건에서 소재를 취한 글인데 이광수는 이 사건에 연루된 조선 청년들의 예를 시발로 하여, 조선 청년들이 타락에 빠지게 된 이유를 제시하고 그들을 교화·육성하는 방안을 구체적으로 제시하고 있다. 그 방안으로 그는 명예심 회복, 하급 기술직에 국한된 고용 기회의 확대, 지식과 문화의 제공 및 교육 기회의 확대를 제시했다. 참고로 밝힌다면 '하급 기술직 고용 확대'는 실은 데라우치의 '점진주

---

227 우당 윤희구(1867~1926)가 매일신보에서 활약하게 된 경위와 사설 내용에 대한 연구가 앞으로 필요하다고 본다. 그는 1897년(광무1) 장지연과 함께 사례소史禮所 포의로 선발된 후 참상參上을 역임했으며 합방 후에는 중추원 촉탁, 경학원 부제학을 역임했다. 1916년 장지연·오세창 등과 『대동시전大東詩傳』을 편찬했다. 이상 인천 한국근대문학관 학예연구사 함태영 선생의 정보 제공에 의함.
228 춘원생, 「대구에셔 (一)」, 『每日申報』, 1916.9.22.

의'적 조선통치 방침과 상호 호응되는 내용이었다. '지식과 문화의 제공' 건은 후일 문화통치기 이후의 통치방침으로 확정되게 되는 내용들이다.

이 글에는 총독부의 조선 통치 정책에 대한 비판적 내용은 외견상 소거되고 없다. 그는 조선인에 대한 교육의 필요성을 강조하면서 "일찍 해외에 있어 격렬한 사상을 고취하던 자가 동경에 와서 2, 3년 교육을 받노라면 번연 인구몽을 버려 이전 동지에게 부패하였다는 조소까지 듣게" 된다는 경솔한 예까지 들었다.[229]

일종의 책략임에 틀림이 없을 것이나, 이 지나친 '비굴한 자세'는 이광수를 열혈 민족주의자로 알고 있는 조선인들에게 비난을 초래케 하기에 충분한 것들이다. 이 글은 이러한 위험성을 안고 있으면서도, 그 이면에 강력한 메시지가 담겨져 있는 점을 주목해 볼 필요가 있다. 조선 인재의 육성책을 막아 놓고 식민지에서 이익만 취하려 하는 일제의 조선통치 방침을 비판하고 그 정책을 바꿔 달라는 정치적 요구가 이면에 자리하고 있는 것이 그것이다.

이 「대구에셔」는 이광수가 조선 신문 지면을 통해 일본인에게 조선어로 말을 거는 방식의 글로서는 최초로 쓴 것이다. 그런데 이광수는 6개월 전, 「대구에셔」의 원형이라고 할 수 있는 일문을 민권계 일본 잡지에 발표한 적이 있다. 이를 보면, 이광수가 「대구에셔」를 쓴 이유, 「대구에셔」의 저변에 깔려 있는 이광수의 사상 내용을 더 구체적으로 파악할 수 있다.

---

229 춘원생, 「대구에셔 (二)」, 『每日申報』, 1916.9.23.

　그들이 독립을 외치는 가장 유력하고 보편적인 원인은, 일본이 조선의 이익을 도외시하고 일본의 이익만 도모하며 조선인을 압박하고 박해하여 조선 땅을 모조리 일본인만의 것으로 삼으러 하여, 일본인의 지배를 받는 한 조선은 멸망할 수밖에 없다는 데 있다.

　조선인이 이런 오해를 품게 된 것은 꼭 조선인이 우매하기 때문만이라고는 할 수 없다. 거기에는 당국의 시정 태도가 영향을 미치고 있다고 생각한다. 일본인과 조선인의 소송은 대개 조선인의 패소로 끝난다. 관청에서도 일본인은 인격을 인정받아 말하는 바도 믿어주고 친절한 대우를 받지만 조선인이 가면 턱없이 바보 취급하고 조소하며 심한 경우에는 상당한 사회적 지위를 가진 사람에게조차도 '네놈'이라고 말하며 때리거나 발로 찬다. 사업 경영에서도-예컨대 광산의 인가 같은 것도 일본인과 조선인의 경쟁이 있는 경우에는 반드시 일본인이 따낸다. 저 동척 등도 필시 조선인의 피를 뽑아 살찌우는 것으로 보인다. 해마다 수만 정보의 전답을 매수해서는 그 전답으로 생명을 이어 온 조선인 농부를 쫓아내어 만주 벌판에서 방황케 하기 때문이다. 게다가 재선 일본인들이 조선인에게 취하는 잔혹하고 방만한 태도는 조선인으로 하여금 원한이 골수에 사무치게 만들기도 한다 (…중략…) 우리는 국가로부터 조금씩 자유를 얻는 자로서 그것만을 바라고 기대한다. 그리고 우리도 성의껏 이를 조금씩 요구하고자 하는데 우선 교육의 해방을 요구하지 않을 수 없다. 왜냐하면 교육은 문화 향상의 유일한 길이기 때문이다.[230]

230　孤舟生, 「朝鮮人教育に對する要求」, 『洪水以後』 8, 1916.3; 최주한, 하타노 세츠코 엮음, 『이광수 초기 문장집』 II, 소나무, 2015.11, 42~43쪽에서 재인용.

이광수의 논리는, '현재의 조선 통치는 일본만 이익을 보고 조선은 멸망하는 방식이다. 멸망을 원치 않는 조선인이 독립을 외치는 것을 막으려면, 병합 당시 약속한 천황의 적자로서의 평등한 동화의 약속을 지켜라, 그리하여 조선인을 위한 정책을 조금씩이라도 실시하라, 그 첫 걸음으로써 조선인에게 교육 기회를 제공하라'는 것이다. 일제의 통치를 비판적으로 보는 것이 조선인의 '오해'일지도 모른다든가. '독립운동을 방지하기 위해서라도'라든지, 혹은 '조금씩'이라도 권리를 달라는 등등의 표현 속에서, 이광수가 일본인 편집자와 독자의 비위를 거슬리지 않기 위해 고심한 흔적이 잘 읽혀진다.

이 글은 조선인에게 교육 기회를 제공하는 정책을 통치 정책에 포함시키라는 목적 하에 쓰인 것이나, 부수적으로는 데라우치의 무단통치 스타일의 야만성을 고발하는 데에도 바쳐져 있다. 이것이 데라우치 하의 조선에서 허용될 수 없는 것이었음은 물론이다. 이광수가 이렇게 자극적인 예들을 일본인에게 제시하면서 데라우치의 악정을 비판할 수 있었던 것은, 물론 이 잡지가 민권계 잡지라는 점,[231] 당시 데라우치식 통치에 대한 비판이 일본 내에도 존재했던 점, 그리고 이 정도의 비판이 가능한 언론 자유가 당시 대정기 일본 사회 속에 존재했기 때문이다.

이 글은 첫째, 유학생계의 영웅 이광수가 일본에 대해 갖고 있었던 적대감과 민족적 울분이 잘 드러나 있는 한편, 무단 통치하 조선의 사회경제적 참상을 비교적 소상히 파악하고 있었던 점이 그 특징이다. 두 번째, 이 글은 그 스타일의 측면에서도 이색적인 데가 있다. 이 글

---

[231] 波田野節子, 『李光洙』, 中公新書, 2015, 81쪽.

을 수용하는 일본인 독자의 일반적 심리와 정치적 정황을 잘 고려한 위에서, 즉 그들에 대한 자극을 최소화하는 범위 내에서, 요구 조건을 최소화하여 제시하고 있는 점이다. 그런 의미에서 이 글은 25세의 청년 영웅 이광수가 전략적 글쓰기 방식에도 서툴지 않은 유형의 인물이었던 점도 보여주고 있다. 이광수의 이런 '가면 쓰기'의 백미는 다음과 같은 부분이다.

> 병합 당시 일본은 뭐라고 말했는가. 조선인의 행복을 위해서라고 하지 않았는가. 그렇다면 일본의 신부민이 되려면 우선 일본 신민과 평등한 교육을 받아야 할 것이다. 당국은 걸핏하면 동화, 동화 해댄다. 우리도 속히 동화되기를 바라지만, 여기서 이른바 동화란 완전한 일본 신민이 되어 국가를 유지하고 발전시키는데 요구되는 제권리와 의무를 향유하게 된다는 의미이지, 결코 언제까지나 식민지 토인으로서 협찬권이 없이 조세를 납부하고 일본인에게 부림당하는 기계가 된다는 의미가 아니다. 이미 '조선인의 행복'을 수긍하고 '조선인의 동화'를 인정했다면, 동일한 천황의 적자에게 동일한 교육을 시행해야 하지 않는가.[232]

이렇게, '천황의 적자'라든가 평등한 '동화' 등등의 슬로건을 적극 사용하면서 조선인의 정치적 권리를 '적자'의 수준으로 격상시켜 달라고 요구한 조선인들이 조직을 갖춰 한국사에 나타나기 시작한 것은, 1920년대, 즉 민원식 류의 참정권 청원운동 그룹이 그 최초였다. 그들 역시도 새로운 시대 환경 속에서 민족을 보존·발전시킬 수 있

---

232 波田野節子, 위의 책, 46쪽.

는 방책의 하나로서 참정권 청원운동을 전개했던 것이다. 물론 민원식이 비참한 최후를 맞이한 사실에서 알 수 있듯이, 그들이 독립론자나 조선 민중에게 용서받을 수 없는 매국노로서 인식되고 있었던 것도 움직일 수 없는 사실이다.

그런 의미에서 이광수의 이런 문장, 특히 "우리도 속히 동화되기를 바라지만" 같은 표현은, 아무리 전략적인 의도 하에 씌어 진 것이었다 하더라도 넘지 말아야 할 선을 넘은 인상이 있다. 이 글은 무엇보다도 일본 제국의 '밖'에서 투쟁하려는 자의 입장이 아니라, 일본 제국의 '내부'로 걸어 들어와, 조선인의 투쟁심을 꺾을 만큼 좋은 방책을 내놓으라고 일본에 '건의'하는 방식으로 되어 있는 점이 문제다. 이것은 이광수가 식민지 종주국의 존재를 내면에서 이미 받아들였다는 것, 그리고 그 체제 '안'에서 살아가는 삶의 패턴을 당연시하고 있었다는 것을 보여주는 증거일 것이다.

1930년대 말 그의 대일협력 활동기의 삶을 생각한다면, 이 초기 문장은 그의 인생의 향방을 가리키는 무의식적 자기 암시와 같은 것이었다고 할 수 있을지도 모른다. 어쨌든 이광수는 그의 일생을 이끌었던 맹렬한 명예 욕구와도 더불어, '필요'하다고 판단되는 경우에는 '금단의 영역'을 넘어서는 일을 불사하는 행동 유형을 지닌 인물이었던 것 같다.

위의 글이 다소 진보적 성향을 갖고 있는 일본인을 위한 일본 내에서의 글이었다면, 「대구에서」는 일본인 경영진과 조선인 대중 양쪽을 독자로 한 조선글이었다. 아무리 총독부 기관지라 하더라도 자신의 명성을 알고 있는 조선인들에게, '동화되기를 바란'다는 식의 발언은 전략적으로라도 하기는 어려웠을 것이다. 「대구에셔」 속에 '내선융화'라는 슬로건이 보이지 않는 이유도 여기에 있다고 본다. 동시에 「대구에셔」에 데라우치에 대한 비판이 없는 이유, 그리고 일제 통치를 현실로 인정하는 듯한 포오즈를 취한 채 총독부에 '건의'를 하는 스타일로 쓰인 이유도 이런 데에 있다고 본다. 정치적 비판이 가능하기는커녕 '일시동인' '동화' 등의 슬로건만 허용되는 무단 통치하 조선 현실 안에서, 그리고 자신의 포오즈가 매일신보가 수용 가능할 것이라는 판단 하에 이광수는, 「조선인 교육에 대한 요구」에 비해 현저히 '얌전한' 방식으로 자신의 뜻을 펼쳐 보였던 것이다. 매일신보 측으로 입장을 바꿔 본다면, 이 글은 총독부 기관지의 얼굴인 1면의 기사로 실어도 무방할 만큼, 통치 행위에 저해가 되지 않는 '온순하고 건전한' 요구로 받아들여졌다는 뜻이 된다.

이렇게 하여 이광수는, 『청춘』이나 『학지광』 등 변두리 지식 공간에서 조선의 한정된 식자 계급을 대상으로 열변을 펴던 시기를 떠나, 매일신보라는 식민지 통치 공간의 중앙무대 속으로 조명을 받으며 진입해 들어왔다. 이 길을 택한 이광수의 기본 동기는 물론 '민족을 위한 삶'에 있을 것이나, 그에 못지않게 중요한 것은 "조선 최고"가 되지 않으면 안 되는 이광수 자신의 맹렬한 입신 욕구, 명예 욕구와 관련이 있을 것이다. 이러한 종류의 강력한 욕구는 맹렬한 기회주의 역시도 동반하기 마련이다. 그런 이광수에게 접근한 것이 매일신보였고 그 기회를 기꺼이 수용한 것이 이광수였다. 어쩌면 이광수가 적극적 의사를 매일신보측에 앞서 타진했을지도 모른다. 총독부 중앙지를 통해, 즉 '적진'의 한가운데에서 자신의 뜻을 펴 보려는 야심을 세운 이광수의 욕망과, 청년 스타 그를 장지연, 윤치호에 이어 간접통치에 활용해 보려는 매일신보의 전략, 이 양쪽을 만족시킬 수 있는 흥정의 중간 지대에서 탄생한 것이 바로 이광수의 첫 데뷔문 「대구에서」였다고 할 수 있다.

③ 「대구에서」 이후

「대구에서」 이후 이광수의 『매일신보』 활동 내력은 놀랍다. 「대구에서」 이후 다음해 6월 기행문 「오도답파여행」이 발표되기까지 그가 『매일신보』 및 『경성일보』, 『학지광』, 『청춘』에 연재했던 글들의 목록을 제시해 보면 다음과 같다.

> 1916년 9월 22~23일 春園生 「大邱에서」 1~2(매)
>
> 1916년 9월 27~11월 9일 春園李光洙 「東京雜信」 1~28회(매)
>
> 1916년 11월 10일~23일 東京에서 春園生 「文學이란 何오」(매)
>
> 1916년 11월 26~1917년 2월 18일 東京에서 春園生 「農村啓發」 1~21(매)
>
> 1916년 11월 26~12월 13일 東京에서 春園生 「敎育家 諸氏에게」 1~12(매)
>
> 1916년 12월 14일~22일 東京에서 春園生 「朝鮮家庭의 改革」 1~5(매)
>
> 1916년 12월 23일~26일 東京에서 春園生 「早婚의 惡習」 1~2(매)
>
> 1917년 1월 1일~6월14일 春園 「無情」 1~126(매)
>
> 1917년 4월 春園 「婚姻에 대한 管見」 / 「天才야 天才야」 (학)
>
> 1917년 6월 29일 春園 「五道踏破旅行」 6.29~(매)30~(경)
>
> 1917년 7월 춘원 야소교의 조선에 준 은혜(청)

1917년 11월10~1918년 3월15일 春園 「開拓者」 1~76(매)

1917년 11월 21~30일 春園 「婚姻論」 1(매)

이광수는 두 개의 글을 동시에 연재하는 경우까지 포함하여 쉬지 않고 『매일신보』에 쓰고 있었음을 알 수 있다. 위험하면서도 매력적인 새 활동의 장을 얻은 이광수가 민족 계몽을 위해 열정적으로 집필을 계속하던 시기, 그러나 민족 교사로서의 자기 이미지에 도취되어 숙고와 자기 성찰을 해볼 겨를이 없었던 남필(濫筆)의 시대, 이 시기의 이광수를 이렇게 종합해 보고 싶다.

그의 정력적 집필의 원동력은 역시 유학시절 습득한 신지식의 단편들과 오산학교에서의 열정적인 헌신 및 교내 갈등 체험, 그리고 많은 민족운동가들을 만났던 중국, 시베리아 방랑체험에 있었다고 보아야 할 것이다.[233] 그의 글이 제시하는 민족운동 방침이 추상적 원칙의 제시에 흐르지 않고 풍부한 이야기를 갖고 있는 점, 그리고 구체적인 행동 실례가 많은 이유가 거기 있었다. 물론 이 연재물 속에서도 그는 총독부 통치 방침을 정면으로 비판한다든지 반대로 노골적으로 찬양을 한다든가 하는 극단적인 내용은 지양하는 전략적 글쓰기 방식을 '준수'하고 있다.

그의 글은 조선 문제의 제1원인인 일본의 식민지 지배 문제를 삭제한 대신 그 에너지가 조선의 내발적 문제에 대한 비판 쪽으로 강도 높게 전화되고 있는 것이 특징이다. 그것은 조선왕조시대의 지배 계급과 정치 시스템, 종교 시스템 등 정치, 사회, 역사적 문제에 대한 비판

---

[233] 이광수의 중국 및 시베리아 방랑 체험에 대해서는 김윤식, 『이광수와 그의 시대』 1권 제4부 1~3장, 한길사, 1986; 波田野節子, 『李光洙』, 2015, 65~76쪽 참조.

에서 비롯하여, 민족성의 타락, 도덕성의 결핍 등 보다 개인적이고 윤리적인 자질 문제에 대한 비판에까지 이르고 있다. 이 말은 이광수가 한말의 대한자강회 등 일부 예만 제외하고는, 국권 상실 이전의 조선의 과거 모두를, 개인에서 집단에 이르기까지, 그 물적 기반들과 정신적 자질 모두를 총체적으로 부정하고 있었다는 뜻이다. 이광수는 총독부와 자기 자신, 그리고 계몽운동 그룹 극소수를 제외한 '조선 전부'를 과격한 방식으로 부정하고 있었던 셈이다.

물론 이광수가 '조선 비판'을 적극적으로 수행한 동기는, 낙후된 조선에 대한 청년다운 좌절감과 분노, 그리고 그 현실 개혁의 필요성에 있었다고 보아야 할 것이다. 그러나 이광수가 집요하게 수행한 이 비판 작업은, 실은 총독부 당국의 이해관계와 훌륭하게 부합되는 데가 있었다. 조선인 청년이 (구)조선을 강도 높게 부정하는 작업은, 조선 왕조의 학정과 무능, 조선 민족의 열등성과 도덕적 자질의 결핍성을 조선인의 뇌리 속에 주입시키는 효과, 즉 일본의 조선통치의 정당성을 조선인에게 각인시켜주는 정치적 효과가 방대했기 때문이다.

다소간의 '잠재적 위험' 요소가 있긴 하나, '헌신적 봉사'를 해주고 있는 이광수에게 『매일신보』가 연재를 계속 허용하고, '한도 내'에서의 자율성을 풍부하게 제공한 것은 그 때문이었다고 생각된다. 이렇게 라이벌이 존재하지 않는 '1인 문단 시대'를 『매일신보』에서 보내고 있었던 그에게, 본격적인 정치적 요구가 담긴 원고 청탁이 온 것이, 『무정』의 연재가 끝난 직후인 1917년 여름, 데라우치의 후임 하세가와[長谷川] 시대의 일이었다.

옹을 처음 만난 그 다음해인 타이쇼 6년, 동경에 있는 나에게 당시 매일신보 감사였던 나카무라 겐타로씨로부터, 여름방학을 이용해 시정 5년의 민정 시찰을 위해 조선을 행각해 주지 않겠냐는 편지가 왔다. 그때는 『매일신보』에 연재하던 내 소설 「무정」이 끝나고, 「개척자」라는 두 번째 소설과 「東京雜記」라는 기행, 수필 등을 연재하고 있던 때. 그리하여 나는 소위 오도답파(五道踏破) 여행길에 오른 것인데, 조선인 기자로는 처음이라 하여, 회사와 本府로부터 각지의 관헌에 연락이 가는 등, 가는 곳마다 정말 면목 없을 정도로 성대한 환영을 받았던 것이다.

나는 경성일보 편집국장 마쓰오씨로부터 경성일보 쪽에도 기행문을 실어 달라는 부탁을 받아서 전주 부근부터 일본어와 조선어 양쪽으로 기고를 했던 것인데, 마쓰오 씨는 조선인의 손으로 씌어졌다는 진기함 때문이었는지, 나의 소로 문체 기행문을 초호(初號) 3단의 커다란 표제를 붙여 상단 머리 기사로 다루어 주었다. 이것이 토쿠토미 선생의 눈에 띄었던 모양이다.[234]

"시정 5년의 민정 시찰을 위해 조선을 행각해" 달라는 나카무라의 주문은, 정확히 말하자면 5년간 식민지 통치 기반과 중국 침략용 인프라 건설 작업에 힘을 기울인 데라우치, 하세가와 정부의 조선 경영 성과를 직접 눈으로 보고 그 성과를 전 조선인에게 「무정」의 필력으로 묘사해 달라는 것이다. 완전한 신뢰를 보내도 될지 확실치 않은 민족주의자 청년에게 조선 각지를 돌며 일본의 통치성과를 아름답게 묘사해달라는 이 모험적인 기획, 이것이 나카무라 겐타로의 독자적 판단으로 가능한 일이었을 리가 없다. 이것은 사장인 아베를 넘어 감독

---

234 李光洙, 「無佛翁の憶出 (一)」, 『京城日報』, 1939.3.11.

인 도쿠토미에의 보고와 그 재가를 거친 것이었음에 틀림이 없다. 그만큼 이 청탁은 그 사안이 중요한 것이었다고 보아도 좋을 것이다.

"시정 5년의 민정"을 정리·홍보하는 작업은, 물론 총독부의 전적인 재정 지원과 통제 하에 운영되는 경성일보와 매일신보의 제일 임무다. 두 신문의 제1면은 총독부 통치의 홍보에 충실해야 했고, 특히 일본인 기자들은 전국을 "시찰"하면서 조선의 '발전상'을 리포트하는 기행문들을 일본어 신문인 『경성일보』에 발표하고 있었다. 그러나 그것은 어디까지나 재조 일본인과 일본인 관료들을 위한, 폐쇄적인 정보 교환의 장이었다. 그러므로 그것은 통치자 측 내부의 자기 위안적 행위이지, 정작 중요한 통치 대상인 조선인에게 강력하게 발신된다고 할 수 있는 행위가 아니었다.

그 지점에서 필요한 것이, 조선인이 신뢰하는 매력적인 청년이, 신선한 감각과 문체로 새 체제 하의 조선의 변화상을 조선어로 조선인 청년 계급에게 증언해 주는 일이었다. 그 지점에서 당대 조선과 청년 세대의 풍속 묘사에 뛰어난 능력을 지닌 『무정』의 작자, 이광수의 가치가 주목되었던 것이다. 이 점이야말로 최남선이나 현상윤 같은 또 다른 조선 영웅이 매일신보로부터 간택을 받지 못한 이유이기도 하다. 조선 청년들이 존경하는 젊은 영웅이, 조선인이 읽는 조선어 신문에, 「무정」을 통해 입증된 신선하고 박진감 있는 조선어로 그 '과제'를 실천해 주는 일, 이것은 통치자 측에는 금상첨화일 수밖에 없다. 나카무라 겐타로, 경성일보와 매일신보의 경영자들은 이광수에게 자신들의 과업을 대신 이행해줄 것을 부탁한 셈이다. 조선 망국론을 외쳐온 이광수를 아는 그들, 「대구에셔」와 「무정」 속의 '예의바른' 행동 스타일을 보아 온 그들은, 이 행각의 결과가 어떻게 나올 것인가에 대해 상당 정도 기대를 걸고 있었음에 틀림이 없다. 속까지는 신뢰할 수 없다 하더라도, 이광수가 '협조'해줄 것으로 판단하고 있었던 것임에 틀림없다. 만약 그 결과가 부정적인 것이거나 용납할 수 없을 정도로 소극적이라면 그를 굴복시킬 수단은 얼마든지 있을 터였다.

일단 이광수의 위 증언의 문맥을 보건대는, 그는 주저 없이 이 청탁에 임한 것으로 되어 있다. 「무정」의 높은 고료에 감격했던 그에게는[235] 조선 최고 언론의 후원 아래 두둑이 돈을 받고 지역 관료들의 분에 넘치는 접대를 받으며 조선 각지를 마음껏 여행할 수 있는 사치스러운 아르바이트 거리가 찾아 온 것이기도 했을 것이다. 그러나 데라우치가 조선인을 동원하여 건설한 철도, 속성 조림사업의 일환으로 심어진 아카시아가 춤추는 넓은 도로를 따라 조선 각지의 발전상을 스케치해서, 이를 『매일신보』의 제1면에 공표해 가는 이 작업이 궁극적으로 무엇을 의미하는지, 이광수가 얼마나 깊이 생각하고 있었을지는 의문이다. 그것을 '깊이' 깨닫기에는 그는 너무 젊고 자기 과신에 넘치고 있었던 것이 아닐까. '천재'로 불렸던 젊은 이광수, 그는 자기 자신만의 눈과 생각으로 사물에 대한 정확한 판단에 이를 수 있다고 과신하는, 과욕적이고 무모한 행동 스타일을 갖고 있었던 것이 아닐까. 반면 그를 상대하는 매일신보, 경성일보 경영자들은, 식민지 통치 사업이 결실을 거둘 먼 미래를 향해 장기적인 투자를 하고 있는, 노련하고 인내심 많은 중년의 전문가들이었다.

---

235 三千里社 編輯局, 「文豪 春園이 無情 등 全作品을 語함」, 『三千里』, 1937.1, 130쪽.

④ 두 얼굴의 '통치 실적 보고'문 - 「오도답파여행」

이광수의 조선 기행문 「오도답파여행」은, 물론 이광수의 강점과 단점을 가득 안고 있는 문제적 텍스트지만, 이동 경로나 교통수단의 선택, 기행문의 양식적 측면들은 완전히 새로운 것이 아니었다. 이 말은, 이미 씌어져서 모델이 만들어져 있던 기존의 기행문 양식을 그가 차용하고 있었다는 뜻이다. 특히 이광수의 기행문 양식은 기왕의 일본인 기자들의 기행문 양식과 유사점이 많았다. 전술한바 오타니 코즈이, 아베 미츠이에, 오쿠다 나오키, 나카지마 츠카사의 기행문 양식이 갖고 있는 특징을 종합해 보면 다음과 같다.

ⓐ 여행 지역이 주요 철도와 도로변에 위치해 있다.

ⓑ 필자가 철도, 도로의 상태, 자동차 등 이동 및 운송수단의 편리성에 대해 언급한다.

ⓒ 도로 연변의 조림 상태에 관심이 많다.

ⓓ 필자가 중요 기관을 방문하고 책임자에게서 산업, 문화, 치안에 대한 설명을 듣는다.

ⓔ 필자들이 각 지역의 경제와 산업 상황에 대해 요약적으로 언급한다.

ⓕ 일본인 거류민의 생활상에 관심이 많은 반면, 조선인 특히 서민에 대한 관심이 희박하다

ⓖ 필자들이 각 지역의 역사적 유래, 고적, 일본 근세사와 유관한 지역에 관심이 깊다

ⓗ 필자들은 유적지에서 '國破山河在' 식의 역사적 무상감을 토로한다.

ⓘ 조선 시대와 총독부 통치 시대를 비교하고 발전상을 종합적으로 제시
한다.

종합적으로 정리하자면, 위의 ⓐ, ⓑ, ⓒ, ⓓ, ⓔ, ⓕ, ⓖ, ⓗ, ⓘ는 데
라우치가 추진한 1, 2차 차도사업(車道事業)과 소(小)산업의 육성, 고적
조사 및 보존사업의 성과 확인, 그것의 대내외 선전 작업과 관련이 있
다. 식민지 통치 기반 건설이 당면한 과제였던 데라우치는 이른바 '점
진주의' 정책에 기반한 제한된 수준의 산업 진흥,[236] 대륙 진출을 위
한 군사적 목적, 그리고 통치 행정의 편의를 꾀하기 위해 차도 건설
및 개보수 사업을 대대적으로 실시했다. 건설 작업에 대대적으로 동
원된 것은 조선인들이었다. 그리고 1915년 말과 1916년 초는 1차 차
도사업의 성과 확인 및 제2차 차도 건설계획으로 『매일신보』와 『경성
일보』 지면이 요란하던 시기였다. 사업 결과 확인을 위해 데라우치가
직접 지방 시찰에 나서기도 했다.

고적조사 및 보존사업이란, 정복자들이, 자신의 노획물인 식민지의
역사를 진열·음미하면서 외부에 과시하는 일, 즉 자신들이 획득한
훈장의 목록을 정리하고 그 증거를 장기간 보존 처리하는 일이다. 조
선사 편수 작업과 더불어 진행된 이 작업은, 당시 조선 민중 사이에
영향이 컸던 민족사학에 대항하고, 조선사의 정체성과 타율적 역사관
을 '과학적 방법론'을 동원하여 날조·선전하기 위해 데라우치 스스
로가 나서서 진행했다. 세부 실무 작업은 세키노 다다스[関野貞], 도리

---

236 데라우치의 조선 산업 육성책은 조선의 '민도' 고려와 더불어 '점진주의'적으로 진행되었
다. 상세 사항은 전상숙, 『조선총독정치연구』, 지식산업사, 2012, 제2장 참조.

이 류조[鳥居龍蔵], 구로이타 가쓰미[黑板勝美]에 의해 지속적으로 수행되었는데, 이 사업은 데라우치의 치적을 넘어 일본의 조선 통치 시스템 자체의 '휴머니티'를 입증하는 근거로서 자찬되어 오기도 했다.[237]

특히 ⓗ은 도쿠토미 소호를 비롯한 일본인 기자들에게 상당 정도로 '공식화'되어 있던 정서적 반응들이다. 일본인 인사들의 '만주', 중국 여행기들을 관통하고 있는 정서적 공식이었을 가능성도 높다. 대륙 문화를 전수해 준 빛나는 고대사의 공간, 정몽주, 이색, 이순신 등 일본인이 경의를 품고 있던 중세 영웅들의 공간, 그러나 조선조의 학정으로 황폐화되고 망국의 운명을 맞이한 조선, 그곳에서 역사와 인간 존재의 무상감에 잠기며 한시를 남기는 일본 인텔리, 이것이 '일본제 조선기행문'의 공식으로 되어 있다. 이것이 정복자의 자리에 막 오른 자들이 누리는 달콤한 감상을 기반으로 하고 있음은 물론이다.[238]

ⓓ, ⓔ 역시도 당시 기행문들의 기본 성격을 보여 주는 항목이다. 위 일본인 기자들의 기행문들은 시찰적 성격을 띤 것들이었다. 그것은 중앙부서가 지방의 '무엇인가를 확인'한다는 목표 아래 수행된 공식적 업무의 일환이었으며 그 결과는 중앙 언론의 1면에 연재·공표되는 성질의 것이었다. 지방의 행정 책임자들이, 경성에서 파견되어 온 이들을 위한 브리핑에 공을 들여야 했음은 물론이다.

사장 아베와 일본인 기자들이 쓴 조선기행문들과 이광수의 기행문 속에 빠짐없이 나열되어 있는 각 지방의 산업, 경제 지리 관련 지식들은 이렇게 '배포된' 브리핑 자료나 구두 소개 자료들 속에 포함되어

---

237 이성시, 『만들어진 고대』, 삼인, 2002, 210~224쪽 참조.
238 심원섭, 「1910년대 중반 일본인 기자들의 조선기행문 연구」, 『현대문학의 연구』 48집, 2012, 205~207쪽 참조.

있었을 가능성이 매우 높다. 이렇게 방문자와 접대자가 상호 확인해야 하는 내용은, 물론 한일 병합을 실현시켰으며 통치기반 확립을 최대의 정치적 목표로 삼고 있던 초대 총독 데라우치의 선정(善政)의 실태, 제국 일본의 통치 실태이다. 이것은 1910년대 언론이 최우선적으로 보도해야 했던 정치적 과제다.

'한국 근대 기행문의 개척자'라 불려 온 이광수의 「오도답파여행」은, 1916~1917년 『학지광』, 『청춘』, 『매일신보』에 정력적으로 발표되던 그의 논설문과 단형 기행문, 소설 「무정」과 함께 생산된 텍스트다. 당시 거의 완성되어 있던, 준비론 혹은 실력양성론이라 불리던 사상적 골조가[239] 이미 뚜렷한 형태를 갖추고 있다. 민족개조론과 더불어 동아일보 시대의 그의 사상의 기본 구조 역시도 기본 형태가 나타나 있었다고 보아도 좋을 것이다.

이광수의 이 텍스트 속에서 상기 '일본제 기행문'들이 공유하고 있는 요소들을 발견하는 것은 전혀 어렵지 않다. ⓓ, ⓔ는 '시정 5년을 맞이한 조선 시찰'이라는 특명을 받은 경성일보 기자 이광수가 지역을 옮길 때마다 공식적으로 되풀이한 것이어서 예시까지 할 필요는 없다고 본다. 여기서는 ⓐ, ⓑ, ⓒ, ⓓ, ⓔ, ⓕ, ⓖ, ⓗ, ⓘ의 예를 중심으로 본다. 다음은 ⓐ, ⓑ, ⓒ의 예이다.

道路도 죠키도 죠타. 이러케 조흔 것을 웨 以前에는 修築할 줄을 몰낫던고. 疾風가치 달녀가는 自動車도 거의 動搖가 업스리만큼 道路가 坦坦하다.

---

239 김윤식, 『이광수와 그의 시대』 2, 한길사, 1986, 504~575쪽 참조. 이 시기에 쓰인 이광수의 텍스트와 생애에 관한 조사는 하타노 세츠코, 『일본 유학생 작가 연구』, 소명출판, 2011, 76~108쪽 참조.

(…중략…)

鳥致院 公州間은 거의 빨간 山뿐이다. 잔디까지 벗겨지고 앙상하게 山의 뼈가 드러낫다. 저 山에도 原來는 森林이 잇섯으런마는 知覺업는 우리 祖上들이 松蟲으로 더불어 말끔 뜯어 먹고 말앗다. 무어스로 家屋을 建築하며 무어스로 밥을 지을 作定인가. 道路 左右便에 느러 심은 아카시아가 엇더케 반가운지, 이제부터 우리는 半島의 산을 왼통 鬱蒼한 森林으로 덥허야 한다. 모든 산에 森林만 茂盛하게 되어도 우리의 富는 現在의 몇 갑절이 될 것이다.[240]

신설된 도로, 승용차의 속도감과 쾌적함, 바람에 흔들리는 아카시아 가로수 길, 나카지마 츠카사가 기행지 사이를 왕래할 때 묘사하고 있는 내용을 그대로 닮았다. 물론 위의 경탄은 이광수의 실감에서 나온 것이었음에 틀림이 없다. 문명화의 시급성을 민중에게 계몽시키고 싶은 이광수의 의도와 잘 맞아떨어지는 풍경이기도 하다.

한편 이광수는 이러한 선진적 면모의 주변에 늘어선 '붉은 산의 참상'에 대해 언급한다. 그 원인은 조상들, 즉 조선왕조 시대의 조선인들 때문이다. 이광수의 계몽문들의 중심을 이루는 논리가 어김없이 등장하고 있음을 알 수 있다. 그리고는 대대적인 조림 사업의 필요성이 역설된다. 이 대목이 과거 규슈시찰단을 수행했던 『매일신보』 기자 선우녹동이 쓴 조선의 산야 장면과 유사성이 많음은 두말 할 필요도 없다.

이 대목은 「오도답파여행」 전체 내용의 양극단을 상징하는 면모를

---

240 春園生, 「五道踏破旅行 第二信」, 『每日申報』, 1917.6.30.

갖고 있다. 첫째는 총독부 통치 5년이 이룩해 놓은 건설 인프라를 현장에서 확인하고 상찬해 주는 일이다. 두 번째는 그것과 대비되는 형태로 잔존해 있는 '구(舊) 조선'적 참상에 분노하면서 그 원인 제공자인 '구 조선인'들을 비판하는 것, 그리고 조선인의 각성의 필요성을 역설하는 일이다. '시정 5년 성과의 확인 및 선전', 그리고 '구조선 비판 및 발전의 필요성' 논리는 실은 오도답파여행 전체를 지배하고 있는 두 개의 벡터에 해당된다.

이광수는 자신의 '예언자'적 육성이, 이전의 논설들처럼 많은 조선인들에게 전달될 것을 기정사실화하고 있었을 것이다. 그러나 시정 5년 성과 보고를 제출해야 하는 총독부 쪽은 어땠을까. 세밀한 계산이 필요한 대목이었을 것이나, 이광수가 이것이 총독부 통치에 얼마나 큰 기여를 하는 행위였는가를 깊이 계산하고 있었는지는 의문이다. 혹은 이광수가 일제 치하에서의 '발전'은 '있는 그대로'의 사실이며, 그 위에 개인적으로 총독부와 매일신보사에 '보은'을 해야한다고 생각하고 있었을 가능성도 있다.

이광수가 경탄한 도로와 자동차의 대목은, 전술한바 데라우치와 일본인 기자들이 공들여 홍보하고 있었던 1, 2차 차도 사업의 성과다. 무능하고 부도덕한 조선왕조 대신 근대 일본이 만든 도로와 자동차와 가로수가 조선의 지방 면모를 일신하고 있다는 그것, 감독과 사장을 비롯한 일본인 기자들이『경성일보』에 써 왔던 그 정보다. 이광수는 이 도로들이 중국 침략용 도로였다는 사실을 알아차리고 있었을까.[241] 그보다는 그는 누가 건설했던 간에 '눈앞의 조선에서 목도한 조

---

241 심원섭, 앞의 글, 204~205쪽 참조.

선 문명화'의 성과에 도취되어 있었던 것은 아닐까. 그리하여 전 조선의 스타가 된 자신이 일제 통치의 홍보대사로 일하고 있다는 사실을 뿌리 깊게 자각하고 있지 못했던 것이 아닐까. 그는 "본래 보고 싶은 것을 보고, 쓰고 싶은 것을 쓴"다,[242] 즉 자신의 실감을 굳게 믿는 집필 철학을 갖고 있었다. 그 자기 실감이란, 민족 구제라는 거룩한 목표와, 고아시대의 악몽을 거대한 규모로 보상받아야 하는 개인적 야심이 공존하고 있는 젊은 이광수의 실감이다. 이광수의 자기 신뢰란, 그렇게 자신을 신뢰하면 할수록 더욱더 이러한 정치적 맥락에 이용당할 여지를 더 제공하는 근원이었을지도 모른다.

이광수는 '붉은 산'에 대해서 언급했다. 붉은 산, 즉 조림사업의 문제 역시도 일본인 기자들의 기행문에 등장하는 메뉴다. 이광수에 의하면 조선의 산이 헐벗은 것은 인재(人災)다. 무지하고 부도덕한 조상 탓이다. 그럴까. 조선의 산야가 헐벗은 이유는 나무가 연료로 사용되기 때문이다. 그럴 수밖에 없는 것은 '신식' 연료를 대량 생산하고, 수많은 '국민'이 임노동으로 벌어들인 화폐로 그 신식 연료를 구입하는 사회경제 시스템이 마련되어 있지 않기 때문이다. 이러한 상황이 봉건적 생산양식의 세계이며, 이 공간 속에 사회 전체가 정체되어 있는 한, 봉건적 생산양식 말기 현상인 '붉은 산 현상'은 피할 수 없다. 문제의 핵심은 사람 개개인의 윤리에 있는 것이 아니다. 사회경제 시스템 자체에 있는 것이다. 조선은 자력으로 이 시스템을 마련할 수 있는 시간 여유를, '서둘러 온 일본'에 빼앗긴 채 붉은 산 문제의 해결 역시도 정복자들에게 '건의'를 해야 하는 처지에 몰려 있는

---

242 春園生, 「五道踏破旅行 海雲臺에셔」, 『每日申報』, 1917.8.10.

것이다.

이광수의 비판은, 사회경제 시스템이 아니라 '조선 사람들의 자질'로 향하고 있다. 그에게 자본주의 시스템에 대한 이해가 결여되어 있었던 것도 그 원인이 될 수 있겠지만, 통치자 측에로 향해야 할 비판을 스스로 소거해야 하는 점, 그 막혀 있는 울분의 에너지가 자신이 속해 있는 집단 내부에로 집중·배가되고 있는 점이 가장 큰 원인으로서 작용하고 있었을 것이다.

결국 그의 논리는 독자들에게 이렇게 읽혀질 구실을 제공하고 있다. '조선왕조는 자력으로 근대화를 이룩하지 못했다. 조선'인'들이 무지하고 비윤리적이기 때문이다. 때문에 선진국 일본의 인도를 빌려서라도, 즉 타력에 의해서라도 발전을 이뤄야 한다. 이것이 조선이 선택할 수 있는 역사적 필연이다', 이 정체적 역사관, 타율적 역사관은 일본의 조선 병합 논리이며 통치 중인 총독부가 공들여 선전 중인 내용이다. 데라우치가 공을 들인 조선사 편수작업의 제일 명제 역시 이것이었음은 물론이다. 일본인 기자들이 『경성일보』에 일본어로 써서 달성하기 어려웠던 정치적 선전 효과를, 「무정」의 청년 영웅 이광수는 자신의 약동하는 조선어로 단번에 거두고 있는 셈이었던 것이다.

商業계에는 商業會議所가 잇고 各種 生業의 保護發展을 위하여서는 宿屋組合, 理髮業組合의 共同機關이 잇다. 北門박에 나셔서 大邱驛에 서면 朝鮮 十三道 二百餘郡은 말할 것도 업거니와 世界萬國 어느 坊에는 谷까지도 아니 連한 데 업는 鐵路도 노혓다. 이만하면 文明한 都會의 가질 만한 모든 要素를 具備하였다 할 수 잇다. 大邱만 그러한 것이 안이라, 半島의 各 大都會

가 다 이러하거니와, 特히 十年前 曾遊의 大邱와 今日의 大邱를 比較할 때에 今昔의 感이 더욱 깁다는 말이다.

이처럼 大邱는 面目이 一新하였다. 舊大邱가 發達하얏다하는 것보다 舊大邱의 遺蹟에 新大邱를 建設하엿다 함이 적당한 말일 것이다 (…중략…)

일즉 大邱의 主人이던 그네는 新大邱를 眼前에 보고 이 무슨 怪物인고 하는 듯이 ○然히 섯다. 彼等은 電燈, 電信, 水道에, 市區 改正의 工事를 目擊도 하엿고 몸소 參役도 하엿다. 그러나 彼等은 이것이 何意味인줄도 모른다. 四百內外의 大邱府의 電話에 朝鮮人 加入者가 二十이 못 넘는다 하니 可憐한 일이 아니냐. (…중략…) 大邱의 豁達한 道路로 日夜通行하는 白衣人 中에 그 道路로 通行할 만한 資格이 잇도록 活動하는 者가 幾人이나 되는고.

文明의 利器는 利用할 能力이 있는 者에게는 生産의 利器로되, 能力이 업는 자에겐 金錢을 浪費하기에 가장 便한 消費의 害器다. 十餘年來로 文物이 發達할수록에 朝鮮人이 더욱 가난하게 됨은 실로 文明의 利器를 利用할 能力이 업슴이다.[243]

이광수는 십여 년 전의 대구와 지금의 대구 사이에 현격한 차이가 있다고 말했다. 이것 역시 그의 눈에 '보이는 대로 느껴지는 대로' 발언한 결과였을 것이다. 일본의 통치 이후로 근대 도시의 모습을 갖춰가는 지방 도시의 번영상, 이것 역시 일본인 기행문에 등장하는 공식적 소재였음은 물론이다. 이광수는 역시 『매일신보』가 바라고 있었던 기사를 충분한 형태로 제공했다.

한편 이광수는 위에서 본 공식대로 그 '협력적인' 언설에 단서를

---

243 春園生, 「五道踏破旅行 大邱에셔 (1)」, 『每日申報』, 1917.8.25.

달았다. 번영하는 도시의 그늘 속에 남아 있는 조선인의 낙후상에 대한 언급이 그것이다. 동족이 겪는 참상에 대한 젊은 그의 연민과 분노, 민족애가 여과 없이 노출되어 있는 예다. 이런 구조는 「오도답파여행」 전편에 걸쳐 반복되고 있다고 봐도 될 것이다.

그는 두 개의 대구가 병존하고 있음을 분명히 했다. 일본인이 조선의 '유적' 위에 건설한 새로운 근대 도시 대구, 그리고 낙후된 조선인 거리. 이렇게 두 개의 대구를 대조시키는 발상은 경우에 따라서는 식민지 통치의 본질을 비판하는 사고법으로 발전할 수도 있다. 일본인에게 우선권을 주는 행정 지원을 등에 업고 조선에 진출하는 일본 자본과 조선 토착민 및 토착 자본의 몰락, 이런 구도는 염상섭의 「만세전」이 이미 취한 방법이다. 그러나 이광수의 방법은 좀 이상하다. 왜 조선인은 낙후되었는가. 그는 이렇게 말한다.

文明의 利器는 利用할 能力이 있는 者에게는 生産의 利器로되, 能力이 업는 자에겐 金錢을 浪費하기에 가장 便한 消費의 害器다. 十餘年來로 文物이 發達할수록에 朝鮮人이 더욱 가난하게 됨은 실로 文明의 利器를 利用할 能力이 업슴이다.[244]

이광수는 앞에서와 마찬가지로 낙후의 원인을 조선 '사람' 탓으로 돌린다. '문명을 누릴 수 있는 능력'이 없어서라는 것이다. 역시 이광수에게는 조선의 문제는 그 어떤 종류의 문제이든 그 원인은 조선인의 무능과 열등성에 있다. 그렇지 않다. 자본이 투여되면 '문물이 발

---

[244] 春園生, 위의 글.

달’하고 도시화가 진행되는 것은 당연한 일이다. 마찬가지로 토착민이 적절한 형태로 도시화 과정 속에 편입되거나 토착자본가가 대응 자본을 투여하지 못하는 한, 몰락하는 것은 당연한 일이다. 이것은 사람의 탓이 아니라 자본의 거대한 운동 과정의 일부에 지나지 않는다.

이광수는 이렇게 모든 문제의 근원을 ‘사람의 자질’ 탓으로 돌린다. 이것은 이광수의 조선, 아니 ‘자신’에 대한 뿌리 깊은 콤플렉스의 소산이자, 그가 전형적인 관념론적 세계관의 소유자였다는 것을 보여준다. 무엇보다도 이렇게 사회경제 시스템의 문제를 인간의 능력이나 자질 여부의 차원으로 몰아가는 것은 당시 일본 통치자측이 즐겨 쓰던 방법이었다. 그 저변에는 서구에 대한 일본인의 콤플렉스가 동아시아판으로 전용된 우열의 새 공식, 즉 우수한 일본 민족 대 열등한 조선 민족이라는 인종학적 사고방식이 자리하고 있었다. 그러므로 조선의 낙후상을 조선인의 자질 탓으로 질책하며 바라보는 조선인 이광수 본인은, 심리적으로는 ‘우수한 인종’편, 즉 통치자 측에 필사적으로 서려고 노력하고 있었던 셈이다. 이것은 ‘공상의 천국 동경’ 속에서의 일상생활을 통해 근거없는 우월감을 소유하고 있다가, ‘사실의 지옥’ 조선 속으로 일시 귀국한 조선 유학생들이 흔히 빠지는 심리적 함정이었기도 하다.[245]

다음은 ⓖ, ⓗ번과 관련된 예다.

아모러나 二千餘年 前의 古蹟을 보는 맛은 未嘗不 形言할 수 업스리만 하얏다. 其他 地方에서는 人民들조챠 此地의 由來를 모르는 것이 슬푸다. 詩

---

245 심원섭, 『일본 유학생 문인들의 대정 소화 체험』, 소명출판, 2009, 19~23쪽 참조.

人, 史家, 美術家 갓흔 이가 이러한 땅에 任하야 先祖 遺蹟을 光輝게 함이 어떠하뇨. 朝鮮總督府에서 彌勒塔을 완전히 重修할 意向이 잇단 말을 듯고 나는 깃버하엿다.[246]

익산의 금마면(金馬面) 미륵사지 석탑에 대한 감상의 일부다. 각 지역의 유서 깊은 고적 방문 역시도 '일본제 조선기행문'이 선택하는 메뉴 중의 하나였다. 전술한 바와 같이, 조선 불교에 관심이 깊었던 아베 미츠이에는 불교 고적의 조사와 현지 보존 문제에 집요한 관심을 표명한 적이 있다.

조선의 산업 발전에는 인색했던 총독부가 거액을 들여 추진했던 이 사업이 어떤 동기에 의한 것이었는지는 앞장에서 거론했다. 이광수의 의도는 소박한 민족주의적 발상에 기인한 것이었지만, 결과적으로는 그도 장지연처럼 총독부의 '조선을 위한 고적 사업'을 환영한다는 입장을 표명하고 말았다. 물론 이광수가 기뻐했던 '완전한 중수 작업'은 실천되지 않았다. 총독부가 진행했던 시멘트 보수 공사는 탑의 원형 보존에 치명타를 가했고, 원형 상태를 복원하는 작업이 2016년 완성을 목표로 한국 정부에 의해 진행 중이다.[247]

이상과 같이 「오도답파여행」은 '일본제' 조선기행문의 양식적 틀과 소재를 여러 면에서 답습하고 있으며, 일제의 통치 성과를 한편으로 긍정하면서 조선인의 각성을 요구하는 내용으로 진행된다. 그 중에서도 가장 문제시되는 대목은 9번 항목, 즉 '조선시대와 총독부 통

---

246 春園生, 「五道踏破旅行 第十六信 裡里에셔(三)」, 『每日申報』, 1917.7.15.
247 http://news.sbs.co.kr/section_news/news_read.jsp?news_id=N1002101010.2013년 11월 20일 접속.

치 시대를 비교하고 그 발전상을 종합적으로 제시하는' 대목이다.

잘 알려져 있는 바대로 이광수가 「오도답파여행」을 쓰게 된 직접적 동기는 "시정 5년의 민정 시찰을 위해 조선을 행각해 주지 않겠냐"는 나카무라 겐타로의 은근한 권유에 있었다. 물론 이광수는 기사를 연재하는 과정에서 시정 5년의 결과를 일방적으로 찬양한 적은 없다. 번영하고 있는 일본적 부분과 선명한 대조를 이루고 있는 낙후된 조선상의 존재, 그리고 그의 심정 속에 억압되어 있는 민족적 울분과 적대감 때문이다. 그런 대목에 관한 한 그의 기행문은 일본인들의 기행문들과 그 성질을 달리한다고 할 수밖에 없다. 그러나 그가 행해 왔던 이러한 '부분적 제동'들은 답파 중 결정적인 선택의 계기 앞에 놓이게 된다.

⑤ 진주 '심문' 사건과 '오도답파' 청탁의 정치적 본질

이광수는 자신의 아홉번째 기행지인 진주 부분에 총 4회나 되는 양의 원고를 할애했다. 청년계층에 대한 관심 때문이다. 지역 경찰의 안내를 받은 후 그가 내린 최종 결론은 '진주는 환락의 도시, 타락한 청년들의 도시'라는 것이었다. 이후 그는 경무부장 미즈무케[水向]를 방문한다. 「大邱에셔」를 이미 발표한 이광수는, 자신의 '전문성'을 밑천으로 해서 진주 청년들의 현황과 그 개선책을 그와 논의하고 싶었을 것이다. 이런 그에게 갑자기 '사고'가 터진다. 진주 경무부장 미즈무케는 이광수를 대면하자마자 대뜸 질문부터 던진다.

茶를 勸하고 卷煙 한 個를 붓치더니

"엇더시오. 京城을 떠날 때에 朝鮮觀과 只今의 朝鮮觀과에 차이가 업소" 異常하게 뭇는다. 質問하러 간 내가 逆으로 質問을 밧게 되얏다. 나는 그 質問의 精銳함에 놀래엿다. 未嘗不 챠이가 잇셔요. 前에도 朝鮮을 안 줄로 自信하엿더니, 그것은 根據업는 한 想像에 지나지 못하엿셔요. 실지로 處處에 다니며 보니, 想像턴 바와는 퍽 다릅데다 하엿다.

"그것 보시오. 東京에 잇는 朝鮮 靑年들은 朝鮮의 實狀도 모르고셔 공연히 四疊半에서 空論만 하지요. 四疊半에서 혼자 떠드는 거야 相關 잇겟소마는, 朝鮮에 도라셔 全般社會에 害毒을 끼치는 것은 容恕할 수가 업소. 我輩의 職務가 잇스닛가, 거기 相當한 處分이 잇셔야지요."

하고 東京留學生의 近況을 뭇는다. 나도 留學生의 一人이매 留學生을 위하여 ○○를 辯할 機會를 어듬을 多幸히 여겨 滔滔히 數千言을 辯하엿다. (강조는 인용자)[248]

이광수는 경성일보사의 고위 책임자나 전문 기자들이 쓰는 연재 기행문을, 그것도 두 신문의 얼굴인 제1면에 장기 연재할 수 있게끔 특별하고도 모험적인 청탁을 받은 조선 인사다. 여행 초기 그가 지역 행정관들의 융숭한 대접을 받으면서 당황해 했던 데에는 그만한 이유가 있다. 이 여행 과정에서 그는 지역 책임자들에게 일방적으로 질문을 하고 브리핑을 받는 등, 경성의 중앙 일간지가 보낸 '시정 5년의 민정 시찰'자로서의 특권을 듬뿍 누려오던 중이었다. 이런 그에게 지방의 한 치안 책임자가 갑자기 고압적 자세로 '정답'을 강요하는 것이다.

---

248 春園生, 「五道踏破旅行 晉州에셔(四)」, 『每日申報』, 1917.8.16.

"차이가 업소?"라는 미즈무케의 질문은 양자 택일형이 아니다. "없다"라고 대답할 수 없게 만드는 이 질문법은, 원하는 답을 얻기 위해 피의자를 몰아가는 데 익숙한 치안 전문가의 어법이다. 이광수가 "이상하게 뭇는다", "질문의 정예함에 놀래엿다"고 한 것은, 그가 돌발적인 상황 속에서 느꼈던 압박감, 위기감을 잘 대변해 준다. 이광수가 이 대화 자리에서 노출한 자신의 모습을 얼마나 후회했는가는, 22년이 지난 1939년 그가 기행문 일부를 고쳐 단행본판으로 출판한 내용 속에 뚜렷이 드러나 있다.

> 部長은 내게 茶를 권하고 卷煙을 피어물더니
> "어떠시오. 京城을 떠날 때의 朝鮮觀과 지금 朝鮮觀의 **차이가?**"
> 하는 것이다. 질문하러 간 내게 거꾸로 질문을 하는 데는 놀라지 않을 수 없었다. 그러나 나는 **침착한 태도로 말하지 않을 수 없었다.** [249](강조는 인용자)

위와 1917년 『매일신보』 수록 원문을 비교하여 달라진 곳만 나열해 보면 다음과 같다.

> 1917년 : "차이가 업소?" "이상하게 뭇는다. (…중략…) 나는 그 質問의 精銳함에 놀래엿다"
> 1939년 : "차이가?" "하는 것이다. (…중략…) 그러나 나는 沈着한 태도로 말하지 않을 수 없었다."

---

249 李光洙, 『半島江山』, 영창서관, 1939.8, 169쪽; 정혜영, 「오도답파 여행과 1910년대 조선의 풍경」, 『현대소설연구』 40호, 2009, 322쪽에서 재인용.

이광수는 1939년 단행본판에서는 1917년판의 "차이가 없소?"를 "차이가?"로, "이상하게 묻는다", "나는 그 질문의 정예함에 놀래엇다"를 "나는 침착한 태도로 말하지 않을 수 없었다"로 대체했다. 미즈무케는 정답을 강요한 것이 아니라, 택일이 가능한 여지를 제공했으며, 자신은 그 질문에 '조선의 영웅'답게 대처했다는 것이다. '침착하게 대처했다'고 고쳤다는 것은, '침착하게 대처하지 못했다'는 자의식이 있있다는 이야기다. 물론 이 단행본판은 사실상 심우섭, 최정회 3인 합작이며, 특히 최정희에 의한 문체의 수정이 개입되어 있다고 이광수가 밝힌 것으로 알려져 있다.[250] 그러나 위의 내용은 '문체의 수정' 정도가 아니라 의도적인 개작에 가깝다. 이광수가 직접 손을 댔을 가능성을 배제할 수 없을 뿐만 아니라, 최정희가 개작을 했다 하더라도 이런 민감한 곳을 이광수가 확인하지 않았을 가능성도 상상하기 어렵다. 어쨌든 이광수 혹은 이광수가 포함된 '3인'은, 궁지에 몰려 있었던 이광수, 혹은 그 속에 투영되어 있는 굴욕적인 조선인 자신의 모습을 숨기고 싶어 했을 가능성이 높다.

가는 곳마다 후대를 받았던 답파여행 중 이광수는 일본인에게 두 번 봉변을 당한 적이 있다. 1등석을 이용하는 특권을 누려 왔음에도 불구하고 "매약행상으로 가장하였던 순사보"의 거친 검문을 받은 삼천포 도착 시의 에피소드가 첫 번째다. 이광수는 추가 언급 없이 '당했다'는 사실만 짧게 기록하여[251] 그가 겪은 굴욕적인 불쾌감을 독자들에게 선명하게 전달했다. 그 외에는 답파기간 중 그 어떤 일본인도

---

250 정혜영, 위의 글, 314쪽.
251 春園生, 「五道踏破旅行 多島海(四)」, 『每日申報』, 1917.8.4.

이렇게 강압적 방식으로 이광수를 '다룬' 적이 없다.

일본의 통치 덕에 조선이 '발전했다는 것'을 단답형으로 시인하라는 미즈무케의 요구는, 조선인 민족주의자가 한 마디로 답할 수 없는 성격의 것임은 두말할 나위도 없다. 이 위압적인 상황 아래에서 젊은 이광수는 심리적으로 압도당했던 것이 아닐까. 그는 마치 전향자의 공식 발언처럼 '조선의 현황을 잘 안다고 생각하고 있었는데 실제로 다녀보니 자신의 판단이 잘못되었다'고 대답한다. 이 뒤에 이어지는, 동경 유학생 현황에 대한 "수천언의 변"은 앞의 굴욕을 만회하려는 심리적 보상책이다. 이 장면을 이광수는 그대로『매일신보』에 '중계'했다.

재조 일본인의 특권과 아이덴티티가 농축되어 있는『경성일보』, 그『경성일보』의 기자라는 '미심쩍은' 자격을 지니고 각처를 순방하고 있는 조선인 청년에게 '불의의 일격'을 가한 미즈무케의 이후 반응은 인터뷰를 당하는 자의 그것이 아니다. 미즈무케는 이광수를 앞에 두고 일방적으로 '연설'을 하는데, 그것은 불온한, 즉 '젊고 어리석은' 조선 청년들에 대한 훈계 내지 경고다. 이광수 본인도 시인한 바, '발전하는 현실'을 모르는 조선 청년들이 돌아와 독립 운동 등 소동을 벌이면 법에 따라 처벌하겠다는 것이다. 유학생인 이광수가 앉아 있는 자리에서 유학생들을 처벌하겠다는 말은, 결국은 이광수 본인에게 건네는 협박과 마찬가지다. 조선의 남단 진주까지 융숭한 대접을 받으며 순탄한 인터뷰 여행을 계속해 왔던 이광수는, 여기에서 처음으로 '불온한 조선인 유학생', 즉 갑호 감시 대상인 유학생의 신분으로 복귀해 있던 것이다.

진주 청년들이 타락했다고 본 이광수가 그와의 인터뷰를 통해 노리고 있었던 것은, 그 타락해 가는 조선 청년에 대한 육성책을 상의하는 것이었을 것이다. 그 속에는 조선 청년에 대한 본격적 육성에 관심이 없는 총독부에 대한 요구, 즉 '건의'가 수반된 것일 터인데, 그는 일개 지방 경찰관 앞에서, 요구를 건네기는커녕 오히려 '시건방을 떨지 말라'는 경고를 듬뿍 받고 있는 셈이다. 여행 중 그를 내내 보호해 온 총독부제 갑옷이 얼마나 한시적이며 위태로운 것인가, 그 갑옷을 벗는 순간 어떤 일에 직면해야 하는가를 젊은 이광수가 십분 경험하는 자리가 바로 이 장면이었다. 이것이 '오도답파여행'의 동선(動線)을 꿰뚫고 있는 데라우치 시대 식민지 통치의 본질적인 부분이었다. 이광수를 거칠게 '다룬' 미즈무케는 다만 피의자의 심리를 파악하는 데 익숙한, 직무에 충실한 일본인 관리였을 뿐이다.

이광수는 답변 직후 일본유학생계의 현황에 대해 '도도하게' 설명을 늘어놓은 후 "다른 일을 묻지 않고 나"왔다고 씀으로써 반격을 가한 것 같은 인상을 독자에게 보여주려 애쓰나, 이것이 심리적 보상책에 지나지 않았음은, 그리고 조선 영웅 이광수의 굴욕을 보여주는 장면이었음에는 변함이 없다. 그러나 미즈무케의 이것이 어찌 일개 지방 공무원의 생각뿐이었을까.

阿部君이 居常에 조선의 개발과 조선인의 誘導로 자기의 本分을 삼아 奔走努力이 無所不至한 것이 是라. 內鮮 以後 君이 이를 爲하야 정력을 경도한 事가 幾多. 내지인 중에도 殆히 類例를 見치 못할지라. 혹은 (…중략…) 扶養을 缺하야 빈궁한 조선인 子弟에게 資를 給하야 修學의 道를 得케 하며 此 유학생 중 一知 半解의 사상을 懷한 자가 有하야 왕왕 불온한 언동에 及한 자를

위하야 충고선도하야 彼等으로 하야금 번연 改悟하야 幸히 과오가 無케 하는 등
일일 列擧키 不遑하며[252] (강조는 인용자)

"사상이 미숙하여 불온한 언동을 저지르는 유학생들을 충고 선도해
서 각성시킴으로써 과오를 저지르지 않게끔"한 것이 아베의 경성일보
사장 시대 치적 중 하나였다. 위 미즈무케의 폭언은 실은 아베의 복심
그대로였던 것이다.

그를 『매일신보』와 『경성일보』 지면에 소개한 나카무라 겐타로도,
그를 매료시킨 아베 미츠이에도, 그의 문장을 격찬하고 국민신문사 입
사를 권유하는 등 들뜬 청년의 기분을 농락한 도쿠토미 소호도,[253] 그
의 기행문 속에 등장하기를 고대하고 있었던 핵심 문장은 이것이었음
에 틀림이 없다. 취조와 심문에 익숙한 현장통 미즈무케의 무례한 질문
은 그들의 복심을 대변한 것일 뿐이다. 어쩌면 이 진주에서의 돌발적인
'심문'은 사전에 계획된 것이거나, 연재 기행문을 읽고 있던 윗선이 긴
급히 내렸던 지시에 의한 것이었을 수도 있다.

이광수는 돌발적인 것처럼 보이는 이 '심문' 과정에서 「오도답파여
행」이 그에게 제시한 본질적 요구에 직면해야 했고 그에 굴욕으로 대
응할 수밖에 없었다. 그것은 신세대 조선인 리더에 의한 일본의 식민
지 통치 성과의 인정, 즉 '일본의 선정(善政)의 결과로 조선은 현저한
발전을 이뤘다'는 '자백'이다. 물론 내용만으로 본다면 그 '자백'은 돌
발적인 것이었다고는 할 수 없다. 근대 국민국가 건설의 꿈과 조선 계

---

252 南北學人, 「阿部充家君을 送함」, 『每日申報』, 1918.7.1.
253 李光洙, 「無佛翁の憶出 (二)」, 『京城日報』, 1939.3.12.

몽의 자의식에 불타고 있던 그는 여행 과정 속에서 조선이 향해가야 할 목표, '발전되어가는 조선'의 이미지를 끊임없이 그려왔으며, '적'의 힘으로 건설된 그 현실의 일부가 눈앞에 실존하고 있었기 때문이다. 이광수는 이 기행문을 통해서 자신의 계몽기획을 조선 독자에게 충분히 전달할 수 있었을 것이다. 그러나 그 목적을 위해 그는 너무 많은 대가를 총독부와 그 기관지, 그리고 재조 일본인들에게 내주어야 했던 것이 아닐까. 이광수가 '적진'에 들어와 펼친 야심찬 활동의 한계는 바로 이런 데에 있었다고 본다.

이렇게 '영광'과 굴욕이 교차하는 이광수의 인생은, 1938년의 전향에서 비롯된 것이 전혀 아니며, 1921년 스승 도산의 만류를 뿌리치고 도주하듯 조선에 돌아 왔을 때나 1923년 「민족개조론」에서 시작된 것도 아니다. 1916년과 1917년 이 때에 이미 그는 노련한 통치 전문가들의 손, 그리고 '최고가 되어야 만족되는' 자신의 야심의 손에 이끌려 '제도권' 안으로 가볍게 걸어 들어 왔다. 그리고 점차 강화되는 그들의 요구에 따라, 데라우치가 건설해 놓은 조선 오도를 답파해 주었다. 이광수는 이 속에서 자신이 '민족 구원'을 위해 발신하고 싶었던 계몽 담론을 마음껏 발표하고, 홀로 외치는 '선지자'로서의 자기 나르시시즘도 흠뻑 충족시킬 수 있었다. 그러나 일본의 새 통치 덕택으로 망국 조선이 재생하고 있다, 발전하고 있다는 사실 역시도 전국에 '부대 조건 없는 단답형' 답안으로 공표해야 했다.

이광수에 대한 경성일보사 매일신보사의 투자는 대성공이었다고 해야 할 것이다. 이광수 본인의 대차대조표는 어떤 것이었을까. 근시적으로는 이익이 많았으나 거시적으로는 손해가 많았던 거래가 아니었을까. 원래 이 게임은 '게임 제안자'를 비판해서는 안 되는 불공정 게임이어서 정식 거래라 부르기 어려운 것이기도 했다.

노련한 조선 통치 전문가들과 젊은 조선 청년 이광수와의 이 '거래'는 여러 측면에서 계산 내지 재해석될 수 있을 것이다. 물론 커다란 의미에서는 이 거래를 추진하여 젊은 식민지 청년 이광수의 영혼을 굴욕으로 몰아넣은 일본 제국주의의 대패배일 터이다. 이렇게 조선 지성사를 상징하는 인물 이광수의 인생에 결정적인 전환 계기가 된 거래 기회를, 매력적인 방법으로 그에게 제공한 이 중의 하나가 아베 미츠이에였다.

두 사람 사이의 파란한 거래는 1936년 정월 아베가 죽음을 맞이할 때까지 지속되게 된다.

7. 아베와 조선 불교

1) 조선 종교계와 아베

아베의 조선 종교계에 대한 정치적 관심은 각별했다. 전술한 바와 같이 유림에 대한 접근은 일찍부터 시작된 바 있었고, 천도교와 기독교에 대한 접근도 적극적이었다. 가령 당시 강력한 세력을 갖고 있었던 천도교는, 총독부 당국도 집중 감시 대상으로 삼고 있었던 바여서, 데라우치가 손병희를 직접 불러 시책 순응을 요구할 정도였다.[254] 아베도 일찍부터 손병희와 친교가 있었으며, 3·1운동 이후에는 천도교

세력의 석방 운동에 노력한 바 있다.[255] 그의 구제운동 덕에 가출옥한 이 중의 하나가 손병희의 측근 참모이자 후일 천도교 신파의 리더로 성장하게 되는 최린이었다. "말없이도 마음이 통하는 사이"로[256] 발전하는 아베와 최린은 조선 좌파에 대한 반대운동 및 자치론 운동을 중심으로 밀월 관계를 유지하게 된다.

한편 기독교는, 근대 일본, 특히 생존을 위해 국가주의불교 성향을 강화해가던 일본 불교계가 집중적으로 건제하고 있던 종교다.[257] 경성일보와 매일신보가 불교를 최우대하는 한편 기독교 기사에 소극적이었던 것도 이런 데에 원인이 있었다. 아베는 그 기독교세력에도 적극 손을 뻗어 관리를 하고 있었다.

기독교는, 이를 배척하는 자가 전혀 없었다고는 할 수 없으나, 옹은 결코 기피나 배척도 하지 않았을 뿐 아니라, 조선의 기독교의 지위를 인정하고 그 중심 세력이었던 바인 원로 윤치호씨 등과도 항상 접촉하여 교유를 거듭하였으며, 이 인물들을 통하여, 혹은 그 불평을 듣고, 혹은 위로하고, 혹은 그 ○를 논하는 등, 축적된 불평불만을 제거하기 위해 고심한 것이었다. 이렇게 옹은 관헌의 위력으로도 어찌해 볼 수 없는 어려운 문제도, 이런 과정을 통해 해결하는, 그런 식이었다.[258]

---

254 김정인, 「日帝 强占期 天道教史 關聯 資料 研究」, 『國史館論叢』 77집, 國史編纂委員會, 1997, 245쪽.

255 中村健太郎, 「阿部無佛翁を偲ぶ (三)」, 『京城日報』, 1936.1.16.

256 사이토에게 보낸 아베 미츠이에 서간, 1921.11.29; 강동진, 『일제의 한국 침략 정책사』, 한길사, 1980, 41쪽.

257 中村元 외 편, 『近代佛教—政治と宗教と民衆』佼成出版社, 1972, 107~112쪽.

258 中村健太郎, 앞의 글, 같은 날짜.

나카무라는 아베를 기리려고 한 언사 속에서 거꾸로 당시 재조 일본인 집단이 기독교에 대해 갖고 있었던 속내를 노출하고 있다. 나카무라는 "기독교를 배척하는 자가 전혀 없었다고는 할 수 없다" 아베가 결코 "기피"도 "배척"도 하지 않았다고 했다. 이는 실제로는 재조 일본인들이 기독교를 '배척하고 기피'하는 일반적 성향을 갖고 있었다는 뜻이다.

아베는 일본인 일반이 공유하고 있는 적대감을 가볍게 넘어서서 기독교에 적극 접촉했다. 일본의 조선 통치 방침에 대해 모종의 투철한 사명감을 갖고 있지 않은 인물이라면 쉽게 행할 수 없는 일이라 할 수밖에 없다. 아베는 유림에 대해, 천도교에 대해 그랬던 것처럼 그 속에서 장래 유망한 리더격 인물을 찾아냈으며 그를 자신의 그룹 속으로 끌어들였다. 윤치호의 획득이 그 상징적인 예다.

2) 아베 무불(無佛)과 조선 불교

(1) 수행승을 가르치는 거사

국민신문 시대부터 사용하기 시작한 것으로 보이는 그의 호는 무불(無佛)이다, 그는 각종 지면에서 '무불' 혹은 '아베 무불'로 불리는 경우가 많았다. 이 '무불'이라는 호는 일본 임제종의 원각사 및 건장사 관장, 샤크소엔[釋宗演](1859~1919)으로부터 받은 거사 호였다. 아베에 관해 간략 전기문을 쓴 히라노 도시야[平野敏也]는 다음과 같이 썼다.

타고난 인격도 비범했다. 오랜 기간 선 수행에도 게으르지 않았고 가마쿠라 원각사의 샤크소엔[釋宗演], 미야지[宮路] 종사(宗師) 등에게 배웠다. 무불이라는 호는 샤크소엔이 붙여 준 것이다. 조선에서 불교 운동을 추진한 적도 있었다.[259]

샤크소엔은 일본의 임제종 본산인 가마쿠라 원각사파의 이마키타 고젠[今北洪川](1816~1892)의 뒤를 이어 1892년 34때 2대 관장에 오른 인물이다. '미야지 종사[宮路宗師]'란 1905년 동경사(東慶寺) 주지로 자리를 옮긴 샤크소엔의 뒤를 이어 3대 원각사파 관장에 취임한 미야지 소카이[宮路宗海](1857~1923)다.

일본 거주 당시의 아베의 불교 공부 내역을 알려주는 자료는 이상이 전부여서, 아베의 수행력을 추적하는 작업은 그만큼 어렵다. 그러나 경성일보 재직 당시 아베가 보여준 불교에의 관심과 식견을 볼 때, 최소한 아베가 도쿠토미의 벽암회 활동기인 1906년보다는 훨씬 이전, 늦게 잡아도 러일전쟁기 이전에 일찌감치 불교에 입문하여 상당 정도 수행을 쌓아왔다는 점은 추측이 가능하다. 또 거사로서의 그의 수행의 도가 상당했음을 기리는 기록들도 발견된다. 사미승 시절부터 아베를 자주 접했으며 그에게서 훗날의 장례식을 부탁 받았던 곤치인 [金地院] 주지 마쓰우라 소호[松浦宗彭]의 회고담 일부를 공개한다.

저의 스승님은 하쿠간[白巖]이라는 분으로 아베 무불옹과는 오랜 친구 사이셨습니다 (…중략…) 당시 아베 선생님이 자주 오셨습니다. 마침 스승

---

259 平野敏也, 「蘇峰のカゲの力,國士, 阿部無佛」, 『民友』, 1977.2, 9쪽.

님이 안 계실 때였는데 "오늘은 안 계시냐. 그럼 너하고 이야기 좀 하자"하
셔서 이것저것 이야기를 들었습니다. 저는 앞에서 말씀드린 바처럼 스승님
에 대한 불평을 이렇게 털어놓았지요. "경도 안 가르쳐 주시면서, 장례식 중
이 되려면 지금 관둬라. 선종 수행자는 경 같은 건 필요 없다, 선학만 하면
돼" (…중략…) 제가 학교에 보내 달라고 하면, "학교 같은 건 안 가도 돼,
열심히 풀만 베고 있으면 그러다 자연히 알게 돼." 그렇게 이야기하시는데,
"아무래도 저로서는 보통 학문을 뭔가 하지 않으면 세간에 나와도 곤란할
거라 생각한다, 제발 선생님께서 스승님께 말씀 좀 잘해주세요"라고 아베
선생님께 부탁했지요. 그런데 "그거 재미있구나"하시는 것이에요. 부탁해
주시려나 생각했더니, "스님 참 재미있구나. 스님 말씀대로 풀 베기 하다 보
면 자연히 깨닫게 되는 거야"라는 말씀만 하시고는 중학교에도 안 들여보내
주시는 겁니다. 정말 풀만 베고 있었지요. 그러다 나이를 먹고 징병에 걸려
입영하기 전날이었습니다. "이대로 군대에 가니, 나이는 먹었는데 경도 못
읽고 책도 못 읽고 이야기도 안 되고, 이래서는 곤란하니 뭔가 방법이 없겠
습니까"하고 아베 선생님께 울면서 말씀드리니, "아무것도 모르는 채 있는
게 좋은 거야. 풀 베는 일만이라도 잘 알게 되면 점점 깨닫게 되는 거야"라
말씀하십니다. 그런데 그것도 영문을 모르겠는 거예요. 아무리 부탁드려도
다만 웃으시면서 "스님 이야기가 옳아. 그걸로 충분해. 다른 사람들은 학문
을 해야 하지만, 너는 지금 이대로가 좋아. 너만은 학교에 안 가도 된다"고
말씀하시는 것이어서 아베 선생님을 그때 얼마나 미워했는지 모릅니다.[260]

세간의 알음알이에 기대지 말고 현재에 몰두·전념하는 과정 속에

---

260 松浦宗彭, 「追憶筆談記錄」, 中島司, 『無佛偲び草』中央朝鮮協會, 1936, 12～16쪽.

서 자아를 내려놓는 체험을 거듭하라, 그 과정 속에서 마음의 정체를 깨닫고 진아(眞我)를 찾아가라, 이렇게 설교하는 아베의 지도 내용은, 원리상으로는 특별하다고 하기 어려운 선담이다. 문제는 아베가 사찰에서 수행 중인 사미승을 이렇게 지도했으며, 아베를 둘러싼 인물들이 '스승'으로서의 권위를 인정해주고 있었다는 점, 그의 지도를 받은 승려 스스로가 이 사실을 공표했다는 점이다. 아베가 후일 일본 불교계에서 수행자로서 상당 정도 대접을 받고 있었던 상황을 짐작할 수 있다고 생각한다.

(2) 아베의 조선 불교 관련 활동

아베가 경성일보 사장 재임 시기에 펼쳤던 조선 불교 관련 활동에 대한 종합적 기술 내용으로 유일한 것이, 나카무라 겐타로의 기록이다. 아베 사후 그가 기고한 추모문에 의하면 당시 아베의 조선불교 관련 활동 내역의 전모는 다음과 같다.

옹이 조선에 온 이래 가장 깊이 느낀 것이 조선의 정신문화의 황폐가 극에 달해 있었던 점이다. 옹은 지속적으로 박물관을 찾아서는, 조선의 고문화 완상을 즐겼는데, 찬연한 불교문화 유물을 매번 목도하고는, 금일의 조선의 정신문화의 황폐는 실로 불교 훼망의 결과에 다름 아니다, 라고 통탄한 것이었다. 조선에서는 정치, 경제, 산업 기타 신경을 써야 할 곳이 많으나, 그중에서도 정신문화의 부활이 급무 중의 급무이다. 그것은 무엇보다도 불교의 부흥을 통해 이뤄지지 않으면 아니 된다. 이런 이유로 옹은 조선 사찰에 대한 시찰을 시작한 것이었다. 그리하여 그 시찰 결과로서 얻게 된 바는, 조선의 사찰 및 승려는, 세인이 말하듯 하찮은 것이 아니라, 어떤 점에서는 내지의 사찰이나 승려보다도 오히려 장래성이 있다. (…중략…) 병합 후에는 총독의 보호에 의해 어느 정도 부활의 기상마저 보여주고 있다. 우선 그 31본산 대표자와 접촉하고 나아가 연구를 축적해야 할 필요가 있다. 이리하여 총독관저에서 열리는 총독의 본산 주지 접견 기회를 이용하여 31 본산 초대회를 개최하고 조선의 정신문화 부흥을 위해 불교의 진흥을 꾀하는 급무를 역설한 것이었다. 본산 주지들의 입장에서는 이런 일은 초유의 일인데다가, 경성일보 사장으로서의 옹의 종용에 매우 큰 힘을 얻었다고 생각한바, 이래 본산 주지의 옹에 대한 신뢰는 날이 갈수록 증가하여, 본산 주지는 말할 것도 없고 종래 산중에 은거하고 있었던 대덕들이 점차 하산을 하여 옹의 문을 두드리는 빈도가 갈수록 늘어나, 문전성시를 이룰 정도에 이르렀던 것이다. 옹도 역시 기회가 있을 때마다 본산을 찾아서는, 여러 방면으로 간접적으로 지도를 하고, 나아가 그 부흥을 원조했던 것이다. 옹은 또한 각 본산마다 불경의 산일을 방치하고 있음을 목도하고 크게 놀라, 그 산일을 방지하라고 주의를 함과 동시에, 내지로부터 불경을 다수 반입하여 배본한 경우도 적지 않았다. 옹의 이름이, 무불거사로서 지금도 조선 전도의 사찰에 알려져 있는 것은 결코 우연이 아니다.[261]

이 기록은, 자신의 상사였던 망자의 위업을 기리는 추도문이라는 점, 나카무라 자신의 수행 경력이 검증이 필요하다는 점 등을 고려한 위에서 독해가 이뤄져야 할 텍스트라고 생각된다. 나카무라가 일본

---

261 中村健太郎, 「阿部無佛翁を偲ぶ (三)」, 『京城日報』, 1936.1.16.

불교의 조선 포교를 시혜적 관점에서 포착하고 있는 점도 고려 대상이 되어야 할 것이다.

이와 같은 문제점이 있음에도 불구하고 위 기록은 아베의 조선불교 관련 활동의 전모를 요약적으로 보여주고 있다는 점에서 가치가 있다고 생각된다. 이 글에 나타난 아베의 조선 불교 활동 내역의 주 특징을 제시하면 다음과 같다.

첫째, 아베의 조선 문화계에 대한 진단 내용이다. 아베는 조선의 불교 전통은 훌륭한데 현재의 조선 문화는 '황폐'하다고 진단한다. 이유는 불교 배척 정책이라는 조선 왕조의 실정(失政)때문이다. 이것은 '민중 문화는 나쁘지 않은데 위정자가 나빠서 조선 문화의 황폐를 초래했다'는 것으로 연결되는 논리로서,[262] 진화론적 세계관에 입각한 식민지 지배 정당화 논리가 아베의 관점 속에도 공유되어 있음을 확인할 수 있다고 본다.

두 번째, '황폐'한 조선 문화의 부흥이 조선 불교의 부흥을 통해서 이뤄질 수 있다고 본 점이다. 그가 식민지로 전락한 조선이 문화(상부구조)의 변화를 통해 그 낙후성을 벗어날 수 있다고 믿고 있는 사유법의 소유자라는 것을 알 수 있다. 역시 그것은 그 자신 임제종의 재가 수행자로서 불교적 세계관에 입각하여 세계를 보는 관점을 갖고 있던 점과 관련이 있을 것이다. 그 이면에는 신수대장경을 편찬하고 아시아를 대표해서 포교 활동을 전개하고 있었던 일본 불교의 현실에 고무된 집단적 자신감이 내재되어 있었다고도 볼 수 있겠다.

세 번째, 아베가 조선 사찰 탐방을 지속적으로 행한 결과, 조선 불교

---

262 주영하 · 임경택 · 남근우, 『제국 일본이 그린 조선 민속』, 한국학중앙연구원, 2009, 24쪽.

가 경우에 따라서는 일본 불교 내지 승려들보다 장래성이 있으며 조선 불교에 대한 전문적인 연구가 필요하다고 봤다는 점이다. 이 점은 일제의 불교 지원에 호의를 갖고 있었을 뿐 아니라, 진화론적인 시각에 의거하여 일본 불교를 선진적인 것으로 이해하고 그에 의존적인 경향을 보이고 있었던 당시 조선 불교계의 현실과도 선명하게 다른 견해로서,[263] 아베가 문화 상대주의 혹은 상당 정도의 전문적 식견 내지 관심을 갖고 조선 불교에 임하고 있었음을 보여주는 예로 생각된다.

네 번째, 이상과 같은 관점에 의거해서 아베는 조선 불교의 '보호' 및 '부흥' 운동을 제도 확립을 통해서 지원하려는 정책적 노력을 스스로 행했다는 점이다. 그가 제안했다는 '30본산 초대회'가 어느 정도나 정례화 되었는지의 여부는 추가 조사가 필요하겠으나, 그 나름으로 생각한 조선 불교 부흥 운동의 실천에 그가 상당한 적극성을 갖고 임하고 있었음을 확인할 수 있다.

다섯 번째, 조선 불교계에서의 평판 문제다. 아베에 대한 조선불교계측의 기록을 구체적으로 확인해 보아야 할 필요성이 있긴 하나, 위의 평판은 그가 조선 지식계 일반에서 받고 있었던 호의적인 평판과도 일치하는 면모였던 것으로 생각된다.

(3) 1914년 용주사 방문과 강대련

위에서 나카무라 겐타로는 아베의 조선 사찰 방문이 지속적으로 이

---

263 김광식, 「1910년대 불교계의 진화론 수용과 사찰령」, 『한국근대불교사연구』, 민족사, 1996, 19~21쪽.

뤄졌다고 증언한 바 있으나, 그것이 기록으로 남아 전하는 것은 극히 일부다. 후술하는 1914년 중후반의 선종중앙포교당 방문, 1914년 말부터 1915년 초까지 이뤄진 수원 용주사 방문, 1916년 추석 때 각황사 승려 및 중앙학림 학생들을 이끌고 행한 안정사(청련사) 방문, 1930년대의 금강산 장경암 체류 내용,[264] 그리고 1916년 광주 인근의 석탑과 철불 관람 내용을 쓴 기행문 내용이 그것이다. 마지막 내용은 이미 앞에서 상술한 바 있다.

1914년 12월 30일부터 1915년 1월 2일까지 이뤄진 아베와 나카무라 겐타로의 용주사 방문 기록은 그 기록의 구체성 면에서, 그리고 당시 불교계의 세력 개편과 관련하여 주목할 만한 가치를 갖고 있다.

대정 3년도 기울어가는 12월말이었다. 무불 사장에게서 조선 산사행 권유가 왔다. 31본산의 하나인 수원 용주사 주지 강대련사로부터 초대가 있었다는 것이다. 나는 경성 부근의 황폐한 사찰에서 놀아본 것 외에는 아직 조선 불교의 본산에 참배한 적이 없었다.

신라 이래 반도 불교의 역사를 생각해 볼 때, 본산의 면모를 보는 것은 흥미진진한 일이었기 때문에, 속히 동행하기로 약속했다. (…중략…) 울창한 송림 속을 2~3정 정도 들어간 곳에 본사가 있다. (…중략…) 경성 부근에서 본 산사와는 비교도 안 될 정도의 대가람이 송림의 정적 속에 서 있다. 무불 사장은 산문을 들어가 경내를 보고 싶다고 하고는, 스스럼없이 경내를 돌아보았다. 그리고 사장은 내게, 나카무라군, 조선의 불당은 위축부진 속에 빠져 있지만 불교의 정신은 면면히 남아 있네. 결코 내버린 것이 아니야,

---

264 안정사 건은 심원섭, 「아베 미츠이에(阿部充家)의 경성일보 시대 행적에 대하여」, 앞의 책, 39쪽. 장경암 건은 李光洙, 「無佛翁の憶出 (四)」, 『京城日報』, 1939.3.15.

라 하시며 감동에 빠진 듯한 표정이었다. "자네, 변소에 같이 가보세" 하고
서는 변소를 보러 가는 것이었다. 그리고는 "변소도 좋군. 불교 진흥에 힘을
크게 써 보"자는 것이다.

　강주지는, 이 절에 승려 양성을 위한 학당이 있으며, 청소년 승려 20명 정
도가 공부하고 있다, 선생의 말씀을 듣고 싶다는 청을 했다. 그럼 해 보지,
하고 사장은 청소년 승려를 위한 강화를 하게 되었다.

　안내를 따라 가니, 그 방은 50첩 정도 되는 커다란 온돌방이다. 이미 30명
정도 승려가 기립해서 기다리고 있는 중이었다. 사장이 강연을 앞두고 전원
편히 앉게 하면 어떻겠는가 해서, 모두 좌선 자세로 앉게끔 했다. 그 동작이
정연해서 실로 멋진 것이었다. 속인의 세계에서는 도저히 볼 수 없을 정도
로 멋졌다. (…중략…) 강화는, 나의 통역 시간까지 합쳐 약 1시간 정도 걸
렸는데, 내가 감동한 것은 청강 중인 승려들의 진지한 태도 때문이었다. 1
시간 청강이라면 상당히 긴 시간이니, 보통 12~3세의 소년 승려들이라면
따분해서 자세가 흐트러질 뻔도 한데, 미동도 없이 정숙 그 자체로 마지막
까지 청강하고 있었다.[265]

　이후 아베와 나카무라는 용주사에서 3박을 하면서 사찰의 시설과 운
영 과정, 수행승들의 면모를 관찰한다. 아베는 강대련의 요청으로 1시
간여 설법도 행한다. 조선의 사찰 경험이라면 "황폐한 사찰에서 놀아
본" 것이 전부인 나카무라 겐타로는 본산의 시설과 위생, 정돈상태, 승
려들의 절도 있는 행동 등을 직접 목도하고 경탄을 발한다. 그리고 아베
에게 불교 공부를 해보고 싶다는 의사를 전하는데, 아베에게서 "경성에

---

265 中村健太郎, 『朝鮮生活五十年』, 青潮社, 1969, 59~63쪽.

는 교토 임제종 묘심사 별원이 있는데, 고토 즈이간[後藤瑞巖] 노사(老師)가 와 계시니 소개하지”라는 말을 듣게 된다. 이 사건을 계기로 나카무라 겐타로는 불교에 입문하여 아베를 중심으로 한 임제종 묘심사 경성 별원의 일본인 거사 그룹의 일원이 된다.[266]

이상의 기록을 통해 발견할 수 있는 것은, 두 사람에게 일어난 ‘조선 불교에 대한 재인식’ 과정이라 해도 될 것 같다. 조선왕조의 불교 탄압 정책 밑에서 쇄잔을 거듭하던 조선 불교세가 승려들의 타락이나 사찰의 유흥장화 등의 면모를 노출했으며, 그런 것이 조선 불교에 대한 일본 불교의 우월감과 포교의 정당성을 부여하는 하나의 계기가 되었다면, 위의 기록 속에서는 “폐망”하지 않은 채 전통을 지켜 온 조선 불교계의 진면목을 목격하게 된 식민지 지배 엘리트들의 ‘각성’이라고 할 만한 체험이 반영되어 있다고 생각된다. 앞 장에서 이미 기술한 바처럼, 아베가 조선 불교의 전통과 현황에 대해 일정한 경외심을 표명한 것, 그리고 조선 불교가 부흥되어 조선의 정신문화 발전의 초석이 되어야 한다고 본 것은, 바로 이러한 용주사 방문과 같은 체험의 연장선 위에서 생산된 것이었다고도 추정할 수 있다고 본다.

한편 이 기록은 1910년대 조선불교사의 중요한 정치적 국면과도 깊은 관계를 갖고 있다는 특징이 있다. 이 당시 아베는 경성일보 사장으로 부임한 지 4개월밖에 안 되는 상태로서 마침 모친의 상중에 있기도 한 상태였다. 그 아베를 용주사 주지 강대련이 초대한 것이었다.

조선 왕실과 깊은 관계를 맺어 온 용주사는 사찰령(1911) 제정 이후 조선 불교 30대 본산 중의 하나로 인가를 받은 사찰이며 강대련 역시

---

[266] 中村健太郎, 위의 책, 62~63쪽.

도 같은 해 주지 인가를 받은 상태였다.[267] 강대련이 살림을 맡고 있었던 용주사는 합병과 사찰령 시행에 따른 정치·문화 환경의 변화에 신속하게 적응하는 길을 선택했으며, '신생' 중인 조선 불교계의 권력 중심부에 급속히 접근하고 있었던 사찰이기도 했다.

한편 이 시기는 조선불교계에 권력 재편의 선풍이 불고 있던 시기이기도 했다. 일본 조동종과의 연합을 성사시킨 원종 종정 출신 이회광은 당시 '조선선교 양종 각본산 주지회 의원'을 발족시켜 초대 주지회의원 원장으로 취임한 후 당시 3대 원장으로 재임 중이었다. 용주사 주지 강대련은 일본의 진언종의 예를 따라 30본산 연합제규를 만들어 경성의 각황교당에 연합사무소를 설치하고 자신의 30본산 연합사무소 위원장 취임을 위한 준비 작업을 진행하던 중이었다.[268] 말하자면 일본 불교 교단에 기대어 조선 불교계에서의 권력 기반을 형성해가던 이회광과 강대련의 권력 다툼이 강대련의 30본산 연합사무소 위원장 취임으로 일단락되는 것이 1월 16일의 일인데, 이 일이 있기 약 보름 전에 경성일보사 사장 아베의 용주사 방문이라는 '사건'이 일어났던 것이다.

당시까지 불교 문외한이었던 나카무라 겐타로의 위 기록 속에는, 이러한 전후 상황이 전혀 기술되어 있지 않다. 하지만 여러 정황으로 보아, 아베의 용주사 방문은 강대련의 입장에서는 의도적인 '사건'이었다고 볼 수 있다고 본다. 당시 아베는 교토 묘심사(妙心寺)의 경성 지원인 장사동 묘심사 별원의 거사 모임을 주도하는 상태였고 포교 책

---

267 임혜봉, 『친일승려 108인』, 청년사, 2005.3, 169~175쪽 참조.
268 이상 반민족문제연구소 편, 『친일파 99인』, 돌베개, 1994, 99~100쪽.

임자인 고토 즈이간[後藤瑞巖]과도 관계가 깊었다. 원각사 관장 샤크소엔 휘하의 거사 집단의 한 명이었으며 총독부의 불교 정책에 영향력을 행사할 수 있는 경성일보사·매일신보사의 사장이기도 했다. 이러한 문맥을 고려해 볼 때 아베의 이 방문을 전후한 시기에, 강대련과 아베 사이에 조선 불교 시스템의 새로운 구축 및 강대련의 거취와 관련된 모종의 의사소통이 이면에 자리하고 있었을 개연성이 충분히 있다고 생각된다.

(4) 아베의 중앙학림 강연

아베는 1915년 1월 용주사 방문 이후 같은 해 9월, 『불교진흥회월보』에 「중앙학림학생제군(中央學林學生諸君)」이라는 글을 발표한다. 중앙학림에서 행한 아베의 강연 내용을 방태영이 번역·기술한 것이다. '중앙학림'은 정확히 말하면 '불교중앙학림'이다. 30본산연합사무소 위원장으로 취임한 강대련이 추진하여 1915년 7월 경성에 설립한 교육기관으로서,[269] 학장이 바로 강대련이었다. 이 기관의 설립 및 운영에도 아베와의 협력 내용이 개입되어 있을 가능성이 있다.

총독부의 새 종교정책 하에 신설된 승려 교육기관에서 아베의 강연이 이뤄졌다는 것 역시도 우연이라고는 볼 수 없다. 연초에 아베를 용주사에 초대했던 학장 강대련의 의사와 조선 불교의 중흥에 의지가 있는 아베의 뜻은 잘 호응되고 있는 바이기 때문이다. 자료 일부를 인용한다.

---

269 김순석, 『일제시대 조선총독부의 불교 정책과 불교계의 대응』, 경인문화사, 2003, 56~57쪽; 임혜봉, 위의 책, 169~175쪽 참조.

대저 朝鮮佛敎는 諸種의 事情으로 因호야 심히 쇄혼 境에꺼지 至호얏더니 今에야 新政 以來로 宗敎의 自由를 確實히 認호얏스니 余는 此를 可喜히 思惟 호는 同時에 一面으로는 昔日과 如혼 不幸혼 時運을 不拘호고 間間히 高僧碩德 이 深山幽谷에셔 堅忍不拔혼 精神으로써 內로 道德을 修호며 外로 衆生을 救 호면셔 至于 今日꺼지 其 宗風을 維持케 홈을 回顧호니 更히 感歎홈을 不己호 는 바이라. 然則 諸君은 旣爲今日과 如혼 多幸혼 時運을 當호얏슨즉 今後 佛敎 의 盛衰는 全然히 諸君 兩肩에 그 責任이 有혼줄로 余는 深信無疑호노라[270]

사찰령과 총독부의 종교정책이 조선에 종교 자유를 가져다주었으며, 조선 왕조의 탄압 속에서도 조선 불교가 상구보리 하화중생의 과제를 이행하며 종풍을 훌륭하게 유지해 왔다는 것, 조선 불교가 중흥할 수 있는 환경이 총독부를 통해 마련되었으니 금후의 불교 중흥의 여부가 학도들의 노력 여하에 달려 있다는 것으로 요약 가능하다.

이어 아베는 붓다의 출세간의 의미에 대해 설한 다음, 일본 사찰의 규율 준수 관습을 모범 예로 들면서 수행자들이 수행과 일상생활 중에 '규율'을 준수해 나가야 할 당위성에 대해 집중적으로 설한다.

僧侶는 度生事業 卽 衆生을 濟度코자 호면 平昔에 其 身位를 修호며 一動 一靜에 精神을 調호고 德行을 修호야 衆生으로 호야금 自然히 感化를 得케 홈이 第一修道事業上捷徑이라 호노라 諸君은 遠方에서 選拔하얏삼은 부說 을 不要호거니와 玆에 言코자 홈은 規律이란 点에 對호야 爲先 日用事物上 에 寄居動作을 오즉 佛法으로써 行호고 佛法이 안이면 行치 안이홈이 可호

다 ᄒ노니 只今 列席ᄒᆫ 諸君이 各히 當寺 禪房에셔 多年의 風箱을 經科ᄒ야
禪定의 趣向과 頭陀의 行脚을 宗門의 常事로 ᄒ야 朝鮮 禪房 規模ᄂᆫ 不言自
得ᄒᆯ 줄로 信ᄒ나 余ᄂᆫ 內地에 禪規로 一言ᄒ야 諸君의 參考에 供코자 ᄒ노
라 內地 禪房에셔 第一로 禁흠은 紊亂ᄒ 行動이오 最重이 守흠은 嚴重ᄒ 威
儀로 一上階級에 禪規靜步ᄒ고 一下庭除에 道이 潛行ᄒ야 互相讓步에 爭先
이 全無ᄒ고 擾亂이 是絶ᄒ야 仙風道態가 自然 顯發ᄒ니 이ᄂᆫ 一規正守에
威儀 自重이오 又 禪側에 門外에 牌가 有ᄒ되 「着鞋注意」라 ᄒ야 出入禪屐
에 一規 嚴肅이 是爲 正則이라[271]

수행자들이 지켜야 할 덕목을 기본 수행 원리에 맞춰서 자상하게
설명하려는 아베의 의도가 느껴진다. 특히 그가 강조하고 있는 것은,
그러한 수행 태도가 대중에게 미치는 영향이다. 그것이 불교에 대한
대중의 자연스러운 '감화'요, 조선 불교의 대중에로의 확산이다. 아베
는 이러한 규율의 세밀하고도 엄정한 일상화, 즉 '무언의 설, 무위의
설교'로 대중 포교에 성공한 일본 사찰의 예를 제시하고 다음과 같이
끝을 맺는다.

諸君은 第一로 嚴肅의 規律을 守ᄒ라고 이갓치 말ᄒ노라 只今 列席ᄒᆫ 諸
君을 見ᄒᆫ 즉 禪鞋不一ᄒ고 坐儀各異ᄒ니 余ᄂᆫ 諸君이 至於禪道坐라도 一規
整齊ᄒ야 嚴肅且重ᄒ기를 望ᄒ노라 諸君이 市中에 出入ᄒ더라도 品行이 方
正ᄒ야 世人이 皆曰 此人은 行李端整이 知是佛敎學生이란 評判을 得ᄒ야 自
然의 感化로 現今 僧侶ᄂᆫ 以前 野僧보담 有異ᄒ고 眞是佛子란 讚辭를 受케

하기를 余는 願혼 바로라 이와 反對로 諸君이 山裏深谷에 居住타가 野外京城에 出來ᄒ야 四圍에 感化ᄒ야 高襟客으로 西服洋靴에 且帶眼境ᄒ고 行儀不正ᄒ면 世人이 佛敎를 信仰치 아니홀 것은 물론 却爲嘲笑ᄒ야 此輩는 非僧非俗이라 ᄒ야 一言의 下에 僧侶의 面目 價値가 墮落ᄒ면 諸君이 이러혼 幸運을 만나 佛敎에 如何한 事業을 經營홀지라도 一般 信仰이 업서 不成且敗홀 줄로 想像ᄒ며 又 諸君이 多少 學問이 잇슬지라도 佛敎의 事業에 應用活力이 업실줄로 생각ᄒ노라 余는 世人의 惡評을 是優ᄒ야 日用淺近의 事로 諸君의게 懇告ᄒ노라 如上의 說道와 如히 諸君은 學問을 硏究ᄒ고 品行을 嚴肅히 ᄒ야 動靜의 威儀에 人民에게 自然에 感化를 上에 天龍寺 俄山大師의 無言中有說 有言中無說로 白木屋 商人과 如히 敎化되게 ᄒ기를 深히 望ᄒ노라[272] (강조는 인용자)

아베가 규율을 강조하면서 불교의 대외적 이미지 문제에 집착한 이유가 여기에 선명하게 드러나고 있다. 그는 조선 불교가 내외적으로 노출해 온 부정적 이미지들이 조선인에 의한 불교 비하와 배척으로 이어지고 있었는데, 그 악순환의 고리를 끊는 것이 당시의 조선 불교가 지향해야 할 현실적 목표라고 보았다. 아베의 조선불교관이 식민지 지배 정당성 논리와 연결되어 있었음은 부정하기 어려우나, 그 한계 내에서 아베가 추진했던 조선 불교 중흥책이 조밀하면서도 그 나름의 열의를 담고 있는 점을 엿볼 수 있다.

---

272 위의 글, 9쪽.

(5) 백용성(白龍城)과 아베

조선불교계가 아베에게 호의적인 반응을 보였다는 나카무라의 앞 증언으로 보아 아베와 조선 승려들과의 교제 내역은 강대련 외에도 대단히 많았을 것으로 추측된다. 당시 일제의 관권에 기생하면서 교단 내의 권력 획득에 집중하고 있었던 유력 주지들과의 교제가 그 중심을 이루고 있었지 않을까 생각된다. 한편 그의 교제 관계가 넓었다면 당시 일본 불교의 조선불교 합병책동이나 총독부의 조선불교 통제에 반기를 들고 일어섰던 민족주의 성향의 승려들과 그가 관계를 맺고 있었는가 여부는 초미의 관심사가 될 수밖에 없다. 관련 자료는 매우 적지만 백용성과 아베와의 관계는 그런 면에서 매우 흥미로운 데가 있다.

『매일신보』에 나타나는 백용성 관련기사는 조선임제종 조선포교당 관련 기사부터 시작한다.

조선임제종조선포교당주 한용운화상은 중부 전동 중동학교의 경비곤란함을 애석히 여기어서 그 학교를 포교당에서 유지하기로 계약하고 그 학교 위치는 임시 포교소로 사용한다 하며 불교신도로 포교하기에 열심이던 손완수 화상의 추도회는 한용운 백용성 여러 화상의 발기로 본일 하오 3시에 중동학교 안에서 거행한다더라.[273]

중동학교를 임시포교소로 사용한다는 말 속의 '임시포교소'가 바로

---

[273] 「중앙포교당의 興學」, 『每日申報』, 1912.4.6.

범어사가 경성에 설립하게 되는 조선임제종 중앙포교당을 의미한다. 포교당의 매입 경위를 알 수 있는 자료이기도 한데, 당시 한용운이 조선임제종의 '중앙포교당주'로 불리고 있었던 점도 확인이 가능하다. 이 경성의 조선임제종 '중앙포교당'이란 1910년 10월 원종 종정 이회광에 의한 원종과 일본 조동종과의 합병 기도가 발각된 뒤 이에 궐기하여 일어난 한용운 등 청년승려들의 '임제종 운동'의 전국 확대 운동의 결산물이다.

1911년 당시 경성에서 대각교 운동을 시작했던 백용성이 다음 해인 1912년 임제종운동과 관련을 맺게 된 경위는 알 수 없으나, 백용성이 한용운과 더불어 경성포교당의 구성원으로서 자리를 잡고 있었던 것을 확인할 수 있다. 그는 한 달 뒤인 5월 26일의 중앙포교당 개교식에서 설법을 하게 되는데,[274] 다음 달인 6월에는 중앙포교당의 모태인 범어사의 조선임제종은 총독부에 의해 원종과 더불어 인가 취소 명령을 받게 된다.

이렇게 일본불교의 조선불교 합병 움직임에 저항하던 임제종운동은 실패로 돌아갔지만 중앙포교당은 명칭을 그대로 유지한 채 존속한 듯하다. 백용성 역시도 이듬해인 1913년 당시 중앙포교당에서 일반 신도를 상대로 한 설법을 계속하고 있었으며,[275] 그 다음해인 1914년에도 범어사의 재정 지원을 계속 받고 있었던 점이 확인된다.[276] 백용성이 아베를 만난 것은 아베 부임 후 4개월째로 접어들고 있었던 1914년 11월의 일이었다.

---

274 「中央布教堂開教式」, 『每日申報』, 1912.5.26.
275 「宗教界—中央布教堂 經典 講習」, 『每日申報』, 1913.10.1.
276 「宗教之人 仁寺洞 禪宗中央布教堂 禪師 白龍城」, 『每日申報』, 1914.2.1.

인사동 남작 김성근씨 댁에 인접한 선종중앙포교당에서는 거 1일에 繡佛奉安式을 거행함으로 동 남작이 阿部 본사장을 초청하얏는데 (…중략…) 남작은 23년 전에 齒根과 기타 體中으로 3개의 사리가 出하얏다 하며 기 비장한 보물을 견한 즉 색채가 심히 영롱하고 또 先年에 남작은 嫡子의 불행을 당하얏는데 其後로 庭前에 立한 杉枝로 一圓 形의 房石이 천연으로 作하야 차 이유의 여하를 본사장에게 問하얏스나 사장이 亦 의문을 解釋치 못하고 단지 남작이 佛法 歸依한 공딕으로 如此디고 답하얏더라. 선종 포교사 白龍城이란 화상이 정각을 고하며 인도하는 고로 일생은 此를 隨하야 기 본당에 到하니 堂內에는 선남선녀가 다수히 會座하얏는데 同日은 후작 이해창씨의 모당도 참석하얏더라 위선 풍금의 주악과 공히 찬불가를 합창하고 능엄경을 송독한 후 白龍城師의 설교가 有하얏는데 조선 설교는 사장은 全然히 初聞인데 白師는 학식이 博大하야 대승불교의 취지를 善知함은 대설법가라 可稱함에 족하더라.[277]

아베와 남작 김성근 사이에 초대-응대가 이뤄진 것은 당시 아베의 조선귀족 교제의 일환이었다고 보면 될 것이다. 그리고 백용성이 포교사로 있었던 선종중앙포교당의 의식의 면모 역시도 주목된다. 오르간 연주와 찬불가 등이 법회에 등장하고 있었음이 확인된다, 의식문도 순한글로 된 프린트물을 대중이 읽는 방식으로 진행되고 있었을 가능성이 있다. 이것은 대각사 운동을 통해 포교방법의 쇄신을 꾀하고 있던 백용성이[278] 1914년 당시 법회에서 실천하고 있었던 새로운 의례 내용을 보여주는 실제 증거로서도 유의미하다.

---

277 「繡佛奉安式의 성황, 불교 열심의 男爵 金聲根氏」, 『每日申報』, 1914.11.3.
278 송현주, 「근대 한국불교 개혁운동에서의 의례의 문제」, 『종교와 문화』 6권, 2000, 174쪽.

조선의 일본 동화를 위해 조선에 부임한 아베가 처음으로 들은 법문이 항일 불교운동, 불교 개혁운동의 리더 중의 한 명이었던 백용성의 것이었다는 사실은 특기할 만한 일이다. 매일신보 기자는 백용성을 '대승불교의 취지를 잘 파악하고 있는 대 설법가'라 평했다. 아마 이 견해는 설법 내용을 통역으로 들은 아베가 내린 평가 내용이었을 것이다.

다음 해 5월 백용성은 일본 임제종 경성별원이 있던 장사동에 '선종임제파강구소'를 설립하고 이후 매주 일요일 대중을 상대로 한 임제록 강설, 대각경 강설 등의 활동을 지속하고 있었다. 당시 고토 즈이간의 묘심사 장사동 별원의 활동과 어깨를 나란히 하고 있었음을 알 수 있다. 같은 임제선 포교 활동이라는 점에 주목한 탓일지 모르나 매일신보는 백용성의 이 강구소 활동 상황을 계속 보도해 주었고[279] 7월에는 임제선의 역사와 계보를 요약한 백용성의 선종 옹호문을 1면 5, 6단에 실어주었다.[280] 아베 재임기의 매일신보와 백용성의 인연은 일단 이렇게 끝나지만, 백용성과 아베가 개인적인 차원에서 교제를 나누고 있었음을 알려주는 자료가 있어 흥미롭다.

어젯밤은 푹 쉬셨습니까. 엊저녁은 무리한 말씀을 올리고 심사를 어지럽게 해드려 대단히 실례했습니다. 황송할 뿐이옵니다. 하오나 지금까지 품어온 속심을 말씀올린 것이니 거짓은 일체 없사옵니다. 아무쪼록 관대한 마음으로 받아들여 주시기를 부탁드립니다.

---

279 「宗教界—禪宗臨濟派講究所」, 『每日申報』, 1915.5.14; 「宗教界—廉井洞禮拜堂, 禪宗臨濟派講究所, 覺皇教堂, 大華嚴佛教專修部」, 『每日申報』, 1915.5.16; 「宗教界—廉井洞禮拜堂, 妙心寺休講, 佛教兩堂說教」, 『每日申報』, 1915.5.30 참조.
280 迦山沙門 白龍城, 「吾宗은 臨濟禪宗」, 『每日申報』, 1915.7.7.

저는 엊저녁 자애에 넘치는 훈계를 받고 이런 저런 상념들이 모두 사라져 그저 본분을 지키면서 성패, 흥 불흥 여부는 결과에 맡기고 먼 타지에 보내지더라도 조금도 신경 쓰지 아니할 요량이옵니다. 생각건대 홍릉은 시운 속에 있어 노력한다 하여 얻을 수는 있는 것이 아니옵니다. 인연이 있어 이 세상에 나온 이 몸, 좌선을 틀고 책과 이부자리 하나 있다면 저는 충분하옵니다. 엊저녁의 결례를 아무쪼록 혜량하여 주시기 바랍니다.

— 백용성 배

추신

엊저녁 묘심사 출장 운운 건은 악과 욕을 다스리기 위한 것이었습니다. 이 또한 망상이나 일체의 나태한 마음을 버릴 결심이옵니다.[281]

발송 일자 소인이 확인되지 않는 서간이나, 수신인이 '阿部 社長'으로 되어 있는 것으로 보아, 이는 경성일보 재임기의 아베에게 백용성이 보낸 서간으로 추측된다. "성패, 흥·불흥", "먼 타지로 보내지더라도", "책과 이부자리 하나 있다면 충분하다" 등등의 문맥으로 보아, 백용성이 아베에게 모종의 도전적인 '속심'을 직설하면서 '결례'를 했고, 아베가 그에 대해 '자애에 넘치는 훈계'를 했다는 내용으로 읽혀진다. '먼 타지로 보내질지도 모른다'는 상황은 백용성이 모종의 처벌을 받을지도 모르는 상황에 처해 있었다는 이야기일까.

추신의 '묘심사 출장' 건은, 고토 즈이간의 묘심사 별원이 같은 장사동 내에 있었으니, 교토의 묘심사를 의미하는 것일지도 모른다. 아

---

281 아베에게 보낸 백용성의 서간, 일자 미상. 일본국회도서관 소장 「阿部充家文書」 169. 원문은 한문. 와세다 대학 오무라 마스오[大村益夫] 명예교수에게서 제공받은 일본어 역문을 기반으로 번역했다.

무튼, 아베가 친일 관료형 승려가 아닌 민족주의 성향의 승려와도 개인적 만남을 갖고 있었다는 사실은 위를 통해서 충분히 확인된다고 하겠다. 추후의 세밀한 연구가 기대되는 대목이다.

3) 일본 임제종 포교 지원 활동

앞서도 일부 거론한 바 있지만, 그 자신이 선종 수행자이자 임제종 원각사파와 인연이 깊었던 아베는 일본 임제종의 경성 포교 거점인 장사동 소재 묘심사 별원의 운영 및 포교를 적극 지원하고 있었다. 포교 책임자는 1914년 미국 포교를 마치고 조선 포교자로 임명된 고토즈이간[後藤瑞巖]이었다. 당시 임제종의 조선 포교 활동은 타 종파에 비해 시기적으로 늦었고 활동도 적극적인 편이 못 되었지만, '조선 불도의 부활'이라는 목표 아래 포교당 건립을 기획하는 등 활동을 전개하고 있었다.[282]

이 묘심사 별원은 물론 재조일본인 및 조선인에 대한 선종 포교를 제일의 목적으로 한 것이었지만, 그 외에도 중요한 기능이 있었다. 아베 미츠이에를 위시하여 정우회 대의사(代義士) 출신의 노다 우타로[野田卯太郎] 동양척식회사 부총재, 다치바나 쇼지로[立花小次郎] 중장, 시라미즈 단[白水淡] 소장, 나카무라 겐타로, 사사키[佐佐木] 한성병원장, 고토[工藤] 경성산부인과 병원장, 후카미즈[深水] 한성신보 주간, 오무라[大村] 아사히신문 특파원, 오오니와[大庭] 일본생명 경성지점장, 와타

---

282 성주현, 「1910년대 일본 불교의 조선 포교 활동」, 『문명연지』 5권 2호, 2004, 77~79쪽.

나베[渡邊] 상공회의소 대표 등이 섭심회(攝心會)라는 거사 모임을 조직하여 월 1회 무문회(無門會)라는 거사 수행 모임을 개최하고 있었다.[283] 이들은 묘심사 별원에서 신앙생활을 지속하면서 정·재계 및 군 상호 간의 네트워크도 다지고 있었던 것이다.

이 무문회 그룹의 재조 일본인들은 그들만의 독특한 사교문화 역시도 공유하고 있었다. 하이쿠 작시, 대원군의 난화를 비롯한 조선 문인화의 수집, 조선조 장서 및 불상 등 골동품의 수집 등이 그것이다. 전체적으로 선풍(禪風), 문인풍의 관습이 주를 이루는 가운데 아베의 경우는 조선 유학 관련 서적의 수집가, 달마도 수집가로서 이름이 널리 알려져 있었다.[284]

한편 이 묘심사 별원의 활동 중에는 일본의 저명한 선승들을 초빙하여 강연회를 개최하는 행사들이 있었다. 모두 『경성일보』 『매일신보』 지면을 동원한 아베 미츠이에의 강력한 개입이 있었다. 1917년이 가장 왕성한 활동을 벌인 예로서, 일본 임제종의 거물들인 원각사파 관장 샤크소엔과 영원사파(永源寺派) 관장 아시즈 지츠젠[蘆津実全]이 포교 활동 차 내한하여 이 묘심사에서 법회를 열었다.[285] 그들의 강연 내용은 『경성일보』와 『매일신보』 지면을 통해 적극 홍보되었다. 묘심사 포교사 고토 즈이간의 일본불교 포교 내용도 『매일신보』에 2회 연재된 바 있다.

---

283 中村健太郎, 『朝鮮生活五十年』, 靑潮社, 1969, 65~67쪽.
284 中村健太郎, 위의 책, 같은 곳.
285 샤크소엔은 1917년 9월 초 내한하여 임제종 포교소가 있는 부산, 대구, 경성, 평양 등지를 순회하였다(『每日申報』 9월 7일). 순회 도중 애국부인회와 용산철도 구락부 및 지역 유지들을 위한 강연회도 개최했다. 9월 16일에는 개인적 친분이 있는 일본 승려 하쿠인白隱이 참석한 가운데 묘심사 경성별원에서 임제록 강회가 열렸다.(『每日申報』 9월 15일), 당시 샤크소엔의 강연 내용은 『경성일보』에 9월 17일부터 연재되었고, 『매일신보』에도 9월 22~10월 2일에 걸쳐 11회 연재된 바 있다.

(1) 샤크소엔, 선(禪)과 무사도(武士道)

샤크소엔은 원각사 관장 시절 러일전쟁이 발발하자 종군포교사로 조선과 중국을 약 3개월에 걸쳐 다녀온 적이 있다. 한일합병 직후인 1911년 조선과 만주를 시찰한 바 있으며, 1917년 2월 18일『경성일보』1면 1단—4단에 「힘의 묘용(妙用)」을 발표했다. 또 이 해 9월에서 11월까지 조선과 중국을 방문했으며 9월 경성 체류 중 총 11회에 걸쳐 『경성일보』와『매일신보』에 강연 내용이 「통속강연회」라는 제명으로 연재되었다. 1917년의 기사와 강연은 모두 아베의 요청에 의한 것이었다.

그의 문장은 생활 실례를 들면서 불교의 요체와 선의 효용성을 설명해 간 것이 특징이다. 그 요점이 집약되어 있는 것으로 보이는 「힘의 묘용」의 후반부를 보기로 한다.

5.

우리 야마토[大和] 민족의 정화(精華)이며, 열국(列國)민의 장점인 특징이 뭐냐 하면, 이 위대한 용맹심이다. 무사도의 본령이란 바로 용맹심의 발현에 있는 것이다. 용맹이라 해서 필부 야인(野人)의 만용을 의미하는 게 아니다. 지(智)와 인(仁)을 포용한 용맹심이어야 한다. 이 무사도 정신에 가장 잘 부합되는 것이 선의 종지(宗旨)다. 선종이 도래한 이래 특별히 가마쿠라 시대에 이르러 이 선 수행을 통해 심력을 단련한 무인이 많았던 것은 누구나 알고 있는 사실일 것이다. 말하자면 선은 그런 힘을 양성하는, 인간 생활의 전반에 걸쳐 운용(運用)자재(自在)한 생명력을 수양하고 발전시키는 것이다 (…중략…) 자기의 진면목을 철견(徹見)하는 것은 어렵다. 우선 제일은

진참 실구[眞参實究]하여 이 힘을 자각하고 사용할 수 있는 생명을 발현시키지 않으면 아니 된다.

6.

선(禪)의 본령은 신경쇠약 치료법에 있는 것이 아니다. (…중략…) 자기를 철견하고 력(力)을 양성하는 것이다. 전술한 바대로 용맹정진력(勇猛精進力)을 양성하는 것은, 전문적으로는 선의 종안(宗眼)이다. (…중략…) 아이는 우는 것을 그 력으로 삼는다. 예로부터 우는 아이와 지토(地頭)(세금과 치안 담당 관리)는 당해낼 수 없다고 하지만, 아이가 우는 력은 잘 생각해 보면 깊은 의미가 있다. 부인은 화를 내는 걸 력으로 삼는다. 과연 보통 때는 보살처럼 보여도 기분이 틀어지면 노한다. 노하고 미워한다. 저 천군만마를 호령한 용장 항우도 우미인이 울면 어찌할 줄 몰랐다 한다. (…중략…) 말하자면, 저 대자 대비심을 발현하여 결함투성이 피투성이 이 세상을 구제하고 영구 불망의 불법을 건설함에 다름 아니다.[286]

자신의 진면목, 즉 진아(眞我)를 철견(徹見)하는 것은 불교 수행의 대목표다. 그 수행을 위해서는 특별한 종류의 에너지가 필요하다. 그 지난한 과정을 설명하기 위해, 일상생활 속에서 적절한 소재를 찾아내어 점차 고수준으로 논리를 진행시켜 나아가는 데에 샤크소엔의 설법의 특징이 있다.

그는 용맹정진 수행에 필요한 에너지 혹은 생명력이 "인간 생활의 전반에 걸쳐 자재(自在)"해 있다고 설명한다. 그 쉬운 일상 예가 우는 아이와 화내는 여성이다. 그러한 에너지를 집단적으로 잘 발휘해 온

---

286 釋宗演, 「力の妙用」, 『京城日報』, 1917.2.18.

곳이 서양 열국이며 일본 민족의 역사다. 일본 역사 속에서는 특히 가마쿠라 무사들의 용맹심 속에 잘 발현되어 있다. 그 무사들의 용맹심은 전투상의 용기가 아니라, 지(智)와 인(仁)과 용(勇)이 융합된 용맹심이다. 그의 논법을 다소 단순화된 방식으로 표기하면 다음과 같다.

서구와 일본민족의 장점=지(智)·인(仁)과 합일된 용맹심 =무사도=
선(禪)의 본질

수행에 필요한 능력을 범인도 충분히 갖고 있다는 점, 일본은 그 능력을 무사 사회와 근대 역사 속에서 충분히 발현해 왔다는 것을 강조하면서 선 수행의 본질을 설명해 가는 것이 샤크소엔의 방법이다. 수행과 일상생활과 역사를 연결 지으며 설명해 가는 그의 화법 속에서역시 아시아인 최초로 선(禪)을 서구세계에 알린 유능한 포교사로서의 그의 면모 일부를 엿볼 수 있다고도 할 수 있을 것이다.

그러나 그가 예로 든 내용 속에는, 앞서 살핀 정치승려 오타니 고즈이[大谷光瑞]의 예와 같이, 명치시대 승려 샤크소엔의 절대적 한계라할 만한 부분이 포함되어 있다. 그는 일본 민족을 서구 열강과 동등한반열에 놓으려 애쓰면서, 이를 성취시킨 일본사의 내재적 요인으로서무사도를 제시하고 있다. 무사도 예찬론은 실은 명치시대 지식인 사이에 유행했던 것이다. 명치시대는 열강의 반열로 상승 중인 자국의역사 속에서 일본만이 갖고 있었던 특별한 정신 에너지를 발견 내지창조하려고 애썼던 시대였던 바, 지식인 집단이 손쉽게 찾아낸 결과중의 하나가, 옛 무사담 속에서 뽑아낸 장점들과 유교의 덕목을 결합

시킨 이상적인 무사도 신화였다. 그 대표적인 예가, 서구 기사도에 대응되는 정신의 근거를 일본사 속에서 찾아 서구에 홍보하기 위해 니토베 이나조[新渡戸稲造]가 급조해 낸『무사도, 일본의 정신(*Bushido, the soul of japan*)』(1899)이었다.[287]

샤크소엔의 설법은 원리상으로는 험을 잡을 일이 없을지도 모른다. 그러나 그가 재조 일본인에게 알기 쉽게 포교하기 위해 사용한 논법은 청일전쟁과 러일전쟁의 승리에 취해 있었던 멍치시대 일본인의 그것과 크게 다르지 않았다는 것을 알 수 있다. 그는 "대자대비심을 발현하여 결함투성이 피투성이 이 세상을 구제하고 영구 불망의 불법을 건설"하자고 끝을 맺었지만, 당대 최고의 명승이라 불렸던 그도 "피투성이"의 러일전장에 종군하여 살생을 독전했던 일본 승려로서의 한계에서 역시 벗어날 수 없었던 것으로 보인다. 그가 보여준 이러한 정치적 면모는 젊은 포교사였던 고토 즈이간의 포교문 속에서 보다 더 노골적인 형태로 나타난다.

(2) 아시즈 지츠젠[蘆津実全]의 조선승려 접견회

일본 임제종 영원사(永源寺)파 관장 아시즈 지츠젠[蘆津実全](1850~1921)도 1917년 중국과 조선을 방문했던 승려였다. 5월 5일 하나조노[花園]부인회, 무문회(無門會) 등의 출영 속에 경성에 도착한 후 오전에 총독 방문, 오후 의학전문학교 및 조동종별원 강연 등의 일정을 보냈다. 다음날인 6일에는 무문회의 초청으로 장사동 묘심사에서 강연 등

---

287 사에키 신이치, 김병두 역, 『무사도는 없다』, 리빙북스, 2011, 266~278쪽.

의 일정을 소화했다.

　이 강연회에서는 아베 미츠이에가 사회를 맡아 그를 대중에게 소개했으며 나카무라 겐타로가 통역을 맡았다. 다음 7일 오후에는 각황사 포교사 김경운, 권상로, 중앙학림 학감 김보륜, 교원 박한영, 불교옹호회 간사 이능화와 접견 모임을 가졌다.[288] 조선 승려들과의 대화 자리는 조선을 방문한 일본의 거물 승려로서는 유일한 예였다.

　長谷川 總督 및 山顯 政務摠監을 相晤하여 각 방면으로 조선불교에 대하야 說話한 바, 일한병합의 결과 금일 我불교도 內地와 朝鮮이 相互步調를 一致하야 此 擧揚에 盡力하기를 望하노라, 특히 조선의 佛敎는 대개 禪宗이라는 事를 聞하얏스며 旣往은 勿論하고 此禪을 大히 活用함이 可하니 佛海에는 入하되 魔海에는 入하지 말라는 言이 有하나, 此는 不可하도다. 吾人은 大히 魔海에 入하야 衆生을 制度치 아니하고는 活한 禪이라고 云치 難함이라. (…중략…) 內地에서도 3백년 以前은 非常히 衰頹하야 支那와 無異하더니 白隱禪師가 出하야 諸廢를 제거하고 禪堂을 起하야 大히 臨濟宗의 擧揚에 勞力한 결과, 再次 隆盛을 極하기에 至하얏고 今에 日韓倂合도 實行되야 一國이 되얏슨즉 步調를 一致하야 朝鮮에 在한 臨濟禪의 復興을 圖하기를 願하노라 如斯히 하랴면 朝鮮의 靑年僧侶를 內地 禪堂에 入케 하야 十年 十午年을 刻苦하야 嚴峻한 師家의 감추 하에서 충분히 鍛鍊을 經하는 것이 제일 肝要한 바로 思하로라.

　조선 선종은 臨濟宗인가 曹洞宗인가 問함에 대하야 "박한영 和尙은 朝鮮의 佛敎는 전부 臨濟宗이요 曹洞宗은 일체 無하다" 쯥하고 朝鮮에는 禪敎 兩

---

288 이상 일정 내용은 「蘆津官長 入京」, 『每日申報』, 1917.5.6.

宗이라 하는데, 禪을 爲主로 하는가 敎를 爲主로 하는가 問함에 "寺에는 一定한 制度가 無하고 各自 希望대로 禪이든지 敎이든지 혹은 念佛에 從事한다"答하고 祖師는 更히 禪을 修함에 禪堂을 設하얏는가 又 公案은 如何히 坫提하나냐, 問한데 對하야 朴은 15個寺 又는 10個 寺에 對하야 一禪堂이 有하야 2,30名 乃至 50名의 僧侶가 坐禪하며 又 公案은 1700測 內에 一案으로 20年 30年 硏究하야 見性으로 成佛하는 것이라 答하얏고 최후에 蘆津禪師는 內鮮의 僧侶가 一致하야 臨濟禪의 擧揚을 圖할 것을 부탁하고 正午에 接見을 了하얏는데[289]

일본 임제종의 거물인 아시즈가 조선불교 현황에 대한 지식이 전혀 없는 점, 한일 합병을 바라보는 정치적 시각이 천진난만에 가까운 점이 확인된다. 이 점 샤크소엔과 질적인 차이는 없어 보인다.

각황사와 중앙학림을 관리하던 조선의 중진 승려들과 그와의 대화도 '접견'이라는 용어가 사용된 것에서도 알 수 있는 것처럼, 일방적이다. 윗자리에서 내려다보는 방식의 기본적인 '점검'들이 이어지고, 조선 선종의 현황과 운영 상황에 대한 질의 그리고 조선 승려들을 '불교선진국' 일본에 보내 수행을 시키라는 권유로 이어진다. 정치면에서의 그것과 같이, 조선불교에 대한 일본 불교의 선진성에 대한 믿음이 여과없이 노출되고 있는 장면이기도 하다.

박한영은 아시즈의 질문에 조선불교가 선교 양종으로 구성되어 있다고 개괄적으로 대답했다. 이어지는 그의 발언들은 당시 조선 사찰의 운영 상황을 보여주는 단서로서 의미가 있다고 하겠으나, 이 자리

---

289 「靑年僧侶를 內地로 送하라」, 『每日申報』, 1917.5.8.

에는 다음 해『조선불교사』하권을 출간하는 이능화도 있었다. 그는 조선은 임제종 하나만 전해지고 있으며, 참선하는 승려는 극소수라 썼다.[290]

한 나라가 된 일본과 조선의 승려들이 합력하여 임제선을 발전시키 자는 그의 제안은, 이 강연회가 벌어진 묘심사의 젊은 책임자 고토 즈 이간도 듣고 있었다. 그는 후일 이회광과 '합력'하여 조선 임제종을 일본 임제종 밑에 복속시키는 운동을 벌이게 된다.

(3) 고토 즈이간[後藤瑞巖]의 야마토[大和]혼과 일본 불교

임제종 묘심사파 조선포교 감독이자 경성별원 책임자인 고토 즈이 간[後藤瑞巖]도[291]『매일신보』에「종교의 요의」라는 글을 2회에 연재한 바 있다. 2회 모두 1면에 3단 기사로 실렸다. 그의 얕은 경력을 고려해 본다면, 사실상 무문회의 수장이라 할 수 있는 사장 아베의 강력한 지 원에 의한 것이었음을 짐작할 수 있다.

고토의「종교의 요의」는 일본 불교에 대한 조선 기독교인의 비판 에, 왜 일본 불교가 가치 있는 종교인가를 구체적으로 변론하는 장문 의 글이다. 당시 재조 일본인 승려들의 사고방식의 일례를 볼 수 있는 자료로 생각된다.「종교의 요의」는 이렇게 시작한다.

國法에 阿諂하는 종교는 陋劣한 것이오 最上되는 宗敎는 國家 團鉢 國法 등

---

[290] 이능화, 이병두 역,『조선불교통사』근대편, 혜안, 2003, 103쪽, 133쪽.
[291] 1916년부터 1918년까지의 고토 즈이간의 활동 내역에 대해서는 성주현,「1910년대 일본 불교의 조선포교활동」, 앞의 책, 77~79쪽 참조.

을 不顧하고 진실한 神의 子가 되며 神과 親子의 관계를 有한 大幸福을 享樂함을 目的으로 하는 것이니 차 종교는 즉 基督敎이라 기독교를 捨하고 世上의 此의 上乘할 종교는 無하다고 논단하얏다는데 (…중략…) 今日에 宗敎의 要義를 說하고자 함은 此 大家의 說에 대하야 言함이니 此는 특히 禪宗의 地位로 言함이 아니요 일반 종교상으로 言함으로 注意하기를 言하노라.[292] (강조는 인용자)

'차(此) 대가(大家)'란 조선 기독교인임에 틀림이 없다. 임제종 묘심사파의 조선 포교 책임자 고토가, 당시 조선 종교계의 최대 세력이 기독교이며 조선의 민족주의를 뒷받침하는 세력이었다는 사실을 몰랐을 가능성은 적다. 이 조선 기독교인이 불교를 비판하는 이유는 불교가 국법에 아첨하는 종교이기 때문이라는 것이다. 조선의 불교는 이미 오래 박해를 받아 왔으니, 여기서 말하는 '국법에 아첨하는 불교'란 일본 불교를 지칭하는 것임에 틀림이 없다.

명치기의 일본 불교는, 명치 정부의 탄압 하에서 살아남기 위해 국가신도 아래 복속되는 길을 걸어야 했던, 즉 '국법에 일정 부분 아첨하'면서 민족 종교로서의 길을 걷지 않을 수 없었던 종교다. 고토 역시도 청일·러일 전쟁에서의 승리를 통해 국권을 확대해 간 근대 일본의 후광에 무임승차하여 조선 포교에 나설 수 있었던 승려다. 그런 의미에서 보면 그 조선인 '대가'의 발언은 틀린 데가 없다.

말하자면 고토 즈이간은 근대 일본 불교의 핵심을 비판하고 있는 조선 기독교인, 일본 불교가 제압하는 데 성공한 그 기독교와 맞대결

---

292 臨濟宗朝鮮布敎監督後藤瑞巖, 「宗敎의 要義」, 『每日申報』, 1916.9.25.

을 펼치고 있는 셈이다. 고토의 이 글이, 일본인들을 위한 신문인『경성
일보』가 아니라 조선인들이 보는『매일신보』에 발표된 것도, 이 글이
조선인 기독교도들을 향한 일본 불교 호교론으로서의 입장을 취하고
있다는 것을 보여 준다. 근대 일본 불교의 근본적인 약점을 캐는 이 질
문에 35세의 포교사 고토는 이렇게 반론한다.

大凡人이 宗敎에 入함에는 何에 從하야 入하는고. 즉 自己라. 我의 情神의
覺醒이라. 我라 하는 覺醒이 無한 處에는 宗敎라 하는 現象은 無한 것이라
(…중략…) 嚴彦和尙이라 稱하는 人이 有한대……매일 親히 主人公의 名을
呼하고 又 此에 答하며 其 次에는 惺惺着, 若 他時異日, 人의 瞞을 受하는 事
이 無케 하라. 若若이라 하얏는지라 (…중략…)

又 臨濟和尙이…無位의 眞人이 有하야 常히 汝等 諸人의 面門으로브터 出
入하는지라 아직 證據치 않은 자는 看하라. 疾呼하는지라. 此一 無位의 眞人
을 提하는 것이 즉 宗敎의 出發點이니 (…중략…) 平易한 方法으로 言하면
朝에 紅顔이 有하고 夕에 白骨이 된다 하는 無常 慈에 着氣된 者는 즉 此 宗
敎의 本質에 近한 것이라. (…중략…) 生老病死의 四苦가 痛切히 常主不變
을 欲함을 至하야 滋에 彌陀에 仰하야 念佛을 唱하게 되는 것인데, 全히 자
기를 彌陀에게 맛기게 됨을 得하는 이는 즉 救援을 입는 것이라,

下根의 人을 위하야 釋迦如來가 彌陀 즉 無○光如來를 自己 以外에 設하고
此에 全히 自己를 任함을 得하면 救援을 입도록 三部經에 說明하얏는데 此
이 他力門의 極致이라 此 出發點으로부터 進하야 信心 獲得의 境涯에 달하
는 것인데[293]

---

293 臨濟宗朝鮮布敎監督後藤瑞巖, 같은 글.

고토는 '아의 각성'에 종교의 본질이 있다고 전제한다. 이 문장 앞에 '기독교는 아의 각성을 중시하지 않지만'이라고 쓰고 싶었을 것이다. 그는 이어, 서암언(瑞巖彦) 선사와 임제 선사의 예를 든다. 각성된 '아'의 예로서 서암언 선사의 '주인공', 그리고 임제의 '무위의 진인'을 제시한 것이다. 그러나 이 '아'를 자력으로 각성할 수 없는 하근기를 위해서 석가여래가 방편으로 제시한 새로운 수행 방법을 추가로 제시한다. '무상관'에서 출발하는 방법 그리고 '온전히 자기를 불다에게 맡겨' 구원에 이르는 타력 수행법이 그것이다.

고토가 타력 신앙적 면모를 제시한 것은, 기독교인을 위한 배려 때문이었을 것이다. 고토는 타력신앙에 의존하는 기독교인, 즉 불교에서 보기에는 하근기인 그들을 위해, 불교 내에 존재하는 '타력 구원'의 방법을 제시함으로서, 불교도 기독교와 같은 보편 종교라는 면모를 제시하려 한 것으로 보인다. 문제는 '此信念을 持하는 人'의 예로 제시하는 다음 부분들이다.

一好例가 유하도다. (…중략…) 楠[木]正成이 關山國師에게 參하야 此 瑞巖 主人의 話에 徹底하야 (…중략…) 兵을 用하기 神과 如하다 하더니 明日에 湊川에서 其 大君을 위하야 生命을 賭하야 大決戰을 爲코저 할 時에 아직도 生死를 脫得치 못하야 胸中에 자小의 不安이 有하얏스므로 湊川에 近한 廣嚴寺의 明極俊 禪師에게 敎를 乞코자 往하였는데, 기 시 生死 交謝의 如何를 聞한 즉 其 禪師는 兩頭를 切斷하고 一劍이 天에 기하야 寒하다 답한지라 正成은 오히려 납득치 못하고 그는 그러하다 할지라 畢竟은 如何오 聞한 則 선사는 杖을 振하야 大喝한 故로 此 瞬間에 正成은 생사를 超脫하야 全身에

汗을 流하얏다 하는데 정성은 此에 徹底한 信의 電流에 感하엿더라 정성은 선사에게 拜하고 我의 胸中이 幸히 光風霽月과 如함을 得하였다 하고 辭去 하얏더라. 翌日은 實로 振天動地의 大活動을 위하야 비로소 五尺의 形骸를 捨할 時가 來하얏슴으로 附近 民家에 弟 正季와 相互 刺死를 할 시에 正成은 弟다려 末後의 一句는 如何하냐 聞한 즉, 正季는 七度人間으로 生하야 國賊 을 滅할지라 답한지라. 正成은 大喜하야 차언이 我意를 得하엿도다 我도 七 度인간으로 生하야 國賊을 滅하겟노라 誓하고 逐히 대군을 위하야 湊川의 露와 如히 消하엿더라. 嗚呼라 차 以後의 末句는 실로 吾等 大和혼의 基礎되 는 一言이라 하리로다.[294]

질 수밖에 없는 싸움임을 알면서도 천황을 위해 목숨을 버리는 충신 ‘구스노키공[楠木公]’의 이야기다. 종교적 각성을 통해 생사의 번뇌를 해결하고 기꺼이 죽음을 맞이한다는, 그리고 나라를 위해 7번 환생하 겠다고 다짐한다는 이 ‘설화’는, 이미 명치기의 황국사관 운영에 훌륭 하게 기여한 바 있다.[295] 그것의 정점이 되는 표현이, 샤크소엔도 유사 한 표현을 쓴 바 있지만, ‘야마토[大和]혼의 기초’라는 구다.

고토의 글을 읽는 독자들은 5년 전 조선왕조가 멸망하는 것을 바라본 조선의 식자계급이다. 이들에게 과연 “야마토혼의 기초”가 적절한 용어 가 될 수 있을까. 미국에 이어 조선 부임을 택한 젊은 승려 고토는, 이 글 을 통해 명치기 일본인으로서의 긍지를 만끽할 수는 있었겠지만, 일본의 국가주의 불교를 백안시하는 조선 기독교인을 이러한 ‘국내적 논리’로 설득할 수 있었을리는 만무하다. 고토의 논리는 이후 더욱 비약해 간다.

---

294 위의 글.
295 新井孝重, 『楠木正成』, 吉川弘文館, 2011.10, 231쪽.

正成의 此 末後의 一句는 實로 上求菩提 下化衆生의 보살의 大悲願이니 千度万度 裟婆에 往來할지라도 大君을 위하야 國을 위하야 魔軍을 退治치 않으면 等正覺을 성취 아니 한다는 大悲願이라. 衲은 차를 正成菩薩이라 稱하나니 正成은 菩薩의 ○現이라. 此로부터 結論에 移할지니 正成의 得한 安心處는 神과 自己의 接觸에 在하며 彌陀와 自己의 合體에 在한지라. 然이나 正成은 玆에 足을 留치 아니하고 大君의 國에 歸來하얏는데 我 禪門에서는 此를 却來底라 칭하며 他力宗에서는 차를 環相回向이리 稱하야 彌陀와 相見 後에 此 穢土에 歸하야 牧牧히 중생제도를 爲함에 在한 것이라. 正成이 一喝에 感하고 眞個電氣에 感한 時, 즉 미타와 합체한 시이라 즉 彌陀의 大悲願을 現世에 實現하는 自信과 自覺을 득한 時이라. 正成은 원하면 大君의 國家가 有하며 國賊이 有하며 魔軍이 橫行하야 環相回向치 아니고는 安在치 못하야 湊川에 大悲願을 祈함이라.[296]

고토는 구스노키 마사시게[楠木正成]에게, 불교 최상의 언어를 부여했다. 미타불과의 합체를 경험한 자, 상구보리 하화중생을 실천한 보살이라는 언어가 그것이다. 이어 고토는 구스노키가 죽음 직전 '진아'를 깨달았으며 죽은 후에는 중생 제도를 위해 예토에의 환생을 기약한 보살, 즉 불교가 지향하는 최고의 인간이라고 결론지었다. 이것이 그의 일본 불교 호교론의 정점에 해당하는 논리이다.

상구보리 하화중생, 보살도의 경지란 최고의 수행 경지다. 당연히, 상대적 윤리가 지배하는 인간의 역사세계 속에 간단히 적용할 수 있는 세계가 아니다. 고토는, 정의와 불의가 상대적으로 결정되기 마련인

---

296 臨濟宗朝鮮布教監督後藤瑞巖, 「宗教의 要義(續篇)」, 『每日申報』, 1916.9.26.

예토의 역사 공간 속에서 한 주군을 위해 충성을 바친 것으로 미담화
된 한 명의 무장일 뿐이다. 그 중생 구스노키 마사시게에게 고토는 보
살이라는 칭호를 수여하고, 수행자의 귀감이라는 이미지를 덧씌웠다.

구스노키 마사시게 같은 인물은 어느 집단 신화에서나 지속적으로
생산되고 전설화되는 인물이다. 무사의 선(禪)은 살생력을 증강시키기
위한 정신 원리로서 기능하는 것이다. 살생계를 늘 범하는 생지옥 속에
존재했던 선, 좋게 말해 그것이 생사의 기로에 선 인간에게 비약적 수행
의 계기를 제공할 수 있는 여지가 있음을 부정할 수는 없다. 그러므로
죽음을 목전에 둔 인간의 수행이라는 것은, 그런 죽음을 강요하는 현세
의 정치권력보다 그 차원이 높다. 그런 의미에서 중세의 선은 가변적
역사를 초월하는 의미를 가질 수 있을지도 모른다. 근대 일본의 군 지휘
관 중에 선 수행자가 많았던 것도 같은 맥락에서 읽힐 수 있다. 그러나
이러한 세계를, 역사적 존재인 중생 한 명을 위해 봉사하는 의미, 즉 충
(忠)으로 바꿔 사용한다면, 이야기의 차원이 완전히 달라진다.

잠들어 있던 구스노키 마사시게를 불러내 온 것은 명치기의 황국사
관이다. 그를 충신으로 부활시켜 후손에게 작위를 수여하고 국민 통합
과 전쟁 동원 수단으로 활용한 것도 황국사관이다. 명치기 일본 불교
를 겪어 온 고토는 이렇게 명치시대의 정치적 요구에 의해 부활한 구
스노키에게, 위기 속의 근대 일본 불교가 필요로 하는 이미지를 덧칠
했다. 고토의 모든 논리 속에 언제나 대전제로 존재하고 있는 것은 과
거와 현재의 천황에 대한 충성이다. 고토의 불교 호교론은 보편종교로
서의 불교 호교론이 아니라, 역사적 존재인 '군(君)'에의 충성을 독려
하는 정신원리로서의 호교론이다. 그런 의미에서 고토의 호교론은, 국

법에 아첨하는 일본 불교를 비판하는 조선 기독교인에 대한 반론과는 거리가 멀다. 오히려 근대 일본 불교가 얼마나 '국법에 아첨하는 종교'로 타락해 갔는가를 역설적으로 강변하고만 일본 불교 '비판론'이다.

그렇지 않아도 우호적 감정을 갖고 있지 않은 조선인 식자계급, 일본불교가 얼마나 국가를 초월한 훌륭한 보편종교인지를 입증해 보라고 요구하는 조선인 기독교인의 요구에, 고토는 일본불교가 얼마나 국법에 충실한 종교인가를 스스로 입증해버리고 말았다. 이것이, 그가 조선 최대의 조선어 일간지에 발표한 불교 옹호론의 전모다. 국가주의적 불교가 불교의 이상에 가깝다고 예찬하는 그는, 역시 '종교정책 담당 관료'에 가까운 승려였던 오쿠무라 엔신[奧村圓心] 이래 일본불교의 조선 포교가 지녀온 정치적 성격, 즉 '호국불교로 조선인을 황국신민화'시킨다는 과제에[297] 전혀 의문을 품고 있지 않았던 청년 승려였던 것이 아닐까. 일본 불교의 정통성과 선진성에 대한 맹목적인 신념, 중국 및 조선 불교에 대한 근거 없는 우월감, 국가권력과 불교와의 연합을 당연히 생각하는 시대를 살아가고 있던 정치 승려 중의 한 명으로 그를 보는 것이 타당할 것 같다.[298]

미국에서 편히 포교하다가 조선에 부임한 지 얼마 안 되는 이 젊은 포교사 고토 즈이간의 불교관 속에는 이렇게 '일본 국내적'인 것, 즉 특수한 일본 현상에 불과한 것을 세계 보편적인 것으로 착각하고 있는 경향이 있다. 포교사가 신 부임지에 가면 제일 먼저 할 일이 현지의 종교 사정에 대한 연구다. 그에게는 그것이 없다. 이 면에서는 무

---

297 美藤遼, 「日本仏教の朝鮮布教」, 『季刊三千里』 15号, 1978.8, 122쪽.

298 藤井健志, 「仏教者の海外進出」, 末木文美士編, 『新アジア仏教史14 日本Ⅳ近代國家と仏教』 佼成出版社, 2011, 132쪽.

사도를 이상적인 선 수행의 예로 제시한 샤크소엔도 유사한 데가 있는 것이 아닐까. 명치기 지식인들을 사로잡고 있었던 무사도 신화란 이렇게 강력했던 것일까. 이런 면에서 고토는, 전문적 포교사가 아니면서도 '조선불교에 대한 이해자'로 불리고 있었던 아베의 경우와도 비교할 수 없는 질 낮은 면모를 노출했던 것 같다. 이렇게 보면, 1919년 말부터 1920년 초에 걸쳐, 고토가 이회광과 더불어 조선 불교를 일본 임제종 휘하에 복속시키려는 운동을 진행하여 조선 불교계에 파란을 일으켰던 것도 우연이 아니었던 것으로 생각된다.[299] 아베가 최고 운영자의 한 명으로 참가하고 있었던『매일신보』불교란 운영 속에는 이런 예들도 있었다. 혹 조선 불교 '이해자' 아베 역시도 내심 속에는 이런 면이 공유되어 있었던 것일까.

4) 귀국 후의 조선불교 소개 활동

아베는 1918년 7월 경성일보, 매일신보사를 사임한 후 귀국하여 국민신문 부사장으로 복귀했다. 아베는 돌아오자마자 샤크소엔과 스즈키 다이세츠가 주재하고 있었던 잡지『선도(禪道)』에「조선 불교의 금석(今昔)」이라는 글을 발표한다. 7월 귀국 직후 샤크소엔의 요청으로 가마쿠라 원각사의 거사 접심회(接心會)에서 행했던 담화문을 글로 옮긴 것이다.[300] 조선불교사를 일본 불교사와 비교하면서 고려시대,

---

299 「불교의 개종 문제」(1~10),『東亞日報』, 1920.6.24~7.6 참조.
300 無佛居士 阿部充家,「朝鮮佛教の今昔」,『禪道』, 1917.8, 목차 뒤 화보.

조선시대를 거쳐 사찰령 반포 후까지 그 변화상을 일화를 덧붙여 가며 간략히 설명한 것이다. 핵심 내용을 요약한다.

① 고려시대 불교 :

왕후귀족 계급의 신앙으로서 나라시대의 후지와라[藤原] 대와 유사. 개성이 중심지로서 태조 때 융성했으나 승려의 정치개입 이후 발생한 병폐로 문종 때부터 배척받음. 유교가 각광을 받기 시작. 유교의 정도전(도쿠가와 시대의 혼다[本田]와 유사)과 불교의 무학대사가 양립.

② 조선시대 불교

태조 대부터 무학대사와 깊은 인연. 한양 도읍 결정과 관련된 일화들 소개. 세종 대부터 폐멸 상태로. 도쿠가와 시대의 불교 상태와 유사.

③ 조선 불교의 종파

조선조에 들어 화엄, 정토, 법상 등을 교종으로 통일, 그 외에 선종을 두어 교선 2종체제화. 임진왜란기 서산대사의 승병 일화와 『선가귀감』 소개, 선종의 발전에 진력

④ 조선의 선종 : 임제종

조선 사찰 건축의 구조 : 선, 정, 교의 조화를 목표로 건축

⑤ 사찰령 이후의 조선 불교

테라우치 시대에 불교 각 종을 30본산으로 재정비. 천대받던 조선 승려들이 세간의 인정을 받게 됨. 본산 주지들을 초청 훈시를 내리고, 포교에 편의를 제공하고 학교 설립과 자선사업 등을 펼쳐 세간에서도 조선불교가 인정을 받게 되기에 이름.

⑥ 일본 각 종파의 조선 포교

본원사(本源寺)가 최초. 남산에 대한본원(大韓本願) 아미타사 건립을 시초로 각 종파의 포교당이 상당 정도에 이름. 임제종에서는 묘심사파가 대종을 이룸. 마루야마 다이레이[丸山太嶺]가 아카시[明石] 대장과 협력 하에 포교 확대. 고토 즈이간에 의해 묘심사　별원 건립 포교 중. 샤크소엔의 포교 활동에 의해 중국 조선 등에 임제종이 성대해지고 있음.

아베의 조선불교사 개괄에 대한 객관적 평가는 별도의 전문적 검토를 필요로 할 것이어서 여기서는 요점들만 열거해 본다. 우선 아베는 양국의 불교가 귀족 신앙으로부터 발단되었다가 정치 승려의 횡행 및 유교의 대두로 쇠퇴해가는 과정을 요약적으로 제시한다. 두 번째, 그는 조선의 양종 중 교종은 무시하고 선종 전통만을 강조하고 있다. 이것은 역시 함께 선통(禪統)을 기반으로 하고 있는 임제종 시각에서 그가 조선 불교를 바라보고 있는 점과 관련이 깊을 것이다. 특히 서산대사의 저작 『선가귀감』과 임진왜란 당시 항일 승병 활동을 높게 평가하고 있는 점은 인상적이다. 세 번째 총독부의 사찰령 제정 등 노력을 통해 조선불교가 재활되고 있다는 점을 제시하고 있다는 점이다. 자신의 조선 불교 진흥 노력과 밀접한 관련이 있는 내용이기도 하다. 네 번째가 자신의 스승 샤크소엔의 활동을 포함한 일본 임제종의 조선 포교가 낙관적 미래를 그려볼 수 있다는 전망이다.

나카무라는 귀국 후에도 아베가 조선불교 진흥운동을 위해 노력했다고 증언했다.

옹은 조선을 떠난 후에도 조선불교의 부흥을 염려하신 바, 그 진흥을 꾀하는 방법은 우선 인재 양성이어야 한다. 조선 승려의 자제들을 내지로 보내 수행시킬 필요가 있음은 두말할 필요도 없으나, 한걸음 더 나아가 내지 승려로 하여금 조선의 불교를 철저하게 연구하게 하는 것 등도 역시 매우 중요한 것이라는 견해를 갖고 있었으나 단 하나 적임자가 없음을 통탄하고 있었다. 지금부터 7년 전 고마자와대학을 졸업한 직후 도선하여 동래의 대본산인 범어사에 들어가 3개년의 수행을 끝낸 뒤 각도에서 만행을 하고 31본산 및 각지에 산재하는 사찰을 방문, 상세하게 시찰을 계속하고 조선불교가 갖고 있는 종승 연구를 위해 경성의 동대문 밖 개운사의 대원암에서 일대의 석학인 박한영 화상에게서 지도를 받고 있는 소마 쇼에이(相馬勝英) 사(師)는 옹의 종용에 의해 이 대사업에 뛰어든 것이었다.[301]

조선 불교를 대하는 아베의 자세의 특성을 다시 한 번 확인할 수 있다. 그는, 당시 흔했던 일본 불교계의 조선 불교관, 즉 조선불교에 대한 일본 불교의 우위성을 믿는 자들과는 확실히 다른 태도로 조선 불교를 대하고 있었다고 나카무라는 증언하고 있다. 전술한 바와 같이 당시 조선 불교계를 방문한 일본 승려 아시즈가 '조선 승려를 불교 선진국 일본에 유학시키라'는 권고를 한 예에 비춰본다면[302] 거꾸로 그가 조선 불교의 본격적 연구를 위해 일본 승려를 조선 사찰에 유학시키자는 운동을 꾀한 일은 매우 이색적인 일로 생각된다. 명치 대정기의 명승이자 그의 스승이기도 한 샤크소엔도 거론한 적이 없었던 이런 열린 시각을, 거사 수행자에 지나지 않았던 아베가 갖고 있었다는

---

301 中村健太郎, 「阿部無佛翁を偲ぶ (三)」, 『京城日報』, 1936.1.16.
302 「青年 僧侶를 內地로 送하라」, 『每日申報』, 1917.5.8.

점, 이것을 어떻게 설명해야 할까. 그가 '조선 이해자', '애선자'였다는 당시 세인의 평가 속에는 일단의 진실이 내포되어 있었다고 보아도 좋을 것 같다.

8. 아베의 퇴임 풍경

1918년 6월 29일 도쿠토미 소호는 총독부에 감독을 그만둔다는 「결별각서」를 제출하고 경성일보 경영에서 손을 뗐다. 골치를 앓아오던 사내 재정난 문제, 데라우치가 내각 수반으로 있었던 일본 정부와 거리를 두고 싶은 욕구, 경성일보의 자율 경영에 대한 기도의 실패, 『근세일본국민사』 저술에 전념하기 위한 동기 등이 그 이유였다.[303] 7월 1일자 『경성일보』에는 "근세일본 국민사 저술, 문장보국을 위한 저술 사업에 경주하기 위해 감독을 사임했다"는 기사와 함께 '아베 사장도 사임하여 국민신문사로 복귀하게 되었다'는 사고(社告)가 떴다.[304]

억압적인 통치스타일밖에 몰랐으며 일본 내각 수반으로 복귀한 후 결국 그로 인해 정치적 파멸을 맞고 마는 데라우치와 달리, 유화적인 스타일로 조선인과의 교제 공간을 만들어 냈으며, '부드러운 방식의

---

303 정진석, 『언론조선총독부』, 커뮤니케이션북스, 2005, 84~85쪽.
304 『京城日報』, 1918.7.1.

동화주의'를 실천하고 있었던 아베도 신문의 실제 경영에는 난관이 적지 않았다. 부임한 다음해 겪은 사옥 화재와 관련된 책임 문제, 사 내부의 재정 관리 감독을 위해 파견된 주간 아베 쓰루노스케와의 갈등 문제, 조선인 및 조선 문화에 대한 그의 '외유'에 대해 쏟아진 데라우치의 비난 등등 난제에 시달려 온 터였다.[305]

7일 아베의 퇴임이 발표된 후 조중응과 여규형은 7일 송별시를 『매일신보』에 보냈다.[306] 8일에는 기독청년회 총무 윤치호가 중심이 된 경성 유지모임이 낙산 명월관에서 그를 위한 송별연을 열었다.[307] 아베가 귀국한 후엔 조중응, 조진태, 백완혁, 한상룡, 예종석 등이 경성 조선인유지 명의로 은제 화병세트를 제작하여 동경의 아베에게 보냈다.[308]

본래 귀국 일정보다 이틀 늦어진 7월 12일 8시 40분, 아베는 남대문역에서 기차에 올랐다.[309] 출발일, 남북학인(南北學人)은 『매일신보』 1면에 「阿部充家君을 送함」을 실어 그를 전송했다.

殊히 余輩가 阿部君에 대하야 此情에 不堪하는 바는 其 人格이 高潔하고 ○實寬厚의 德을 有한 同君과 如한 士를 失하는 것이 最히 遺憾인 故이라. 그리고 是난 결코 余 一己의 私言이 아니오. 阿部君을 識한 者의 異口同聲하는 바이라. 然則 阿部군의 東歸는 조선 관민의 손실이 심대하다 하리로다.

阿部君이 人을 接함에 溫言愉色이 他로 하야곰 自然히 快感을 覺하야 春風이 徐徐히 面을 打하는 趣가 有하며 더욱 邊幅을 修차 아니하고 ○府를 說치 아

---

305 이형식, 「경성일보·매일신보 사장(1914.8~1918.6) 시대의 아베 미츠이에」, 170~173쪽.
306 「謹次阿部無佛先生東還原韻」, 『每日申報』, 1918.7.7.
307 「阿部氏 送別宴」, 『每日申報』, 1918.7.7.
308 「銀製花瓶 一代, 京城有志 諸氏가 阿部 前社長에게」, 『每日申報』, 1918.7.28.
309 「謹告」, 『每日申報』, 1918.7.13.

니하고 正心誠意로 一點의 邪氣가 無히 赤心을 人의 腹中에 推하나니 其운懷 雅量이 여하한가. 余輩는 阿部君과 面할 때마다 一體의 私事를 擧하야 披瀝 함을 得케 하며 殊히 余輩가 阿部군을 대하야 推稱을 措키 不能한 一事가 有 하니 하야오. 阿部君이 居常에 조선의 개발과 조선인의 誘導로 자기의 本分을 삼아 奔走努力이 無所不至한 것이 是라. 內鮮以後 君이 이를 爲하야 정력을 경도한 事가 幾多. 내지인 중에도 殆히 類例를 見치 못할지라. 혹은 頑固執 拗한 양반유생을 薰染하야 能히 同化의 實積을 擧케 하며 혹은 扶養을 缺하야 빈궁한 조선인 子弟에게 資를 給하야 修學의 道를 得케 하며 又 留學生 중 一知 半解의 사상을 懷한 자가 有하야 왕왕 불온한 언동에 及한 자를 위하야 충고선도 하야 彼等으로 하야금 蕃衍 改悟하야 幸히 과오가 無케 하는 등 일일 列擧키 不 遑하며 더욱 阿部君이 此를 행함을 조고자의 본분이라 하야 毫도 其功을 不 伐하며 구히 사회의 목탁으로 조선의 개발 조선인의 誘導에 有하는 자는 개 상 如是라 하는 慨가 有하니 由是觀之면 君은 일면 교육가오 又 종교가라 推稱 하기에 有感이 無할 뿐 아니라 실세계에 종교가 교육가를 自任하는 자에 비 하야 毫末도 遜色이 無하니, 盖 阿部君은 本然의 自性에 有함인가. 此는 평생 에 心을 禪學에 潛하고 臨濟 特異의 鉗錘를 守하야 此 妙機를 悟得함인가. 차 는 불명하나 요컨대 조선 급 조선인에 대한 同情 親愛의 一事는 殊히 阿部군 으로 하야곰 개발 유도에 奮邁努力케 한 소이가 아닌가. 余輩도 亦일 尚 조 선 及 조선인의 개발로 爲念하는 者 且 동족 친애의 一事로서 조선 及 조선인 에 대한 개발유도의 眞諦로 思하는 자의 一人이라 어찌 認하야 阿部君을 相 別하리오 此秋에 方하야 帝國○要의 방면에 조선을 知하고 조선인을 解하 는 阿部君과 如한 士를 有함은 最히 행복인 바라. (강조는 인용자)

매일신보사측 입장에서, 당시 조선 지식계에 퍼져 있던 아베 신화의 전모를 가장 일찍 종합해 놓은 글이 아닌가 생각된다. 남북학인이 나열한 아베의 매력은 인성적인 부분, 그리고 통치정책의 실천 면 두 가지의 스펙트럼으로 구성되어 있다. 인성적인 부분에서 아베는 온후관대한 인격자, 교육자, 선 수행자, 인도주의적인 보시행자라는 면모로 그려진다. 통치정책의 실천면에서는 그가 조선인 리더와 청년들을 동화에로 인도하되, 그들을 지원하고 선도, 각성시키는 부드러운 방법을 취했다는 점으로 그려진다. 남북학인이 이 모든 장점들을 집약하여 결론화한 단어는 '동정과 친애'다.

이 말은 역으로 말하자면 조선인은 데라우치 체제 밑에서 그러한 '동정과 사랑' 조차도 받아 오지 못한 존재라는 전제가 깔려 있다. 그러한 공간 속에 아베라는 특이한 인물이 부임해 와 '동정과 친애'를 베풀었다는 것이다. 아베의 활약은 이러한 '시혜적인 연민'이라는 정서를 기반으로 한 것이었다는 것이 남북학인의 기본 생각이라는 것을 알 수 있다. 여기에 후일 아베의 사이토 마코토 참모, 책사로서의 활동 시대의 이미지를 더한다면, 아베와 조선과의 관계를 해명하는 상당부분의 열쇠가 이 속에 정리되는 것이 아닐까.

조선 재임시에는 단 한 번의 만남 밖에 보고되어 있지 않은 윤용구도 그의 퇴임에 아쉬움을 표했다.

한국 시대에 일곱 번이나 대신에 임명되었으면서도 고집을 세우고 한 번도 그를 배수拜受하지 않았다고 하는 풍모의 윤용구 씨 같은 이도, 옹이 대정 6년, 경성일보 사장을 그만두고 동경에 돌아가게 되자, 이를 크게 애석히 여겨, '아베씨는 참으로 훌륭한 인물이다, 그런 이가 조선에 있어 주었다면 좋았을 텐데, 실로 안타깝다. 아베로^老 같은 이가 하다못해 2, 3인이라도 조선에 있었다면, 양 민족을 위해서 얼마나 다행한 일이었을까'하고 술회했다는 이야기도 있다.[310]

아베의 조선 나들이에 대해 가장 긴 회고담을 남긴 조선인은 이광수였다. 그는 이렇게 썼다.

옹이 경성을 출발할 때 남대문 역에 전송 나온 사람들이 대단히 많았는데, 조선인도 거의 모든 계급이 망라되어 있었다고 들었다. 당시 상황을 목격하지는 못했지만 분명 그랬을 것이다. 옹이 재차 경성에 와 잠시 체류하다 떠날 때는 나도 전송나간 사람 중의 하나였는데, 그때에도 수많은 이가 왔다. 공무원, 실업계 인사, 신문사 사람들은 말할 것도 없고, 조선귀족, 소위 친일파 쪽 사람들과 민족주의 쪽 사람들, 학생, 부인, 직공옷 입은 이 등 각계각양의 사람들이 전송 나와 있었다.

이것이 바로 옹이 조선에서 보낸 생활을 상징하는 것이다. 즉 누구든 만나고, 아무하고도 이야기하며, 어떤 이의 부탁도 거절하지 않았던 인생의 반영이었던 것이다. (…중략…) 옹이 교제했던 사람은 정치범·신문인·실업가·학생 등, 소위 지식계급의 사람들이었는데, 한 번 옹을 만난 조선인은 모두 마음을 터놓을 수 있는 친우라고 생각하게 되었다. (…중략…) 설사 이용하기 위하여 옹에게 접근했던 사람이라 할지라도 (…중략…) 그가식 없고 모든 차별을 초월한 우정에 감동하지 않을 수 없었을 것이다.[311]

---

310 中村健太郎, 「阿部無佛翁を偲ぶ (二)」, 『京城日報』, 1936.1.15.
311 李光洙, 「阿部 無佛翁の憶出 (二)」, 『京城日報』, 1939.3.12.

제4장

이광수가 지켜 본 아베의 최후

1. 돌아온 '탕자' 이광수

1917년은 이광수의 해였다. 「무정」과 「오도답파여행」으로 『매일신보』의 지가를 올린 이광수는 자신의 계몽 리더로서의 나르시시즘을 만끽하고 아울러 시정 5년의 가시적 성과를 훌륭하게 홍보하여 자신에게 마음껏 지면을 쓰게 해 준 매일신보와 아베에게 보은했다. 이듬해인 1918년 7월에는 그를 스카우트한 아베가 경성일보를 사직하고 국민신문 부사장으로 복귀했다. 아베가 복귀하던 7월은, 동경여자의학전문학교를 막 졸업한 허영숙과 이광수와의 결혼 문제가 허 씨 집안의 반대로 인해 좌초되어 있었던 상태여서 이광수가 고민을 거듭하던 시기이기도 했다.[1]

이 당시 이광수의 행적에 대한 정설 하나는, '춘원이 허영숙과 사랑의 도피를 위해 아베로부터 봉천 총영사 및 일본 영사 앞으로 쓴 소개장을 받아 학술연구라는 명분으로 북경에 갔으나 거기에서 세계 정세를 접한 위에 일제 앞잡이라는 조선인들의 비난을 벗기 위해 독립운

---

1 김윤식, 『이광수와 그의 시대』 2, 한길사, 1986, 590쪽.

동에 뛰어들 결의를 했다'는 것이었다.[2] 당시 그를 미행한 밀정들도
이렇게 보고를 한 바 있다.

이광수는 작년 11월 8일 오전 10시 열차로 처라고 부르는 허영숙(1897
년 8월 14일생, 경성에 생가가 있음)을 동반하여 여관 124관에 투숙했다.
국민신문사 외무부 기자 다모오[玉生 武士郎]의 첨서(添書)를 가지고, 이
지역 국민신문 통신원인인 마쓰무라[松村太朗]을 방문했다. 마쓰무라의 도
움으로 11월 11일 팔옥호동(八玉胡洞) 14호 마쿠다[幕田]이라는 자의 집
에서 동거하다가, 11월 27일 대계지 5호 지나인 가옥을 일부 빌려 채재했
다. 그의 신원을 조사하려고 12월 11일자로 본적 소관 경찰서에 조회해 별
지와 같은 회답을 받았다. 그때를 전후하여 조선총독부 경무총장이 이 지역
헌병분견소 앞으로 별지의 복사와 같은 통첩을 두 번 보냈다. 이에 오로지
그의 행동을 주의 깊게 감시하던 중, 아래의 사실을 발견했다. 생각건대 그
는 목하 기혼의 처와 헤어지려고 하는 듯하며, 동반자 허영숙은 도쿄에서
재학 중에 알게 되었다. 이번에 그녀가 경성부 의원에 재직 중이었으나, 거
기서 둘은 도망치듯이 동반하여 이곳으로 온 것으로 보인다. 이 지역을 떠
날 때도 허가 모친에게 송금을 받아 그것을 여비로 삼아 출발한 것으로 보
아, 그의 북경 방문은 보잘것없는 목적인 것으로 추측된다.[3]

이광수의 여행이 '사랑의 도피' 즉 '보잘것없는 목적'하에 행해진
것이라는 것이 당시 밀정들과 경무당국의 파악 내용이었다. 그러나

2　김윤식, 『이광수와 그의 시대』 2, 한길사, 1986, 525~526쪽. 아부충가의 소개장 건이
　　기록된 원출처는 김성식, 『일제하 한국학생독립운동사』, 정음문고, 1974, 49~50쪽.
3　「北警秘發 제1호, 1919.1.30, 경부 波多野 龜太郎 보고」; 강덕상, 『여운형 평전』, 역사비평사,
　　150~151쪽.

고향에 들렀다가 10월 30일 경의선으로 봉천에 도착한 후, 경성일보 기자라 칭하며 대국호텔에 머문 뒤 11월 8일 북경으로 출발한 이광수의 실제 여행 목적은 이와 달랐다. 이광수는 밀정의 감시망을 피해 여운형, 장덕수 등의 조직이 포함된 독립운동 회의에 참석하고 있었다.

강화회의에 참석한 조선인 대표자 파견에 관한 건

1918년 12월 19일

조선총독부 경무총장의 다음과 같은 통보가 있었다.

좌기

조선인 대표자의 강화회의 파견과 관련해 다음 같은 첩보가 있으니 참고하시오

1. 내지 유학생 중 배일 사상 조선인의 수뇌자 이광수, 현상윤, 정노식 등 수 명이 도쿄 모처에서 밀회하고 "미국 대통령 윌슨이 발표한 민족자결주의는 우리의 宿知로서 우리의 뜻과 크게 통하는 바가 있어, 이번 강화회의를 이용해 미국 대통령으로부터 원조를 얻어" 뭔가를 일으키려 한다는 설이 있다.

2. 강화회의에 조선인 대표자를 보내기로 기획하되, 유학생뿐만이 아니라 각 방면과 협동하여 미국, 서북간도, 러시아령 및 상해 방면의 동지와 효과적인 방법으로 연락을 취하려 하는데, 우선 북경 방면의 동지와 효과적인 방법으로 연락을 취하려 하는데, 우선 **북경 방면은 도쿄의 배일 학생 대표자로 이광수, 상해 방면은 장덕수**, 러시아령 방면은 양기탁이 각각 대표자로 참회하기로 한다. 기타 지방 대표자는 아직 미정이다.

3. 강화회의에 파견할 대표자는 하와이에 살고 있는 배일 조선인으로서 작년 뉴욕에서 개최된 25약국회의에 조선인 대표자로 참가했던 박용만과

구 평양 대성학교교장으로 현재 미국 샌프란시스코에 살고 있는 안창호를 추천하게 되었다.[4] (강조는 인용자)

이광수가 11월 중순에서 12월 초순 사이 참석한 이 회의, 여운형과 장덕수가 이끌고 있던 이 회의는 신아동맹을 모태로 하여 여운형과 장덕수가 중심이 되어 새로 결성한 신한청년당의 회의였다. 이광수 역시도 당시 신한청년당의 당원이었다. 1917년 오도답파로 매일신보사를 만족시켰던 이광수는 1918년 중후반이라는 시점에서는 독립론자로 선회해 있던 것이다.

이 뒤 2·8독립선언문을 들고 상해에 망명하여 임정 생활을 시작한 이광수의 행적은 재론할 필요가 없겠다. 이광수는 이 북경행 편의를 위해 자신에게 '은을 베풀어' 준 아베를 배신했다. 그러나 2년 뒤인 1921년 3월 이광수는 "압록강을 건너는 것은 적에게 항서를" 바치는 것이라는 안창호의 만류를[5] 무릅쓰고 야반도주하듯 상해를 떠나 천진, 봉천을 경유하여 귀국한다.

문화통치 초기시대다운 관대한 처분을 받고 풀려난 그가 이어 사이토에게 진상한 것은 투항서도 아니요, 전향서도 아닌 「재외조선인에 대한 긴급책으로서의 左의 1건을 건의함」이란 건의서였다.[6] 「유랑 조선청년 국제선도의 건」이란 제목이 붙은 그 내용은 3·1 운동 후의 해외 망명자들이 2천 이상에 달하며, 그들이 민심 선동에 막대한 힘

4　강덕상, 위의 책, 151~152쪽.

5　김윤식, 『이광수와 그의 시대』 2, 한길사, 1986, 674쪽.

6　종전에는 아베의 서간 속에 동봉되어 사이토에게 전달된 것으로 알려져 왔으나 최근 근거가 불명확하다는 사실이 밝혀졌다. 하타노 세츠코, 「재등실 문서와 이광수의 건의서」, 『근대서지』 8호, 2013, 12쪽 참조.

을 갖고 있다는 것, 이들이 갑자기 과격화되고 있어 일본이 경시해서는 안 된다는 것이었다.[7]

이 '선도 방책'론은 식민자들이 피식민자용으로 사용해 온 논법이다. 식민자에 대항하는 길을 선택했던 피식민자 리더가 이런 논법을 쓰고 있다는 것은 아이러닉하다. 일본의 조선 지배에 정면으로 맞섰던 이광수가, 5년 전 '제도권' 안에서 『매일신보』에 썼던 「대구에서」와 흡사한 형식의 글을, 투항하고 들어오면서 총독에게 '건의'하는 연민적인 상황이 연출되고 있다. '돌아온 탕자'가 부모에게 용서를 비는 것이 아니라, 탕자 교육법을 개선하는 법을 부모에게 건의하는 것과 같기 때문이다. 죄를 탕감 받는 것이 당연할 것이라는 이 태연한 포오즈 밑에는 죄를 탕감해 달라는 간절한 욕망이 묻어 있는 것이기도 하다.

이 모습을 어떻게 평가해야 할까. 어떤 의미에서는 유아기적인 면모, 극단적인 실용주의자로서의 면모라고도 할 수 있는 이 연민스러운 풍경을 이광수는 자신의 임정시대 청산 과정에서 분명히 보여주었다. 인생의 '위기' 속에서 나온 행동이었기 때문일 것이다. 그리고 그는 국내에서, 「민족개조론」처럼 총독부의 입맛에 잘 맞는 자학적 역사관의 전도사, 동시에 민족 지도자로서 군림하는 모습 역시도 다시금 확대 재생산하기 시작하는 것이다. 그의 상해시대는 그의 삶의 스타일 면에서 볼 때 한시적인 것이었다고 보는 것이 옳을 것이다.

이렇게 자신을 이용하여 '적진'에 갔다가 자진 귀순한 이 '탕자'를 아베는 어떻게 보았을까. 아베는 사이토 마코토에게 이렇게 의견을 개진했다.

---

7   강동진, 『일제의 한국침략 정책사』, 한길사, 1980, 381~382쪽.

앞서 李光洙라는 자의 案을 통해 보여드렸던 조선인 개조문제는 문화운동화로 그 방향을 전환토록 암시를 주셨는데 피차 서로의 이득이라고 생각됩니다.[8]

소생의 생각으로는 최의 잡지가 발행되면 내지의 건전한 출판물을 평이한 조선어로 번역해서 염가의 소책자로 팔아 출판업을 영위하게 하고, 그렇게 하여 조선 사상계의 악화를 방지하고 또 진학문, 이광수들의 생활비 出處로 삼을 수 있도록 연이어 말씀드립니다.[9]

이광수라는 자의 '안'이란 것은 수양동맹회의 규약서 초안을 뜻한다. 이광수는 이것을 아베에게 올렸다. 이렇게 자신을 이용하고 배신했으나 돌아와 옛 참모의 역할을 시작한 '탕자'를 아베는 "이웃집 아저씨"처럼 너그럽게 받아주었다. 그리고 그의 견해가 정책적 이용에 적합하다, 생계책을 알선해 달라는 편지를 사이토에게 띄웠다. 이광수가 아베 타계 후 3년이 지났던 시점인 1939년, 전쟁 협력을 위해 대대중 활동을 벌여야 했던 때, 생전의 아베를 그리워하는 「무불옹의 추억」을 쓴 데에는 이러한 애처로운 이유가 있었다.

8 　사이토에게 보낸 아베의 편지, 1921.11.29, 강동진, 앞의 책, 394쪽.
9 　위의 책, 396쪽.

2. 검과 선(禪)과 보시행[溫氣]

학계의 아베 미츠이에 평가에 흔히 등장하는 용어는 '회유', '포섭', '친일 지식인 양성', '문화통치의 주역', '사이토 마코토의 참모·책사' 같은 용어들이다. 이러한 용어가 그를 지칭하는 대명사가 된 것은 후일 그가 사이토에게 보낸 2백여 통의 서간 내용 때문일 것이다. 물론 그 서간들이 그의 속심까지를 다 보여주는 증거인지는 알 수 없지만, 현상적으로 볼 때 사이토 참모 시대의 그가 그런 면모를 객관적으로 노출했음은 부정할 수 없는 사실이다. 그런 입장에서 보면 아베는 고수준의 통치 전략을 구사한 철저한 식민주의자가 된다. 그러나 본서에서 보아온 그의 행적들을 보면 그를 '교활한 책사'로만 규정하기 힘든 특이한 요소들이 다수 포함되어 있다고 생각된다.

그가 경성일보 사장으로 부임하게 된 공식적인 목적은 '데라우치 정부' 기관지의 사장으로서, 데라우치와 도쿠토미 소호의 '위로부터의 동화주의' 정책을 선전하고 지원하기 위해서였다. 정복한 지 얼마 안 되는 조선에서 장애가 되는 요소들을 정화해가면서 조선을 일본의 완전한 영토로 만들어 가기 위해, 그리고 장차 중국을 침략할 전초 기지를 만들기 위해서였다.

한편 이 임무에 임하는 그의 내면에는 김옥균, 박영효와 맺은 체맹의 세계도 포함되어 있었다. 그것은 명치 중기에 유행한 일본 지성계의 사고방식, 즉 세계 문명주의의 전개 과정으로서 일본에 구현된 명치유신의 성과를 아시아로 확산시켜 나아간다는 사고방식, 그리하여 일본이 동양의 '스승국'으로서 조선을 '독립'시키고 문명국으로 인도해 나아간다는 사명감으로 연결되는 것이었다. 아베는 이 생각으로 김옥균과 체맹을 했고 김옥균의 죽음 이후에는 그의 '유지'를 받들어 조선을 문명 '독립'국으로 인도하기 위해 헌신한다는 사명감이라 할 만한 것을 갖고 있지 않았는가 생각된다.

도쿠토미의 꼼꼼한 섭정을 받는 자리이긴 했지만, '조선 제2인자'의 자리로 불리던 경성일보와 매일신보 사장으로 부임한 이후, 그가 보여준 활약상은 놀라운 것이었다. 신문지면 운영 면으로만 보면 그는 데라우치나 도쿠토미의 통치 방침을 수행하는 동화주의자역을 벗어난 인물이었다고는 하기 어렵다. 그렇게 된 데에는 역시 두 신문의 경영 실무에 적극적으로 관여하고 있었던 감독 도쿠토미의 존재를 배제할 수 없다.

그러나 정부 기관지 운영이라는 공식적 활동 이외의 개인적인 활동 면에서는, 그는 데라우치, 도쿠토미와는 상당히 다른 스타일의 행보를 보여주었다. 합병 후 총독부로부터 홀대를 받고 있었던 귀족계급과 '완고'한 유림, 그리고 반일 지원세력을 등에 업고 있던 기독교, '해방군' 일본에 호감을 갖고 있던 불교계, 구한말의 개혁운동가, 기타 민족주의 성향의 인물들까지 포함하여 그는 신·구조선을 대표하는 지식인 중 일부와 유화적인 대인관계를 맺고 그들을 자신의 인맥으로 만드는 데 뛰어난 능력을 발휘했다. 그는 한일합병의 역사적 필연성과 동화의 당위성을 위로부터 강요하는 데라우치식 방법과 달리, 조선인들을 직접 만나 관용적인 자세를 보이며 설득을 하는 수평적 대인관계의 달인이었다. 반일 은둔 유자도 포함되어 있는 학자 계급은, 자신이 직접 먼 길을 찾아 시국담과 무관한 한담을 나누며 한학 애호자로서의 이미지를 유포하기도 했다. 또 장래성이 있는 신청년 계급과 유학생들에게는 사회활동의 장을 마련해 주거나 사적으로 학비 지원이나 직장 알선을 하기도 했다. 그는 시국에 얽매이지 않는 호방한 교제 스타일의 한학 애호자, '보시행'을 실천하는 인도주의자, 수행자로서의 이미지도 널리 보여주었다.

입장을 바꿔 말한다면, 식민지 공간에서의 타협적 삶을 택했으나 데라우치 체제 하에서 깊은 상처를 받은 많은 조선인들, 조선 독립과 문명화를 먼 후일로 기약하기로 작심한 많은 조선인들이, 반(反) 데라우치 스타일을 지닌 특이한 일본인 곁으로 자발적으로 모여들었다고도 할 수 있을지도 모른다. 어망 속에 갇힌 물고기들이 덜 위험해 보이는 포식자 곁으로 모여들 듯이.

그가 쓴 여행기 내용으로만 미뤄 본다면, 그는 당대의 조선, 즉 '현대 조선'을 경영과 수익 창출의 대상으로 보았다. 그런 면에서 그는 식민-피식민의 기본 모순에 둔감한 보통의 일본인이었다고도 할 수 있다. 그러나 그는 다른 면모도 갖고 있었다. 그는 고중세 조선에는 남다른 경의를 갖고 있었다. 전통 문화에 관심이 깊어 고 유적의 효과적인 보존과 관리책을 주장했으며, 조선의 유학자들과 이순신 등 무장, 그리고 왜병과 맞서 싸운 승병들에 존경의 염을 표했다. 특히 조선 불교의 경우에는 스스로 나서서 연구의 필요성을 역설하고 지원을 할 정도였다. 조선에 대한 그의 문화상대주의적이고 유화적인 자세는 전제적 스타일밖에 모르는 데라우치의 역정을 샀을 정도였다.

그런 의미에서 아베는 폭력적인 데라우치 시대에 반(反)데라우치 스타일, 비유하자면 '어머니적인 스타일'로 동화정책을 실천해나간 인물이었다고도 할 수 있을지도 모른다. 무엇보다도 그를 만난 조선인들은 그에게 호감을 표시했다. 그는 정부기관지 사장이라는 직책을 넘어서서 조선인들의 마음을 그 내면으로부터 사로잡는, 즉 데라우치도 도쿠토미 소호도 실천할 수 없었던 거대한 정치력을 조선에서 발휘하고 있었다고도 할 수 있을 것이다.

본서에서 다루지 못했지만, 그가 후일 사이토의 참모로 일할 때나 중앙조선협회 일을 보던 때에도 그의 이러한 유화적인 태도는 크게 변하지 않았다. 물론 그가 일본의 조선 지배의 정당성을 기본적으로 의심해 본 적은 없는 것 같으나, 그는 관동대지진 학살 문제의 경우도 비교적 객관적인 시각을 갖고 있었다.[10] 그는 조선 동포에게 폭력을 휘두르던 박춘금은 물론, 그를 감싸고도는 경무당국에도 혐오감을 표시했다.[11] 관동대지진 당시의 조선인 지원 활동으로 인해 아베는 결국 도쿠토미에 의해 국민신문 부사장직에서 물러나야 했다.[12] 중앙조선협회 시절에도 자치론을 중심으로 한 효율적이고 유화적인 조선 통치책을 사이토에게 부지런히 건의했으며 만년에 신병으로 몸 일부가 마비되었을 때에도 조선을 드나들며 '소요' 사건 관련자 석방이나 후원을 위해 뛰었다.[13]

그의 이러한 활동이, 고차원적인 통치술일 수 있음에도 불구하고, 조선의 경무당국자들은, 과거의 데라우치처럼, 그를 '운동가'로 여기

---

10 「사이토에게 보낸 아베의 편지」, 1923.9.6.
11 「사이토에게 보낸 아베의 편지」, 1924.4.28.
12 石井光雄, 「무제」, 『無佛翁偲び草』, 32~34쪽.
13 李光洙, 「阿部 無佛翁の憶出 (四)」, 『京城日報』, 1939.3.15.

며 적대시했다. 도쿠토미나 아베의 동료나 후배들조차도 그를 '애선자(愛鮮者)'로 부르며 사실상 기인 취급을 했다. 한편 그의 유명한 조선 유학생 지원은 총독부의 기밀비로 친일 지식인을 양성하는 장기 프로그램의 하나이기는 했지만, 그는 사재를 털어 지원하는 경우도 적지 않았다. 제국의 안녕과 발전을 위한 충실한 직무 수행, 이렇게 보는 것이 맞을 듯하면서도 또 그렇게만 보기에도 어려운 면모를 그의 생애는 분명히 안고 있다.

그는 근대 일본이 목숨 건 도박을 벌이던 명치기의 한 가운데를 현장 언론인으로 살아온 인물이다. 청년기에는 열혈 자유민권운동가로서 명치 전제정부의 핍박을 받았으며, 일본사가 대륙팽창주의에로 돌진해가던 거대한 움직임도 전장 속에서 직접 겪었다. 비운의 혁명가 김옥균에게도 반해 그와 숙지를 나누었다. 현직에서 은퇴한 60대 전후부터는 조선의 문화통치 실현과 자치제 시행을 과업으로 삼고 뛰었다.

그의 인생 행적은 고차원적인 식민주의자의 삶이었다고도 볼 수 있을 것이다. 그러나 화법을 조금 바꿔보면 그는 식민주의자와 피식민자 사이에 있는 어느 완충적 공간, 조금 더 온기가 있는 공간을 살아간 인물이었다고도 볼 수 있을지 모른다. 지배자와 피지배자의 '사이'를 지향하는 면모가 그의 속에 있었으며, 식민지 내부에서의 삶을 선택했던 조선 지식인 일부도, 대화가 가능했던 그 온기의 공간을 찾아 그에게로 자연스럽게 흘러들어갔던 것이 아닐까.

그는, 일본의 조선 병합이란 어쩔 수 없는 역사적 대세이며 일본의 조선 통치란 조선을 위한 성스러운 사업이며, 그 사업의 완성을 위해 자신이 헌신하는 것은 일생의 가치가 있는 일이라고 생각한 인물이었을 수 있다. 그의 모든 성실성과 인격적 매력이 거기에서 나온 것이며, 거기에 그의 선불교와 보시행자로서의 수행이 결합되어 있었던 것이라면 어떨까.

그가 1936년 초, 사이토 마코토가 수십 발의 총탄으로 난자당한 2·26사건 한 달여 전에, 그리고 중일전쟁 발발 전 해에 임종했다는 사실도 의미심장하다. 그는 군부 파시즘이 발흥하면서 조선 자치 운동 역시도 화석이 되어가던 때, 자신의 스타일을 오롯이 간직한 채 세상을 떴다. 아자부[麻布] 언덕 위의 3칸짜리 좁은 목조 가옥에서 그가 투병기의 마지막 순간을 보내고 있던 때, 아베의 '아들' 이광수는 그를 찾아갔다. 2년 후인 1938년 그는 공식적으로 전향을 선언했고 그로부터 한 해가 지난 1939년, 조선문인보국회 활동과 학병 동원 강연 활동이 머지 않았던 그때, 그는 아베를 그리는 장문의 회고문을 『경성일보』에 썼다.

3. 이광수가 본 아베의 최후

이광수의 생애를 생각할 때 선명하게 떠오르는 이미지 중의 하나는 그가 많은 스승의 이름을 부르는 생애를 살았다는 점이다. 손병희, 톨스토이, 예수, 도산, 붓다로 이어지는 스승들의 목록은 이광수라는 인간의 특성이 이상주의적이었다는 것, 동시에 그 내면을 차지하고 있

었던 심리적 결핍의 양이 매우 큰 것이었다는 것을 알려주는 증거이
기도 하다.

이 목록 속에 빠져 있는 인물이 그의 인생 고비고비마다 후원자가
되어 주었던 아베 미츠이에다. 이광수의 청년기 시절부터 후원자로서
의 관계를 유지해 온 아베 미츠이에, 이광수는 숨을 거두기 직전의 아
베를 이렇게 묘사했다.

햇수로 벌써 5년 전인 소화 10년(1935) 겨울, 동경에 갔을 때 무불 옹은
거의 의식불명 상태로 누워 있었다. 아자부[麻布]. 산겐야쵸[三軒屋町], 그
의 참으로 초라한 집 여덟첩짜리 방 무명 이불 속에서, 산소 호흡기에 매달
린 채 간신히 호흡만 이어가던 옹 곁에 나는 앉아 얼음주머니 밑으로 보이
는 창백한 얼굴을 그저 바라만 보고 있었다. 곁에 있던 부인이
"이젠 말은 못 하세요. 눈은 가끔 뜨십니다."
라 하며 "여보, 이 상이 오셨어요. 조선에서 이 상이."
라고 옹의 귓가에 대고 말했지만 알아듣지는 못하는 것 같았다. 하지만 잠시
후 옹은 눈을 크게 뜨고 내 얼굴을 보더니 미소를 지으며 고개를 끄덕거렸다.
그리곤 곧 눈을 감고 말았다. 이것이 나와 옹과의 마지막 대면이었다.[14]

옹을 만나면 나는 속을 터놓을 수 있어서 기뻤다. 시국에 관한 이야기나,
내선 융화 같은 말을 옹의 입에서 들은 기억은 없다. 그저 친한 친구처럼, 또
는 어릴 적부터 가까운 이웃집 아저씨처럼 편했다. 옹도 내 어떤 점이 마음에
들었는지 모르나, 아저씨같이 허물없이 귀여워해 주셨던 것이다. (…중략…)

---

14 李光洙, 「無佛翁の億出 (五)」, 『京城日報』, 1939.3.16.

내지인 쪽 일은 잘 모르지만, 조선인 중 무슨 일로 옹에게 신세를 진 사람은 옹의 후반생 20여 년 동안 수백 명에 이를 것이다. 어쩌면 천 명이 넘을지도 모른다. 옹이 교제를 나눴던 이들은 정치범·언론인·실업가·학생 등, 이른바 지식계급의 사람들이었는데, 한 번 옹을 만난 조선인은 모두 옹을 마음을 터놓을 수 있는 친우로 생각하게 되는 것이었다. 그 조선인 중에는 옹을 이용해, 옹의 힘을 빌어 어떤 이기적 욕망을 이룰 것을 목표로 삼았던 사람도 있었을 것이다. 하지만 그 대부분은 옹을 통해 일본 민족의 온정을 접하고, 두 민족이 진실로 친구가 되고 동포가 될 수 있다고 느끼는 교제였다고 생각한다. 설사 이용하기 위해 옹에게 접근했던 사람이라 할지라도, 그가 (…중략…) 인정을 갖고 있는 가진 사람이라면, 그 가식 없고 모든 차별을 초월한 우정에 결국 감동하지 않을 수 없었을 것이다.

나 역시 옹에게 바라는 것이 없었고, 옹도 나에게 바라는 것이 없는, 그런 교제를 나눴었다. 하지만 아베 옹이 나를 정말로 사랑하고 소중히 대해 주시는 것, 나는 그것을 20년을 하루같이 가슴 깊이 느끼며 살아 왔던 것이다. (…중략…) 옹은 분명히 운동가였을 것이다. 그러나 본인을 위해서는 아무것도 구하지 않는 운동가였다. 옹은 귀족을 위해, 상인을 위해, 죄수를 위해, 고학생을 위해, 과부를 위해 끊임없이 운동을 하고 있었지만, "고맙습니다"라는 한마디 인사조차 바라지 않았다. 하물며 재물이랴.[15]

'이광수가 아베에게 바라는 것이 없었고 아베도 이광수에게 바라는 것이 없'었다는 발언은 실제와는 거리가 너무 멀다. 아베는 그를 '제도권' 안으로 끌어들여 총독부의 통치 방침에 맞는 활약을 하도록 유

---

15   李光洙, 「無佛翁の憶出 (一)」, 『京城日報』, 1939.3.11.

도하는 역할을 했다. 독립주의자로 선회하여 상해로 달아났다가, 즉 배신했다가 '탕아'로 돌아온 그를 맞아주었고 또 그를 개인 참모로 썼다. 반대로 이광수는 그를 통해 젊음의 출세욕을 충족시킬 수 있었고 민족의 리더로서의 명예도 얻을 수 있었다. 상해에서 돌아온 이후 그가 식민지 조선에서 확보할 수 있었던 생계, 그리고 활약 역시도 후원자 아베의 존재 없이는 생각할 수 없는 것이었다. 아베에게 이광수가 젊은 참모였던 것처럼, 이광수에게는 아베 역시도 아버지뻘 되는 개인 참모쯤이었을 것이다. 이렇게 완벽한 거래 관계가 있었음에도 불구하고 그가 이렇게까지 대담한 발언을 하는 것이 놀랍다. 그러나 이것이, 진실을 전혀 드러낼 수 없는 시국적인 한계, 자신이 영원한 열자(劣者)일 수밖에 없는 그 식민지적 한계 내에서 우자(優者) 아베와의 관계를 아름답게 채색하려는 그의 의도가 발현된 결과라면, 서글픈 대로 이해할 만한 구석이 없지는 않다. 그의 주관적인 입장에서는 아베 쪽의 득보다 자신이 받은 것이 더 많았다고 느꼈을 수도 있다.

전쟁 시국 속으로 달려가는 무겁고 비장한 분위기가 풍기는 가운데, 이광수는 지배자와 피지배자 사이를 넘어선 보다 깊은 상위적 가치가 실재했다는 것을 발신하려 애쓰고 있었던 것으로 느껴진다. 그러나 지배자와 피지배자가 대립을 넘어 우의(友誼)를 공유하기 위해 필요한 제1의 조건은, 적어도 양자 사이에서만은 지배자가 그 지배의 정당성을 부정하는 자세를 가지고 있어야 한다는 점이다. 아베가 아무리 온후한 인성의 소유자였다고는 해도 그가 일본의 조선 지배를 부정하는 사상을 갖고 있었다는 것을 입증하는 증거는 실존하지 않는다. 그렇지 않은 상태에서의 우의란 무엇일까. 두 민족의 동화가 전제로 깔려 있는 이광수의 위 발언은 역시 피지배자로서의 굴욕을 감수한 위에서만 나올 수 있는 서글픈 보상심리의 표현에 가까울 것이다. 혹, 그는 이 특수한 상황 속에서 그의 마음 깊숙이에서 언제나 들끓고 있던 부정(父情)을 그리는 마음 역시도 발신하고 있었던 것일까.

은의의 대상을 향해 부정 비슷한 것을 느끼는 이광수의 내심은 그의 유소년기나 청년기 체험을 생각할 때 이해가 가능한 것이다. 그러나 무엇보다도 이 글에서 눈에 띄는 점은 아베라는 인물의 성품에 관해 기술한 대목이다. 이광수가 그리는 아베의 삶은 거의 보살상에 가깝다. 이광수는 이미 아베가 검도사범 집안 출신에 선 수행을 한 인물이며, 주변인에게 아낌없이 보시행을 실천하는 인물이라고 기술했다. 특히 이 글이 씌어진 시기를 고려해 본다면, 이 속에 제시되어 있는 아베 이미지, 즉 이광수가 그린 아베 이미지 속에는, 바야흐로 시국에의 본격적 합류를 앞두고 있던 당시 이광수의 시점이 짙게 투영되어 있던 것이 아니었을까. 아베가 보시행의 대가였다고 쓰고 있는 이광수의 시각은, 그가 「나의 고백」 속에서 '민족 보존을 위한 자기희생의 길을 자신이 걷고 있었다'고 한 고백 내용과 아주 근사한 데가 있다.

초하루였던가 초이틀이었던가 내가 두 번째 찾아갔을 때, 옹은 이미 유골이 되어 있었고, 그 옆에는 부인께서 혼자 앉아 계셨다. 조선제 철불상이 앞마당에 단좌해 있었다.

"정월달에 여러분께 소식 드리는 게 송구스러워 오늘 소식을 드릴 참이었습니다." 이렇게 부인은 말씀하셨다.

나는 이미 다비에 부쳐져 한 줌 재가 된 옹의 영전에 합장했다. 뭐라 할까

어이없고 안타까웠지만, 그게 옹의 본뜻이었을지도 모른다. 할 일을 다 하고 조용히 간다. 그것으로 충분하리라.

장례식에 가니 영전에는 소호 선생 부처가 보내신 생화와 내가 보낸 생화가, 꽃 종류까지 똑같은 두 개가 좌우에 놓여 있었다. 이 역시 기연이라 할 수 있을 것이다. 얼마나 초라하고 쓸쓸한 광경이란 말인가. 하지만 그것으로 충분하리라. (…중략…)

욕(慾)이 없고 성(誠)이 있는 인간 아베 미즈이에 옹은 이렇게 일생을 마쳤다. 장서나 불상 중심의 골동품 들은 옹의 생전에 팔아 그 돈으로 임종까지의 생활비에 충당했다고 하는데, 중병 중에도 수중에 돈이 있기만 하면 고학생이나 형편이 곤란한 이들(대부분 조선인이다)에게 주어버리는 바람에, 중앙조선협회의 나카지마씨가 그 돈을 맡아 두었다가 매달 필요한 만큼 옹 몰래 부인에게 넘겨주었다 한다. 옹은 그 돈마저 부인에게 졸라 고학생에게 주어버려 월말에는 돈이 떨어져 곤란한 경우가 많았다는 것이다. (강조는 인용자)[16]

이광수에 의해 기술된 아베의 마지막 모습은 아름답다. 조선 언론계 최대의 거물이었으며, 지식인, 청년 사이에 명망이 높았던 아베, 그 생을 담담한 보시행으로 보내고 담담하게 이승을 뜬 한 인간의 생에 대한 인간적인 애착과 흠모의 정이 표백되어 있다. 특히 남루한 장례식 풍경은, 그 자체가, 보시행 속에 유무형으로 엉기게 마련인 선과(善果)에 대한 가는 애착마저도 내려놓은 듯한 아베의 품격이 잘 재현된 것 같아 더욱 아름답다.

---

16 李光洙, 「無佛翁の億出 (五)」, 『京城日報』, 1939.3.16.

그러나 타인을 향한 모든 찬사는 종국적으로는 자신을 향한 것인 법. 자신이 옳다고 믿는 '선행', 무언의 보살행을 펼치다가 간 아베, 이렇게 이광수가 쓴 이유는 그것이 이광수 자신의 무엇과 관련이 있기 때문이다. 그 이광수의 심경을 잘 보여주고 있는 발언이 "할 일을 다하고 조용히 간다. 그것으로 족하리라"는 대목이다. 이것은 아베에 대한 이야기인 동시에 이광수 자신의 이야기다.

이광수는 아베가 무슨 "할 일을 다 하고 조용히 간다. 그것으로 족하리라"고 한 것일까. 막부 시대에 태어나 서남전쟁, 청일전쟁과 러일전쟁을 눈앞에서 보고 자유민권운동과 제국 확장시대를 몸으로 겪었던 아베, 식민지 조선에서는 최고 경영 리더의 한 명으로 살았던 아베, 제국 일본의 영광을 위해 살면서도 청빈한 보시행자였던 아베, 이광수에게는 "아저씨"처럼 관용스러웠던 아베, '적'일지 모르지만, 그의 삶은 그것대로 충실하고 아름다운 삶이었다는 뜻일 것이다.

그럼 이광수 자신은 무슨 '할 일을 다 하고 조용히 간다, 그것으로 됐다'고 한 것일까. 이 대목이야말로 바로 시국의 한 가운데로 나아가야 했던 이광수의 내적 심경을 아주 잘 드러내 보여주는, 일종의 자기 충족적 예언이라고도 할 만한 발언이었던 것이 아닐까. 당시 그가 '할 일'이 있었다면 그것은 아무래도 객관적으로는 대일 협력 ― 주관적 의미에서는 민족보존의 위한 자기희생의 길, 즉 '보살행'의 길이었을 ― 밖에는 없다. 해방 후 남긴 그의 유시 중의 하나인 「인과(因果)」의 마지막 대목을 보면 이런 구절이 있어 놀랍다.

세상은 내가 「죽을 죄로 잘못했습니다. 나는 내 명리를 위하여서 민족을

반역했읍니다」하는 참회만을 요구할 것입니다

그러나 나는 아무리 겸손을 꾸미더라도 그런 거짓말은 할 수 없읍니다.

나를 어리석었다면 그것은 수긍도 하겠읍니다.

대국을 볼 줄 몰랐다 하면 그럴 법도 하겠읍니다. 저를 모르는 과대망상
이었다 하면 그럴 법도 하겠읍니다.

「네까짓 것이 하나 나서기로 무슨 민족 수난 완화의 효과가 있었겠느냐」
하면

거기 대하여서도 나는 묵묵하겠읍니다.

어리석은 과대망상—아마 그럴지도 모릅니다

나는 「우자(愚者)의 효성(孝誠)」이라고도 저를 평해 보았읍니다.

그러나 나는 내가 할 일을 하여 버렸읍니다. 내게는 아무 불평도 후회도 없읍니다.

나는 「민족을 위하여 살고 민족을 위하다가 죽은 이광수」가 되기에 부끄
러움이 없읍니다.

천지가 이를 알고 신(神)만이 이를 알 것입니다.

세상에도 이를 아는 동포도 있을 것입니다.

아니, 아는 이가 한 분도 없어도 할 수 없거니와 그래도 좋습니다

나는 내가 할 일을 하였기 때문입니다. (강조는 인용자)[17]

이광수는 "할 일을 하여버렸다, 아무 불평도 회한도 없다"고 하였
다. 위의 "할 일을 다하고 조용히 간다"와 매우 유사하다. 그 이유를
제시하지 않는 편이 더 좋았을지도 모르지만, 이광수는 '이유'를 뒤에
나열한 뒤에, 아무도 인정해주지 않는다 하더라도 상관이 없다고 했

---

17 이광수, 「因果」, 『이광수전집』 9, 삼중당, 1978, 541쪽.

다. 이 발언 속에는 자신의 행위의 정당성을 믿는 상당한 양의 주관적 에너지, 혹은 그렇게 보이려 애쓰는 에너지가 수반되어 있다. 그리고 그 고립감을 담담히 감수하고 있는 것처럼 보이는, 혹은 그렇게 보이려고 애쓰는 이광수의 이 자세의 배후에는, 초라한 장례식의 주인이었던 아베 미츠이에의 이미지가 그대로 어른거린다.

이 글을 쓰기 1년 전 이광수는, 이 세상에 육신으로 존재했던 스승으로서는 마지막 인물이었던 도산, 그를 잃은 상태였다. 도산을 잃은 그의 앞에는 잔해만 남은 수양동우회가 있었고 중일전쟁 직전의 암울하고 절망적인 분위기가 있었고, 지식인 집단에 다가오는 일제의 양자택일형 질문, 그에 대한 집단적 피해의식이 있었다. 그렇지 않아도 그는 이미 30년대 초기부터 개인적인 역경 속에서 내적 붕괴과정을 겪고 그 속에서 '사바세계'의 숙명적 고통에 대한 감각을, 그리고 그 세계에서 벗어나는 길은 수행밖에 없음을, 그 나름의 불교 인식을 통해서 키워오고 있던 차였다.

이 속에서 이광수가 선택한 길은 세인이 보기에는 극단적인 모험의 길이었다. 그는 자신이 나서지 않아도 될 일에 앞장서는 만용의 길을 선택했다.[18] 그것이 동우회의 동료들을 보호하고, 민족 보존을 통해서 미래를 기약한다는 판단 아래 진행한 전쟁 협력의 길이자 그 나름의 '보살행'의 길이었던 것 같다. 이러한 판단을 가능케 한 정신적 근거로서 그의 법화경 신앙이 작용했던 것이며, 스스로 택한 수난을 통해서 보살행을 구현한다는 그의 신앙이 이 속에 작용하고 있었을 가

---

18 "나 개인의 형편으로 말하건댄, 병이라 칭하고 가만히 누워 있으면 고만이었다. 나는 동우회 사건을 한번 치르고 났으니, 앞으로 가만히만 있으면 일본 관헌에게 다시 붙들려 갈 까닭은 없었다." 「나의 고백」, 『이광수전집』 13, 삼중당, 1978, 279쪽.

능성이 있다.

　이러한 추측에 현실성이 있다면, 아베 미츠이에의 생과 사는, 당시 이광수가 갖고 있었던 불교신앙의 성향과 더불어 하나의 길잡이로서 기능했을 가능성이 있다고 생각된다. 이광수는 당시 현실은 어쩔 수 없이 수용해 들일 수밖에 없으나, 민족의 미래에 '총친화적'인 낙원이 도래할 것이며, 그것의 실현을 위해서는 민족 개개인이 '사랑'의 노력을 해야 한다고 생각하고 있었다. 그것이 자기 착오적인 것이었을 가능성이 있다 하더라도, 어쨌든 '민족 구원'이라는 목표를 지녀 온 이광수는, 이 속에서 자신이 해야 할 일이, 그 '찬란한 미래'를 위한 민족 보존의 길에 앞장서는 길이라고 판단했을 가능성이 있다. 그리고 '지도자'인 자신이 할 일은, 당시 지식인 중 누군가는 걸머져야 했을 '수난'의 짐을 스스로 지는 일, 즉 대일 협력 대열의 맨 앞에 서는 길을 택함으로써 고독한 살신보시행을 수행하는 것이라고 생각했을 가능성이 있는 것이 아닐까. 그리고 그 본보기가 되는 위치에, 묵묵히 보시행을 실천하면서 자기 '할 일을 다 하고 조용히' 갔다는 아베 미츠이에의 삶이 자리하고 있었던 것이 아닐까. 만약 진실로 그러했다면 해방 후의 이광수는 침묵을 지키는 편이 좋았을 것이다.

　아베가 간 후, 아베의 평생 지기였던 도쿠토미 소호는 이렇게 그의 인생을 요약했다.

　　이름은 미츠이에[充家], 호는 무불(無佛). 야마자키쵸[山崎町] 출생. 본성은 가미야마[神山]. 자성(資性) 준민(俊敏)하고 진지(眞摯), 미목(眉目) 청수(淸秀)한 호한. 초기 이케베 기치쥬로[池辺吉十郎] 문하에서 배우고 도쿄에 유학, 동인사(同人社)에서 영어를 배우다. 장성하여 가고시마[鹿児島]에 유학, 정치운동에 흥미를 갖고, 후에 도쿠토미 부자의 오에의숙[大江義塾] 교사로서 학생 지도에 전념하다. 도쿠토미 쇼이치로[德富猪一朗]씨가 도쿄에서 국민신문사를 경영하자 입사, 후에 부사장이 되어 동씨의 사업에 조력하고 또한 조선에서『경성일보』를 발간하고 도쿠토미[德富]씨의 후원으로 사장으로 활약하였다. 명치 20년경부터 대정 초기에 도쿄 신문계의 대인물로서 명성이 알려졌고 특히 러일전쟁 강화조약 후 및 대정 2년 소위 헌정옹호운동 시기, 두 번이나 국민신문사를 위해 온몸을 던져 군중과 맞서 싸운 헌신적 행동은 세간의 찬사를 받은 바 있다. 씨의 정치 운동은 초기에는 번벌(藩閥) 공격, 중기에는 일본제국 팽창 및 조선병합에 전력을 기울였고, 마지막에는 조선 동포의 부액 원조에 진력했다. 이렇게 부귀와 빈천에 연연하지 아니하고, 시종일관 재야의 국사(國士)로서 임했다. 만년에는 주야로 진적(典籍) 등의 완상 수집에 취미를 갖고 유유한 나날을 보내다. 소화 11년 1월 1일 임종. 향년 75세. 가마쿠라[鎌倉] 동경사(東慶寺)에 안장.[19]

---

19 角田政治,「阿部無佛」,『肥後人名辭書』, 肥後地歷叢書刊行會, 1936, 花立三朗,『大江義塾』, ペリカン社, 1962, 234쪽에서 재인용.

참고문헌

1. 자료

『熊本新聞』, 1879~1882.

『熊本日日新聞』, 1967~1970.

『國民新聞』, 1893~1914.

『國民之友』, 1887~1898.

『禪道』, 1916~1917.

『京城日報』, 1915~1918, 1935~1937.

『每日申報』, 1913~1918, 1935~1937.

『東亞日報』, 1920~.

『斎藤実文書—書簡の部』1, 2, 国立国会図書館所蔵.

『佛敎振興會月報』, 1915~.

釈宗演, 『釈宗演全集』, 平凡社, 1930.

大谷光瑞, 『大谷光瑞全集』8~10권, 国書刊行会, 1977.

『會報』, 中央朝鮮協會, 1926~.

『친일반민족행위진상규명보고서』 IV, 친일반민족행위진상규명위원회, 2009.

『친일반민족행위관계사료집』 4권, 친일반민족행위진상규명위원회, 2008.

『친일반민족행위관계사료집』 9, 13, 14, 15권, 친일반민족행위진상규명위원회, 2009.

친일인명사전편찬위원회, 『일제협력단체사전—국내 중앙편』, 민족문제연구소, 2004.

2. 논문 및 단행본

강덕상, 김광렬 역, 『여운형 평전』, 역사비평사, 2007.

강동진, 『일제의 한국침략 정책사』, 한길사, 1980.

______, 『일본근대사』, 한길사, 1991.

김광식, 『한국근대불교사연구』, 민족사, 1996.

김도형, 「장지연의 변법론과 그 변화」, 『한국사연구』 100호, 한국사 연구회, 2000.

김동명, 『지배와 저항, 그리고 협력』, 경인문화사, 2006.

김순석, 「開港期における日本仏教宗派の韓国浸透」, 『한국독립운동사연구』 8호, 독립기념관 한국
　　　독립운동사연구소, 1994.

＿＿＿, 『일제시대 조선총독부의 불교 정책과 불교계의 대응』, 경인문화사, 2003.

김영민, 『한국 근대소설의 형성과정』, 소명출판, 2005.

김윤식, 『이광수와 그의 시대』 1, 한길사, 1986.

＿＿＿, 『이광수와 그의 시대』 2, 한길사, 1986.

＿＿＿, 『이광수와 그의 시대』 3, 한길사, 1986.

＿＿＿ 역, 「無佛翁의 追憶」, 『韓國文學』, 1987.6.

김윤희, 『이완용평전』, 한겨레신문사, 2011.

김재호, 「식민지기의 재정지출과 사회간접자본의 형성」, 『경제사학』 46호, 경제사학회, 2009.

김정인, 「日帝 强占期 天道教史 關聯 資料 研究」, 『國士館論叢』 77집, 1997.

김진량, 「근대 일본 유학생 기행문의 전개 양상과 의미」, 『한국언어문화』, 2004.

김현주, 「근대 초기 기행문의 전개 양상과 문학적 기행문의 '기원'」, 『현대문학의 연구』 10호, 2001.

대한조계종교육원불학연구소편, 『불교근대화의 전개와 성격』, 조계종출판사, 2008.

류충희, 「1910년대 윤치호의 식민지 조선 인식과 자조론의 정치적 상상력」, 『동방학지』 175집,
　　　2016.6.

박진영, 「일재 조중환과 번안 소설의 시대」, 『민족문학사연구』 26, 민족문학사연구소, 2004.

반민족문제연구소 편, 『친일파 99인』, 돌베개, 1994.

변은진 외, 『제국주의 시기 식민지인의 '정치 참여' 연구』, 선인, 2007.

부산대학교점필재연구소 편, 『연보와 평전』 제2호, 한겨레출판, 2009.9.

브라이언 다이젠 빅토리아, 정혁현 역, 『전쟁과 선』, 인간사랑, 2009.

사에키 신이치, 김병두 역, 『무사도는 없다』, 리빙북스. 2011.

성주현, 「1910년대 일본 불교의 조선 포교 활동」, 『문명연지』 5권 2호, 한국문명학회, 2004.

山本文雄 외, 김재홍 역, 『일본 매스커뮤니케이션사』, 커뮤니케이션북스, 2000.

山室信一, 「東アジア世界における西洋の学知と'近代'」 인하대한국학연구소 3회콜로키움 "동아시
　　　아 국민국가 형성과 서학" 강연원고, 2009.2.

小林拓夫, 「일제하 도로사업과 노동력 동원」, 『한국사론』 56, 2010.

소순열, 「1920~30년대 농민운동의 성격 변화―전북지역을 중심으로」, 『지역사회연구』 15권 2
　　　호, 한국지역사회학회, 2007.

송현주, 「근대 한국불교 개혁운동에서의 의례의 문제」, 『종교와 문화』 6권, 서울대 종교문제연구
　　　소, 2000.
수유역사연구회 편, 『일제의 식민지 지배정책과 『매일신보』 1910년대』, 두리미디어, 2005.
심원섭, 『일본 유학생 문인들의 대정 소화 체험』, 소명출판, 2009.
______, 「阿部充家의 경성일보 시대 행적에 대하여」, 『현대문학의 연구』 39집, 한국문학연구학회,
　　　2009.10.
______, 「阿部充家의 조선기행문 「湖南遊歷」, 「無佛開城雜話」」 『한국문학논총』 53집, 한국문학
　　　회, 2009.12.
______, 「나카무라 겐타로의 '아베 무불翁을 추모함'」, 『정신문화연구』 33권 1호, 한국학중앙연구
　　　원, 2010 봄.
______, 「아베 미츠이에의 생애 기초 연구」, 『한국학연구』 25집, 고려대 한국학연구소, 2011.11.
______, 「아베 미츠이에의 한·일불교 관련활동」, 『한일민족문제연구』 21집, 한일민족문제학회,
　　　2011.12.
______, 「1910년대 중반 일본인 기자들의 조선기행문 연구」, 『현대문학의 연구』 48집, 한국문학
　　　연구학회, 2012.10.
______, 「'일본제' 조선기행문과 이광수의 「오도답파여행」」, 『현대문학의 연구』 52집, 한국문학
　　　연구학회, 2014.2.
심재욱, 「1910년대 조선 귀족의 실태」, 『일제의 식민지 지배정책과 『매일신보』』, 두리미디어,
　　　2005.
아오야기 쓰나타로, 구태훈·박선옥 역, 『100년전 일본인의 경성엿보기』, 재팬리서치21, 2010.
요시미 슌야, 이태문 역, 『박람회-근대의 시선』, 논형, 2004.
위기봉, 『다시 쓰는 동아일보사』, 녹진, 1991.
이광수, 『李光洙全集』 9, 13, 18, 三中堂, 1978.
이능화, 이병두 역, 『조선불교통사 근대편』, 혜안, 2003.
이성시, 박경희 역, 『만들어진 고대』, 삼인, 2002.
이순자, 『일제 강점기 고적조사사업 연구』, 경인문화사, 2009.
이태훈, 「일제하 친일정치운동 연구」, 연세대 박사논문, 2010.
이형식, 「조선헌병사령관 立花小一郎과 무단통치-立花小一郎 일기를 중심으로」, 『민족문화연
　　　구』 57호, 2012.
______, 「메이지·다이쇼 초기 아베 미쓰이에의 궤적」, 『일본역사연구』 42집, 일본사학회,
　　　2015.12.
______, 「경성일보·매일신보 사장(1914.8~918.6) 시절의 아베 미츠이에」, 『史叢』 87호, 역사

학연구회, 2016.1.

임종국, 『일본군의 조선침략사』 1, 일월서각, 1988.

임혜봉, 『친일 승려 108인』, 청년사, 2005.

전상숙, 『조선총독정치연구』, 지식산업사, 2012.

전성현, 「일제하 조선 상업회의소의 철도부설운동(1910~1923)」, 『石堂論叢』 40집, 동아대 석당
　　　학술원, 2008.

정광호, 『근대 한일불교 관계사 연구』, 인하대 출판부, 1994.

＿＿＿, 『일본 침략시기의 한일 불교관계사 연구』, 인하대 출판부, 1994.

정대성, 「德富蘇峰テキストにおける朝鮮表象」, 『일본언어문화』 5집, 일본언어문화학회, 2004.

정영희, 「한말 일본 불교의 침투 과정」, 『죽당이현희교수회갑한국사학논총』, 대한민국순국선열유
　　　족회, 1997.

정용화, 「문명개화론의 덫ー「윤치호일기」를 중심으로」, 『국제정치논총』 41권 4호, 한국국제정치
　　　학회, 2001.

정일성, 『일본 군국주의의 괴벨스 도쿠토미 소호』, 지식산업사, 2005.

정진석, 「언론사 탐구ー일제 언론침략의 총본산 제2의 조선총독부 京城日報연구」, 『관훈저널』,
　　　관훈클럽, 2002.

＿＿＿, 『언론 조선총독부』, 커뮤니케이션북스, 2005.

＿＿＿, 『극비 조선총독부의 언론 검열과 탄압』, 커뮤니케이션북스, 2007.

정혜영, 「오도답파여행과 1910년대 조선의 풍경」, 『현대소설연구』 40호, 한국현대소설학회, 2009.

조성운, 「『매일신보』를 통해 본 1910년대 일본시찰단」, 『일제의 식민지 지배정책과 『매일신보』
　　　1910년대』, 두리미디어, 2005.

조성운 외, 『시선의 탄생ー식민지 조선의 근대관광』, 선인, 2011.

주영하·임경택·남근우, 『제국 일본이 그린 조선 민속』, 한국학중앙연구원, 2009.

최병현, 「일제의 침략과 불교ー일본 조동종과 武田範之와 원종」, 『한국사연구』 114집, 한국사연
　　　구회, 2001.

최주한·하타노 세츠코 엮음, 『이광수 초기 문장집』 II, 소나무, 2015.11.

하타노 세츠코, 최주한 역, 『일본 유학생 작가 연구』, 소명출판, 2011.

하타노 세츠코, 「사이토 문서와 이광수의 〈건의서〉」, 『근대서지』 8호, 근대서지학회, 2013.12.

한상길, 「개화기 일본불교의 전파와 한국불교」, 『불교학보』 46집, 동국대 불교문화연구원, 2006.

＿＿＿, 「한국 근대불교의 형성과 일본, 일본 불교」, 『한국사상과 문화』 46집, 한국사상문화학회,
　　　2009.

함태영, 「1910년대 『매일신보』 소설 연구」, 연세대 박사논문, 2008.12.

홍종필, 「만주(중국 동북지방) 조선인 이민의 전개 과정 소고」, 『明知史論』 5호, 명지사학회, 1993.

황민호, 「1910년대 조선총독부의 언론정책과 『매일신보』」, 『일제하 식민지 지배권력과 언론의 경향』, 경인문화사, 2005.

3. 논문 및 단행본(일본)

鎌田茂雄, 『禪と武道』, ペリカン社, 2002.

高野靜子, 『蘇峰とその時代』, 中央公論社, 1994.

______, 「釋宗演と鈴木大拙①」, 『環』 5호, 2001, 春.

______, 「釋宗演と鈴木大拙②」, 『環』 6호, 2001, 夏.

______, 『續蘇峰とその時代』, 中央公論社, 2002.

谷川憲介, 「熊本百年の人物誌75, 都市計画の先覚辛島格」, 『熊本日日新聞』, 1969.3.25.

廣瀬覺, 『大谷光瑞と現代日本』, 文芸社, 2001.

久留島浩, 『薩摩・朝鮮陶工村の四百年』, 岩波書店, 2014.

宮本武蔵, 神子侃 譯, 『宮本武蔵 五輪書』, 徳間書店, 2001.

圭室諦成, 『西南戦争』, 至文堂, 1965.

琴秉洞, 『金玉均と日本』, 緑陰書房, 1991.

吉田久一, 『日本の近代社会と仏教』, 評論社, 1970.

______, 『日本近代佛敎史硏究』, 三島書店, 1992.

大谷栄一, 『近代仏教という視座』, ペリカン社, 2012.

大隈重信, 『開国五十年史論』, 開国五十年史發行所, 1907.

德富蘇峰, 『両京居留誌』, 民友社, 1915.

______, 『蘇峰文選』, 民友社, 1915.

德富猪一郎, 『蘇峰自伝』, 中央公論社, 1935.

德富蘇峰, 「國士の風格ある老記者,阿部無佛翁」, 『無佛翁偲び草』, 中央朝鮮協會, 1936.

______, 『我が交友録』, 中央公論社, 1938.

『德富蘇峰民友社關係資料集』, 三一書房, 1968.

德富蘇峰記念塩崎財団編, 『德富蘇峰記念館所蔵民友社関係資料集;別巻』 三一書房, 1985.

德富蘇峰記念塩崎財団, 『德富蘇峰宛書簡目録』, 德富蘇峰記念館, 1995.

德富蘇峰, 『蘇峰自伝』, 日本圖書センター, 1997.

藤井健志, 「仏教者の海外進出」 末木文美士編, 『新アジア仏教史14 日本Ⅳ 近代国家と仏教』, 佼成出版社, 2011.

藤村忠助編, 『京城日報社誌』, 京城日報社, 1920.

美藤遼, 「日本仏教の朝鮮布教」, 『季刊三千里』15号, 1978.8.

裵姶美, 「朝鮮総督府斎藤実と阿部充家による朝鮮人留学生'支援'」, 『日韓相互認識』4号, 2011.

ビン・シン, 衫原志啓 譯, 『評傳德富蘇峰』岩波書店, 1994.

山杜秀, 『未完のフアシズム』, 新潮社, 2012.

山路勝彦, 『近代日本の植民地博覽會』, 風響社, 2008.

山本文雄, 『日本マス・コミュニケーション史(増補)』, 東海大学出版会, 1981.

山本邦彦, 「大谷光瑞と朝鮮―光瑞にとっての朝鮮,朝鮮にとっての光瑞」, 『大谷光瑞とアジア』, 勉誠出版, 2010.

山下郁夫, 『研究 西南の役』, 三一書房, 1977.

森山茂德, 「現地新聞と總督政治, 『京城日報』について」, 『近代日本と植民地7巻文化の中の植民地』, 岩波書店, 1993.

森田誠一・花立三郎・猪飼隆明, 『熊本縣の百年』(新訂版), 山川出版社, 1987.

石田充之・滝沢克己編, 『浄土真宗とキリスト教』, 法蔵館, 1974.

「城下町みてある記7」, 『市政だより くまもと』, 2005.11.

小西四郎, 『日本の歴史19 開国と攘夷』, 中央公論社, 1966.

小川原正道編, 『近代日本の仏教者』, 慶應義塾大学出版会株式会社, 2010.

孫知慧, 「植民地朝鮮における中村健太郎と朝鮮仏教団の活動とその意義」, 『東アジア文化交渉研究』9号, 関西大学大学院東アジア文化研究科, 2016.3.

松本寿三朗 외, 『熊本県の歴史』, 山川出版社, 2012.

水野公壽, 『明治期熊本の新聞』, 熊本近代史研究会, 1993.9.

柴田幹夫編, 『大谷光瑞とアジア』, 勉誠出版, 2010.8.

新井孝重, 『楠木正成』, 吉川弘文館, 2011.

沈元燮, 「阿部充家在任時の京城日報・毎日申報と仏教」, 『マテシス・ウニウェルサリス』15巻1号, 2013.

安藤英男, 『加藤清正』, 河出書房新社, 1976.

栄沢幸二, 『近代日本の仏教家と戦争』, 専修大学出版局, 2002.7.

熊本城趾保存會, 『熊本城史概觀』, 1927.11.

熊本地名研究会, 『城下町と地名』, 1990.

熊本県教育会編, 『熊本県教育史』上卷, 熊本県教育会, 1931.

有山輝雄, 『明治期 國民新聞 德富蘇峰 國民新聞 解題』, 日本圖書センター, 1988.3.

______, 『德富蘇峰と国民新聞』, 吉川弘文館, 1992.

李錬朝, 「朝鮮総督府の機関紙『京城日報』の創刊背景とその役割について」, 『メディア史研究』21, 2006.12.

李義則, 『陶磁器の道』, 新幹社, 2011.

伊豆富人, 「熊本百年の人物誌38, 文勲第一人者 池邊吉太郎」, 『熊本日日新聞』, 1969.2.12.

林 淳, 「近代仏教と国家神道－研究史の素描と問題点の整理」, 『禅研究所紀要』34号, 2005.

柴崎力榮, 「德富蘇峰と京城日報」, 『日本歴史』425号, 1983.10.

長尾宗軾, 『宗演禅師と其周囲』, 大空社, 1993.

田中末広, 『興亜の先覚大谷光瑞師』, 愛国新聞社出版部, 1939.

丁貴連, 「もう一つの旅行記」, 『宇都宮大学国際学部研究論集』15号, 2003.

鄭鳳輝, 「熊本県人の韓国における新聞経営」, 『海外事情研究』48号, 1997.

井上勲編, 『日本の近代史 20 開国と幕末の動乱』, 吉川弘文舘, 2004.

井上禅定, 『釈宗演伝－禅とZENを伝えた明治の高僧』, 禅文化研究所, 2000.

堤克彦, 『よくわかる熊本の歴史2』, 熊本出版文化会館, 1999.

______, 『よくわかる熊本の歴史3』, 熊本出版文化会館, 2004.

早川喜代次, 『德富蘇峰』, 德富蘇峰傳記編纂會, 1968.

朱 敏, 「漱石の満韓旅行とその紀行文」, 『実践国文学』53号, 1998.3.

中島司編, 『無佛翁偲び草』, 中央朝鮮協会, 1936.3.

中村元外編, 『近代佛教－政治と宗教と民衆』, 佼成出版社, 1972.

中村健太郎, 『朝鮮生活五十年』, 青潮社, 1969.7.

池田英俊, 『明治の仏教』, 評論社, 1976.

______編, 『論集日本仏教史 8明治時代』, 雄山閣出版, 1988.

陳珉君, 「谷崎潤一郎と芥川龍之介による'支那'の表象」, 『広島大学大学院教育学研究科紀要』52号, 2003.

淸水三郎, 「憲政擁護と国民新聞襲撃事件－德富父子を感動させた阿部無佛」, 『武蔵』2号, 1958.

波田野節子, 『李光洙』, 中公新書, 2015.

平野敏也, 「國士, 阿部無佛のこと」, 『民友』1977.2.

______, 「蘇峰のカゲの力, 国士, 阿部無佛」. 『民友』, 1977.2.

平野敏也・後藤敬一編, 『図説熊本県の歴史』, 河出書房新書, 1997.

下田一喜編, 『研究 西南の役』, 三一書房, 1977.

海原徹, 『吉田松蔭と松下村塾』, ミネルブア書房, 1999.

花立三朗・和田守外編, 『同志社大江義塾德富蘇峰資料集』, 三一書房, 1978.

花立三朗, 『大江義塾』, ペリカン社, 1962.

和田守編,『德富蘇峰・民友社関係資料集,民友社思想文学叢書;第1巻』, 三一書房, 1986.

和田守,『近代日本と德富蘇峰』, お茶の水書房, 1990.

丸山信編,『人物書誌大系 30 福沢諭吉門下』, 日外アソシエーツ, 1995.

새 천 년이 시작된 지도 벌써 몇 해가 지났다. 식민지와 분단국가로 지낸 20세기 한국 역사의 와중에서 근대 민족국가 수립과 민족 문화 정립에 애써온 우리 한국학계는 세계사 속의 근대 한국을 학술적으로 미처 정리하지 못한 채 세계화와 지방화라는 또 다른 과제를 안게 되었다. 국가보다 개인, 지방, 동아시아가 새로운 한국학의 주요 대상이 된 작금의 현실에서 우리가 겪어온 근대성을 다시 한번 정리하고 21세기에 맞는 새로운 모습으로 탈바꿈시키는 것은 어느 과제보다 앞서 우리 학계가 정리해야 할 숙제이다. 20세기 초 전근대 한국학을 재구성하지 못한 채 맞은 지난 세기 조선학·한국학이 겪은 어려움을 상기해 보면, 새로운 세기를 맞아 한국 역사의 근대성을 정리하는 일의 시급성은 아무리 강조해도 지나치지 않다.

우리 근대한국학연구소는 오랜 전통이 있는 연세대학교 조선학·한국학 연구 전통을 원주에서 창조적으로 계승하고자 하는 목표에서 설립되었다. 1928년 위당·동암·용재가 조선 유학과 마르크스주의, 그리고 서학이라는 상이한 학문적 기반에도 불구하고 조선학·한국학 정립을 목표로 힘을 합친 전통은 매우 중요한 경험이었다. 이에 외솔과 한결이 힘을 더함으로써 그 내포가 풍부해졌음은 두말할 나위가 없다. 연세대학교 원주캠퍼스에서 20년의 역사를 지닌 매지학술연구소를 모체로 삼아, 여러 학자들이 힘을 합쳐 근대한국학연구소를 탄생시킨 것은 이러한 선배학자들의 노력을 교훈으로 삼은 것이다.

이에 우리 연구소는 한국의 근대성을 밝히는 것을 주 과제로 삼고자 한다. 문학 부문에서는 개항을 전후로 한 근대 계몽기 문학의 특성을 밝히는 데 주력할 것이다. 역사 부문에서는 새로운 사회경제사를 재확립하고 지역학 활성화를 위한 원주학 연구에 경진할 것이다. 철학 부문에서는 근대 학문의 체계화를 이끌고 사회과학 분야에서는 학제 간 연구를 활성화시키며 근대성 연구에 역량을 축적해 온 국내외 학자들과 학술 교류를 추진할 것이다. 이러한 연구들은 일방성보다는 상호 이해와 소통을 중시하는 통합적인 결과물의 산출로 이어질 것이다.

근대한국학총서는 이런 연구 결과물을 집약적으로 정리하기 위해 마련한 총서이다. 여러 한국학 연구 분야 가운데 우리 연구소가 맡아야 할 특성화된 분야의 기초자료를 수집·출판하고 연구성과를 기획·발간할 수 있다면, 우리 시대 연구자들뿐만 아니라 학문 후속세대들에게도 편리함과 유용함을 줄 수 있을 것이다. 새롭게 시작한 근대한국학총서가 맡은 바 역할을 충분히 할 수 있도록 주변의 관심과 협조를 기대하는 바이다.

2003년 12월 3일
연세대학교 원주캠퍼스 근대한국학연구소